U0568834

# *Roland Barthes*
# 罗兰·巴尔特文集

## Essais critiques
## 文艺批评文集

[法]罗兰·巴尔特 (Roland Barthes) /著

怀宇/译

中国人民大学出版社
·北京·

# 总　序

罗兰·巴尔特（1915—1980）是已故法兰西学院讲座教授，法国当代著名文学思想家和理论家，结构主义运动主要代表者之一，并被学界公认为法国文学符号学和法国新批评的创始人。其一生经历可大致划分为三个阶段：媒体文化评论期（1947—1962）、高等研究院教学期（1962—1976）以及法兰西学院讲座教授期（1976—1980）。作者故世后留下了5卷本全集约6 000页和3卷本讲演录近千页。这7 000页的文稿，表现出了作者在文学、文化研究和人文科学诸领域内的卓越艺术品鉴力和理论想象力，因此可当之无愧为当代西方影响最大的文学思想家之一。时至今日，在西方人文学内最称活跃的文学理论及批评领域，巴尔特的学术影响力仍然是其他文学批评家和理论家难以企及的。

1980年春，当代法国两位文学理论大师罗兰·巴尔特和保罗·萨特于三周之内相继谢世，标志了第二次世界大战后法国乃至西方两大文学思潮——结构主义和存在主义的终结。4月中旬萨特出殡时，数万人随棺送行，场面壮观；而3月下旬巴尔特在居住地 Urt 小墓园下葬时，仅有百十位朋友学生送别（包括格雷马斯和福科）。两人都是福楼拜的热爱者和研究者，而彼此的文学实践方式非常不同，最后是萨特得以安息在巴黎著名的 Montparnasse 墓地内福楼拜墓穴附近。萨特是雅俗共赏的社会名流，巴尔特则仅能享誉学界。

1976年，巴尔特以其欠缺研究生资历的背景（据说20世纪50年代末列维-斯特劳斯还曾否定过巴尔特参加研究生论文计划的资格），在福科推荐下，得以破格进入最高学府法兰西学院。1977年1月，挽臂随其步入就职讲演大厅的是他的母亲。8个月后，与其厮守一生的母亲故世，巴尔特顿失精神依持。在一次伤不致死的车祸后，1980年，时当盛年的巴尔特，竟"自愿"随母而去，留下了有关其死前真实心迹和其未了（小说）写作遗愿之谜。去世前两个月，他刚完成其最后一部讲演稿文本《小说的准备》，这也是他交付法兰西学院及留给世人的最后一部作品。而他的第一本书《写作的零度》，则是他结束6年疗养院读书生活后，对饱受第二次世界大战屈辱的法国文坛所做的第一次"个人文学立场宣言"。这份文学宣言书是直接针对他所景仰的萨特同时期发表的另一份文学宣言书《什么是文学？》的。结果，30年间，没有进入过作为法国智慧资历象征的"高等师范学院"的巴尔特，却逐渐在文学学术思想界取代了萨特的影响力，后者不仅曾为"高师"哲学系高材生，并且日后成为法国第二次世界大战后首屈一指的哲学家。如今，萨特的社会知名度仍然远远大于巴尔特，而后者的学术思想遗产的理论价值则明显超过了前者。不过应当说，两人各为20世纪文学思想留下了一份巨大的精神遗产。

如果说列夫·托尔斯泰是19世纪"文学思想"的一面镜子，我们不妨说罗兰·巴尔特是20世纪"文学思想"的一面镜子（请参阅附论《罗兰·巴尔特：当代西方文学思想的一面镜子》）。欧洲两个世纪以来的社会文化内容和形成条件变迁甚巨，"文学思想"的意涵也各有不同。文学之"思想"不再专指作品的内容（其价值和意义须参照时代文化和社会整体的演变来确定），而需特别指"文学性话语"之"构成机制"（形式结构）。对于20世纪特别是战后的环境而言，"文学实践"的重心或主体已大幅度地转移到批评和理论方面，"文学思想"从而进一步相关于文学实践和文学思想的环境、条件和目的等方面。后者遂与文学的"形式"（能指）研究靠近，而与作为文学实践"材料"（素材）的内容（"所指"）研究疏远。而在当代西方一切文学批评和文学理论领域，处于文学科学派和文学哲学派中间，并处于理论探索和作品分析中间的罗兰·巴尔特文学符号学，遂具有最能代表当代"文学思想"的资格。巴尔特的文学结构主义的影响和意义，也就因此既不限于战后的法国，也不限于文学理论界，而可扩展至以广义"文学"为标志的一般西方思想界了。

中国人民大学出版社编选的这套"罗兰·巴尔特文集"，目前包括10卷12部作品，它们在一定程度上反映了罗兰·巴尔特文学思想的基本面貌。由于版权问题，出版社目前尚不能将他的其他一些重要作品一一收入。① 关心巴尔特文学思想和理论的读者,当然可以参照国内其他巴尔特译著,以扩大对作者思想学术的更全面了解。此外,文集还精选了菲利普·罗歇(Philippe Roger)的著名巴尔特评传:《罗兰·巴尔特传》(1985),作为本文集的附卷。

现将文集目前所收卷目及中译者列示于下:

1. 写作的零度(1953)·新文学批评论文集(1972)·法兰西学院就职讲演(1977):李幼蒸

2. 米什莱(1954):张祖建

3. 文艺批评文集(1964):张智庭(怀宇)

4. 埃菲尔铁塔(1964):李幼蒸

5. 符号学原理(1964):李幼蒸

6. 符号学历险(1985):李幼蒸

7. 罗兰·巴尔特自述(1976):张智庭

8. 如何共同生活(讲演集1)(2002):张智庭

9. 中性(讲演集2)(2002):张祖建

10. 小说的准备(讲演集3):李幼蒸

附卷:罗兰·巴尔特传:张祖建

讲演集是在法国巴尔特专家埃里克·马蒂(Eric Marty)主持下根据作者的手写稿和录音带,费时多年编辑而成的。这三部由讲演稿编成的著作与已经出版的5卷本全集中的内容和形式都有所不同,翻译的难度也相对大一些。由于法文符号学和文学批评

---

① 在"10卷12部作品"之后,已经获得版权的巴尔特作品有:《萨德·傅立叶·罗犹拉》(1971)、《明室》(1979)、《中国行日记》(1974)、《哀悼日记》(1977—1979)、《偶遇琐记·作家索莱尔斯》、《恋人絮语》(1974—1976),并有附卷《罗兰·巴尔特最后的日子》(Hervé Algalarrondo著)。——编者注

用语抽象，不易安排法中术语的准确对译，各位译者的理解和处理也就不尽相同，所以这部文集的术语并不强求全部统一，生僻语词则附以原文和适当说明。本文集大致涉及罗兰·巴尔特著作内容中以下五个主要方面：文本理论、符号学理论、作品批评、文化批评、讲演集。关于各卷内容概要和背景介绍，请参见各卷译者序或译后记。

在组织翻译这套文集时，出版社和译者曾多方设法邀约适当人选共同参与译事，但最后能够投入文集翻译工作的目前仅为我们三人。张智庭先生（笔名怀宇）和张祖建先生都是法语专家。张智庭先生为国内最早从事巴尔特研究和翻译的学者之一，且已有不少相关译作出版。早在1988年初的"京津地区符号学座谈会"上，张智庭先生对法国符号学的独到见解即已引起我的注意，其后他陆续出版了不少巴尔特译著。张祖建先生毕业于北京大学法语文学系，后在美国获语言学博士学位，长期在法国和美国任教至今，并有多种理论性译著出版。我本人在法语修养上本来是最无资格处理文学性较强的翻译工作的，最后决定勉为其难，也有主客观两方面原因。一方面，我固然希望有机会将自己的几篇巴尔特旧译纳入文集，但更为主要的动力则源自我本人多年来对作者理论和思想方式的偏爱。大约30年前，当我从一本包含20篇结构主义文章的选集中挑选了巴尔特的《历史的话语》这一篇译出以来，他的思想即成为我研究结构主义和符号学的主要"引线"之一。在比较熟悉哲学性理论话语之后，1977年下半年，我发现了将具体性和抽象性有机结合在一起的结构主义思维方式。而结构主义之中，又以巴尔特的文学符号学最具有普遍的启示性意义。这种认知当然也与我那时开始研习电影符号学的经验有关。我大约是于20世纪70年代末同时将巴尔特的文学符号学和克里斯丁·麦茨、艾柯等人的电影符号学纳入我的研究视野的。1984年回国后,在进行预定的哲学本业著译计划的同时,我竟在学术出版极其困难的条件下,迫不及待地自行编选翻译了那本国内(包括港、澳、台)最早出版的巴尔特文学理论文集,虽然我明知他的思想方式不仅不易为当时长期与世界思想脱节的国内文学理论界主流所了解,也并不易为海外主要熟悉英美文学批评的中国学人所了解。结果两年来在多家出版社连续碰壁,拖延再三之后,才于1988年由三联书店出版(这要感谢当时刚设立的"世界与中国"丛书计划,该丛书还把我当时无法在电影界出版的一部电影符号学译文集收入)。这次在将几篇旧译纳入本文集时,也趁便对原先比较粗糙的译文进行了改进和订正。我之所以决定承担巴尔特最后之作《小说的准备》的译事工作,一方面是"从感情上"了结我和作者的一段(一厢情愿的)"文字缘",即有意承担下来他的第一部和最后一部书的译事,另一方面也想"参与体验"一段作者在母亲去世后心情极度灰暗的最后日子里所完成的最后一次"美学历程"。我自己虽然是"不可救药的"理性主义者,但文学趣味始终是兼及现实主义和唯美主义这两个方向的。

中国人民大学出版社在"列维-斯特劳斯文集"之后决定出版另一位法国结构主义思想家的文集,周蔚华总编、徐莉副总编、人文分社司马兰社长,表现了对新型人文理论的积极关注态度,令人欣慰。本文集策划编辑李颜女士在选题和编辑方面发挥了重要的判断和组织作用。责任编辑姜颖昳女士、翟江虹女士、李学伟先生等在审校稿件方面尽心负责,对于译文差误亦多所更正。对于出版社同仁这种热心支持学术出版的敬业精神,我和其他两位译者均表感佩。

最后，我在此对中国人民大学出版社再次约请我担任一部结构主义文集总序的撰写人一事表示谢意。这不仅是对我的学术工作的信任，也为我提供了再一次深入研习罗兰·巴尔特思想和理论的机会。巴尔特文学思想与我们的文学经验之间存在着多层次的距离。为了向读者多提供一些背景参考，我特撰写了"附论"一文载于书后，聊备有兴趣的读者参阅。评论不妥之处，尚期不吝教正。

李幼蒸（国际符号学学会副会长）
2007年3月于美国旧金山湾区

## 译者前言

在20世纪中叶的法国文化和文学研究领域，罗兰·巴尔特（1915—1980）是一位重要的人物。他一生参与了多种艺术门类的探索，而这些探索大都不同程度地贯穿着同一种理论基础，那就是他对索绪尔语言学理论的应用和扩展。正是这种应用与扩展，使他成为法国结构主义活动的先驱者之一，也使他建立了自己的符号学体系。

《文艺批评文集》正是作者早期参与这些探索活动的部分成果的集结。从内容上讲，这本书包含着两大部分：一是对文学艺术和文艺批评的论述，二是对纯属符号学的理论的探索。但说到底，这两部分都是对当时正在兴起的符号学的应用和阐发。笔者愿意结合这本书的相关文章首先对罗兰·巴尔特的符号学思想做简要概述,随后,介绍其符号学思想在文学艺术和文艺批评中的应用情况,以及他对萨特"自欺"概念的符号学解释,以期读者通过此书对罗兰·巴尔特的文艺符号学思想有一个大概的了解,并对普通符号学的某些概念有进一步的接触与理解。

一

时至今日,人们给予符号学的定义,是关于符号与意指的科学。这比索绪尔在其《普通语言学教程》一书中所设想的"有一门研究社会生活中符号生命的科学"具体和明确多了。罗兰·巴尔特可以说是严格地继承和大胆地拓展了索绪尔的相关论述,我们可以从以下几个方面来看。

关于言语活动。按照索绪尔的理论,"言语活动有个人的一面,又有社会的一面;没有这一面就无从设想另一面"(《普通语言学教程》),这便是他随后概括的"言语"概念和"语言"概念:语言是由社会确立的一套规约,言语是个人对这套规约的使用。在《文艺批评文集》这本书中,罗兰·巴尔特对这两个概念的使用和对它们之间关系的阐述随处可见,例如"我的言语只能从一种语言中脱离出来"(《初版序》),此外,他还生动和形象地将它们的关系比作"编码与游戏"(《文学与意指》),这就使我们加深了对它们的理解。

关于符号。按照索绪尔的理论,符号是由能指(声音形象)与所指(概念)构成的。罗兰·巴尔特在这本书的多篇文章中论述了能指与所指的关系。首先,在这两个概念中,他更看重能指,他指出,正是"对于能指的组织情况的注意力在奠定一种真正的意指批评","大多数的品性被建构成像是一种语义方程式:具体地讲,就像是能指的功能"(《文学与意指》)。其次,他认为能指是多变的、暂时的,他说,"能指本身则是暂时的",所指本身具有"无限变化的能指"(《彼此》)。这些提法,很像是结构主义人类学家列维-斯特劳斯提出的"不稳定的能指"的概念。再次,他认为能指与所指之间常有一定的间隔,并以此解释了布莱希特的戏剧"距离说",他说,"在所指与其能指之间有必要保持一定的距离"(《布莱希特批评的任务》)。需要说明的一点是,罗兰·巴尔特的符号概念,在多数情况下,已不是初级的符号概念,而是把由一个声音形象与一个概念结合而成的初级符号当作一个新的能指再与另一个所指(新概念)结合而成的二级符号,这在他于1957年出版的《神话》一书的"今日神话"一文中已有论述。他的代表性图示是:

| 语言 | 1.能指 | 2.所指 |  |
|---|---|---|---|
| 神话 | 3.符号 Ⅰ.能指 |  | Ⅱ.所指 |
|  | Ⅲ.符号 |  |  |

在这一图示中,神话已经是二级符号。作为二级符号产生过程与结果的则是意指,罗兰·巴尔特的意指概念更强调结合过程:"意指,也就是说:可以意味的东西和被意味的东西的结合体;也还可以说:既不是形式也不是内容,而是从形式到内容的过程。"(《当今文学》)

关于符号之间的关系。罗兰·巴尔特在《有关符号的想象》一文中对此做了详尽的阐述。他认为,正是符号的能指与所指之间的关系,构成了符号的三种关系:"首先,是一种内部的关系,这种关系将其能指与其所指结合在一起。其次,是两种外部的关系:其一是潜在的,它将符号与其他符号的一种特定的储备结合在一起……其二是现时的，它将符号与陈述的先于它或后于它的其他符号结合起来。"这三种结合方式，便是他命名的象征关系、聚合关系和组合关系。"第一种关系明显地出现在人们通常所称为的<u>象征</u>之中。例如，十字架'象征着'基督教，公社社员墙'象征着'巴黎公社……因此，我们称第一种类型关系为<u>象征关系</u>。"不难看出，罗兰·巴尔特在这里提到的符号也都已经是二级符号，它们已不是"十字架"的发音（声音形象＝能指）与"交叉成十字形的物体"（概念＝所指）的结合物了，已不是"墙"的发音与"由建筑材料构成的立体建筑物"的结合物了。"第二种关系平面对于每一个符号来说，涉及一种有组织的形式储备或'记忆'的存在性……这种关系平面是系统之平面，它有时被叫做聚合体；于是，人们便将这第二种关系平面命名为<u>聚合关系</u>。"顺便指出，在罗兰·巴尔特的术语中，"聚合"与"系统"表达的是一个概念：例如一组同义词，就是一个聚合体，它同时也被称为一个系统，而"聚合关系"有时也被称为"选择关系"。"根据第三种关系平面，符号不再参照其（潜在的）'兄弟'来定位，而是参照其（现时的）'邻居'……这种结合平面，便是组合体的平面，于是，我们将这第三种关系称为<u>组合关系</u>。"

与上述三种关系直接联系的，便是由它们产生的三种意识。罗兰·巴尔特认为，正是这三种关系构成了事物的意蕴现象，人们的意识必然集中于这三种关系中的一种："象征意识在符号的深层维度上看待符号……正是所指与能指的层级关系在构成象征"，在这种关系中，"形式与内容<u>相像</u>（或多或少，但总会有一点），就好像形式总之是由内容产生似的……形式在此不停地被内容的强大力量和运动所超出……是所指在使象征意识感兴趣"。聚合意识是建立在符号之间的比较基础上的："两个符号的形式一旦被比较,或者至少以某种多少可比较的方式被感知,那就会出现某种聚合意识。""正是聚合意识使列维-斯特劳斯(在所有结果之中)得以重新表述图腾问题……聚合意识在两个图腾的关系与两个部落的关系之间……建立了一种同质性。"组合意识"是在话语层上连接符号的各种关系的意识",这种意识"在语言学之外,标志了俄国形式主义学派的探索,尤其是普洛普在斯拉夫民族的民间故事领域进行的探索……"在这种关系中,"它无疑是最放弃所指的:它更是一种结构意识,而不是一种语义意识"。罗兰·巴尔特最后总结道:"象征意识涉及对深度的想象……相反,聚合意识是对一种形式的想象……它从符号的透视法中去看待符号……组合意识……在符号的扩展中来预见符号。这种扩展,即是符号的先前联系与后来联系以及符号与其他符号之间搭起的桥梁。"(以上引文均出自《有关符号的想象》)需要指出的是,罗兰·巴尔特在这里所说的"形式"与"内容",还是习惯上的划分,而不是他写作和发表《符号学原理》(1964)前后建立的概念。

  自然,这本书涉及的符号学知识还很多。例如行为模态概念,这是对格雷马斯模态理论的应用。再如隐喻和换喻的概念,罗兰·巴尔特在雅柯布逊理论的基础上做了简明的阐释:"与选择方面对应的,是隐喻,它是用一个能指取代另一个能指,而这两个能指具有相同的意义,甚至具有相同的价值。与结合方面对应的,是换喻,它是依据一种意义从一个能指向着另一个能指的滑动。"(《拉布吕耶尔》)这两种修辞格是与聚合意识和组合意识密切联系在一起的。总之,这本书包括了罗兰·巴尔特早期文学符号学思想的方方面面。

## 二

在了解了罗兰·巴尔特上述符号学思想之后,再来看他有关文学和文学批评的论述,似乎就比较容易了,而且,我们几乎可以直接引述罗兰·巴尔特自己的话来说明相关的问题。

什么是文学呢?罗兰·巴尔特的论述一改传统的表述,提出"文学恰恰只是一种言语活动,也就是一种符号系统"(《两种批评》)。我们前面说过,罗兰·巴尔特的符号概念,已不是带有直接指涉对象的初级符号的概念,而是二级符号的概念,这种概念带来的是"二级言语活动、寄生意义,以至于它只能使真实内涵化,而不是使之外延化"(《文学与意指》)。"这种言语是一种(无限地)被精心加工的材料。它有点像是一种超言语。"(《作家与写家》)"当一种言语活动不再与一种实践活动合一的时候,当这种言语活动开始讲述、开始背诵真实的时候,它由于变成了一种自为的言语活动,便会出现被重新注入的、瞬间的二级意义,最后则产生我们恰恰将其称为文学的某种东西。"(《文学与意指》)"正是因为符号是不确定的,所以才有文学。"(《卡夫卡的回答》)"文学的第一个条件,是异乎寻常去完成一种间接的言语活动:详细地命名事物而不去命名它们的最后意义,不过却不停地坚守着这种逼人的意义;把世界命名为一种符号的总汇,而人们又不以这种总汇说出符号所意味的东西。"(《拉布吕耶尔》)由此便产生了对与文学相关联的其他概念的新颖阐述。

关于作品。"任何写出的文字,只是当其在某些条件下可以改变初级讯息……的时候,才变成作品。这些变化条件便是文学的存在条件。"(《初版序》)"文学作品恰恰开始于它歪曲其模式(或者更为慎重地说：它的出发点）的地方。"（《两种批评》）"作品的特性不依赖其所包含的全部所指……，而仅仅依赖所有意指的形式。卡夫卡的真实，并不是卡夫卡的世界……，而是这个世界的符号。因此，作品从来都不是对世界之谜的回答，文学从来都不是教理式的。"（《卡夫卡的回答》）至于属于美学范畴的作品"完善"概念，作者认为："完善一部作品，并不意味着其他的什么，而只意味着在作品马上就要意味某种东西的时刻、在作品马上就要从问题变成答案的时刻将它停下来。应该将作品建构成一种完整的意指系统，不过这种意指却是落空的。"（《当今文学》）

关于作家。"从定义上讲，作家是唯一在言语的结构中失去自己结构和世界结构的人"。"作家在把自己关闭在如何写之中的同时，最终重新发现这个问题是非常开放的：世界的存在是为了什么？事物的意义是什么？总之，正是在作家的工作变成其自己的目的时，他重新发现了一种居中调解的特征：作家把文学构想为目的，世界重新将这种目的作为手段还给他。正是在这种无限的失望之中，作家重新发现世界，即一个古怪的世界，因为文学将世界再现为一个问题，从来不最终地将其再现为一种答案。"（《作家与写家》）

关于写作技巧。"技巧是任何创作的存在本身。"（《结构主义活动》）"这些技巧是：修辞学，它是借助于替代和意义移动来改变平庸的艺术；安排，它可以赋予单一的讯息以无限的曲折（例如在一部小说中）；反语，它是作者解脱自己的形式；片段——或者人们更愿意的话——故作保留的方式，它可以让人记住意义，为的是更好地将其发散到所有开放的方向。所有这些技巧……它们的目的是建立一种间接的言语活动，也就是说，一种既固执（具有一种目的）又迂回（接受无限多样的停靠站）的言语活动。"（《初版序》）那么，对于意义的一种描写技巧，它意味着什么呢？"它意味着，作家在尽力增加意指，而无须填充这些意指，也不需要关闭它们。它意味着，他在使用言语活动，为的是构成一个具有夸张性意蕴的而最终却从来什么都不意味的世界。"（《文学与意指》）"文学是一种技巧，这种技巧既比风格之技巧更为深刻，又不如思维的技巧那么直接。我们认为，文学同时是言语和思想，因为思想在词语层上被人寻觅，言语在其自身若有所思地看着。"（《拉布吕耶尔》）

  关于"现实主义"。"相对于对象本身，文学在基础上和构成上是非现实主义的。文学，就是非真实本身。或者更准确一点讲，文学远不是对真实的一种类比性复制，<u>相反它是对于言语活动的非真实的意识本身</u>：最为'真实的'文学，是意识到自己是最为非真实的文学；在文学意识到自己是言语活动的情况下，正是对处在事物与词语中间的一种状态的寻找、正是由词语所担负和所限制的一种意识的张力，借助于词语而具有一种既绝对又不确定的权力。在这里，现实主义并不可能是对事物的复制，而是对言语活动的认识。最为'现实主义的'作品将不是'描绘'现实的作品，而是在将世界当作内容……的同时，尽可能深刻地发掘言语活动的<u>非真实的现实的作品</u>。"（《当今文学》）正因为作品是这样有距离地与真实联系在一起的，所以，"文学一直就是非现实主义的，但是，正是它的非现实主义使它通常向世界提出一些很好的问题，而这些问题却不曾是直接提出的：巴尔扎克从对世界的一种神权政治的阐释出发，他最终所做的仅仅是对世界的质问。"（《作家与写家》）而且，罗兰·巴尔特以左拉的《四福音书》为例，认为，"毒害作品的东西，是左拉回答了他所提出的问题（他说、他宣讲、他命名社会财富），但是，为其留下喘息、梦想或震撼的东西，是小说的技巧本身，是赋予记录一种符号<u>姿态</u>的方式。"(《文学与意指》)

关于文学与元言语活动。法语中的元言语活动，就是英美语言和汉语译入语中的元语言。这个概念，最早是由叶姆斯列夫从逻辑学引入符号学的。自然语言具有不仅可以谈论"事物"(对象—言语活动)而且可以谈论自身的特性(元言语活动)。对象—言语活动，按照罗兰·巴尔特的表述就是"在动作本身之中得到建立的言语活动，是表现事物的言语活动"(《〈扎齐在地铁里〉与文学》)；元言语活动，必定是人为的言语活动，就是谈论对象—言语活动的另一种言语活动，罗兰·巴尔特说它"是人们<u>有关事物</u>(或<u>有关第一种言语活动</u>)"(同前)的元言语活动。由于文学就是一种言语活动，所以，文学自然也应该包含着对象—言语活动和元言语活动。将元言语活动概念引入文学研究，可以说是罗兰·巴尔特首先注意和实践的。但是，他指出，在很长的时间内，作家不曾承认写作也是一种言语活动，"大概是在资产阶级的心安理得心态首次受到动摇的时刻，文学开始感受到自身的双重性：既是对象又是注视这种对象的目光，既是言语又是对于这种言语的言语，既是对象文学又是元文学。这种形成过程大体上经历了这样几个阶段：首先，是文学创作的人为意识，这种意识甚至发展到了极为痛苦的审慎程度，达到了忍受不可能性带来的折磨(福楼拜)；随后，是在同一种写作的实质中将文学与有关文学的思考混合在一起的大胆愿望(马拉美)；随后，借着不停地将文学可以说是放置到以后，借着长时间地声明马上就要写作和将这种声明变成文学本身(普鲁斯特)，来寄希望于最终躲避文学的赘述现象；再随后，借着主动和系统地无限增加对象单词的意义和永不停止在一种单一的所指上来进入文学的真诚（超现实主义）；最后，反过来，借着减少这些意义，甚至发展到了只是希望获得文学言语活动的在此存在的状态，即某种写作的空白（但并非是一种清白）：在这里，我想到了罗伯-格里耶的作品"（《文学与元言语活动》）。由此可见，文学中的元言语活动，就是文学创作的观念本身。罗兰·巴尔特在书中呼吁建立的"一种文学观念史"（《文学与意指》），似乎就是这种文学—元言语活动史。将这种概念引入文学之中，无疑会加深我们对文学实质的认识与理解。

关于批评。"批评是有关一种话语的话语。它是在第一种言语活动（即对象言语活动）上进行的二级的或元言语活动的言语活动（正像逻辑学家们所说的那样）。结论便是，批评活动应该与两种关系一起来计算：批评的言语活动之于被观察的作者的言语活动的关系和这种对象言语活动之于世界的关系。正是这两种言语活动的'摩擦'在确定批评，并且赋予它与另一种精神活动即逻辑学一种很大的相像性，这后一种活动同样是完全建立在对对象言语活动与元言语活动的区分基础上的。"（《何谓批评？》）"批评家是作家……批评家并不要求人们特许他一种'观点'或一种'风格'，而仅仅要求人们承认他具有某种言语的能力，这便是一种间接言语的能力。"（《初版序》）这无疑是对批评和批评家概念的一种全新的定义和对批评活动的全新阐述。毋庸置疑，文学批评与文学观念自然是有联系的，但它们却不属于同一种元言语活动。

此外，罗兰·巴尔特在书中对文学的两种主要体裁（小说、诗歌）也做了精辟论述："小说通过一些真实成分的侥幸结合来进行；诗歌通过准确而完整地开发一些潜在成分来进行。"（《眼睛的隐喻》）

罗兰·巴尔特也在本书中用了不少篇幅谈论戏剧。而用符号学观点来阐述戏剧，无疑是前所未有的尝试，并且他的结论对于我们理解这一艺术体裁是有益的。何谓戏剧？"任何演出都是一种极端密实的语义行为。编码与游戏的关系（也就是说语言与言语的关系），戏剧符号的（类比的、象征的或是约定的）本质，这些符号的意蕴变化、链接制约，讯息的外延与内涵，符号学的所有这些根本性问题都出现在戏剧之中。我们甚至可以说，戏剧构成一种被特别看重的符号学对象，因为它的系统相对（线形的）语言系统来说显然是怪异的（复调音乐的）。"（《文学与意指》）何谓戏剧性呢？"那就是减去文本之后的戏剧，就是依据所写出的剧情梗概而建立起的一定密度的符号和感觉，就是对引发色情的处理手段如姿态、声调、距离、实质、灯光的普遍感知，而这种感知以文本的全部外在言语活动来淹没文本。"（《波德莱尔的戏剧》）。罗兰·巴尔特一生中写了很多有关戏剧符号学的文章，这本书中所包含的他的戏剧符号学思想无疑是最早的，也是最为基础的。

## 三

在这本书临近结尾处，罗兰·巴尔特在对绘画类艺术与文学作比较时，还提到了符号学的一个重要概念："实质"。他说："在（形象性的）绘画中，符号（能指与所指）的各个成分之间有一种类比性，而对象的实质与其复制品的实质之间有一种差异。相反，在文学中，两种（总是属于言语活动的）实质之间有着一种偶合性，但在真实与其文学表述之间有一种相异，因为这之间的联系在此不是通过类比的形式进行的。"（《文学与意指》）那么，什么是"实质"呢？为何文学符号学中都属于言语活动的两种"实质"之间存在着偶合性？是哪两种"实质"呢？在此，我们不得不用一些笔墨概述一下语言符号的表达平面与内容平面都涉及的"实质"概念，希望读者对一种逻辑学和阐释学上的论述能有耐心读下去。

在西方的哲学传统中，"实质"（substance）对立于"偶性"（accident）。实质指在一个有可能变化的主题中那种稳定不变的东西。亚里士多德就在实质中看出了生命存在的内在原因。

然而，瑞士语言学家索绪尔却从否定的意义上将"实质"概念引入了普通语言学。他说："我们可以……把语言称作分节连接的领域：每一个语言词项都是一个小小的肢体……，其中，一个观念固定在一种声音里，并且，一种声音变成了一种观念的符号。语言还可以比作一张纸：思想是正面，声音是反面；我们不可能切割正面而不切割反面；同样，在语言里，我们不能将声音与思想隔离，也不能将思想与声音隔离；我们只能通过一种抽象过程才能做到这一步，而抽象的结果就可能变成了纯粹心理学或纯粹音位学。因此，语言学在这两种范畴要素相结合的边缘处进行工作；<u>这种结合产生一种形式，而不产生一种实质</u>。"他进而论述道，在言话活动被划分为"语言"与"言语"两大方面的情况下，"语言是形式而不是实质"[①]。对此，后人做了这样的联想：既然"语言"是"形式"，那么，与之相对的"言语"也就自然是"实质"。由于言语是对语言的运用，也就是说，言语表现语言，那么，说"实质"表现"形式"也就顺理成章了。这样一来，"形式"反而是内在的，"实质"却是外在的了。

---

① 以上引文见索绪尔：《普通语言学教程》（*Cours de linguistique générale*），Paris, Payot, 1972, pp. 156 – 169。

对这一关系的更为详尽的论述,是丹麦语言学家叶姆斯列夫的贡献。叶姆斯列夫根据索绪尔的符号理论,将"能指"扩大为"表达",将"所指"扩大为"内容"。不仅如此,他还认为,"表达"与"内容"都各有自己的"形式"和"实质"(均按照索绪尔的定义);于是,就形成了一种上下位的层级关系:"表达"与"内容"是上位,"形式"与"实质"是下位。就语言符号来讲,"形式"是存在方式,是内在结构,而非外在表现;"实质"就是与这种存在方式关联却在其之外的东西,即外在表现。在叶姆斯列夫的术语中,"实质"就相当于建立在一定"形式"基础上的"感受"或"意义"(但不是意指)。于是,这四个术语便形成了三个层次的配对关系:

内容之形式与内容之实质

表达之形式与表达之内容

内容之形式与表达之形式

他说:"我们现在主张的论点之一,在某些方面包含着在内容之实质、表达之形式、表达之实质三者之间的一种类比关系。"[①] 他经过论证得出的结论是:

表达之实质表现表达之形式

内容之实质表现内容之形式

表达之形式表现内容之形式(与前两个命题相比,这是一种反向的关系)

---

[①] 见叶姆斯列夫:《语言学论集》(*Essais linguistiques*),Paris,Minuit,1972,p.67。

叶姆斯列夫曾经对西方语言的情况做了详尽论证,现在,我们尝试用汉语的例子来介绍一下。

我们举汉语中的"青天"这个词来说明这些关系。

这个词的"能指"即它的"表达"平面,就是它的发音[tɕʻiŋ⁵⁵tʻian⁵⁵]和写法[青天];它的"所指"即它的"内容"部分,就是它表示"蓝色的天空"的感受和意义。按照叶姆斯列夫的理论,它的发音、写法、感受和意义,都是外在的,也就是它的实质部分:这一部分可分为表达之实质(声音与字体)和内容之实质(感受和意义)。而与表达之实质和内容之实质相对应但却被它们掩盖的,是它们各自的"形式"。我们先看表达之"形式":在不考虑其写法的情况下,与"青天"的外在发音对应的,是它们具有区分意义功能的最小单位/tɕʻ/,/i/,/ŋ/,/tʻ/,/i/,/a/,/n/,它们都属于音位学上的音位,而这几个音位按照这种比邻顺序的结合[tɕʻiŋtʻian](不考虑其发音)便是"青天"这个词的表达"形式"。形式是不变的,却是内在的,我们只能通过外在的实质来得知内在的形式,这便是表达之实质表现表达之形式的命题的存在依据。至于这个词的内容之实质,则是"青天"所带来的"蓝色的天空"的"清澈、干净"的意义和感受。那么,它的内容之形式是什么呢?那就是"青色+天空"这两部分意义的连接方式即规则,这是一种组合关系的排列方式。试想,如果不是这样的排列,而是将"青"与"天"倒过来排列,虽然还是属于组合关系的排列,但所产生的"天青"就不会与"青天"具有相同的意义和感受(当然,我们并不排除在汉语构词法中某些词组内部成分位置的变化并不影响意义与感受,比如"光荣"与"荣光")。可见,这个词的内容之"实质"就是它所引起和带来的一切,是外在的;而其"形式"则是使这"一切"得以出现的规则,是内在的。所以,内容之实质表现内容之形式也是成立的。至于表达之形式表现内容之形式,我们也可以从这个词上做这种推论:这个词的表达之形式即其所内含的各个音位的排列方式［tɕʻiŋtʻian］,在"蓝色的天空"所带来的实质(感受)中,它所对应的只能是"青色＋天空"这样的组合方式,而且我们只能通过前者来判断后者。

罗兰·巴尔特对叶姆斯列夫的理论有着独到而明晰的解释。他在《符号学原理》中说:"形式,即无须借助于任何语言之外的前提就可以被语言学完全、简明和系统地描述的东西;实质,即那些不借助于语言之外的前提就不能被描述的语言现象。"他随即指出:"(1)表达之实质:例如属于语音学而非音位学研究的发音的而非功能的声音实质;(2)表达之形式:是由聚合关系和组合关系的规则构成的(我们会注意到,同一种形式可以有两种不同的实质,一种是语音的,一种是字体的);(3)内容的一种实质:例如属于所指的那些情绪的、意识形态的或只是概念的形态,即其'原级的'意义;(4)内容的一种形式:便是所指之间借助于有无语义标志而表现的形式组织方式。"① 那么,在文学符号学里,又是一种什么情况呢?根据罗兰·巴尔特的论述,文学符号是建立在直接指涉对象的初级符号(初级符号只产生"原级"意义)基础上的"二级"符号,文学作品是一种"二级"言语活动。同样是"青天"二字,它在"包青天"一词中,则是以初级符号"青天"的意义("蓝色的

---

① 以上引文见《符号学原理》(*Éléments de sémiologie*),1964,收于《符号学历险》(*L'aventure sémiologique*),Paris,Seuil,1985,pp. 39-40。《符号学原理》(单行本)、《符号学历险》二书中文版由中国人民大学出版社于2008年1月出版。

天空")和感受做能指,与一个新的所指("清官"即概念)结合而成的一个二级符号。在这个新的符号中,/tɕ/,/i/,/ŋ/,/t'/,/i/,/a/,/n/这几个音位依靠组合方式的结合[tɕ'iŋt'ian]依然是表达之形式(其初级符号的内容之形式已被忽略),而其表达之实质直接就是"蓝色的天空"这个意义和所带来的感受(清澈、洁净)。新符号的内容之形式,就是将初级符号的内容之实质借助于联想转换成二级符号的内容之实质的替代规则,而其内容之实质则是"光明、磊落"(喻"清廉")的意义和感受。在这个新符号中,内容之实质与其表达之实质(清澈、干净)几乎没有什么区别,因为清澈、洁净、光明、磊落可以被视为处于同一个聚合体中的不同词项:它们可以有层次和程度上的差别,但根本意义是一致的,"甚至具有相同的价值"。它们之间可以相互替代,而替代是在同一位置上进行的。替代关系,亦即聚合关系,按照雅柯布逊的理论,它是一切隐喻的根据和操作手段。这样一来,"在文学中,两种(总是属于言语活动的)实质之间有着一种偶合性",就是不难理解的了。至此,我们对"青天"在初级符号和二级符号中的"形式"与"实质"的分析,并不违反叶姆斯列夫归纳的"表达之实质表现表达之形式,内容之实质表现内容之形式"这种规律。但是,在二级符号中,表达之形式是否也表现内容之形式呢?如果是,那就等于是说,组合关系表现聚合关系,又由于根据雅柯布逊的相关论述,组合关系确定"换喻",聚合关系确定"隐喻",那么,也就变成了"换喻"表现"隐喻"。我还没有看到罗兰·巴尔特对这两者关系所做的进一步阐述,但我们从巴黎符号学派的代表学者格雷马斯的论述中已经得到了肯定的回答。他说,"按照话语语义学的解释,换喻是一种替代程序的结果……根据这种观点,我们可以把换喻看作一种'偏离的'隐喻：列维-斯特劳斯不是没有注意到，在神话思维中，'任何隐喻都以换喻形式结束'，并且，任何换喻都具有隐喻的性质"①。这就是说，隐喻最后表现为换喻，反过来说，后者则表现前者。

近来，我熟悉的天津学者臧策先生提出，"在我看来，'内容'的最深层其实是'形式'，而'形式'的最深层则正是'内容'"②。他这里所说的"形式"自然是习惯上的用法，即符号学上所说的"表达"平面。我曾经根据符号学中单一平面符号学的原理对其进行过简短诠释，比如在交通信号、路标牌和象形文字中，其符号的能指与所指是一致的，所以，其内容与形式（表达）也是一致的。但文学符号属于多平面符号（或双平面符号），情况就复杂得多。通过上面所做的分析，我们可以这样说：从符号学上讲，在作为言语活动的文学中，内容与形式（表达）是部分重合的，但不是全部重合。

## 四

这本书出版于1964年，从所收录文章的写作时间来看，最早是1953年的，最晚是1963年的。罗兰·巴尔特在后来出版的《罗兰·巴尔特自述》中说，"他始终无休止地在一种伟大的系统（马克思主义、萨特、布莱希特、符号学、文本）的保护下工作"③。按

---

① 见格雷马斯（A.-J. Greimas）与库尔泰斯（J. Courtès）合著《符号学词典》（*Sémiotique, dictionnaire raisonné de la théorie du langage*），Paris, Hachette-Livre, 1993, p. 229。

② 见臧策：《超隐喻与话语流变·自序》，天津，天津人民出版社，2006。

③ 《罗兰·巴尔特自述》（*Roland Barthes par Roland Barthes*），Paris, Seuil, 1975, p. 106。

照他在这本书中为自己的写作编年史划分的阶段,其第一个阶段是以《写作的零度》(1953)和《神话》(1957)为代表的受马克思主义、萨特和布莱希特影响的阶段,其第二个阶段是以《符号学原理》(1964)和《服饰系统》(1967)为代表的参与创立符号学的阶段,其第三个阶段是以《S/Z》(1970)、《萨德·傅立叶·罗犹拉》(1971)、《符号帝国》(1970)为代表的文本分析阶段,其第四个阶段是以《文本的快乐》(1973)和《罗兰·巴尔特自述》(1975)为代表的道德观写作阶段。显然,《文艺批评文集》属于从第一个阶段到第二个阶段过渡时期的作品,而作者在书中频繁地引用萨特的"自欺"(mauvaise foi)概念,也说明了这部书承前启后的特点。为了便于读者理解书中这一概念,译者愿意尝试着对这一概念及其在这本书中的使用情况做些简单的介绍。

何谓"自欺"呢?按照萨特在《存在与虚无》第二章中确定的定义:"自欺就是欺骗,但却是对自身的欺骗。"又说:自欺在于"掩盖一种令人不愉快的真实,或者将真实表现为一种令人快乐的错误"。"在自欺中,受骗的人和骗人的人,是同一个人,这就意味着,我作为骗人的人,应该懂得我在被欺骗时对我掩盖着的真实。"自欺存在于"意识的半透明状态",它在于"忘记"问题的某些蕴涵,其公式便是"我不是我所是"。萨特在这一章中主要论述了"自欺",但也将"真诚"(bonne foi)作为论述"自欺"的参照来介绍。所谓"真诚",其公式便是"就是其所是","在我意识到我的自欺这一点上,我应该是真诚的"。但是,萨特最终还是说,"真诚的结构与自欺的结构没有区别,因为真诚的人被确定为是其所是,是为了不是其所是"。萨特举出多个生活中的例子来说明"自欺":一个少女把求偶的男方伸过来抚摩她的手理解为是亲近她,而不是理解为一种性欲要求;咖啡馆的老板以侍者的姿态出现在顾客面前,而他自己其实并不是;对于演员来说,"我只能扮演他,就是说,只能想象我是他"。因此,自欺"对于很大一部分人来说,甚至就可以是生活的正常面貌。人们在自欺中生活……,这意味着一种稳定而特殊的生活风格"。①

在简单了解了萨特有关"自欺"的概念后,我们就不难理解罗兰·巴尔特在《文艺批评文集》中对这个词的使用情况了。我们似乎可以做如下的概括:

第一,罗兰·巴尔特把多个概念都放在"自欺"名下来论述。关于"回顾",他说:"他过分担心,回顾从来就只不过是一类自欺。"(《初版序》)关于"讽刺"和"严肃",他说:"我们接触到了可以称为嘲讽之自欺的东西,而这种自欺同样也是对严肃之自欺的回答。它们轮流着使对方停滞下来和占有对方,而从来没有决定性的胜利:嘲讽排除严肃,而严肃包含着嘲讽。"(《〈扎齐在地铁里〉与文学》)关于符号学上模态理论中的"懂得",他说:"这种历史便不能以历史的术语来书写,于是我们便被交付给了懂得之无法抑制的自欺方面。这便是一种必然性,它大大地超越了疯癫与无理性的一般关系。"

第二,罗兰·巴尔特在这本书中,提出了"心安理得"(bonne conscience)与"自咎"(mauvaise conscience)这一对概念,并使前者与"自欺"联系起来。这似乎就是对萨特有关"自欺"就是"正常的生活面貌"的进一步阐述。他在本书的《〈扎齐在地铁里〉

---

① 以上引文,均译自《存在与虚无》(*L'être et le néant*),ch. II,Paris,Gallimard,1943,Rééd. 1981.

与文学》一文的一个脚注中说道:"尤内斯库的喜剧性提出了同样性质的问题。直到(包括)《阿尔玛的即兴剧》(*L'Inpromptu de l'Alma*),他的作品才具有真诚性,因为作者本身并不将自己排除在他所撼动的言语活动的这种恐怖主义之外。《无证据的杀手》(*Tueur Sans gage*)标志着一种倒退,即向着一种心安理得的返回,也就是说,是向着自欺的返回,因为作者<u>抱怨</u>他人的言语活动。"他在《何谓批评》中说:"批评的主要罪孽不是意识形态,而是人们用来覆盖批评的沉默。这种有罪的沉默有一个名称,那就是心安理得,或者如果我们愿意说的话,那就是自欺。""对于批评,避免我们在开始时说的'心安理得'或'自欺'的唯一方式,为了道德的目的,便是不去破译作品的意义,而是重新建构制定这种意义的规则和制约。"

第三,作者对"自欺"做了简短而直率的符号学上的诠释。萨特曾经在《存在与虚无》的同一章中试图借助精神分析学对"自欺"的"半透明状态"进行定位,他的结论倾向于"自欺"属于"他者"(或"另一个")(autre),"他者的意识是其所不是"。根据后人的研究,萨特的"他者"基本靠近"本我"的范畴,即潜意识。罗兰·巴尔特只在书中的一个地方对"自欺"的这种状态做了诠释:他在《工人与牧师》一文的脚注中这样写道:"牧师以第一个字母大写来标记任何精神对象的方式,是我们可以在符号学言语活动上称之为<u>内涵</u>的东西,即强加在一种字面意义上的另一种补加意义;但是,那些大写字母通常的自欺性在文学上则变成了真实,因为自欺昭示了说话时使用那些大写字母的人的境遇。"按照"自欺"就是"我不是我所是"的公式,自欺中的半透明部分无疑就是"内涵"。这样一来,符号学上的"内涵"概念自然就可以与精神分析学上的"他者"画等号了。

　　罗兰·巴尔特在《文艺批评文集》中阐述的文艺符号学思想，为其后来的文本符号学理论做了铺垫，从而为文艺符号学的确立做出了贡献。但是，我们也不能不注意到书中显露出的过分形式化的倾向。例如，他对作家在作品中的出现，就做了似乎绝对否定的表述。他在《作家与写家》一文中说："从定义上讲，作家是唯一在言语的结构中失去自己结构和世界结构的人。"他又在最后的《文学与意指》一文中写道："一部作品不能对其作者的'真诚'做任何的保留：他的沉寂、他的遗憾、他的天真、他的谨慎、他的惧怕，一切使作品变得亲切的东西，这些无一可以进入被写的对象之中……作家是在其身上拒绝'真实性'的人。一种风格的文雅、辛辣、人情味甚至诙谐，都不能战胜言语活动的绝对是恐怖主义的特征。"他的这种思想后来甚至发展到宣布"作者的死亡"（1968）[①]。他这样说，不仅与创作实际不符，而且也在他的文艺符号学理论上站不住脚，因为这有悖于他所阐述过的"表达之实质"与"内容之实质"之间存在着"偶合"的情况。而这些实质，无疑会以各种方式包含着作者的介入表现。后来的研究表明，"内容"的实质实际上是意指的"载体"，而意指是脱离不开作为叙述者的作者的。我个人认为，罗兰·巴尔特在这本书中的相关论述，对于我们理解文学艺术和进行批评应该有一定的帮助。我们不一定完全同意他的观点，但这些论述至少提供了一种新角度供我们进一步思考。

　　下面，我想就与本书的翻译有关的方面做点说明。

---

　　① 见于《语言的轻声细语》（*Le bruissement de la langue*），Paris, Seuil, 1984，p. 61。

关于书中相关术语的译名，我主要是参照从英文翻译过来的几本已经出版的语言学词典和我将要出版的《符号学词典》的译文确定的。至于对有些概念的注释，我也是参照上述几本书特别是《符号学词典》进行的。

关于书中人名的翻译，我主要参照了由新华通讯社译名资料组编、商务印书馆出版的英语、法语和德语译名手册及《辞海》。但对于在这些手册出版前已经有了译名的，出于规范化的考虑，我则将这些译名以"又译"或"另译"的方式放在根据手册翻译的译名之后。对于实在找不到的一些姓名，我便只好依据法语的发音给出译名。此外，我尽力对书中人物做了注释，有些在我现有的资料和手段范围内实在找不到的，我只好将其外文原名放在括号中，也就无法做什么注释。如果读者知道，能提供给我，我将非常感激。

对于作者姓名的译名，我过去一直采用"罗兰·巴特"，那是在《法语姓名译名手册》出版之前见到的多数译法。现在，为了译名的规范化，也为了与此文集用名统一，我改用了"罗兰·巴尔特"。

在此书的翻译中，我目前受聘学校的法语外教帕特里西娅·维尼奥（Patricia Vignaud）小姐和让-路易·热雷米亚（Jean-Louis Gérémia）先生给予了我热情的帮助，我在此向他们致以诚挚的谢意。

我真诚地希望拙译能对读者了解罗兰·巴尔特的思想有所帮助，我也对因个人能力有限可能带来的译文不当甚至错误提前向读者表示歉意，我敬候多方指正并提前在此致谢（zhzhttj@tom.com）。

最后，我感谢中国人民大学出版社的领导和编辑的信任与鼓励。

2008年4月于南开大学宅内

献给弗朗苏瓦·不伦瑞克（François Braunschweig）

# 目 录

1971年序 …………………………… 1
初版序 ……………………………… 5

对象世界 …………………………… 1
对象文学 …………………………… 15
波德莱尔的戏剧 …………………… 30
失明的大胆妈妈 …………………… 39
布莱希特的革命 …………………… 43
戏剧服饰的病态 …………………… 46
文字文学 …………………………… 58
如何再现古代 ……………………… 68
何种戏剧的先锋派？ ……………… 81
布莱希特批评的任务 ……………… 86
"想要在使我们冲动……" ………… 94

| | |
|---|---|
| 最后的快乐作家 | 100 |
| 不存在罗伯-格里耶流派 | 110 |
| 文学与元言语活动 | 116 |
| 塔西佗与忧郁的巴洛克风格 | 119 |
| 《巫婆》 | 126 |
| 《扎齐在地铁里》与文学 | 141 |
| 工人与牧师 | 150 |
| 卡夫卡的回答 | 159 |
| 关于布莱希特的《母亲》 | 166 |
| 作家与写家 | 171 |
| 当今文学 | 181 |
| 彼此 | 196 |
| 文学与不连续性 | 207 |
| 杂闻的结构 | 224 |
| 关于罗伯-格里耶 | 236 |
| 有关符号的想象 | 246 |
| 结构主义活动 | 254 |
| 拉布吕耶尔 | 263 |
| 眼睛的隐喻 | 284 |
| 两种批评 | 295 |
| 何谓批评？ | 303 |
| 文学与意指 | 311 |
| | |
| 术语对照表 | 334 |
| 附论 | 341 |

# 1971年序

《文艺批评文集》初版于1964年（不过，某些进入这个集子中的文章可上溯到1954年）。我现在是在1971年。因而，时间的问题在这里是必然要提出来的（"时间"，在我们不理解其意义的情况下，它是历史之腼腆的、被窒息的形式）。

我们知道，近年来，一种研究运动，也是一种战斗运动，围绕着符号的概念、对它的描写（description）和它的过程（procès）在法国发展了起来；把这一运动称为**符号学**（sémiologie）①，或是**结构主义**（structuralisme），或是**语义分析**（sémanalyse）或是**文本分析**（analyse textuelle），都不重要：不管怎样，没有人满意这些词语，因为一些人在其中看到的只是一种时髦，另一些人在其中看到的只是一种过分宽泛和走样的应用。对于我来说，我将保留"符号学"这个词语，不是因为有什么特殊考虑，而是为了方便地指明一整套丰富的理论研究工作。然而，如果我需要对法国符号学做一番简短评介的话，我却不会尽力为其找出一种最初的界限；我忠实于吕西安·费弗尔②的劝告（见其关于历史分期的一篇文章），更愿意为其寻找一种中心标记，而从这一中心标记出发，该运动便似乎可以辐射到**其前**和**其后**。对于符号学来说，这一时间是 1966 年；我们可以说，至少在巴黎方面，这种研究的最为敏锐的**那些**课题在那一年出现了重大的、大概可以说是决定性的混合：这种变化表现在新创杂志《分析手册》(*Les Cahiers pour l'analyse*) 的出版方面（1966），在这份杂志中，我们看到了符号学的

---

① 我们在汉语中所称的"符号学"，在法文中对应于两个名词，一个是 sémiologie，另一个是 sémiotique，前者是延续索绪尔的用词，以"符号系统"（système des signes）为主要研究对象；后者是根据美国哲学家和逻辑学家皮尔士的理论从英文词（semiotic）借用而来的。两者的最初研究内容大致相同，只是到了 20 世纪 70 年代才有了较明显的区分。前者仍侧重于符号系统，后者则侧重于"符号学过程"（procès sémiotique）。国际符号学协会（AIS: Association internationale de Sémiotique）于 1969 年创立，采用的是后一个称谓，但 sémiologie 这个术语牢固地在法国和拉丁语国家中扎了根，至今仍有广泛的使用。不过，前一名称大有逐渐被后一名称取代的趋势，这也反映了符号学研究已经步入了综合发展的阶段。——译者注

② 吕西安·费弗尔（Lucien Febvre, 1878—1956）：法国历史学家。——译者注

主题、拉康①的主题和阿尔都塞②的主题；于是，我们仍在争论的那些严肃问题便被提了出来：马克思主义与精神分析学的结合、说话主体与故事之间的新型关系、从文本到作品在理论上和论战上的替换。正是在那个时刻，实现了符号学设想的第一次衍射，即符号观念的一种过程——这一设想最初曾将这种过程有点过于天真地看作自己的功劳：这种过程从1967年开始便被德里达③的著述、《原样》杂志（Tel Quel）④的作用、朱丽娅·克里斯蒂娃⑤的研究工作所标志。

《文艺批评文集》一书虽然先于这一转折，但属于符号学的上升阶段。在我看来，这并不意味着，这本书就应该以纯粹历时性的（diachronique）方式即（在赋予其一种意义、一种历史可理解性的同时）以合乎情理的方式供人参考。首先，在这本书本身，多元性总是存在着：书中所有文本都是多义的（正像其作者在1954年至1964年那个时期一样，他同时介入了文学分析、符号学的初创和对布莱希特⑥艺术理论的捍卫），并且，这些文本的汇编是拼凑的：从

---

① 拉康（Jacques Marie Lacan，1901—1981）：法国结构主义精神分析学家。——译者注

② 阿尔都塞（Louis Althusser，1918—1990）：法国马克思主义哲学家。——译者注

③ 德里达（Jacques Derrida，1930—2004）：法国哲学家。——译者注

④ 《原样》（Tel Quel）：又译《泰凯尔》、《如是》。因本书对"Tel Quel"本义有所使用，故取《原样》译名。——译者注

⑤ 朱丽娅·克里斯蒂娃（Julia Kristeva，1941—  ）：保加利亚裔法国符号学家，她自1966年开始在法国做研究工作。——译者注

⑥ 布莱希特（Bertolt Brecht，1898—1956）：德国诗人、剧作家。——译者注

一开始,就没有总体意义上的考虑,就没有承担一种智力"命运"的妄想;它们仅仅是一项渐进的、对于他自己来讲通常也是模糊不清的研究工作的痕迹。其次,如果它正好是"结构主义"教给我们的一种东西的话,那是因为现在的(或将来的)阅读属于这本过时书籍的一部分:我们可以寄希望于这些文本会因其他人对其投注的新目光而发生变化;更明确地讲,可以希望它们适合于被叫作诸多言语活动之合谋(collusion de langages)的东西;可以希望最近的先锋派的言语活动赋予它们一种新的意义——这种新的意义(借助于通常的多元使命)无论如何已经是它们自己的意义了,一句话,希望它们可以在一种翻译活动中(符号仅仅是可翻译的)被考虑。最后,至于将来,必须想到,文化时间的运动并不是直线的:当然,一些主题最终可能陷入过时境地;但是,其他主题,虽然表面上气势大减,但却有可能重返言语活动的舞台。例如布莱希特,他出现在这部汇编中,但似乎已从先锋派领域消失了,我确信,他没有说出他最后的主张:他还会回来的,当然不是像我们在《文艺批评文集》之初看到的那样,而是——如果我可以这样说的话——螺旋形地回来。这是维科①提出的历史之美妙的意象(在不重复和不反复的情况下重述历史),而我正想将这部书的新版本置于这种意象的保护之下。

1971年9月,R. B.

---

① 维科(Giovanni Battista Vico,1668—1744):意大利历史学家、哲学家。——译者注

# 初版序

在将大约10年前曾经以序言或文章形式发表的一些文本汇编在此的时刻，写出这些文本的人很想就其产生的时间和存在的条件做些说明，但是他却无法做到：他过分担心，回顾从来就只不过是一类自欺①。写作，在不缄默的情况下就不可能进行；写作，在某种方式上就是使自己"沉寂不语，像个死人"，就是变成不做最后断言的人；写作，从一开始就是将这种最后的辩驳提供给他人。

---

① 自欺（mauvaise foi）：萨特哲学的重要概念之一，其本义又可译为"欺诈"、"不诚实"等。由于罗兰·巴尔特这一时期深受萨特思想的影响，所以，在本书中多次出现的这一术语，译者均采用萨特这一概念的现有中文译名。详见"译者前言"。——译者注

其道理是，一部作品（或一个文本）的意义无法独自形成；可以说，作者从来都只生产一些推定意义，也可以说一些形式，正是世人在添补它们。这里的所有文本就像是一条意义链上的各个环节，但是，这条链子是不稳定的。谁能固定它呢？谁能给予它一个确定的所指（signifié）呢？也许就是时间：将过去的文本汇编在一部新的书籍中，就是要向时间发问，就是恳求时间为来自于过去的那些片段给出它的答案。但是，时间是双重的，即写作的时间和记忆的时间，而这种二重性则求助于下面的一种意义：时间本身也是一种形式。今天，我完全可以用语义学（sémantique）的术语（因为这正是我现时的言语活动）来谈论布莱希特主义和新小说（因为这些运动在这部《文艺批评文集》中占据着首要位置），并试图为我所处的时代或我本人的某种路径（itinéraire）进行辩白，赋予其一种可理解命运的外观。我永远不会否认这种全景式的言语活动可以被另一个人的词语所理解，而这另一个人也可能是我自己。言语活动可以无限地循环：这本书便是这种循环的一个小小的片段。

这一点是为了说明，从功能上讲，即便批评家在谈论其他人的言语活动时到了明显地（有时过分地）想要下结论的时候，他也像作家那样从来都不会下定论。再者，正是构成他们共同条件的这种最后的沉默，揭示了批评家的真正身份：批评家是作家。这是一种存在追求，而不是一种价值追求；批评家并不要求人们特许他一种"观点"或一种"风格"，而仅仅要求人们承认他具有某种言语的能力，这便是一种间接言语（parole indirecte）的能力。

向重新进行自我解读的人提供的东西，并不是一种意义，而是一种不忠实性，或者可以说是一种不忠实性的意义。我们总是需要回到这种意义上面来，是因为，写作从来都只是一种言语活动，即一种形式系统（有某种真实性在激活着这种系统）；在某一时刻

(它也许正是我们深刻骤变的时刻,它与我们所说的东西只有改变其节奏的关系),这种言语活动总可以被另一种言语活动说出;写作(完全沿着时间)便是坦诚地寻找最大的言语活动,即作为所有言语活动之形式的那种言语活动。作家是一位公共尝试者:他变化着他所重新开始的东西;由于他固执和不忠实,所以他只了解一种艺术:关于主题和变化的艺术。在变化上,战斗、价值、意识形态、时间、求生欲、了解欲、参与欲、说话欲,一句话,是内容;但在主题上,是形式之固执、是想象之物的重要意蕴功能,也就是说,是世人的才智。只不过,与在音乐方面发生的情况相反,作家的每一种变化本身都被当作一种稳定的主题,而这种主题的意义又可能是直接的和最终的。这种误解并不是轻率的,它甚至构成文学,更准确地讲,它构成批评与作品之间无限的对话,这种对话使文学时间既是前进中的作者的时间,又是重新复述这些作者的批评时间,而重新复述作者,并不是为了赋予神秘的作品一种意义,而是破坏作品立即和永远被充满的意义。

　　作家的不忠实性,可能还有另外的原因:那是因为,写作是一种活动;从写作的人的角度看,写作枯竭于连续的实际操作之后;作家的时间是一种可操作的时间,而不是一种历史时间,它与观念沿革的时间只有一种模糊的关系,但却不分享其运动。写作的时间,实际上是一种有缺陷的时间:写作,或者是设想,或者是结束,但从来不是"表达";在开头与结尾之间,缺少一个环节,不过,这个环节却可以成为基本的环节,那便是作品本身的环节;人们可能不大会去为了具体表达一种想法而写,而是会为了详尽述说带有他个人快乐的一种任务去写。从写作到完结,有着一种类似于使命的东西;尽管世人总是把作家的作品当作一经完成便具有稳定意义的一成不变的对象,但他自己却不能将其当作基础来体验,而更应将其当作必要的放弃来体验：写作的现在时已经属于过去时，其过去时已经属于非常久远的先过去时。然而，正是在作家"武断地"（通过拒绝继承、拒绝忠实）摆脱他的作品的时刻，世人则要求作家承担其作品的责任；因为，社会道德要求作家忠实于内容，而他则只知道忠实于形式：（在他看来）支持他的，并非是他所写出的东西，而是写作的坚定决心。

因此，具体的文本（书籍），从写作了文本的人的角度来看，可以具有非本质的，甚至在某种程度上是非可靠的特性。于是，人们通常出于根本的谋略，从来都只把作品看作作品自己的设想：作品在寻求成为作品的同时在自我写作，正是在它虚构地开始的时候，它实际上被结束了。介绍一部正在寻求成为书籍的、被独自写作的书籍的形象，难道不是《追忆似水年华》的意义吗？因此，普鲁斯特[①]所写的具体作品，通过时间上的无逻辑反复，在叙述者的活动中异常地占据着一个中间的位置，该位置处于一种没有行动的愿望（我想写作）与一种决定（我马上写作）之间。这是因为，作家的时间，并不是一种历时性的时间，而是一种叙事诗的时间；这种时间没有现在时，也没有过去时，它完全交给了一种狂热，其目的，在其可以被了解的情况下，于世人眼中，也像堂·吉诃德[②]的同时代人看骑士小说那样不真实。因此，写作的这一活跃时间，在人们称之为路径的东西上得到飞快发展（堂·吉诃德没有这样的时

---

[①] 普鲁斯特（Marcel Proust，1871—1922）：法国意识流小说家，主要作品为《追忆似水年华》（*A la recherche du temps perdu*）。——译者注

[②] 西班牙作家米盖尔·德·塞万提斯·萨阿维德拉（Miguel de Cervantes Saavedra，1547—1616）的小说《堂·吉诃德》（*don Quichotte*）中的人物。——译者注

间，他总是在继续着同样的事情）。实际上，只有叙事的人、家庭中和旅途中的人、有爱心和博爱之心的人，才可以为我们再现一种非常忠实的不忠实性。

一位朋友刚刚失去了他所爱的人，我想向他表示同情。于是，我便自发地给他写一封信。不过，我所能想到的词语不能使我满意：它们是一些"句子"：我用我最大的温情来造一些"句子"；于是，我想到，我想送给这位朋友的讯息①，即我的同情，最终有可能减缩为一个普通的单词：哀悼。不过，沟通的目的本身与此是对立的，因为这可以说是一个冷淡的，因此是颠倒的讯息，而我想传递的，是我的同情心的热情。我的结论是，为了重新树立我的讯息（也就是说，总之为了使这个讯息是正确的），我不仅应该变动这个讯息，而且这种变化还应该是新颖的，就像被发明的那样。

在这一系列必然的制约中，我们将会重新认识文学本身（我最后的讯息在尽力躲避"文学"，这只不过是一种最后的变化，即文学的一种谋略）。正像我的唁函一样，任何写出的文字，只是当其在某些条件下可以改变初级讯息（这种讯息也许是不错的：我喜欢、我忍受、我同情）的时候，才变成作品。这些变化条件便是文学的存在条件［这便是俄国形式主义者们所称的"literaturnost"，即"文学性"（littératurité）②］，而且就像我的信件一样，这些条件最终只与二级讯息的新颖性（originalité）有关系。因此，这种新颖

---

① 在符号学上，讯息（message）与信息（information）是两个不同的概念，前者是指符号的"能指"（signifiant）的结合，后者是指其"所指"（signifié）的结合，因此，讯息便是外在表达，信息则是所述内容。这两个概念在本书中频繁出现。——译者注

② 现在已被 littérarité 一词所代替。——译者注

性远不是一个庸俗的（在今天是不可承认的）批评概念，并且在以信息论术语来思考它（就像现时的言语活动可以允许的那样）的情况下，这种新颖性相反却是文学的基础本身。因为，只是在我服从于它的规律的情况下，我才可以正确地传播我想说的东西。在文学上，一如在私人交际中一样，如果我想成为最不"虚假的"，那我就应该是最为"新颖的"——或者如果更愿意的话——是最为"间接的"。

其原因根本不是为了成为新颖的，我才最为紧密地依靠一种有灵感的创作活动，而这种创作活动又像是可以确保我的言语之真实性的一种天赋那样：自发的东西并非必然地是可靠的。其原因是，这种本应用来直接说出我的悲痛的初级讯息，这种本想只是简单地说明存在于我身上的东西的纯粹讯息，是非现实的：其他人的言语活动（那么，还存在什么其他的言语活动呢？）在同样是直接地将这一讯息返还给我的时候，它已经被装饰上和沉重地带有我不接受的无数讯息。我的言语只能从一种语言①中脱离出来，索绪尔②的这种真理在语言学之外于此得到了很好的回应。在只是简单书写哀悼的时候，我的同情心就变成了漠不关心，而词语则表明我冷淡地遵从了某种习惯。在一部小说中写到长时间以来，我就很早睡觉的时候，尽管这种陈述是那样的简单，但作者却无法阻止副词的位置、对我的使用、就要开始讲述或最好说就要开始叙述对夜晚的时

---

① 根据索绪尔语言学理论，语言（langue）是一整套词汇和语法，是社会性的，言语（parole）是个人对语言的使用，而这两者都包含在"言语活动"（langage）之中。——译者注

② 索绪尔（Ferdinand de Saussure，1857—1913）：瑞士语言学家，现代结构语言学和现代符号学的奠基人之一。——译者注

间和空间的某种利用的一种话语,都已经形成了一种二级讯息,这种讯息便是某种文学。

因此,不论谁打算准确地写作,想必都会不由自主地发展到言语活动的边界上,而且正是在这里,他真正地为其他人写作(因为,如果他只是对自己说话,那么,表明自己诸多情感的一类自发词汇对于他就足够了——情感直接地就是其自己的名称)。由于言语活动的任何贴切性都是不可能的,所以,作家和个人(当其写作的时候)都必须立刻改变他们最初的讯息,并且由于这种贴切性又是不可避免的,所以他们都必须选择最佳的内涵,而这种最佳内涵,其间接成分虽然有时非常迂回,但它尽可能少地改变的,并非是最初讯息想要说的东西,而是这些讯息想让人理解的东西。因此,作家(朋友)是为自己而说话的人,是直接地听自己言语的人。于是,便构成了一种被公认的言语(尽管它是一种被创造的言语),这便是文学的言语。实际上,写作在所有层次上都是他人的言语,人们可以在这种反常的颠倒之中看出作家的真正"赠与";甚至还应该在此看到这样一点,即对言语的这种预想,是作家(一如有同情心的朋友)可以使人理解他向着他人注目的(非常脆弱的)唯一时刻。因为随后便没有任何直接的讯息可以传递出有人在同情这一情况,除非重新落入同情符号之中:唯独形式可以让人躲避情感的嘲弄,因为形式也是以理解和主导言语活动之戏剧为目的的技巧。

因此,新颖性是一种代价,它是为赢得他人对你作品的欢迎(不仅仅是得到理解)而必须付出的代价。由于有许多细节对于简要而准确地说出东西是必需的,所以这便是一种奢华的沟通,但是,这种奢华是至关重要的,因为一旦沟通是情感方面的(这是文学的深层次安排），平庸就变成了它最重要的威胁。正是因为有着一种对平庸的焦虑（对于文学来讲，就是焦虑它的死亡），文学才按照它自己的历史在不停地使其二级信息（它的内涵）规范化和将这些信息纳入某些安全范围之内。因此，人们看到，一些流派和一些时期在为文学传播固定一种受到注意的区域，这个区域局限于一方面必须使用一种"变化的"言语活动，另一方面又以一组被确认的外在形象来封闭这种变化。这个至关重要的区域，被叫作修辞学，其双重的功能就是使文学避免转换成平庸性的符号（如果文学过分直接的话）和转换成新颖性的符号（如果文学过分间接的话）。从贡戈拉文体①到"空白"写作，修辞学的界限可以扩展或者压缩，但是，可以肯定的是，修辞学只不过是提供准确信息的技巧，自从它想让人明白我们承认它是写作的传情示爱的维度时起，它就不仅与任何文学有关，而且与任何交际都有关。

　　这种必须经过变化才能使之准确的最初讯息，从来都只是激励我们的东西；在文学上，只有某种欲望才是其最初的所指：写作是情欲的一种方式。但是，这种情欲首先只有一种贫乏的和平淡的言语活动听其安排。情感性位于任何文学的基底，它只包含着数目极少的一些功能：我想望、我忍受、我愤怒、我反对、我喜欢、我想被人爱、我怕死，正是用这些来产生一种无限的文学。情感性是平庸的，或者，如果可以说的话，它是典型的，而且这一点在左右着文学的整体存在。因为如果写作的欲望仅仅是一些顽固的修辞格的会聚的话，那么，留给作家的就只有一种变化与组合的活动：从来

---

　　① 贡戈拉文体（gongorisme）：指矫揉造作的写作风格。——译者注

没有创作者，而只有组合者，而且文学就像是阿尔戈战舰①。阿尔戈战舰在其长期历史上，不曾有过任何创造，而只有组合；不过，它的每一个部件都与一种固定的功能结合，因此这个部件是可以无限地更新的，而战舰的总体不会在某个时间不再是阿尔戈战舰。

因此，在对进入或不进入世界的一切东西无热情考虑（不管其讯息表面上有多么疏远）的情况下，任何人都不可能写作。人的痛苦与快乐、它们在我们身上引起的东西，例如愤怒、判断、接受、梦想、欲望、焦虑，所有这些都是符号的唯一材料，但是，这种在我们看来首先是不可表达的能力——因为它是最初的，却只能立即属于可命名的东西。我们又一次回到了人类交际的无情的法则上来：最初之物本身只不过是语言中最为平淡的语言，而且，正是借助于过分的贫乏而不是过分的丰富，我们在谈论不可消失的东西。然而，文学正是应该与这种初步的言语活动、这种可命名的东西、这种过分可命名的东西一起奋力拼搏着：文学的最初材料并非不可命名，相反却是可命名的东西；想要写作的人应该懂得，他在开始与一种总是前期的言语活动过着长期的姘居生活。因此，作家根本不需要从寂静中"夺取"一个动词——就像文学中的虔诚圣徒传记里所说的那样，而是相反，他需要极为困难、极为残酷却并非特别荣耀地从世界、从历史、从他的存在——简言之，从先于他而存在的可理解的东西——提供给他的那些初级言语困境中剥离一种二级言语，因为他进入了一个充满言语活动的世界，而且不存在任何不被人类已经划分的真实：诞生，不是别的什么，而只是找到已经制

---

① 阿尔戈战舰（vaisseau Argo）：一种古战舰，由帆、舰体和舰尾拼组而成。——译者注

定的编码（code）并应该与之相适应。我们经常听到这种说法，艺术的责任就是表达不可表达的东西；应该反过来说（毫无制造谬论之意）：艺术的整个任务就是不去表达可表达的东西，就是从作为贫乏而有力的激情语言的世人语言中提取另一种言语，即一种准确的言语。

如果是另外的情况，如果作家确实具有先于言语活动而赋予某种东西一种最初声音之功能的话，那么，一方面，他只能让人去无限地重复，因为想象之物是贫乏的（它只有在人们对构成它的那些形象进行组合的时候，才可以丰富起来，那些形象数量很少而且干瘪无力，尽管在体验它们的人看来是惊人的）；另一方面，文学可能根本就不需要那一直为它奠基的东西：一种技巧。实际上，他不可能具有一种创造的技巧（一种艺术），而仅仅具有一种变化和安排的技巧。于是，我们看到，在历史的长河中，数量众多的文学技巧（尽管这些技巧没有得到很好的统计）都在尽力超过它们必须复述的可命名的东西。这些技巧是：修辞学，它是借助于替换和意义移动来改变平庸的艺术；安排（agencement），它可以赋予单一的讯息以无限的曲折（例如在一部小说中）；反语（ironie），它是作者解脱自己的形式；片段（fragment）——或者人们更愿意的话——故作保留的方式，它可以让人记住意义，为的是更好地将其发散到所有开放的方向。所有这些技巧，在作家看来，都来源于从（世界和自我都已经赋予其名称的）一个世界和一种自我出发的必要性，它们的目的是建立一种间接的言语活动，也就是说，一种既固执（具有一种目的）又迂回（接受无限多样的停靠站）的言语活动。我们看到，这是一种史诗情境。但这也是一种"俄耳甫斯式的"① 情境。这不是因为俄耳甫斯会"唱歌"，而是因为作家和俄耳甫斯都对同一种禁令感到惊讶，而这种禁令促使他们产生"歌声"：禁止重新返回到他们所喜爱的东西上。

在韦尔迪兰夫人（Verdurin）指出布里绍（Brichot）有关战争的文章中太多地使用了 Je（我）之后，这位大学教授便将其所有的 Je 变成了 On（人们）②，但是，"On"并不妨碍读者看到作者在谈论他自己，并可以使作者总是在"On"的庇护下不停地谈论他自己。尽管布里绍滑稽可笑，但他总归是作家；他所操纵的所有人称范畴，比起语法上的范畴还多，从来都只是为了赋予他个人一种真正符号地位在进行尝试。因为，在作家看来，问题既不是表达，也不是掩盖他的 Je（布里绍因天真而做不到这一点，并且也丝毫不想去做到），而是庇护 Je，也就是说，既提前具有 Je，又安顿 Je。然而，一般来说，一种编码的建立正是要符合这种双重的需要：作家从来都试图将他的 Je 转换成编码片段。在此，应该再一次进入意义的技巧之中，而语言学将再一次提供帮助。

---

① 俄耳甫斯（Orpheus）：古希腊神话中的诗人和歌手。善弹竖琴并富有反抗精神。法国画家德洛奈（Robert Delaunay, 1855—1941）在自己的创作中形成了采用对比获得色彩协调的技法；"俄耳甫斯式的"（orphique）就是指这种技法的特征。——译者注

② 法语中的"On"是一个泛指代词，它几乎可以代替所有的主语人称代词，除了一般理解为"人们"之外，它还可以根据话语语境理解为"有人"、"我们"、"你们"、"我"、"你"等，所以，文中才有"在'On'的庇护下不停地谈论他自己"之谓。——译者注

雅柯布逊①在重新采用皮尔士②的一个表达方式时，在 Je 中看到了一种标示性象征（symbole indiciel）。作为象征，Je 属于一种特殊的编码，会因语言不同而不同（根据是拉丁语、德语或英语，Je 分别变成了 Ego、Ich 或 I）；作为标示，它指一种存在性情境，即说话人的情境，而这种情境实际上就是其唯一的意义，因为 Je 是个整体，但它同时也只是说出 Je 的人。换句话说，Je 不能在词汇学上加以确定（除非借助于诸如"单数第一人称"这样的应付措施），不过，它参与一种词汇（例如法语的词汇），在它身上，讯息"重叠着"编码，它是一种变指成分③、一种转换器（translateur）；它是所有符号中最难操纵的符号，因为儿童在最后时刻才获得它，而失语症患者则首先失去它。

在二级阶段，即总是文学的阶段，面对 Je，作家根据其是小说家还是批评家，而处于与儿童或失语症患者相同的情境之中。就像儿童在谈论他自己的时候说出的是他自己的名字一样，小说家通过无限地使用第三人称来自我命名；但是，这种命名丝毫不是一种掩饰、一种投影或一种距离（儿童既不掩饰自己，也不自我想象，更不远离自己）；相反，它是一种直接的操作，这种操作是以一种开

---

① 雅柯布逊（Roman Jakobson, 1896—1982）：俄裔美国语言学家，布拉格结构主义语言学派创始人之一，他对传播学基础理论的贡献很大。——译者注

② 皮尔士（Charles Sanders Peirce, 1839—1914）：美国哲学家和逻辑学家，一生致力于实用主义和符号学的研究。——译者注

③ 变指成分（shifter）：来自于英语，由雅柯布逊引入语言学概念之中，在法语上由吕威（N. Ruwer）翻译成 embrayeur（接合成分）。在吕威后来对这个概念的深入分析中，他又区分出两种不同的程序，即脱离（débrayage）和接合（embrayage）。——译者注

放的、专横的方式（没有比布里绍的 On 更明确的了）来进行的，而作家需要这种方式通过一种正常的（而不再是"重叠"的）、完全来自于其他讯息编码的讯息来谈论他自己，以至于写作远不是指主观性的一种"表达"，而相反是将标示的（折中的）象征转变成纯粹符号的行为。因此，第三人称并非文学的一种策略，它是文学上先于任何其他人称的确立行为：写作，便是决心去说 Il（他）（和能够去说他）。这一点说明，当作家说 Je 的时候（这一情况经常出现），这个代词便与一种标示性象征不再有任何关系，它是一种精心编码的标志：这个 Je 只不过是二级阶段的 Il，即一个迂回的 Il（就像对普鲁斯特的 Je 的分析所证实的那样）。像失语症患者一样，批评家由于被剥夺了所有人称，他便只能说一种带缺漏的话语。由于他不能（或不屑）将 Je 转换成符号，他就只有通过人称的某种零度状态来使其沉默。因此，批评家的 Je 从来都不在他说的东西里面，而是在他不说的东西里面，或者更应该说是在标示着任何批评话语的不连续性之中。也许是因为它的存在过分突出，以至于不能将其构成符号，但也许相反，因为它的存在过于词语化和富有文化色彩，以至于不能将其保留在标示性象征状态。批评家是这样的人，他不能生产小说中的 Il，但也不能将 Je 弃之于纯粹的私生活之中，也就是说放弃写作：他是 Je 的失语症患者，而他的言语活动的其余部分则不受触动地继续存在着，不过却带着某种符号的经常性停滞所强加给言语（就像在失语症患者的情况里）的无限的迂回标志。

我们甚至可以把这种比较推得更远一些。小说家就像儿童一样，他之所以决定用一个第三人称的形式来为他的 Je 进行编码，那是因为这个 Je 还没有故事，或者是因为他决定不赋予其故事。任何小说都是一种曙光，而且正是因为这一点，它才似乎是想要写作的形式。因为，儿童在用第三人称来谈论自己时，他体验着一种脆弱的时刻，在这个时刻，成人的言语活动在他看来就像是还没有遭受任何不纯粹象征（半编码，半讯息）腐蚀或威胁的完美的法规，同样，正是为了与其他人相遇，小说家的 Je 才躲避在 Il 之下，也就是说，躲避在一种完全的编码之下，而在这种完全的编码中，存在性尚不与符号结合。相反，面对 Je，在批评家的失语症中则投入了一种过去时的阴影；他的 Je 带有太多的时间，以至于他不能将其拒绝以及将其交与他人完全编码（是否需要提及普鲁斯特的小说只是在时间一旦逝去的时候才是可能的呢？）。由于不能放弃象征的这种无声的一面，批评家所"忘记"的正是完整的象征本身，这完全像失语症患者那样，因为这种患者只能在其言语活动曾经存在的情况里才可以破坏他的言语活动。于是，在小说家成了终于使他的 Je 变得幼稚甚至使其与其他人的成熟编码混合在一起的时候，批评家便成了使他自己的 Je 老化的人。也就是说，他封闭自己的 Je、保留 Je 和忘记 Je，直至使其摆脱文学的编码而成为不受触动和不可交际的东西。

因此，标志着批评家的东西，是间接性的一种秘密实践：为了处于秘密状态，间接性在此应该躲避在直接性、及物性和关于他人的话语的形象之下。由此，产生了一种不能被当作含混的、有所保留的、影射性的或否定性的言语活动来接受的言语活动。批评家就像是一位逻辑学家，他以诚实可靠的论据"填充"他的功能，不过他却秘密地要求人们注意只去评价他的各种方程式的有效性，而不是去评价这些方程式的真实性，同时借助于一种最后的沉默策略，希望这种纯粹的有效性就像其存在性的符号那样来发挥作用。

因此，在结构上有一种与批评作品有关的误解，但这种误解不能在批评言语活动本身之中被揭示，因为这种揭示有可能构成一种新的直接形式，也就是说一种外加的面具。为了使这种循环中断，为了使批评家准确地谈论他自己，他就应该转换成小说家，也就是说，用一种公开的间接性来替换他赖以藏身的虚假的直接性，就像所有虚构故事的间接性都是的那种情况。

大概，这就是小说总是属于批评家关注范围的原因：批评家是马上写作的人，是像普鲁斯特式的叙述者那样用一种外加的作品来充满这种期待的人，他在自我寻找之中构成自己，而其功能则是在躲避其写作计划的同时去完成这一计划。批评家是一位作家，但却是一位缓期而至的作家。作为作家，他很希望人们不要去相信他所写的东西，而去相信他作出的写作的决定；但与作家相反，他不能确认这样的愿望：他仍然不得不犯错误，即不得不说真话。

1963 年 12 月

# 对象世界

在荷兰的博物馆中，有一位微不足道的画家，他也许应该获得弗米尔·德·德尔夫①那样的虚幻的声誉。萨恩雷达姆②既不画面孔，也不画静物，他尤其擅长画空荡教堂的内部，而那些教堂也就被绘成了柔润的榛子冰激凌那样的淡灰褐色且充满着善意。在那些教堂里，可见的只有一些木头和石灰

---

① 弗米尔·德·德尔夫（Vermeer de Delft，本名 Vermeer Johannes，1632—1675）：荷兰画家，属卡瓦拉乔画派（caravagisme），受意大利绘画影响。他出名很早，但也很快销声匿迹。不过，两百多年之后他被印象派发现，遂再次声名大噪。——译者注

② 萨恩雷达姆（Pieter Saenredam，1597—1665）：荷兰画家，以绘画教堂内部著称。——译者注

结构的框架，人迹罕至，而这样的否定性比所有偶像遭到破坏还要严重。虚无从来没有过如此的确定。这位外表神圣而固执的萨恩雷达姆，在悄悄地拒绝意大利式的雕像人物过多的情况，也同时拒绝了其他荷兰画家所主张的空荡之恐怖。萨恩雷达姆差不多可以说是一位荒诞派画家，他完成了对于主体的一种剥夺状态，这比现代绘画的解体技法更为隐蔽。热忱地画一些无意蕴的外表，而且只画这些，这已经是非常现代的对于沉默的一种审美了。

萨恩雷达姆是一种反常现象：他借助于反衬法（antithèse）使人感觉到了荷兰古典绘画的本质，这种绘画干净利落地清除了宗教，只是为了在宗教的位置上建立人和他的对象王国。人被安排在圣母和她的天使们站立的阶梯的地方，脚下是无数日常生活用品，他为使用方便而得意洋洋。就这样，人达到了历史的极致，他不知道还有别的什么命运，而只知道对于物质的一种渐进的获得。对于这种人性化过程，已经不再有什么界限，尤其不再有范围：您看（卡佩拉①或者范·德·维恩②）那些高大的荷兰水手；那些海船因载满人和物品而似乎断裂，水面就是平地，人们就在上面走着，大海完全城市化了。一艘海船出危险了吗？它就在紧靠着站满人和备有救生器具的岸边，在此，人间以数量来显示效果。似乎，荷兰风景画的命运，就是到处是人，就是从无限的要素过渡到全部是人。（阿萨亚斯·范·德·维尔德③的）沟渠、磨房、树木、鸟，是通过

---

① 卡佩拉（Jan Van de Cappelle，1624—1679）：荷兰画家，以画海船著称。——译者注

② 范·德·维恩（Jan Van de Venne，约 1610—1650）：荷兰画家，以画海船著称。——译者注

③ 阿萨亚斯·范·德·维尔德（Assisas Van de Velde，1591—1630）：荷兰画家和雕塑家。——译者注

一艘装满人的渡轮联系起来的;船体因满载着人而显得沉重、庞大,它连接着两岸,并因此借助于活动着的人的意愿而终结了树和水的运动——这些活动着的人将这些大自然的力量重新推向对象行列,并使创作成为一种使用。在人最少出现的季节,在只是故事向我们谈论的最为严酷的一个冬季,鲁斯达埃勒①还是要安排一座桥、一栋房子、一个走路的人;这还不是春天第一场淅淅沥沥的温雨,可是这个正在行走着的人,确实就是正在生长着的种子即人本身,只有人在这种茶褐色的大地上顽强地萌生。

人类就是这样在空间中书写着自己,同时立即又使空间充满着亲近的举动、记忆、习惯和意愿。他们沿着小路、靠着磨房、傍着封冻的沟渠而居,只要可以,他们就在那里安放他们的一些物品,就像在卧室里那样;在他们身上,一切都以住房为目标,而没有任何别的:这便是他们的天空。有人说过(甚至是很正确地说过)荷兰船具有家庭的能力;船体结实、甲板牢固、外呈凹形、浑然如蛋状,它满载而又显示出无空隙之快乐。请看荷兰的静物画:对象从来都不只是一个,从来都不是特选的;它只是待在那里,待在其他对象中间,没有别的,对于它的绘画介于两种用途之间,它属于先是把握它、随后放弃它——一句话——利用它的无序运笔之作。对象到处都有,餐桌上、墙上、地面上:罐子、倒立的长颈小口壶、无处不见的废物桶、蔬菜、猎物、粗瓷大碗、牡蛎壳、玻璃杯、摇篮。这一切,就是人的空间,人就在这个空间中自我度量,并根据对自己举动的记忆来确定他的人性表现:他的时间被各种用途所占用,在他的生活中,没有别的什么权威,而只有在赋予他的时间以

---

① 鲁斯达埃勒(Salomon Van Ruysdael,1600—1670):荷兰风景画家。——译者注

形式和操纵这一时间的同时印刻在惰性之物上的权威。

显然，这种加工生产的世界排除任何恐慌，因此也排除任何风格。荷兰画家所关注的，并非是使对象摆脱其品质，以便解放其本质，而是完全相反，是汇集表面上的二级变化，因为必须为人的空间加入一些层次和一些物象，而不是加入形式或观念。对于这种绘画的唯一逻辑解决办法，就是为物质覆盖上一种透明的淡色，人则可以沿着这种色彩移动，而不破坏对象的使用价值。例如像阿萨亚斯·范·德·维尔德或是埃达①那样的静物画家，他们曾经不停地接触物质最为表面的品质：光泽。牡蛎、柠檬果肉、内盛深色葡萄酒的厚壁玻璃杯、长长的耐火白土烟斗、闪亮的板栗、彩釉陶器、擦亮的高脚金属杯、三粒葡萄，除了在人的范围之内可以润滑他的目光并使其每日都围着这些没有了神秘，而只有一些简单外表的物品走动外，那么，可以证明这种拼放合理性的东西是什么呢？

一种对象的<u>用途</u>，只能有助于消除它的主要形式，相反却在其属性上有更大的发展。其他艺术、其他时代，都曾经在风格的名下追求事物在本质上的不突出；在这里，则根本不存在这种情况，每个物件都伴随着它的那些形容词，实体被深置于其无数品质之中，人从来不与负责向其提供一切并受其谨慎支配的对象对抗。我对于柠檬的基本形式有什么需要呢？我的完全经验性的人性所需要的，是摆上来就可用的一只柠檬，它的一半被剥开了皮，一半被切开了，一半柠檬味道，一半清爽感觉，它是在用其不合常规的完美而无用的椭圆形来交换其第一种经济品质，即药用收敛性②的珍贵时刻被拿到的。对象总是开放的、摊开的、有东西陪伴的，直至它像

---

① 埃达（Willem Heda，1594—1680）：荷兰静物画家。——译者注
② 柠檬汁具有使有生命的机体组织收敛的药物作用。——译者注

是封闭的实体那样被破坏掉,直至依据各种使用功效而被出售掉,而人则懂得从固执的物质上突出这些功效。我在荷兰的"厨房"(例如比歇尔拉埃①的厨房)中,很少看到一个国家的人民对其美食津津乐道(这更像是比利时的情况,而不是荷兰的情况;像吕泰尔②和特龙普③那样的贵族一星期只吃一次肉),而更多地看到对食物餐具有效性的一系列说明:食物的单体性总是像静物那样被破坏掉,并且总是还原成像是属于家庭时间的那些时刻;这里是黄瓜的清脆欲滴的绿色,那里是带羽毛的家禽的白色,对象在处处向人展示着它的有用的方面,而不是它的基本形式。换句话说,这里从来就没有对象的种属状态,而只有一些品质状态。

这便是对象的一种真正的转移,该对象不再具有本质,它完全躲进了其属性之中。我们不能想象对对象进行更为完全的征服。整个阿姆斯特丹城本身似乎都是为了获得这样的供给而修建的,几乎没有什么物资不附属于这个商品帝国。例如,某处工地上或是火车站边上的石灰渣,没有比这更无法称呼的了;这不是一种对象,而是一种要素。请看阿姆斯特丹这些烧过的和装载在平底驳船上的石灰渣,正沿着河渠行走;它们是像奶酪、装糖的箱子、大颈玻璃瓶或冷杉幼苗一样被确定的对象。请为载舟的水的运动再加上垂直的房屋,那些房屋在拦截、在消化、在存放或在修复商品:由滑轮、

---

① 比歇尔拉埃(Joachim Bueckelaer,约1530—1573):荷兰静物画家。——译者注

② 吕泰尔(Michael Andriaenszoon Ruyter,1607—1676):荷兰海军上将。——译者注

③ 特龙普(Marten Harmenszoon Tromp,1597—1653):荷兰海军上将。——译者注

奔跑和转运组成的合奏，在持久地调动着那些最不定型的物资。每一栋房屋，不论是瘦长的还是平卧的，或者是轻微倾斜像是伸到商品堆前面去的，在被人向上看时都突然变得洁净无尘：只有一种神秘的人口，即储仓背靠着天空展示，就像人的整个住房只不过是<u>入库存放</u>的上行通道，这是祖传下来的动物与儿童的重要动作。由于城市就建在水上，所以这里没有地下储窖，一切都是从外面搬到储仓上面去的，物品在走向所有的视野范围，它在水的平面和墙的平面上滑行，是它在铺展空间。

　　对象的这种不稳定性，几乎足可以构成对象。由此，产生了与所有荷兰的河渠相联系的确定能力。很显然，这里有一种水与商品的复合情况；是水在产生对象，同时赋予对象平静的、可以说是平面的灵活性之全部细微变化，它连接着一些储备物，稳定地进行着交换，并把城市变成了动态财富的一种明细册。再来看一看另一位不太出名的画家贝尔克伊德[①]画的河渠，他几乎只画了财产的这种等价的循环：对于对象来说，一切都是一条长长的道路；码头的哪一处存放油桶，哪一处存放木材，哪一处存放拖网；人只需要倾卸或是吊起，作为傻瓜的空间则做剩下的事，它远送、近运和筛选那些东西，它分配和回收那些东西，其目的似乎只是去完成这些东西的运动计划，而这些东西则被一层牢固的和因使用而变得光滑的清漆与材质分离开来。在此，所有的对象都是为被操纵而准备的，它们都具有圆圆的、附着力强的、油光闪亮的荷兰奶酪式的分散状态和密度。

　　这种分离是具体事物的极点，我只看到一部法国的著述可以自

---

　　① 贝尔克伊德（Adriaensz Berckheyde，1638—1698）：荷兰画家。——译者注

信它的列举能力等同于荷兰河渠的能力,那便是我们的民法。请看动产与不动产名单:"鸽舍中的鸽子、兔洞中的家兔、蜂群、池塘中的鱼、压榨机、锅炉、蒸馏器、麦秸和肥料、壁毯、镜子、书籍和勋章、内衣、武器、种子、葡萄酒、干草料",等等。这难道不正是荷兰绘画的总体吗?在这里,就像在那里一样,有一种自足得很是得意的唯名论。对于财产的任何确定和操纵,都会产生一种属于索引目录的艺术,也就是说属于具体事物的艺术,这种具体事物是被分解的、可用数字表示的、活动的。荷兰的景象要求一种渐进的和完整的解读;应该从一端开始,在另一端结束,应该以记数的方式浏览绘画,而不忘记在什么地方、在什么边缘处、在多远的地方有一种新的对象,这个对象很完好,并将其整体加入对财产或商品的耐心的考虑之中。

在这种列举能力被应用于(在当时看来)最下层社会群体的时候,它就将某些人构成了对象。冯·奥斯塔德①笔下的农民,或是阿维康普②笔下的滑冰者,只有以数目存在的权利,而将他们聚集在一起的景象不应该被解读为一种完全人性的群体动作,而更应该被解读为旁枝末节之目录。这种目录在将这些景象进行变化的同时,分离和排列一种前人类的所有要素;要像解读一种字谜那样破译这一点。这是因为,在荷兰的绘画中,明显地存在着两种人类学,它们像利内③的动物类别那样分离清晰。借助于一种故意的做法,单词"类别"服务于两种概念:贵族类别(homo patricius)和

---

① 冯·奥斯塔德(Adrisen Van Ostade,1610—1685):荷兰画家。——译者注
② 阿维康普(Hendrik Averkamp,1585—1634):荷兰画家。——译者注
③ 利内(Carl von Linné,1707—1778):瑞典医生和植物学家。——译者注

农民类别（homo paganicus），而每一个类别在汇集人群的时候，不仅依据相同的社会条件而且依据相同的体貌外观。

冯·奥斯塔德笔下的农民，面孔不像面孔，只画出一半，无稳定形态；他们像是一些未完成的创造物、一些人的雏形，他们被固定在人类繁衍的先前阶段了。儿童们也是没有年龄和性别区分，他们只是被人按照高矮来命名。就像猴子与人类分离那样，这里的农民在被剥夺了人的最后特征即人格特征的情况下，也远离了城市有产者。这种低等人从来不被人从正面把握，这似乎要求至少具有一种目光；但这种特权是为荷兰民族的贵族或牛、动物图腾和供养人保留的。这些农民，在其上身，只在面部看得出做了些绘画上的努力，脸是勉强构成的，而其下部或因呈俯视状态或因变动方向而总是得不到显露；这是一种不明显的前人类，他们以对象的方式充斥着空间，但这些对象具备着后来补加的让人陶醉或给人快意的能力。

现在，请您在面前放置一幅绘有一位年轻贵族的画，这位贵族被固定在他的近似于不动之神的姿态之中（尤其是韦斯普龙克①所画的那些贵族）。这是一种超个人（ultra-personne），他带有人类的极端符号。农民的面部越是被置于创作之外，贵族的面部就越是达到其同一性的最高程度。荷兰的富足有产者的这种动物学类别，其自身已经具有自己的气质：栗子色头发、棕褐色（更应该说是李子色的）眼睛、玫瑰色皮肤、高高的鼻子、嘴唇微红且柔软、整个阴暗部分在面孔的突显点上非常脆弱。没有或很少有女人的头像，除非她们是济贫院的管理员、收银会计，而且没有笑容。女人都是在

---

① 韦斯普龙克（Jan Comelisz Verspronck, 1597—1662）：荷兰肖像画家。——译者注

其作为工具性的角色中出现的，如慈善机构的管理员，或家庭经济的看守人。男人，只有男人是人。因此，荷兰整个的这种绘画——静物画、海船画、农民画、女管理员画，都带有一种纯粹男性的肖像画特征，其顽固表现便是《行业公会》那幅画。

"行业公会"（Doelen）非常之多，显然需要在此接触这种神话。行业公会，这多少有点像意大利的不婚女基督徒、古希腊的富豪子弟同学会、古埃及的法老或是德国的赋格曲，是为艺术家规定了种类界限的一种古典主题。就像所有的女基督徒、所有的富豪子弟同学会、所有的法老和所有的赋格曲①彼此之间相像一样，所有的行业公会中的面孔也都是同形的（isomorphes）。在这里，我们再次获得了证据，面孔是一个社会符号，可能有着一种关于面孔的历史，并且，种类之最为直接的产物也服从于变化和意指②，这完全像最为社会化的那些机构。

在有关行业公会的绘画中，有一样东西是打动人的：大脑袋、脸上明亮而过分求真。面部变成了借助于技巧性强制力量（forcing）而日臻完美的一种营养过剩的花朵。所有这些面孔都是按照属于同一植物种类的单位来处理的，它们将种属的相似性与个体的同一性结合了起来。它们是主要成分为肉质的一些大花朵（见

---

① 赋格曲：复调乐曲的一种形式。——译者注
② 能指（signifiant）、所指（signifié）和意指（signification），是符号学的三个重要概念。能指与所指结合成符号。意指一般指符号的这种"结合过程"，即"符号化"或"意义的连接"结果（参阅格雷马斯、库尔泰斯合著《符号学词典》一书）。罗兰·巴尔特多把这一概念作为"结合过程"来使用，参阅后面的文章。——译者注

哈尔斯①的作品），或是混沌一团的一群野兽（见伦勃朗②的作品），但是，这种普遍性与那些剃光胡须的中性基本面孔没有任何关系，因为那些基本面孔是完全可以自由安排的，它们随时可以接收心灵的符号，而不接受人格的符号：痛苦、兴奋、敬重和怜悯，完全是脱离肉体的激情肖像。中世纪人的头部的相似属于本体论范围，行业公会的面孔相似属于生殖范围。一个由其经济地位确定的毫无含混而言的社会等级，既然恰恰是由商业功能的一致性在证明这些有关行业公会的绘画的合理性，所以在此表现出其人类学的特征，而这种特征并不依赖于生理学的二级特征：这些人头相互相像，丝毫不是因为他们都是严肃和正面的，这与社会主义的现实主义肖像画相反，因为后者以相同的阳刚气和相同的张力统一了工人们的表象（而这正是一种原始艺术的方法）。在此，人的面孔的母体并不属于伦理范围，它属于肉体范围，它并非是由一组意愿构成的，而是由血液和食物的同一性构成的，它是在长时间的沉淀之后形成的。这种沉淀在一个等级的内部汇集了社会特殊性的所有特征：年龄、外表、形态、皱纹、相同的走姿，这甚至属于一种生物学，该生物学从通常的素材（事物、农民、风景）中显示贵族等级并将之封闭在其权威性之中。

这些荷兰人面孔，由于完全被社会承袭所鉴别，所以不进入破坏面容和在瞬间就将身体显露无遗的任何内心历险之中。他们需要把激情的时间变成什么呢？他们有着生物学的时间：他们的肉体不需要为了生存而等待或承受事件；是血液使他们的肉体存在并凸显

---

① 哈尔斯（Frans Hals，约1580—1666）：肖像与风俗画家。——译者注
② 伦勃朗（Rembrandt Harmenszoon van Rijn, 1606—1669）：荷兰画家。——译者注

出来；激情是没有什么用处的，它不为生存增加任何东西。请看例外：伦勃朗的戴维并不哭泣，他使自己的头半掩在一处帷幕之中，闭上双眼，便是关闭世界，而且在荷兰的绘画中没有比这更为脱离常规的场面。这是因为，在这里，人具备形容词的品质，他从存在过渡到具有，他将忍受痛苦的人类与其他事物归为一体。那种被提前取消边框的绘画，也就是说，被从位于其技巧规则和审美规则内的一个区域来观察的绘画，在15世纪的画面中哀悼耶稣而充满泪水的圣母与苏维埃图片中富有斗争精神的列宁之间，没有任何区别。因为在这里就像在那里一样，提供的是一种属性，而不是一种同一性。这正是小小的荷兰的反面情况，因为在荷兰，事物仅仅以它们的品质而存在，而人并且只有人才具有完全赤裸裸的存在。人的名词世界，事物的形容词世界，这便是献身于快乐的一种创作范围。

那么，是什么东西表明这些人处于其帝国的极致呢？是<u>神力</u>（numen）。我们知道，古代的<u>神力</u>是一种简单的举动，借助于这种举动，神性表明其决心，同时，神性借助于由一种纯粹的演示所构成的某种基本言语活动而具有人的命运。最高权力并不说话（也许因为它并不思考），它只满足于举动，甚至是半举动、举动意愿，而这种意愿很快就在上帝的公正客观之中被吸收了。<u>神力</u>的近现代典范，可能是一种混合有疲惫和信心的张力，米开朗琪罗画中的上帝就是借助于这种张力在创造了亚当之后又与之分开，并以在空中的一个手势为其指定了下一个人。每当上帝的类别被再现的时候，他们必然要展示其<u>神力</u>，没有这种神力，绘画就会是不可理解的。请看拿破仑皇帝的传记：拿破仑是一个纯粹神圣的人物，从他的手势习惯来看，他甚至是不真实的人物。首先，这种手势一直就有：皇帝从来不让人毫无根据地去理解；他指明、他意味或者他行动。

但是这种手势无任何属于人的东西；它不是工人即工匠之人（homo faber）的手势，其完全习惯性的动作在竭力寻找自己的结果；它是在行动中最不稳定的时刻被固定的手势；它是关于力量的观念，而不是其因此被永久化的力量程度。他那微微抬起的或坚毅中不乏柔美的手臂，他那在空中的动作，都产生对外在于人的一种能力的幻想。手势在创造，但它并不去完成，因此，它的开始比它的进行更重要。请看《艾劳战役》（Bataille d'Eylau，此画，如果可以的话，应该去掉边框）：在普通人的过分动作之间有着多大的区别，这里在喊叫，那里围着一位双臂紧扎的伤员，还有远处的马在跳跃嘶鸣，而皇帝则油彩光亮，神色凝重，抬起了一只可以同时用各种意指去理解的手，它指着一切，又什么都不指，它以一种可怕的徐缓姿态创造着诸多未知行为的未来。在这幅典范性的绘画中，我们可以看到一种神力赖以构成的方式：它意味着无限的运动，而它又不去完成，它只是使能力的观念永久不衰，而不是使其色彩颜料永久不衰。这是一种经过特殊处理的手势，一种在其疲劳的、最为脆弱的时刻被固定的手势，它把一种全部的理解性力量强加给注视它和接受它的人。

　　这些商人，这些荷兰的有产者，他们聚集在宴会上或围拢在餐桌前数钱，这个既属于动物学又属于社会的阶层，自然没有作战的神力。那么，他们通过什么向人强加其非现实性呢？是通过目光。目光就是这里的神力，是它在使人心绪不宁、神志惶惑，是它在使人成为一个问题的最后终点。当一幅肖像正面看着您的时候，您没有想过会发生什么吗？也许，这不是荷兰的一种特殊性。但是在此，目光是集体的；这些男人，这些在年龄和功能上都男性化了的济贫院女管理员，所有这些贵族，都将其面孔毫无保留地展现在您面前。他们聚集在一起，很少是为了数钱（尽管有桌子、名册和成捆的金币，他们并不去数）或是为了用餐（尽管丰盛），而是为了来注视您和借此表明一种存在和一种权威——在这些之外，您不可能再去想什么。他们的目光，便是他们的证据，也是您的证据。请看伦勃朗的那些呢绒商，其中一个为了更好地看您甚至站了起来。您进入了关系状态，您被确定为人类的一分子，而这是人类全心参与最终起源于人而不是起源于神的一种<u>神力</u>。这种无痛苦也不凶残的目光，这种无形容词和仅仅完全是目光的目光，它既不评判您，也不呼唤您；它在重视您、牵连您，它在使您存在。不过，这种创造性的举止是没有终结的；您在无限地诞生，您在得到支持，您被带到一种运动的尽头，而这种运动仅仅是起因，并出现在一种永恒的悬空状态之中。上帝和皇帝，他们手上有权力，而人则有目光。<u>一种持续的目光</u>，这便是可以与其奥秘的重要性相关的整个历史。

　　这是因为，《行业公会》这幅画的目光建立了历史上出现在社会快乐达到极致时的最后一种悬念，是因为荷兰的绘画没有达到满足的程度，是因为其阶级特征不顾一切地带有也属于其他人的某种东西。当人们独自快乐的时候，会发生什么呢？男人身上还剩下什么呢？《行业公会》回答说：男人身上还剩下目光。在完全幸福的贵族世界中，由于他们是物质的绝对主人和明显地摆脱了上帝，他们的目光突出地显示了属于真正人类的一种疑问，并建议对历史做无限的保留。在有关这些荷兰行业公会的绘画之中，甚至有着一种与现实主义艺术相反的东西。请认真地注意库尔贝①的画室，那简直就是一幅寓意画：它封闭在一间屋子里，这位画家在画一幅他看

---

① 库尔贝（Gustave Courbet, 1819—1877）：法国现实主义画家。——译者注

不到的风景,他的背朝向他的(赤身)模特,模特在看着他画画。也就是说,画家处于一个审慎地排除任何目光而只有自己的目光的空间中。然而,任何只有两个维度的艺术,即作品的维度和观者的维度,都只能创造<u>平淡</u>,因为这种艺术仅仅是一位画家—窥视者(peintre-voyeur)对一种橱窗式景象的把握。深度只出现在景象本身缓慢地将其阴影转向人和开始注目人的时刻。

1953,《新文学》(Lettres nouvelles)①

---

① 每一篇文本后面的日期,是写作的日期,而非发表日期。

#  对象文学[1]

> 对象的（OBJECTIF, IVE, 形容词）：光学术语。物镜片（Verre objectif），即眼镜的镜片，用于不离开想看的对象。
>
> ——《利特雷词典》，Lettré

现时，在蒙帕那斯火车站的正面，有一个很大的霓虹灯招牌："旅途愉快"（Bons-Kilomètres），其

---

[1] "对象文学"（littérature objective）中的 objective 一词还有"客观的"意义。由于作者强调其光学方面的本义，所以，这里将其译为"对象文学"。但译者认为，这并不妨碍我们将这种"对象文学"理解为"客观文学"，因为"罗伯-格里耶的对象既没有功能，也没有实质"，"罗伯-格里耶只为这些对象留下表面的情境和空间联系，并从它们身上去掉任何可能的隐喻"。——译者注

中的几个字母有规律地熄灭。对于罗伯-格里耶①来说，这会是一种很好的对象，是他真心看待的对象，这种材料带有一些明灭点，可以神秘地天天变动位置②。

这种类型的对象，制作精心，在局部上是不稳定的，它们在罗伯-格里耶的作品中是很多的。它们一般都是从城市的装饰（城市平面图、专业指示牌、邮局招牌、信号盘、住房栅栏、桥梁挡板）中提取的对象，或者是从日常装饰（眼镜、开关、橡皮、咖啡壶、时装人体模型、预制的三明治）中提取的对象。"天然的"对象很少［《第三种反射影像》（*la Troisième vision*）中的树、《返回之路》（*Chemin du retour*）③ 中的海湾］，此外，它们都是直接从自然和人的方面获得的，为的是首先构成一种"光学的"反射载体。

所有这些对象，都得到了表面上与其特征——即便是无意蕴的特征，至少是功能性的特征——不大相称的认真描写。在罗伯-格里耶那里，描写总是采用选编式的做法：这种描写像是将对象放在反光镜中来把握，并让它在我们面前构成景象，也就是说赋予对象占用我们时间的权利，而不考虑叙事辩证法可能向这种暴露无遗的对象发出的呼唤。对象就待在这里，它像巴尔扎克的肖像描写一样具有铺展的自由，而不需要因此具有心理学上的必要性。这种描写的另一个特点是：它从来不是影射性的，它会说出一切，它不在全部

---

① 罗伯-格里耶（Alain Robbe-Grillet, 1922—2008）：法国新小说派作家。——译者注

② 关于这一点，请见罗伯-格里耶《橡皮》（*Les Gommes*）（Minuit, 1953）和《三种反射影像》（*Trois visions réfléchies*）（《新〈新法兰西杂志〉》, Nouvelle NRF, avril, 1954）。

③ 从当时还未出版的《窥视者》（*Voyeur*）中选取的文本。

文字和实质中去寻找可以很经济地说明对象整体本质的任务的一种属性（拉辛："在荒芜的东方，什么东西变成了我的烦恼呢"；或者是雨果："伦敦，烟雾笼罩下的谎言"）。罗伯-格里耶的写作是无借口、无厚薄和无深度的，他的写作停留在对象的表面，并同时浏览表面，而不去看重它的任何一种品质，因此，它与诗歌写作是相反的。在这里，单词并不爆炸，并不搜寻，人们也不赋予它在对象面前突然有准备地出现，以便在其实体内部寻找一个概述它的含混名称的功能；言语活动在此并不是深入挖掘，而是像表面那样放开，它负责"绘画"对象，也就是说抚摸对象，沿着空间逐步地为其安排一种渐进的名称链，而每一个名称都不应该道尽对象。

在此，应该注意，在罗伯-格里耶那里，细心的描写与写实主义小说家的艺术性应用无任何共同之处。传统的现实主义根据一种隐性的判断在汇总品质：它的所有对象都有形式，但也有气味、触觉特性、记忆、类比对象，简言之，那些对象充满了意指。它们有着无数被感知的方式，而从来不受损害，因为它们会引起人的一种厌烦或渴求的运动。面对这样既紊乱又有方向性感觉的混合情况，罗伯-格里耶强加了一种单一的把握秩序：目光。在此，对象不再是一种交感源，不再是一堆感觉和象征符号，它仅仅是一种视觉阻力。

视觉形象的这种提升，带来了两种特殊后果：首先，罗伯-格里耶的对象在构成上没有深度；他并不透过其表面来保护一种核心（而文人的传统角色从过去到现在都是透过表面看到对象的秘密）；不是的，在这里，对象并不超越其现象而存在；它不是双重的，不是寓意性的；我们甚至不能说它是难理解的，而如果要说，那就需要重新找到一种二元的本质。罗伯-格里耶细致入微地描写对象，根本不是一种带倾向性的探索；他这样做完全是为了建立对象，旨在使对象的表面一旦被描写，它便被耗尽了。作者之所以离开对象，并不是要服从于一种修辞学手段，而是因为对象只有表面的阻力，并且因为表面一旦被浏览过，言语活动便应该从语义投入中撤出，而这种投入对于对象来说，仅仅是外在的，它只属于诗歌或雄辩术。罗伯-格里耶对于事物的浪漫核心所保持的沉默，并不是一种影射的或神圣的沉默，而是一种不可挽回地建立对象的界限而非建立其他的沉默：一块西红柿，放进一块已备好的三明治中并根据罗伯-格里耶的方法加以描写，便构成了一种无遗传特性、无联系和无参照的对象，即一种固执的对象。这种对象被严格地封闭在其微粒子的范围之内，它只对它自己是暗示性的，并且不会把其读者带入一种功能性的和实质性的<u>他处</u>。在谈到《等待戈多》（*En attendant Godot*）①一剧时，罗伯-格里耶重提海德格尔②的这句话："人的条件，便是在此存在。"的确，罗伯-格里耶的对象也是为了在此存在而被构成的。作者的整个艺术，便是提供给对象一种"在此存在"，并从对象身上去除"某种东西"。

因此，罗伯-格里耶的对象既没有功能，也没有实质，或者更准确地讲，功能和实质都被对象的视觉本质所吸收了。对于功能，我们来看一个例子，迪蓬③的晚餐准备好了：火腿。这至少是食品功能的足够的符号。但是，罗伯-格里耶却说："在厨房的餐桌上，有三片很薄的火腿摊放在白色的碟子里。"在此，功能被对象的存在

---

① 爱尔兰剧作家贝克特（Samuel Beckett，1906—1989）1952年创作的作品。——译者注

② 海德格尔（Martin Heidegger，1889—1976）：德国哲学家。——译者注

③ 迪蓬（Dupont）：罗伯-格里耶小说《橡皮》中的人物，是该作品中的被谋杀者。——译者注

本身叛逆性地超出——薄片、摊放、颜色，并没有怎么去建立一种食物，却是更多地建立了一种复杂的空间。并且，如果对象在此是某种东西的功能的话，那么，它并不属于这种东西的自然用途（被吃掉），而是属于一种视觉路径，即杀手的视觉路径，其步履是从一个对象走向另一个对象，从一个表面走向另一个表面。实际上，对象具有一种蒙骗能力：如果可以说的话，它的工艺本质总是表面性的，三明治是食物，橡皮是擦除工具，而桥则是可供跨越的材料；对象从来都不是异常的，它以明显的功能属于城市或日常的装饰。但是，作者的描写坚持有所超出：在人们期待着描写停下来的时刻，由于它耗尽了对象的器具适用性，便依赖于一种有点不合时宜的类似音乐延长号的方式，并将器具转换成空间：对象的功能仅仅是幻觉性的，只有对它的视觉浏览是真实的：对象的人情味开始于它的用途之外。

对实质的特殊躲避也是一样。在此，应该想到，对材料的"一般机体感觉"（cénesthésie）处于任何浪漫可感性（在该词的宽泛意义上）的底部。让-皮埃尔·里夏尔①在谈到福楼拜②时指出过这一点，并在一部很快就要出版的著述③中也谈到了19世纪的其他作家。他认为，如果对象恰恰不是视觉性的，而是触觉性的，并因此可以将其读者带入对于材料的一种内心经验的话，在浪漫派作家那里，便有可能建立有关实质的一种主题学（thématique）。相反，在

---

① 让-皮埃尔·里夏尔（Jean-Pierre Richard，1922— ）：法国文学批评家。——译者注

② 福楼拜（Gustave Flaubert，1821—1880）：法国作家，代表作为《包法利夫人》。——译者注

③ 《文学与感觉》（*Littérature et sensation*），Seuil，1954。

罗伯-格里耶那里，视觉形象的提升，即牺牲对象的所有属性，而为了其"表面的"存在（需要顺便指出，传统上存在着对于这种视觉方式的不信任），便取消了针对对象的任何情绪介入。只有在当视觉简化成一些触摸行为、嚼吃行为或隐藏行为的时候，它才产生存在性运动。然而，罗伯-格里耶从不允许借助于内在感受来使视觉泛滥，他毫不客气地将视觉对象与其各种后续物体切断。

在罗伯-格里耶的作品中，我只看到唯一的一种隐喻，也就是说唯一的一种实质形容词，它被应用于他的系列书籍中唯一的一种精神分析学对象，那就是橡皮的柔软性（"我想得到一块非常柔软的橡皮"）。对象的神秘无根据性选择了这种触觉性修饰语，而这种修饰语又将像是怪诞事物和谜一样的名称赋予作品，除了这种修饰语，罗伯-格里耶的作品中没有任何主题体系，因为视觉上的领会，虽然在其他地方主导一切，但它既不能建立照应关系，也不能带来简约，而只能建立对称。

罗伯-格里耶专横地借助于视觉，大概是想扼杀传统的对象。这个任务是繁重的，因为在我们意识不到的情况下，我们在文学上生活在属于有机范围而非视觉范围的一个世界的某种亲密性之中。这种智力谋杀的第一种做法，就是隔离对象，就是从其功能和我们的生物学中获得这些对象。罗伯-格里耶只为这些对象留下<u>表面的情境和空间联系</u>，而去掉了它们身上任何隐喻之可能，将它们与类比形式网或类比状态网割裂开来，而这些网通常是诗人所钟爱的领域（而我们知道诗学"能力"的神话给所有的文学创作带来了多么大的影响）。

但是，在传统的对象中最难消灭的东西，是个别的和总体的（我们可以说是完形心理学的）形容词的意图，因为这种意图成功地将对象的所有隐喻联系结合起来了[《在荒芜的东方》(Dans l'Orient désert)]。因此,罗伯-格里耶想破坏的正是形容词。在他那里,修饰语从来都只是空间的、情境的,没有一种情况是类比性的。如果需要将这种对立移置于绘画中(在带有这种对比所强加的各种保留的情况下),那么,作为传统对象的例证,我们可以举出荷兰的静物画。在那种静物画中,细节的细微处理完全被一种主导品质所征服,因为这种品质将视觉中的所有物质都转换成了一种单一的属于内心的感觉。例如,光泽是所有有关牡蛎、玻璃杯、葡萄酒和金属器皿的作品的明显的目的,这样的作品在荷兰艺术中是非常多见的。这种绘画寻求为对象提供一种形容词涂层,这便是我们借助于类似第六感觉即体感而不再是表面的感觉接受的半视觉的、半实质的透明的淡色。这就像画家终于能够用一个动人的名称即令人眩晕的名称命名对象那样,这种名称突然抓住了我们,把我们带入其内容之中,把我们牵连进由所有可能材料的最高品质构成的一种均匀的理想材料之中。这还是波德莱尔令人欣赏的修辞学的秘密,因为在他的修辞学中,每一个名称,因来自极不相同的范围,便都将其理想的感觉之贡品放置在对材料的一种普遍的、像是放射性的感知之中(但是,古代帕尔米拉失去的珠宝,不为人知的金属,海中的珍珠……)①。

相反,在现代绘画为了提倡对所有形象方面进行同时性解读和为了还原对象的"基本空隙"而放弃了对于空间的实质性修饰语的情况下,罗伯-格里耶的描写就属于这种现代绘画(在该词最为宽泛

---

① 见波德莱尔诗集《恶之花》中《祝福》(Bénédiction)一诗。其中的帕尔米拉为现今叙利亚境内荒漠中的古城塔德莫尔。——译者注

的意义上)。罗伯-格里耶在对象中破坏其处于优势地位的东西,因为它妨碍了他的主要意图,这种意图便是把对象放进一种空间的辩证法之中。更何况,这种空间也许不是欧几里得几何的空间:细心地关注通过增加平面来定位对象、关注在我们视觉的伸缩性中找到阻力特别脆弱的一点,这与传统上关心命名绘画的所有发展方向无任何关系。

应该想到,在传统的描写中,绘画总是提供场面,它是不动的场所,它被永远地固定着,观看者(或读者)曾经委托画家围绕着对象活动,通过一种活动的目光发掘其阴影和其"景致"(根据普桑①的话),对其同时进行各种可能的研究。由此,观看者的各种"情境"便处于想象的支配地位(这种地位通过对各种方向的命名表达了出来:"向右……向左……首先……在深处……")。相反,现代的描写,至少是对绘画的描写,将这位窥视者固定在了其自己的位置上,它拆散场景,使场面在多种时间上适合于窥视者的视觉。我们已经注意到,现代绘画脱离了墙壁,它们走向观看者,以一种挑衅性的空间使观看者感觉压抑:绘画不再是"景致",它是"投射"(如果可以这样说的话)。这正是罗伯-格里耶的描写效果:他的描写在空间上开始,对象在不失去其最初位置的痕迹的情况下脱离出来,变得深厚却仍然是平面。在这里,我们看到了电影在视觉反射中进行的革命。

罗伯-格里耶曾经故意在《橡皮》一书中提供了一个场面,在这个场面中,人与新的空间的关系得到了典范的描写。博纳坐在一个无任何家具的空荡荡的房间中央,他在描写他眼前的空间范围:这

---

① 普桑(Nicolas Poussin, 1594—1665):法国画家。——译者注

个范围甚至包含着玻璃窗，而在窗外，则是一片屋顶，这个范围在不动的人面前移动着，空间在现场"破坏欧几里得几何学"（但愿人们能原谅这种必要的粗俗野蛮的说法）。在这里，罗伯-格里耶复制了电影视觉的实验条件：卧室、立体形式，那是大厅；空旷无物，那是其黑暗，这种黑暗对于突出不动的目光是必要的；而玻璃窗，那是荧幕，它既是平面，又开向运动的所有维度，甚至开向时间的维度。

不过，一般来说，所有这些并不是这样提供的：罗伯-格里耶的描写秘诀部分地是一种蒙骗人的秘诀。我引为证据的是，他根据虚构的观看者的一种传统的方向来安排画面所有要素的表面应用情况。像任何传统的誊写者一样，罗伯-格里耶频繁地说出"向右"和"向左"，我们刚才已经看到这种做法在传统的构图中的动力角色。然而，实际上，这些纯粹副词的词语不描写任何东西。从语言学上讲，它们属于情态举动范围，它们并不比一种控制论讯息更为重要。这一点也许曾经是传统修辞学的一种重要幻觉，即认为绘画作品的词语方向可以具有某种启示或再现的能力。从文学上讲，也就是说在一种操作的秩序之外，这些概念是可互换的，因此严格地讲是无用的：它们只能证明观看者之想象的活动性是正确的。

罗伯-格里耶之所以像是一位高水平手艺人那样慢慢地使用这些词语，是为了讽刺传统空间，是为了分散凝结的实质，是为了在一种额外建构的空间压力之下蒸发这种实质。罗伯-格里耶的种种准确性，他在拓扑学上的顽固表现，整个这种论证性做法的作用，便是在夸张地定位对象的同时破坏对象的统一性。这样做，首先是为了使对象的实质被淹没在一堆线条和方向之中，其次是为了使对带传统名称的平面的过分使用最终毁掉空间和代之以新的、具有时间深度的空间。这后一点，我们马上就会看到。

总之，罗伯-格里耶的描写操作可以概述为：以滑稽地求助于拉马丁①来破坏波德莱尔，同时，毫无疑问也在破坏拉马丁。（如果我们很愿意接受这样的一种观点，即我们的文学"敏感性"已经借助于世代相传的反映习惯而完全地适应了"拉马丁式的"空间视觉的话，那么，这种比较并非是无根据的。）罗伯-格里耶的分析细致、耐心，简直像是在模仿巴尔扎克或福楼拜，这些分析通过其过分的准确性不停地损害对象，并攻击传统的艺术为使读者对一种被复原的一体性产生好感而在绘画作品上增加的修饰性涂层。传统的对象必然散发出它的形容词（荷兰绘画的光泽、拉辛的荒漠、波德莱尔的最高级素材）。罗伯-格里耶继续这种必然性，他的分析是一种反凝固式的操作：应该不惜一切代价地破坏对象的外壳，保持其向着新的维度即时间维度开放和自由安排的状态。

为了把握罗伯-格里耶的对象的时间性质，应该观察他使对象承受的变化，而且在此还应该将其意图的革命性质与传统描写的规范对立起来。无疑，传统描写能使其对象服从于一些毁坏性渐变的力量。但是，准确地讲，那就像长时间以来在其空间或其实质中构成的对象后来遇到了一种从天而降的不可避免性；传统的时间只有完美之破坏者的形象（克罗诺斯②和他的镰刀）。在巴尔扎克的作品中，在福楼拜的作品中，在波德莱尔的作品中，甚至在普鲁斯特的作品中（但根据一种颠倒的方式），对象是一种情节剧的载体；它在自毁，在消失，或者它重新找到最后的荣誉，总之，它参与材料

---

① 拉马丁（Alphonse Marie Louis de Lamartine，1790—1869）：法国悲观浪漫派诗人。——译者注

② 克罗诺斯（Chronos）：古希腊神话中的时间之神。——译者注

的一种真正的末世论。我们似乎可以说，传统的对象从来就仅仅是其自身毁灭的原型，这等于将对象的空间本质与一种后来的（因此也是外在的）时间对立了起来。这种时间像是一种命运，而不像是一种内在维度在发挥作用。

传统的时间从来都只是为了破坏和瓦解对象才与对象相遇。罗伯-格里耶赋予他的对象完全别样的可变性。那是一种看不见其过程的可变性：一种对象，虽然在故事连续性的某一时刻被首次描写过，但后来再一次出现时只带有一种勉强可以感知的区别。这种区别属于空间范围、情境范围（例如，原先在右边的东西，这时到了左边）。时间拆解空间，并将对象构成由几乎完全相互覆盖的一些薄片所组成的一种序列：对象的时间维度正是活动在这种空间的"几乎"状态之中。因此，这里涉及一种类型的变化，我们在幻灯机的幻灯片或是"漫画"（Comics）连环画的运动中粗略地可以看到这种变化。

现在，我们可以理解罗伯-格里耶总是以一种纯粹视觉的方式来还原对象的深刻原因了：视觉是在连续性中对微小但完整的领域进行累加的唯一感官；空间只能承受完成的变化；人从来都不明显地参与一种毁坏性渐变的内在过程——即便这种毁坏性渐变粉碎到极端，人只能看到其效果。因此，对对象进行视觉上的确立，是唯一可以在对象中理解一种被忘记的时间的方式，这种时间从其效果上被把握，而不是从其长短上被把握，也就是说，这种时间是被剥夺了哀婉感人过程的时间。

因此，罗伯-格里耶的全部努力，都是在为对象发明一种空间，而这种空间提前就具备着一些变化点，为的是使对象自我拆解而不是自我毁坏。我们再一次引用此文开始时的例子，在罗伯-格里耶看来，蒙帕那斯火车站的霓虹灯招牌是一种很好的对象，条件是所提到的复杂性在此属于纯粹的视觉范围，这种复杂性是由只具备此显彼消或相互交替之自由的一定数量的<u>位置</u>构成的。此外，我们也可以用罗伯-格里耶的方式来想象一些引起反感的对象：例如，一块放进水中的糖，它会渐渐地溶解掉（地理学家由此获得了喀斯特地貌的形象）。在这里，将毁坏性渐变与罗伯-格里耶的意图联系起来是不可容忍的，因为他在还原一种瞬间骤变的时间和一种有感染力的材料。相反，罗伯-格里耶的对象从来都不变质，但它们蒙骗或消失。在此，时间从来都不是毁坏性渐变或激变，它仅仅是位置的交替或要素的掩盖。

罗伯-格里耶在《第三种反射影像》中指出过，正是自省性（réflexivité）的偶发事件可以更好地阐述这类断裂。为了获得罗伯-格里耶的艺术，只需要想象，由镜面的反射所产生的静止的方向变化随着时间的持续而被分解和分散掉，就足够了。但是，时间潜在地进入对象的影像之中是含混的，这是很自然的：罗伯-格里耶的对象具有一种时间维度，但是它们所占有的并不是传统的时间，那是一种异常的时间，是<u>无任何价值的</u>时间。我们可以说，罗伯-格里耶将时间还给了对象，但是，最好还是说，他还给了对象一种间接肯定的时间，或者更为反常地但却是更为正确地说，运动减去时间。

在此，我们无意对《橡皮》一书进行论证分析，必须立即提请注意，这本书是关于一种循环时间的故事，这种时间在将人和对象带入一种路径之后便某种程度地自我消除，而在这种路径之末，它又将人和对象<u>相差无几地</u>留在开始的状态。整个故事就像是在一种将右边的东西映到左边和反过来将左边的东西映到右边的镜子中自我反射那样，以至于"情节"的变化只不过是放置在 24 小时中的镜子的一种反射。自然,为了使重新接合能说明问题,出发点应该是单一的。由此,产生了属于一种侦探作品外表的论据,在这种论据中,镜子中的影像相差无几的状态便是一具尸体的身份的变化。

我们看到,甚至是《橡皮》的论据,从大的方面讲也只是提出了罗伯-格里耶引入其对象中的蛋形时间(即被忘记的时间)。这便是我们可以称为镜子时间的东西,即镜像时间。在《返回之路》中表现得更为明显,因为在这部作品中,恒星时间即海潮时间,它在变动一处海湾的地面轮廓的同时,再现了使反射影像跟随着直接对象和使一个反射影像与另一个反射影像相接的那种举动。海潮改变了散步者的视觉范围,完全像反射倒置了一个空间的方向。只不过,在海潮上涨的时候,散步者在岛上,没有看到变化的延续时间,而时间则被搁置一旁。这种间断的退缩最终是罗伯-格里耶的经验的中心行为:把人从对象的制造与变化中撤离出来,并最后将世界转移到其表面。

罗伯-格里耶的意图,在其触及仍然享有一种完整的传统特权的文学素材即对象的情况下,是决定性的。这并不是因为同时代的作家都已经探讨过,而且是以一种充分的方式探讨过,尤其是在有蓬热①和让-凯洛尔②的情况下。但是,罗伯-格里耶的方法更有某种实验性的东西,他的方法的目的是彻底地提出对象的问题,而在这一问题中排除了任何抒情性变化。为了重新找出这种处理方法的全部,必须到现代绘画中去寻找,必须从中观察传统对象的一种理性破坏的痛苦。罗伯-格里耶的重要性,是他向传统书写艺术的最后堡

---

① 蓬热(Francis Ponge, 1899—1988):法国诗人。——译者注

② 让-凯洛尔(Jean Raphaël Marie Noël Cayrol, 1911—2004):法国作家、诗人。——译者注

垒即文学空间的组织情况发起了进攻。他的意图与超现实主义面对理性或先锋派戏剧（贝克特、尤奈斯库①、阿达莫夫②）面对资产阶级的戏剧运动具有同等的重要性。

只不过，罗伯-格里耶的解决方法不从这些相应的斗争中借用任何东西：他对传统空间的破坏，既不是梦幻式的，也不是非理性的，这种破坏更多地建立在对于材料和对于运动的一种新的结构观念基础上。它的可比性基础既不是弗洛伊德的世界，也不是牛顿的世界；似乎更应该想到源自诸如新的物理学和电影那样的科学与当代艺术的一种心理复合。这一点，只能大概地提一提，因为在这里就像在别处一样，我们缺少一种关于形式的历史。

而且，由于我们也缺少一种小说美学（也就是说，缺少一种由作家确立的美学的历史），我们只能将罗伯-格里耶的位置大体地定位在小说的演变之中。在此，还需要想到罗伯-格里耶的意图赖以产生的那种传统基础——一种被当作具有一定深度的经验，费时百年才确立的小说——在巴尔扎克和左拉③那里是社会的深度，在福楼拜那里是心理学的深度，在普鲁斯特那里是记忆的深度，小说总是将其领域确定在人或社会的内在性层次上；在小说家那里，挖掘和提取的任务曾对应于这种内在性。这种内窥镜式的功能，由于得益于伴随着人的本质的神话的支持，所以对于小说来讲过去一直是很自然的，以至于人们很想将对它的实施（创作或消费）确定为一种

---

① 尤奈斯库（Eugène Ionesco, 1912—1994）：又译尤涅斯库，罗马尼亚裔法国剧作家。——译者注
② 阿达莫夫（Arthur Adamov, 1908—1970）：亚美尼亚裔法国剧作家。——译者注
③ 左拉（Emile Zola, 1840—1902）：法国作家。——译者注

对深不可测的事物的享有。

　　罗伯-格里耶（以及其同时代的几位作家：例如凯洛尔和潘热①，但他们都采取另外的方式）的意图，在于建立表面小说：内在性被搁置一旁，对象、空间及人从对象到空间的循环运动则被提升到主体的行列。小说变成了人的周围的直接经验，无须这个人为了接触他所发现的客观环境而利用一种心理学、一种玄学或一种精神分析学。在此，小说不再属于地狱之神的、可怕的东西了，它是地面上的东西了；它教人不再用忠告者、医生或上帝（即对于传统小说家有分量的所有实在主体）的眼睛来看世界，而是用在城里行走的一个普通人的目光来看世界——这个人没有其他的视野而只有眼前的场景，他没有别的能力而只有他用自己的眼睛看的能力。

1954，《批评》（Critique）

---

① 潘热（Robert Pinget，1919—1997）：瑞士裔法国作家。——译者注

# 波德莱尔的戏剧

我们对于波德莱尔戏剧①的兴趣,并不在于它的戏剧内容,而在于其只有愿望而未真正去完成的

---

① 我们知道波德莱尔有四部戏剧计划。第一部即《伊德吕斯》(*Ideolus*)(或《玛诺埃尔》,*Manoel*),是一部未完成的亚历山大体诗剧,是与埃奈斯特·普拉龙(Ernest Praron)合作完成,大体写于1843年(波德莱尔当时22岁)。另外三部都是剧本:《唐·朱昂的末日》(*La Fin de don Juan*)只不过是剧情梗概的开头。《第一轻骑兵侯爵》(*Marquis du 1$^{er}$ houzards*)是历史剧:波德莱尔想必是要表现一位流亡贵族的儿子沃尔夫冈·德·卡多勒(Wolfgang de Cadolles),他在他的社会地位观念与他对于皇帝的热情之间忍受着痛苦。《醉鬼》(*Ivrogne*),它是几个剧本中最为波德莱尔式的,讲的是一个犯罪的故事:一个既是醉鬼又是懒汉的工人,把自己的老婆推到了井里,然后又用地砖填满了井,以此害死了老婆;这一剧情想必在《恶之花》中的《葡萄酒与凶手》一诗中得到了发展。波德莱尔的戏剧计划曾经由克雷佩出版社(Crépet)、七星文丛(Pléiade)和《波德莱尔全集》、优秀图书俱乐部(Club du Meilleur Livre)出版过,本文参照的版本就是优秀图书俱乐部的版本(Nombre d'Or, t. I. p. 1077 à 1088)。

状态。因此，批评家的角色，并不是依靠这些草稿来获得一种完成的戏剧的形象，相反，是要在这些草稿上面确定其转向失败的偏好。为了纪念波德莱尔，去想象那些萌芽状态的东西可能产生的戏剧，也许是徒劳无益和残忍的；但是，考虑一下导致波德莱尔处于与《恶之花》的审美相去甚远的不完善创作状态的原因，那就不一样了。我们很清楚，自萨特①以来，在任何作家那里，未完成状态本身也是一种选择，并且，想象过一部戏剧而又没有写出，在波德莱尔看来，是其命运的一种说明问题的形式。

有一个概念，对于理解波德莱尔戏剧是必要的，那就是戏剧性（théâtralité）。何谓戏剧性呢？那就是减去文本之后的戏剧，就是依据所写出的剧情梗概而建立起的一定密度的符号和感觉，就是对引发色情的处理手段如姿态、声调、距离、实质、灯光的普遍感知，而这种感知以文本的全部外在言语活动来淹没文本。当然，戏剧性，在一部作品最初写出的萌芽状态中就该表现出来，它是一种创作之条件，而非实现之条件。没有耐人寻味的戏剧性，就没有伟大的戏剧作品。在埃斯库罗斯②的作品中，在莎士比亚的作品中，在布莱希特的作品中，写出的文本提前就被身体、对象、情境的外在性所支配，言语立即化解为实质。相反，有某种东西在我们所了解的波德莱尔的三个剧本中引人注意（我不大信赖《伊德吕斯》，那是一部勉强是波德莱尔式的作品）：它们是纯粹的叙述性剧本，戏剧性——甚至是潜在的戏剧性——在其中是很弱的。

---

① 萨特（Jean Paul Sartre, 1905—1980）：法国存在主义哲学家、作家。——译者注

② 埃斯库罗斯（Aeschylos, 约公元前 525—前 456）：古希腊剧作家。——译者注

不要被波德莱尔的几句天真的说明所影响，例如他说，"表演非常活跃，动作热烈，军乐队，具有诗意的布景，奇幻的塑像，不同民族的服饰"等。断断续续地表现出的对外在性的关心，就像是一种快速出现的内疚，不会产生任何深刻的戏剧性。恰恰相反，正是波德莱尔感觉的概括性与戏剧无关：在此也像在别处一样，波德莱尔过分地聪明，他自己提前就用他的概念代替了对象，用郊区小酒店的念头和"气氛"代替了《醉鬼》中的小酒店，用纯粹的军乐队概念代替了军旗和军装的物质性。反常的是，没有任何东西比视觉的这种整体的并且像是浪漫的、至少是外来的特征可以更好地证明戏剧的软弱无力。每当波德莱尔谈及演出的时候，他都是天真地用观看者的眼睛去看待，也就是说他把演出看成是完成的、静态的、非常简练的，像是一份精心制作的菜肴，并且这种演出表现出一种完好的艺术虚构——该艺术虚构已使他的技巧痕迹消失得无影无踪。例如对于《醉鬼》的最后一场是必要的"犯罪的托词"，它是批评家的真实，而不是剧作家的真实。在其第一幕中，演出只能建立在多元性和对象的文学性基础上。波德莱尔只做这样的设想，即戏剧的所有东西都伴随着其理想的副本，都具有足够的可以更好地将其统一起来和更好地使其远离的朦胧的精神性。然而，没有比梦幻与戏剧评论更相反的东西了，因为真正戏剧的萌芽总是一些基本的捕捉和疏远运动：戏剧之对象的超现实性属于感官范围，而不属于梦幻范围。

因此，并非是在谈论演出时，波德莱尔才最靠近一部具体的戏剧。在他那里，这属于一种真正的戏剧性，我们可以说，它是作者的扰人心乱的形体性的情感，甚至是痛苦。波德莱尔建议：这里，唐·朱昂的女儿由一位年轻的姑娘扮演；那里，英雄周围都是漂亮的女人，都承担着家庭的功能；还有在别处，醉鬼的老婆本身就表现出招惹奸辱和谋杀的卑微和脆弱的外表。这是因为在波德莱尔看来，演员的条件，就是被辱没（"在一场演出中，在一次舞会上，每一个人都拥有所有的人"）。因此，他的优雅便不被人感觉像是情节和装饰特征（这与"动作热烈的"演出相反，与波希米亚人的动作相反，或与郊区小酒店的气氛相反），这种优雅对于在戏剧上表现波德莱尔世界的首要范畴——人为性（artificialité）——是必要的。

演员的身体是人为的，但是，它的二重性比起戏剧的绘画布景或虚假家具的二重性来说，要深刻得多；伪装、对姿态和声调的借用、可随时安排的一个外露的身体，这一切都是人为的，但却不是伪造的，并且在此都加入了对美好和基本的风趣性的轻微超越，而波德莱尔正是借这种超越定义了人造天堂；演员身上有着对于一个过分的世界例如大麻的世界的超准确性，因为在这个世界里，没有任何东西是被发明的，但是一切却都存在于加倍的紧张之中。我们由此可以猜想，波德莱尔有着最为秘密的，也最为扰人心乱的戏剧性的敏锐意识，那就是把演员置于戏剧奇迹的中心，并将戏剧构成一种超具体化的场所。在这种场所里，身体是双重的，它既是来自通常的、自然的、有生命的身体，又是被人为对象的功能所固定的夸张而庄严的身体。

只不过，这种强有力的戏剧性，在波德莱尔的戏剧计划中仅仅处于痕迹状态，而在波德莱尔的其他著述中则随处可见。一切就像是波德莱尔将其戏剧性到处都用，但就是没有用在他的戏剧计划当中那样。此外，一种体裁，例如戏剧、小说或诗歌，其各种要素在那些从名称上讲并不是为接受这些要素而创作的作品内部得到附带性发展，也是一种普遍的创作事实。例如，法国曾将其历史剧放在文学的所有方面，但就是没有放在舞台上。波德莱尔的戏剧性是通过同一种逃逸力量来活跃的：它漫射到人们所不期待的各处。首先，尤其是漫射到了《人造天堂》(*Les Paradis artificiels*)一书之中。波德莱尔在这部作品中描写了一种感官的变换，这种变换与戏剧感知具有相同的性质，因为在这两种情况里，现实受到一种敏锐而轻微的夸张的影响，而这种夸张甚至就是事物的理想性的夸张。其次，是漫射到了他的诗歌中，至少是在诗人依据对素材的某种兴奋的感知而将所有对象都汇聚在一起的地方，是在这些对象一如在舞台上那样被堆积和浓缩，因色彩、灯光和化妆而迷人，这里和那里都被人造之美所触及的地方。最后，是在对绘画作品的所有描写之中。因为在这一方面，对于被画家的神权政治姿态所深化和稳定的一个空间的爱好，在戏剧上以相同的方式得到了满足（反过来讲，"绘画作品"在《第一轻骑兵侯爵》中非常之多，好像整部剧都出自格罗①或是德拉克洛瓦②，就好像《唐·朱昂的末日》或《醉鬼》似乎更来自初次的写诗意图，而不是来自在纯粹戏剧方面的考虑）。

因此，波德莱尔的戏剧性逃离他的戏剧而扩散到他的其余作品之中。一些来自戏剧外的要素，借助于一种反向的而且也是揭示性的过程，涌进了这些戏剧计划之中，就好像这种戏剧热衷于以逃逸和中毒两种运动来自我破坏一样。波德莱尔的剧本一经构想，便立

---

① 格罗（Antoine Jean Gros，1771—1835）：法国画家，浪漫派先驱之一。——译者注

② 德拉克洛瓦（Eugène Delacroix，1798—1863）：法国画家，他的画作光彩感极强。——译者注

即充满着小说的诸多范畴：至少《唐·朱昂的末日》开头的第一个片段，有意思地结束在对司汤达①的一种模仿之中；唐·朱昂有点像莫斯卡那样地说话，在唐·朱昂与他的仆人说的几句话中，弥漫着属于小说对话的一般气氛——在这种气氛中，人物间的言语尽管非常直接，但我们知道，它保留着波德莱尔为其创作的所有对象都覆盖上的那种珍贵的淡色表面，即处理颇佳的透明状态。无疑，这里只涉及一种图式，而波德莱尔也许曾经赋予他的对话以一种绝对的字面特征，而这种字面特征则是戏剧言语活动的基本格式。但是，我们在此分析的是对失败的一种偏好，而不是一种计划的潜在能力。说明问题的是，这种不成型的剧本从一开始就带有被书写的、被页面加上透明淡色的一种文学色彩，它没有喉咙也没有内脏。

时间和场所，每当它们被指明的时候，都证明了戏剧的同一种恐惧，至少是人们在波德莱尔的时代可以想象的那种戏剧的恐惧。场、幕，是波德莱尔立即付出努力的一些单位，他不停地超出这些单位，并总是推迟一些时间来控制这些单位；有时，他觉得场次太短，有时又觉得太长。在这里（《第一轻骑兵侯爵》的第三场），他安排一种回顾，这是今天只有电影才能完成的；在那里（《唐·朱昂的末日》），地点是流动的，让人感觉不到从城市到农村的过渡，就像在抽象戏剧（《浮士德》）中那样；一般说来，甚至在其萌芽状态，这种戏剧就分裂、翻腾，俨然一种没有得到很好固定的化学成分，分解成"绘画作品"（在该词绘画的意义上）或叙事。这是因为，与任何真正的戏剧作者相反，波德莱尔不是从舞台的需要出

---

① 司汤达（Stendhal，1783—1842）：法国小说家，《红与黑》（*le Rouge et le Noir*）是他的代表作。——译者注

发，而是想象了一个完全被叙述的故事。从发生论上讲，戏剧从来都只是一种虚构围绕着最初的素材在后来的时间里形成的凝结，这种凝结总是姿态性的（埃斯库罗斯作品中的典礼，莫里哀作品中的演员外形）。在此，戏剧明显地被设想为一种纯粹形式的变化，这种变化随后被强加给了属于象征派的创作原则（《第一轻骑兵侯爵》）或属于存在主义的创作原则（《醉鬼》）。波德莱尔曾经在某一时刻说过："我承认，我根本没有去想上演。"就这位最低劣的剧作家来说，这种天真是不可能的。

这并不意味着，波德莱尔的剧本与再现的审美就绝对没有关系。但是，在这些剧本总之都属于故事性范围的情况下，有可能将其延长的，就不是戏剧，而是电影了，因为电影来自小说，而不是来自戏剧。流动的场所、"倒叙"（"flash back"）、场景的异国情调、情节的时间失衡，简言之，波德莱尔的前戏剧所证明的展开叙述的这种痛苦，正是必要时可以丰富一种完全纯粹的电影的东西。在这一观点上，《第一轻骑兵侯爵》是一部非常完整的电影脚本。但在这部戏剧的所有演员都适应于电影角色的传统类型学之前，它还不是一部非常完整的电影脚本。这是因为，在这里，来自小说而不是具体梦幻的一个人物的角色（这还是唐·朱昂的儿子的情况，他由一个女人来扮演，或者是作为虐待对象的醉鬼的老婆的情况），根本不需要为了存在而具有演出上的深度，它属于无任何形态变化的一种情感类型学或社会类型学：它是纯粹的叙述符号，就像在小说和电影中那样。

那么，波德莱尔的戏剧计划中还剩下什么属于纯粹戏剧的东西呢？除了对戏剧的纯粹借助之外，什么都没有。一切就像波德莱尔只是曾经有过在某一天写作几部戏剧的简单愿望，并且这种愿望也没有使他赋予这些计划一种真正属于戏剧的实质——这种实质虽然是贯穿整部作品的，但并没有出现在它本该完全实现的那些场所。因为，波德莱尔打算在某个时刻参与的这种戏剧，急于向他提供与使他立即离开戏剧最为有关的特征：这是某种平庸性，是某种稚气（与波德莱尔的纨绔作风相比，它们是令人惊奇的），它们都明显地来自于人群假设的快乐；这是对精彩场面的"古希腊音乐堂式的"想象（一场战役，皇帝检阅部队，一次郊区酒店的舞会，一处茨冈人的驻地，一宗复杂的谋杀），这完全是与其戏剧动机无关的属于粗略印象性的一种审美，或者如果我们愿意的话，也可以说是按照其最迎合小资产阶级感觉的效果来构想的戏剧行为的一种形式主义。

在戏剧被这样设定之后，波德莱尔就只能将戏剧性置于戏剧的保护之下，就好像他感觉到至高无上的技巧受到了节日的集体特征威胁似的，他把它在远离舞台的地方藏匿了起来，他把它藏在了他的孤独的文学之中，藏在了他的诗歌、随笔和沙龙之中；而在这种想象的戏剧之中，只剩下角色的滥用、观众对于一种夸大性演出的谎言（而不是技巧）的不真实的快乐。这种戏剧是平庸的，但却是令人痛苦的平庸性，因为这种平庸性是纯粹的操作，它像是自愿地脱离了任何诗学深度或戏剧深度，像是与似乎曾证实它合理的任何发展过程都没有关系，它在赤裸裸地勾画着一种领域，波德莱尔在其中从计划到计划、从失败到失败地构建了自己，直至建立对文学的谋杀。而我们知道，从马拉美以来，这种谋杀就是现代作家的痛苦和辩白。

这是因为，这种戏剧由于被到处寻找庇护地的一种戏剧性所抛弃，而很好地完成了一种庸俗的社会本质；这是因为，波德莱尔在某些时刻把这种戏剧当作一种微弱愿望的可命名场所和当作我们今天称之为介入的东西之符号而选择了它。波德莱尔借助于这种纯粹的姿态（说其是纯粹的，是因为这种姿态只传达他的愿望，是因为这种戏剧仅以计划状态生存着），再一次——但这一次是在创作的平面上——重新返回到一种社会性上来。萨特曾经果断地分析过一种选择，这种社会性就是根据这种选择的辩证法佯装设定和逃避的。为盖泰（Gaîté）剧院的经理奥斯坦（Hostein）送去一个剧本，是一种与讨好圣伯夫[①]、削尖脑袋入选法兰西学院或期盼荣誉勋章同样保险的做法。

正是在这一点上，这些戏剧计划深深地打动着我们：在波德莱尔身上，它们属于《恶之花》最终赖以成功的那种宽阔的否定性基础，而这种成功则像是不再归功于天资——也就是说文学——的一种行为。必须有奥皮克将军[②]、安赛勒（Ancelle）、泰奥菲勒·戈蒂埃[③]、圣伯夫、法兰西学院、十字架和这种假古希腊音乐堂式的戏剧（所有这些好意，不论是令人讨厌的，还是勉强同意放弃的），才能使波德莱尔完成的作品是一种负责任的选择，而这种选择最终使他的生命成为一种伟大的命运。如果我们不懂得把对庸俗性的这种强烈热情并入《恶之花》作者的历史之中的话，我们就不大会喜欢《恶之花》。

1954，《序言》（*Préface*）

---

① 圣伯夫（Charles Augustin Sainte Beuve，1804—1869）：旧译圣勃夫，法国文学批评家。——译者注
② 奥皮克（Aupick）将军：波德莱尔七岁之后的继父。——译者注
③ 泰奥菲勒·戈蒂埃（Théophile Gautier，1811—1872）：法国作家。——译者注

# 失明的大胆妈妈

《大胆妈妈和她的孩子们》① 并不面向那些或近或远靠战争发财的人们；向这些人揭示战争的重商特征，兴许是一种滑稽可笑的误会！不，《大胆妈妈和她的孩子们》所面向的，正是那些忍受着战争而又从中一无所获的人们，而这则是其重要性的第一理由：《大胆妈妈和她的孩子们》是一部完全大众的作品，因为这是一部其深刻意图只能被大众所理解的作品。

这部戏从两种见解出发：对于社会弊端的见解和对于医治弊端的见解。在《大胆妈妈和她的孩子

---

① 布莱希特的《大胆妈妈和她的孩子们》（德文：*Mutter Courage*），由柏林剧团演出，1954 年在巴黎（国家剧院，Théâtre des Nations）上演。

们》的情况里，涉及的是帮助所有像大胆的妈妈那样的认为自己必然身处战争厄运中的人们，同时恰恰是要让他们看到，作为人类现象的战争并不是必然的，并且人们在极力从事经商事业的情况下，可以最终消除战争的后果。这就是作者的想法所在。现在我们看到的，是布莱希特如何把这一主要意图与一出真正的戏剧结合起来，为的是使这一命题的明显性不诞生于一种说教或一种论证，而是诞生于戏剧行为本身：布莱希特面对我们，把"30年战争"放在其延伸之中；由于被这种不可避免的延续所控制，一切都在变坏（物体、面孔、情感），一切都在被毁灭（大胆妈妈的孩子们一个接一个地被杀死）；大胆妈妈是一家食品店店主，她的生意和生活是战争的可怜结果；她现在处于战争之中，甚至可以说到了她看不见战争的地步（只在第一部分结束时有一点光亮）：她失明了，她承受着战争，却不理解战争；对于她来说，战争是无可争议的必然。

对于她来讲，但更应该说是对于我们来讲：因为我们看得见失明的大胆妈妈，我们看到了她所看不到的东西。对于我们来说，大胆妈妈是一种可延展的实质：她什么都看不到，可是我们，由于我们被这种具有最直接说服力的明显剧情所抓住，我们通过她看到，也理解了，失明的大胆妈妈是她所看不到的东西的牺牲品，并且这是一种可以消除的不幸。于是，这部戏把作为观众的我们决定性地分成了两部分：我们既是失明的大胆妈妈，又是阐明大胆妈妈的人。我们参与大胆妈妈的失明状态，可是我们看得见这种失明状态；我们既是陷入战争必然之中的被动角色，又是必须破除这种必然性的自由观众。

在布莱希特看来，演出在讲述，大厅在判断，演出是史诗般的，大厅是悲剧性的。然而，这一点，正是对于重要的大众戏剧的定义。我们举吉奥尼尔①或是庞奇先生②为例，这种戏剧源自一种古代的神话：在这里也一样，观众知道演员不知道的东西；看到演员的那种有伤大雅和荒唐可笑的动作，观众惊异、不安、愤怒、宣讲真理、说出办法；观众甚至会看到，观众自己正是忍受痛苦和茫然不知的演员，他将懂得，当其陷入其所处时代以不同的形式强加给他的"30年战争"里的一次战争之中的时候，他就会完全像大胆妈妈那样，既忍受痛苦又愚蠢地不知道自己具有使其不幸停止的能力。

因此，关键的是，这种戏剧从不完全将观众牵连到演出之中。如果观众不能保留这么一点空间和距离来发现自己在忍受和被蒙骗了的话，那么一切都是失败的：观众应该部分地将自己视作同大胆妈妈一样，应该只是为了及时地退出失明状态和评判失明状态才接受这种状态。布莱希特的整个戏剧理论都是服从于间离（distance）的一种需要，而在实现这种间离的过程中，戏剧的本质便得到了保证：这里涉及的并非是何种戏剧风格的成功，而是观众的意识和他构造故事的能力。布莱希特毫不客气地把剧情解决办法当作无公民道德的东西排除出去，因为剧情解决办法把观众紧系在演出上，并通过狂热的怜悯或戏谑似的贬低为故事中的受害者与其新的证人之间无保留的合谋提供了方便。因此，布莱希特拒绝浪漫主义、夸张、写实主义、粗犷、哗众取宠、唯美主义、歌剧、所有的粘附

---

① 吉奥尼尔（Guignol）：原为意大利的一种大众人物的名称，这种人物在任何权威面前都表现出无理取闹和玩世不恭的姿态，后成为一种木偶戏中的人物和木偶戏的代名词。这种木偶戏于1795年传入法国，遂成为一种为大众喜闻乐见的艺术表演形式。——译者注

② 庞奇先生（Mr. Punch）：英国木偶喜剧中一个长着驼背和长钩鼻子的人物。——译者注

(empoissement) 手段或参与风格，因为这些都会导致观众完全将自己等同于大胆妈妈，都会导致观众神往大胆妈妈，都会被带到她的失明状态或她的无价值之中。

我们的戏剧美学家们，当他们可以假设演出所带来的一种模糊的宗教感情的时候，他们就总是快乐的。参与问题，作为这些美学家的奶油蛋糕，在此完全得到了更新的设想，并且人们已经不停地发现了这种新原则所带来的有益的结果。这种原则也许是一种很古老的原则，因为它建立在公民戏剧的先祖地位基础之上，而在公民戏剧中，舞台总是位于大厅中的类似法庭的东西（请看古希腊戏剧）。现在，我们理解了，为什么我们的传统戏剧理论是彻底地错误的：那些理论粘附观众，那是一些有关放弃自己的戏剧理论。相反，布莱希特的戏剧理论具有一种助产术的能力，它既再现又使人判断，它既是感动人的又是隔绝性的：在这种理论中，一切都有助于感动人而又不使之被淹没；这是一种连带性的戏剧，而非传染性的戏剧。

其他人还会说，这种戏剧理论为了完成一种变革观念所作出的当然是以胜利告终的一些具体努力，而这种变革观念是今天唯一可以验证戏剧的观念。最后，需要重申，我们要面对柏林剧团演出的《大胆妈妈和她的孩子们》所产生的精神震撼的特殊性。像任何一部伟大的作品一样，布莱希特的作品是对先于其作品的弊端的彻底批判。因此，从《大胆妈妈和她的孩子们》中我们无论如何都受到了深刻的教育，也许，这种演出使我们赢得了几年的思考时间。但是，这种教导还带有一种快乐：我们看到，这种深刻的批判同时在建立我们曾经理想地假定的一种摆脱束缚的戏剧，而这种戏剧终于有一天以其成熟和已经完好的形式呈现在我们面前了。

1955，《大众戏剧》（*Théâtre populaire*）

## 布莱希特的革命[1]

在欧洲，24个世纪以来，戏剧都是亚里士多德式的[2]；今天，即1955年，还是那个样子。每当我们去剧院，不论是看莎士比亚的戏剧还是蒙泰朗[3]的戏剧，不论是拉辛[4]的戏剧还是鲁森[5]的戏剧，不

---

[1] 为《大众戏剧》第11期（1955年1—2月）布莱希特专号所写的社论。

[2] 古希腊戏剧产生于公元前6世纪，是从酒神节演变而来的。但当时尚无戏剧理论而言（见拙译《显义与晦义》一书的《古希腊戏剧》篇）。亚里士多德（公元前384—前322）的《诗学》奠定了较完整的戏剧美学。所以，这里有"24个世纪以来"之谓。——译者注

[3] 蒙泰朗（Henri Millon de Montherlant, 1896—1972）：法国小说家、剧作家。——译者注

[4] 拉辛（Jean Baptiste Racine, 1639—1699）：法国悲剧作家。——译者注

[5] 鲁森（André Roussin, 1911—1987）：法国喜剧作家。——译者注

论是玛丽亚·卡萨雷①演出的戏剧还是皮埃尔·弗雷奈②的戏剧，不论我们的爱好是什么，也不论我们属于什么党派，我们都要根据若干个世纪以来的道德观说出快乐与烦恼、好与坏，这种道德观的信条是：观众越是激动，他就越是与主人公同一；舞台越是模仿动作，演员就越是体现其角色；戏剧越是神奇的，演出就越是绝好的。

然而，有一个人来了，他的作品和思想在我们最有充分理由认为是"自然的"这一传统观点上彻底地反对这种艺术；他不顾任何传统，对我们说，观众只应该介入演出中的一半，为的是"了解"演示的东西，而不去承受这种东西；演员应该帮助产生这种意识，同时揭示其作用，而不是去体现这种意识；观众从来都不应该完全地与主人公同一，以便于他总可以自由地评判其痛苦的原因，继而评判其治疗方案；动作不应该是被模仿的，而应该是被讲述的；戏剧应该不再是神奇的，而应该变成批判的，在他看来，这还是最好的表达热情的方式。

于是，正是在布莱希特的戏剧革命重新质疑我们的习惯、我们的爱好、我们的反应、我们一直信守的戏剧"法则"的情况下，我们应该放弃沉默或讥讽，并面对布莱希特。我们的杂志在面对现时戏剧的粗俗或低下、墨守成规和技巧僵化的时候，不止一次地表现出愤怒，以至于不能再长久拖延迟迟不去询问我们时代的这位大剧作家了，他不仅为我们提供了作品，而且提供了一套系统，这套系统灵验、严密、稳定，也许难以应用，但它至少具有一种无可争辩

---

① 玛丽亚·卡萨雷（Maria Casarès，1922—1996）：西班牙著名戏剧演员。——译者注

② 皮埃尔·弗雷奈（Pierre Laudenbach, dit pierre Fresnay, 1897—1975）：法国剧作家。——译者注

的和拯救性的"轰动"和惊异效果。

不论人们最后对于布莱希特的论断是什么，至少都应该注意到，他的思想与我们时代的重大进步主题是协调一致的：要知道，人类的弊端就由人类自己的手掌控着，也就是说，世界是易于操作的；艺术可以、也应该介入历史之中；艺术应该与和它相关联的科学一起致力于相同的任务；我们今后应该有一种有关阐释的艺术，而不仅仅有一种有关表达（expression）的艺术；戏剧应该坚定地帮助历史，同时揭示其过程；舞台技巧本身也是被引入的；最后，不存在永恒艺术的一种"本质"，但是，每个社会都应该发明有助于它更好地获得自我解放的艺术。

当然，布莱希特的思想也提出了一些问题，并招惹来一些阻力，尤其是在像法国这样的国家里，因为法国目前正在形成一种完全不同于东德①的历史复杂性。《大众戏剧》为布莱希特安排这一专号，并不因此打算解决这些问题或克服这些阻力。我们现在唯一的目的，是帮助人们了解布莱希特。

我们将微微开启一本卷宗，我们远不能将其看作是已经封卷的。如果《大众戏剧》的读者们想为此提供他们的证明的话，我们将非常乐于接受。在我们看来，对于这样一位我们无论如何都会看作"当代关键人物"的人，这将弥补一个数目极大的知识分子群或戏剧界人士对他的无知或漠视。

1955，《大众戏剧》

---

① 德国在1945—1990年间分为德意志联邦共和国（西德）和德意志民主共和国（东德）两部分。——译者注

# 戏剧服饰的病态

在此，我想概述一下戏剧服饰的病理学，或者如果我们愿意的话，概述戏剧服饰的道德观念，而不去讨论戏剧服饰的历史或美学。我将提出一些非常简单的规则，这些规则也许可以使我们判断一种服饰是好还是坏、是健康的还是病态的。

首先，我要确定一下我所赋予的这种道德观念或这种健康状况的基础。我们以何种名义来判定一出戏的服饰呢？我们似乎可以这样回答（长期以来，这种名义已经形成）：以历史真实或好的鉴赏力的名义，以忠实于细节或以使眼睛愉悦的名义。我现在为我们的道德观另辟一块天地：戏剧本身的天地。任何戏剧作品都可以，也应该简化为布莱希特称之为社会<u>姿态</u>的东西，这是对作品所证明的社会纠纷的一种外在的实际表达。这种姿态，即这种特殊的历史模式，位于任何演出的深处，这显然需要导演来发现它和表现它。对于这一点，他可以由此来安排全部的戏剧技巧：演员的表演、现场安排、剧情的起伏、布景、灯光，当然还有服饰。

因此，正是根据在每一种机会下表现剧本的社会姿态的需要，我们来建立我们的服饰道德观。这就意味着，我们将为服饰指定一种纯粹功能性的角色，并且这种功能将超出造型的或情绪的范围，而属于智力范围。服饰不是别的什么，它只不过是在任何时刻都应该将作品的意义与其外在性联系在一起的一种关系的二级词项。因此，在服饰中，任何干扰这种关系明确性的东西，任何违背、模糊或伪造演出的社会姿态的东西，都是坏的；相反，在所有形式、色彩、实质和其安排中，任何帮助解读这种姿态的东西，就都是好的。

这样一来，就像在任何道德中一样，我们从否定性规则开始，首先来看一看一种戏剧服饰不应该是什么（当然，条件是已经接受了我们道德观的那些前提）。

总的说来，戏剧服饰无论如何都不应该是一种不在现场（alibi)，即一种在他处或一种证明：首先，服饰不应该构成一种闪亮的和紧凑的视觉场所——注意力不应该都转向这种场所而躲避演出的基本现实，我们可以称这一点为其责任性；其次，服饰还不应该成为一种辩解即一种弥补成分——而这种成分的成功将会弥补作品的默默无闻和低下。服饰总应该保留其纯粹功能的价值，它既不能使作品窒息，又不能使作品膨胀，它应该避免用一些独立的价值来替代戏剧行为的意指。因此，当服饰变成了一种自我目的的时候，它便开始应该受到指责了。服饰对剧本有提供一定数量的服务的义务：如果其中一种服务过分地得到发展的话，如果服务者变得比主人更为重要的话，那么，服饰就成了病态的，它忍受着畸形发展。

戏剧服饰的病态、错误或不在现场，随便怎么说都行，就我自己而言，我看到了我们艺术中三种共有的情况。

基本病态，那便是历史功能的畸形发展，我们称之为考古真实论。应该想到，有两种历史：一种是重新找到过去时间的深刻张力和特定冲突的智力历史。另一种是机械地重新建立某些逸闻细节的表面历史；戏剧服饰在长时间内是实施前者的偏爱领域。我们知道真实论弊端在资产阶级艺术中所带来的流行性的破坏：服饰，被设想为一种真实细节的累加，它吸收并分散观众的注意力，致使注意力远离演出而被分散到非常细小的区域。相反，好的服饰，甚至是历史服饰，是一种总体的视觉事实。真实具有某种等级，不应该处于这种等级之下，否则就会破坏这种等级。写实主义的服饰，就像我们还能在某些歌剧或喜剧性歌剧的演出中看到的那样，达到了荒唐的极点：整体上的真实被局部的准确性所消解，演员消失在对其扣子、褶皱和假发的审慎顾及之中。写实主义服饰必然产生下面的效果：人们很清楚地看出这是真实的，却不相信这是真实的。

在最近的演出中，我想举出一个战胜写实主义的很好的例子，那就是吉夏①的《洪堡王子》②，整部戏的社会姿态建立在某种军事性的概念基础上，吉夏要求他的服饰服从于这种论证条件：所有的属性都集中支持一种与军人有关的语义学（sémantique），而不大支持一种17世纪的语义学：清晰的形式、既严肃又爽快的色彩、尤其

---

① 吉夏（Léon Gischia，1903—1991）：法国画家兼布景画师，他曾为多部戏剧设计了色彩斑斓的服饰。——译者注

② 《洪堡王子》（Prince de Hombourg）：德意志剧作家克莱斯特（Heinrich von Kleist，1777—1811）1810年创作的作品。——译者注

是作为比其他都重要的服饰材料（这里，感觉到的是皮革和呢绒），演出在整体视觉上都承担了作品的论据。同样，在柏林剧团演出的《大胆妈妈和她的孩子们》中，丝毫不是历史—时间在主导服饰的真实：是战争概念即游动的、无休止的战争概念得到了支持，得到了不停的说明，但是这种支持和说明却不是通过哪种形式或哪种对象在考古学上的可靠性来进行的，而是通过布匹的灰白色和损耗状况，通过柳条制品、麻绳和木头的浓重的和固执的苦难相来表现的。

此外，正是总是通过实质（而非形式或色彩），人们才最终确信找到了最为深刻的历史。一位服饰设计高手应该赋予公众以从远处看东西而获得的触觉。对于我来说，我从不期待这种艺术家在形式和色彩上刻意求精，但却不为我提供可对所用材料进行真正深思熟虑的选择：因为，正是在事物的混合状态中（而不是在其平面的表象之中），可以出现人的真正历史。

第二种病态也非常多见，那就是审美病态，即与戏剧本身无关的一种形式美的畸形发展。自然，在服饰中忽视真正造型的价值是不正常的：审美爱好、舒适、平衡、不媚俗，甚至寻求新颖独特，都是造型的价值。但是，最常见的是，这些必要的价值变成了一种自身的目的，观众的注意力则再一次远离戏剧而分散了，并人为地集中在一种寄生功能上了。这样一来，人们可以获得一种令人称赞的唯美主义的戏剧，但却是完全没有了人的戏剧。再加上某种程度的过分的纯粹主义，我几乎要说，我把为服饰鼓掌（这在巴黎是常见的情况）看作一种令人不安的符号。大幕拉起了，眼睛被征服了，人们在鼓掌；可是，说真的，除了这种红色真漂亮或者服饰真新颖之外，人们能知道什么呢？人们知道这种光彩、这种精雕细刻、这种新构思是否与戏剧本身相协调、是否服务于戏剧、是否有助于表达它的意指吗？

这种偏移的典型，是今天盲目地使用的贝拉尔①的美学。在赶时髦和世俗趋势的支持下，服饰的审美追求，要求能够单独地评价演出的每一种要素：为宴会上的各种着装鼓掌，便是突出其创作者间的差异，便是将作品压缩为多种技能的盲目结合。服饰的作用不是引诱眼睛，而是说服眼睛。

因此，服饰设计者就应该避免既是画家又是时装设计师；他将不大相信绘画的平面价值，他将避免这种艺术所特有的空间关系，因为从绘画的定义本身讲，这些关系恰恰是必要的和充分的。这些关系的丰富性、它们的充实程度，甚至它们的存在性的张力，都大大地超过了服饰的论据功能；而且如果服饰设计师是专业的画家，那么，他就应该在他成为服饰创作者的时刻忘记他的条件。仅仅说他应该使其艺术服从于戏剧还是不够的，他应该破坏其艺术，忘记绘画空间，重新地发明人类身体的毛线的或丝绸的空间。他还应该有节制地表现出"时装大师"的风格——这种风格主导着今天的庸俗戏剧。服饰之漂亮、女衬裙的时尚做工、好像是直接出自迪奥品牌②的古代褶裥的有点造作的飘逸自如，这些都是搞乱基本剧情之明确性的有害借口，这些借口使服饰成了永恒的和"永葆青春"的一种形式，而该形式则摆脱了历史上的庸俗的偶然性。我们可以猜想，这样的情况是与我们在开始时提出的规则相违背的。

有一种现代的特征，可以概述这种审美的畸形发展：对模型

---

① 贝拉尔（Christian Bérard，1902—1949）：法国画家，他尤以在芭蕾舞和戏剧布景、服饰设计方面出名。——译者注

② 法国著名服装设计师克里斯蒂昂·迪奥（Christian Dior，1905—1957）创立的品牌。——译者注

（展示品、复制品）的偶像崇拜。一般说来，模型不会为服饰提供任何东西，因为它缺少基本的经验，即材料的经验。在舞台上看到模型服饰，这可不是一种好的符号。我不是说模型是不必要的；但是，这是一种完全预备性的操作，它只关系到男服饰设计师和女时装设计师；除了很少的一些演出（因为在那些演出中，应该主动寻找壁画艺术效果），模型应该在舞台上完全破坏掉。模型应该作为一种工具，而不应该变成一种风格。

最后，服饰的第三种病态是金钱，即奢华的畸形发展，或者至少在其表面上是这样。这是我们社会中非常多见的一种病态，因为在我们的社会中，戏剧总是付钱的观众与以尽可能可见的形式把钱还给观众的戏院经理之间的一种契约对象。然而，很明显的是，在这种账目上，服饰的幻觉性奢华构成了一种精彩的和使人放心的归还方式。庸俗一点讲，服饰比总是不太确定的情绪或理解要付出更多，而且与它们的商品状态没有明显的关系。因此，从一部戏剧开始普及时起，我们就看到它在服饰的奢华上越来越花样翻新，那些服饰因其自身而被光顾，并且很快就变成了演出的决定性吸引力（如在巴黎歌剧院上演的《风流的印度》[1] 和在法兰西喜剧院上演的《魅力情人》[2]）。在这一切当中，哪里还有戏剧可言呢？当然是没有的，因为可怕的华贵之痈疽已经完全吞噬了戏剧。

借助于一种很奇怪的机制，奢华的服饰还为低俗增加了一种谎言：现在不再是（例如在莎士比亚时代）演员穿戴着从领主的藏衣

---

[1] 《风流的印度》(*Les Indes galantes*)：法国作曲家拉莫（Jean Philippe Rameau，1683—1764）1735 年创作的一部芭蕾舞歌剧。——译者注

[2] 《魅力情人》(*Les Amants magnifiques*)：莫里哀 1670 年创作的一部喜剧。——译者注

室借来的华贵但真实的服饰的时代了；今天，华贵是需要高额付出的，人们只满足于仿制，也就是说撒谎。因此，那就不是什么奢华了，而是赝品在畸形地发展。松巴特[①]曾经指出过仿制的资产阶级根源；可以肯定的是，在我们国家里，尤其是小资产阶级的戏剧[福丽-贝热尔音乐厅（Folies-Bergère）、法兰西喜剧院、抒情戏院（Théâres lyriques）]，在这方面有些过分。这一点，以观众的一种儿童状态为前提，因为在这种状态下，人们既拒绝任何批评精神，又拒绝任何创造性想象力。自然，我们不能从我们的戏剧服饰中完全取消仿制，但是，如果我们求助于这种仿制，至少总应该认定其不会让人相信撒谎：在戏剧上，什么都不应该掩盖。这一点来自一种非常简单的道德，我认为，这种道德总在产生伟大的戏剧作品：应该相信观众，应该坚定地把自己可以创造华贵、将人造丝转变成真丝、将撒谎转变成幻觉的能力交给观众。

现在，我们要考虑的是，好的服饰应该是怎样的。既然我们承认服饰具有一种功能的本质，那么，我们就要尽力来确定戏剧服饰所连接的服务类型。在我看来，至少有两种基本的服务。

首先，<u>服饰应该是一种论据</u>。戏剧服饰的这种智力功能，在今天，通常被埋没在一些寄生的功能中，我们上面已经介绍过（写实主义、审美、金钱）。不过，在戏剧的各个重要时期，服饰都曾具有一种语义价值；它不仅仅是供人看的，而且还是供人解读的，它在沟通思想、认识或感情。

戏剧服饰的可理解或可认知的基本单位，即它的基本要素，便

---

[①] 松巴特（Werner Sombart, 1863—1941）：德国经济学家和社会学家。——译者注

是符号。我们在《一千零一夜》的一篇故事中，看到了一种出色的服饰符号的例子：我们了解到，每当哈里发何鲁纳·拉施德①生气的时候，他都穿着一件红色裙袍。这样一来，哈里发的红色就是一个<u>符号</u>，是表明他在生气的精彩的符号；这个符号明显地向哈里发的大臣们传递一种属于认知方面的信息：这位至高无上的统治者的精神状态和它所包含的一切后果。

好的、大众的、公民的戏剧，总是使用一种明确的服饰编码（code），它们广泛地实践着可被我们称为符号策略的东西：我只想提醒，在古希腊人那里，祭台装饰的外罩和颜色提前就表明人物的社会和情感条件；在中世纪的广场和伊丽莎白时代②的舞台上，服饰的颜色，虽然在某些情况下是象征性的，但可以使人在某种程度<u>上对演员的状态进行一种区别性解读</u>；最后，在意大利艺术戏剧③中，每一种心理类型都具有自己约定的服饰。正是资产阶级的浪漫主义在降低其对于公众理解能力的信心的同时，在一种服饰的考古真实性之中分解了符号：对模仿的这种过度使用，在1900年的巴洛克风格中达到了极点，那是真正的戏剧服饰的贼窝。

---

① 哈里发何鲁纳·拉施德（Haroun AL Rachid 或者 Hârûn AL-Rachîd，766—809）：哈里发（Calife）是穆斯林最高精神和行政领袖之意，何鲁纳·拉施德是当时担当这一职务的波斯最高领导人。有关他的传说后来收入了《一千零一夜》的第一部分。——译者注

② 伊丽莎白（Elisabeth）：这里指英国女王伊丽莎白一世（1533—1603）。——译者注

③ 意大利艺术戏剧（Commedia dell'arte）：产生于古罗马时代的一种戏剧形式。这种戏剧大多有四个人物，演出时都戴着面具。该戏剧曾对莫里哀产生巨大影响。——译者注

我们刚才概述了服饰的病态，现在，我们该指出一些几乎要损害服饰符号的疾病了。在某种程度上，它们是营养性疾病：每当符号过分带有意指或意指过分匮乏时，符号就生病了。我举出一些最为共有的病症：符号的贫乏（亨利希·瓦格纳①的穿长睡衣的女主人公）、它的拘泥于字面的意义（借助于几串葡萄所表示的酒神的女侍从）、过度的表明（尚特克莱尔②的羽毛一根一根地叠放在一起；整个戏剧中这些羽毛的总量达好几百公斤），不适宜（"历史"服饰无区别地用于一些模糊的时代），最后是符号的增繁和内在的失衡（例如，福丽-贝热尔音乐厅的服饰大胆出众且历史风格明朗，但它们被辅助符号搞得复杂而混乱，像是奇幻服饰或奢华服饰：在这里，所有的符号都在同一个平面上）。

可以确定符号的健康状态吗？在此，应该警惕形式主义：符号，当其是功能性的时候，它就是成功的；我们无法给予它一种抽象的定义；完全取决于演出的真实内容；在此，健康状态尤其是一种无疾病状态；服饰，当它允许作品自由地传递深刻的意指的时候，当它不阻碍和在某种程度上允许演员在无多余压力的情况下去认真完成其主要任务的时候，它就是健康的。我们至少可以说，一种好的服饰编码，作为戏剧姿态的有效的服务成分，排除了自然主

---

① 亨利希·瓦格纳（Heinrich Leopold Wagner，1747—1779）：用德语写作的剧作家。——译者注

② 法国诗人和剧作家罗斯丹（Edmond Rostand，1868—1918）1910年创作的《尚特克莱尔》（*Chantecler*）一剧中的主人公——公鸡——的名字。——译者注

义。布莱希特在谈到《大胆妈妈和她的孩子们》①的服饰的时候，曾经出色地说明过这一点：从舞台角度来看，人们并不用一种真正破旧的服饰来表示（表示：表明和突出）服饰的破旧程度。为了表现出来，破旧程度应该是加上去的（这便是在电影上称为上镜的定义），并具有某种叙事的维度：好的符号总应该是一种选择和一种强调的结果；布莱希特提供了对于构成破旧符号来说是必要的操作细节：智慧、细心、耐心是这种细节的出众之处（对服饰进行氯化物处理，染料的酸处理，用剃须刀拉毛，借助于蜡、生漆、脂肪酸、空洞来产生污点，缝补）；在我们被服饰的审美目的所迷惑的戏剧中，我们远没有彻底地使服饰符号服从于如此细心而尤其是非常"深思熟虑"的处理（我们知道，在法国，如果艺术在思考，那么，它就是可疑的）；我们看不到莱昂纳尔·菲尼②手持焊枪待在使人梦想整个巴黎的那些鲜艳的红色之中。

　　服饰的另一种积极的功能：它应该富有人性，它应该突出演员的作为人的身材，使他的形体可感、清晰和——如果可以说的话——令人心动。服饰应该服务于人的比例和在某种程度上雕刻演员，构成他的自然外形，它应该让人想象。服饰的形式尽管和我们相比是那样的古怪，但它完全是与演员的肉体、与他的日常生活共存的；我们永远不应该感觉到人的身体为乔装打扮所破坏。

　　服饰的这种人性，非常依赖其周围情况，即演员活动的基本环境。服饰与其内容之间的审慎的协调，也许是戏剧的第一法则。我

---

　　① 原载《戏剧研究》（*l'album Theaterarbeit*, Dresdner Verlag, Dresden），见于《大众戏剧》（*Théâtre populaire*），第 11 期，p.55。

　　② 莱昂纳尔·菲尼（Léonor Fini, 1908—1996）：意大利画家和布景画师，作品富有梦幻色彩。——译者注

们很清楚地知道，某些歌剧上演时，绘画布景混乱，合唱人员衣饰斑斓且不停而无益地来回走动，所有这些负荷过重的表面情形造成了一种滑稽的外形，既无情绪也无光彩。然而，戏剧公开地要求它的演员们提供一种身体的典范性，尽管人们赋予戏剧一些道德观念，但戏剧在一定意义上是人体的一种节日，因而，服饰和内容应尊重这一身体，同时表达整个人的品质。服饰与其周围之间的联系越是有机的，服饰就越被证明是有根据的。使一种服饰与一些<u>自然</u>的实体如石头、黑夜、树叶建立关系，是一种可靠的检测：如果服饰具有我们上面指出的一种毛病，人们会立即看到，它在玷污景致，它会显得平庸、乏力、可笑［在电影方面，便是《如果我了解凡尔赛宫多好》（*Si Versailles m'était conté*）[①] 的服饰的情况］；反过来，如果服饰是健康的，那么，整个环境都应该与之同化甚至赞扬它。

另一种难以得到但却是不可或缺的协调，是服饰与面孔的一致！在这一点上，有过多少形态上的时代错误！有过多少现代的面孔却被天真地放在了虚假的圆形皱领或虚假的褶裥上！我们知道，这正是历史影片最为棘手的问题之一［古罗马的参议员们却有着美国司法行政长官的脑袋，与此相反的，则应该是德雷耶[②]的《圣女贞德》（*Jeanne d'Arc*）］。在戏剧上，同样的问题是：服饰应该懂得<u>吸收</u>面孔，人们应该感觉到，有一种虽然看不见但却是必要的历史

---

[①] 法国与意大利合作拍摄的影片（1954），导演是萨沙·吉特里（Sacha Guitry）。——译者注

[②] 德雷耶（Carl Dreyer, 1889—1968）：丹麦著名电影导演。他的电影深刻地分析了人际关系。《圣女贞德》全名为《圣女贞德的激情》（*La Passion de Jeanne d'Arc*），为其1928年的作品。——译者注

外皮覆盖着这两种艺术。

总之，好的戏剧服饰应该是相当具体的，以至于可以有所意味；应该是相当明了的，以至于不能使其符号成为寄生物。服饰是一种文字，它有着歧义性；文字是一种工具，它服务于超越它的一种言谈；但是，如果文字过分贫乏或过于丰富，或者过于华丽或过于丑陋，那么，它就让人无法解读，其本身无法履行它的功能。服饰也应该找到罕见的平衡性，因为这种平衡可以使它帮助解读戏剧行为，而不会使其充满任何多余价值：它必须放弃任何利己主义和任何过分的良好意愿。它应该自在地出现而不被注意到，但它也应该存在着：演员们当然不能赤身裸体地上台！服饰应该既是具体的，又是明了的：人们应该看到服饰而又不去注目。这一点也许仅仅是一种表面上的悖论：布莱希特最近的例证要我们理解，正是在强调戏剧服饰的具体性的过程中，它才有最大的机会必然地服从于演出的批评目的。

1955，《大众戏剧》

## 文字文学

　　罗伯-格里耶的小说，不能按照人们赖以"吞噬"一部传统小说的既是总体的又是断续的方式来阅读，因为在传统小说中，理解活动从一个段落跳到另一个段落，从一个高潮跳到另一个高潮，而且说真的，眼睛只能间断地吸收着排版文字，就好像阅读在其最为具体的动作中应该重新产生传统世界的等级系统那样，而传统世界则具有轮流的感人时刻和无意蕴的时刻①。但在罗伯-格里耶的作品里，不能那样，因为其作品的叙述本身就要求必须彻底地吸收素材；读者服从于一种坚定的训练，他感受到自己被保持、被延伸在对象与行为的连续性之中。

---

① 这里说的是罗伯-格里耶的《窥视者》(*Voyeur*)。

这样一来，获取便不是来自诱使或诱惑，而是来自一种渐进的和必然的语义投入。叙事的强弱程度是严格地均等的，就像在一种确认事实的文学中那样。

在此，阅读的这种新的品质，是与故事素材的真正视觉本质连在一起的。我们知道，罗伯-格里耶的意图，是最终为对象提供直到目前只给予人际关系的一种叙述特权。由此，产生了一种深刻地更新了的描写艺术，因为在这种"对象"世界中，物质不再被表现为像是人心（记忆、器具有效性）的一种功能，而像是一种不可逃避的空间，人只能通过步行而从来不是因为使用关系和隶属关系才可频繁出入其间。

这便是在小说方面的一种伟大开拓，《橡皮》实现了其最初的设想，即起步时的设想。《窥视者》构成了第二阶段，它显然是经过深思熟虑实现的，因为罗伯-格里耶给人的感觉一直就是，他的创作从方法上投入了一种预先确定的路径。我认为，人们可以指出，他的总体创作具有一种论证的价值，并且，像任何真正的文学行为那样，他的创作比文学还要好地属于文学的体制：我们很清楚，50年以来，所有在写作方面被看重的东西，都具有这种相同的问题效能。

《窥视者》的新颖之处在于，作者在对象与故事之间建立了一种关系。在《橡皮》中，对象世界是由属于侦探范围的一个谜来支撑的。在《窥视者》中，没有了任何属于故事的修饰语：这种故事倾向于零，达到了人们勉强可以称其为故事的程度，甚至于无法概述它，批评家们所表现出的尴尬证明了这一点。我可以很清楚地说出这个故事：在一个没有被确定的岛屿上，一位经商的旅行者掐死了一个年轻的牧羊女，然后回到了大陆上。但是，我可以非常确信这是一种谋杀吗？行为本身在叙述中成了空白（一个在叙事中间看得很清楚的洞），读者只能从杀人犯为了去除这种真空（如果可以这样说的话）、为了用一种自然的"时间"来填补这种真空而付出的耐心努力中推导出这种行为。这等于是说，对象世界的扩大、不慌不忙而又细心地重新构筑这一世界，在此就圈定了一种未必有的事件：前事和后事的重要性、它们的冗长而啰嗦的文字性、它们需要被说出的固执表现，必然使一种行为变得不可确定，而这种行为则突然地不再具有言语作为直接的担保，也与话语的可分析性天职背道而驰。

行为的空白显然首先来源于描写的客观本质。故事（准确地讲是"故事性"）是心灵文明的一种典型产品。人们了解翁布雷达纳（Ombredane）做过的一项民族学的实验：他把影片《海底追击》（*La chasse sous-marine*）放映给刚果的黑人和比利时的大学生看：前者做出了一种明确和具体的纯粹描写性的概述，无任何添枝加叶；相反，后者则暴露出很大的视觉贫乏，他们不大想得起细节，他们在想象一个故事、寻找文学效果、尽力重新找到情感状态。罗伯-格里耶的视觉系统在每一个时刻所切断的，恰恰是戏剧的这种自发性诞生情况，就像对于刚果黑人那样，场面的准确性在吸收对于场面的全部潜在的内心性（相反的证明是：我们的那些唯灵论批评家们曾经在《窥视者》中不顾一切地寻找故事；他们清楚地意识到，小说在无病态或无道德论据的情况下正在躲避这种心灵的文明，而他们有责任捍卫这种文明）。因此，在对象的纯粹视觉的世界与人的内心世界之间出现了对立。罗伯-格里耶在选择前者的情况下，只能被无趣闻性所诱惑。

实际上，在《窥视者》中，有着一种对于故事的破坏性倾向。

在对象的重压下，故事在后退，在削弱，在消失。对象包围着故事，并与故事混为一体，为的是更好地吞噬故事。值得注意的是，对于罪行，我们既不了解动机，也不了解状态，更不了解行为，只是知道一些单独的、在其描写之中没有任何明确意愿性的素材。在这里，故事的已知条件既不是心理学的，甚至也不是病理学的（至少在其叙述的情境中是这样的），它们被简化为在空间和时间中逐渐露出的、无任何公认的因果联系的几个对象：一个小女孩（至少是她的原型，因为她的名字在不知不觉地改变着）、一条细绳、一根木桩、一根支柱、几块糖果。

仅仅是这些对象的逐渐的协调在勾画着即便不是罪行本身也至少是犯罪的现场和时刻。素材是借助于一种无人介意的偶然性相互结合起来的，但是，在对对象（细绳、糖果、香烟、带尖指甲的手）的某些汇聚方式的重复之中，诞生了将它们汇集在一起的一种谋杀习惯的可能性。而这些对象的结合（就像人们所说的观念的结合那样）逐渐地将读者引导到一种很可能发生的论据的存在上来，但不需要指明这种论据，就像在罗伯-格里耶的世界中从对象的秩序过渡到事件的秩序那样，其方法就是借助于一系列被动的纯粹的心理反射，同时审慎地避开一种道德意识的出现。

显然，这种纯粹性只能是倾向性的，而整部《窥视者》产生于对故事性的一种难以想象的抗拒。所有对象都像是论据的某种零度主题那样出现。小说就位于这个狭窄而困难的区域，在这里，趣闻（罪行）开始腐烂，开始赋予固执地坚持只待在那里的对象的出色表现以"意愿"。然而，一个纯粹客观的世界向着内心性和病理学的这种默不作声的变化，只是来自空间的一种缺陷。如果我们愿意想到罗伯-格里耶的深层意图就是阐述整个客观范围的话，就像小说家的手依据对线条和表面的一种透彻领会而紧随着他的目光那样，那么，我们就会明白，因重复而受到特别看重的某些对象和空间片段的这种返回本身就构成一种断裂，我们可以称之为主要建立在比邻性、扩张性和延伸性基础上的小说家视觉系统的第一个成熟点（point de blettissement）。因此，我们可以说，正是在一些对象因重复相遇而破坏目光与对象间的平行性的情况下，出现了犯罪，也就是说出现了事件：安排上的缺陷、空间的萎缩、一种突然出现的返回，这正是整个心理的、病理的和逸闻的秩序借以危害小说并对小说进行语义投入的突破口。恰恰是在那些对象于一再出现时似乎拒绝它们具有纯粹存在物之使命的地方，它们求助于趣闻性及其隐性的系列动机：重复与结合使这些对象脱离了它们的在那里存在，而具有了为某种东西而存在的依据。

我们清楚将这种重复方式与传统作者们的主题系统分开的整个区别。一种主题的重复在于设定一种深度，主题是一种符号、一种内在严密性的征象。相反，在罗伯-格里耶那里，对象的汇聚并不是表达性的，而是创造性的；这种汇聚的任务不是揭示，而是完成；这种汇聚具有一种动力的作用，而不是启发性的。在它们产生之前，不存在任何可提供阅读的东西：它们在构成罪行，它们并不泄露罪行：一句话，它们是文字的。因此，罗伯-格里耶的小说完全地外在于一种精神分析学领域：在此，所涉及的根本不是一个补偿性和证明性的世界，在这个世界中，某些倾向被某些行为所表达或反表达。小说决定性地废除任何过去时和任何深度，这是一种广延性小说，而不是理解性小说。犯罪不补偿任何东西（尤其不补偿任何犯罪欲望），在任何时刻都不是给予危机的答案、解决办法和出路：这个世界既不了解压缩，也不了解爆炸，而只了解对象的相遇、路径的交叉、返回。如果我们准备把奸淫和谋杀解读成属于一种病理学行为的话，那么，那便是过分地通过形式推导出内容：有一种偏见使我们赋予小说以某种本质，即真实之本质，亦即我们的真实之本质，在此，我们再一次成了这种偏见的受害者。我们总把想象物设想为真实事物的一种象征，我们想在艺术中看到对本性的一种间接肯定。于是，在罗伯-格里耶的情况里，许多批评家便不顾作品的盲目的文字性，尽力向这个众所周知的具有无法抗拒的完备性的世界引入一种多余的灵魂和罪恶，而罗伯-格里耶的技巧恰恰就是对不可磨灭之事物的一种彻底拒绝。

对精神分析学的这种拒绝，我们可以在说明事件从来就不被罗伯-格里耶所注意的同时，以另一种方式来表达。只需想一想，在绘画上，例如，在伦勃朗的作品中，一个显然是在画布之外集中的空间所呈现的情况就足可以了：这差不多就是我们在有深度的小说中看到的辐射和放射的世界。在这里只存在这样一种情况：光线是相等的，它不穿透，但它铺展，行为并不是一种秘密的光源的空间保证。尽管叙述经历着一种特殊的时刻（中间的空白页），但它并不因此而是向心的：在此，空白（犯罪）不是一种诱惑的发源地，它只是一种行程的终点，是叙事由此马上回流到起源的界限。这种没有深刻在发源地的情况违背了谋杀的病理学；谋杀是根据修辞学路径而不是根据主题路径来发展的，它是通过场所而不是通过辐射活动被揭示的。

我们刚才指出，在这里，犯罪只不过是空间和时间的一种断裂（这是一样的，因为谋杀的地点即岛屿，从来就只是一种行程的计划）。因此，凶手的全部努力（在小说的第二部分）都在于重新覆盖时间，在于为其重新找到将会是无罪的一种连续性（这显然就是借口之定义,但是在此,对时间的重新覆盖并不在侦探面前进行,而是在一种纯粹是理解力的意识面前进行,因为这种意识似乎梦幻般地在一种不完整的布局的苦恼之中挣扎)。同样,为了使犯罪消失,对象应该失去它们坚持会合、汇聚在一起的固执态度;人们在尽力使其以追溯既往的形式重新返回到一种纯粹的比邻链接之中。顽强地寻找一种无缝合的空间(说真的,我们只是通过其毁灭才知道了犯罪)与罪行的消除混合在一起,或者更准确地讲,这种消除只存在于在一天的时间内向回铺陈的某种人为的依稀可见的形式下。突然,时间具有了厚度,于是我们<u>懂得</u>,罪行存在着。但是,正是在这个时候,即时间为自己增加变化的时刻,它具有了一种新的品质即<u>本性</u>(naturel):时间越是被消耗,它就越显得可能是真的:马蒂亚斯,即杀人的旅行者,不得不一再地像是一支停歇不下来的画笔那样重新去意识犯罪的断裂。在这些时刻,罗伯-格里耶便使用一种特殊的间接风格(在拉丁语中,这样做会提供一种出色的连续的虚拟式,不过,这种虚拟式违背了其使用者)。

因此,这里涉及的,就不会是一位旅行者,而只能是一个杀人犯。或者更可以说,紧接在第一个部分的预言阶段之后的,是第二部分的谎言阶段:连续地撒谎,是我们可以赋予马蒂亚斯的唯一心理功能,就好像在罗伯-格里耶看来,心理论、因果论、意愿性都只能在犯罪的形式下和在不在现场的犯罪之中,才足以构筑对象的基础。正是在马蒂亚斯以(混合有时间性和因果关系的)一层密实的<u>本质</u>来重新细心覆盖他的一天时间的时候,他为我们揭开了(也许就是自我揭开了呢?)他的罪行,因为他在我们面前从来就只是一种重新形成中的意识。而这是真正的俄狄浦斯①的主题。区别在于，俄狄浦斯承认了一种在其发现之前已经被命名的错误，他的罪过属于补偿（底比斯的鼠疫）的一种富有魔力的安排；而窥视者，他提供了一种孤立的、理解性的而非道德的犯罪，这种犯罪在任何时刻都不被带入对世界（因果关系、心理学、社会）的一种总体的开放之中。如果犯罪是行贿，那么在这里就只是属于时间，而不是属于人的内心性：这种犯罪不是由其破坏所命名，而是由时间延续的一种犯罪位置所命名。

这就是《窥视者》的故事。这个故事被去除了社会性、道德性，它被悬在对象的阶段，被固定在向着它自己被废除的方向的一种难以想象的运动之中，因为罗伯-格里耶的计划一直就是，故事世界最终被它的对象所支持。在这些危险的实施之中，这位平衡论者逐步地去除那些多余的支撑点，因此，故事是一点一点地被简化、被减少。显然，理想的是放弃这种故事；在《窥视者》中，虽然故事仍然存在，但那更像是一种可能的故事〔故事的零度，或者按照列维-斯特劳斯②的说法，是神力（mana）〕的位置，为的是使读者避免由纯粹否定性所带来的过分猛烈的效应。

自然，罗伯-格里耶的意图起源于一种彻底的形式主义。但是在文学上，这是一种模棱两可的指责，因为文学从定义上就是形式的：在作家的自行停业与其审美之间没有中间项，如果人们认为形式研究是有害的，那么，应该禁止的是写作，而不是探索。相反，

---

① 俄狄浦斯（Oidipous）：古希腊神话中杀父娶母的悲剧人物。——译者注
② 列维-斯特劳斯（Claude Lévi-Strauss，1908—2009）：法国结构主义人类学家。——译者注

我们可以说，罗伯-格里耶所追求的小说的形式化，只有在它是彻底的时候，也就是说，只有当小说家至少在他希望克服资产阶级心理主义的所有困难、有勇气设定一种无内容的小说的时候，才有价值。对《窥视者》进行一种超验的或道德的解释，无疑是可能的（批评提供了证明），条件是故事的零度状态可以在过分自信的读者那里解放所有类型的超验性语义投入。总有可能借助于隐性的精神占据叙事的文字，并将纯粹的确认事实的文学转换成抗议的文学或叫喊的文学[①]：从定义上讲，一种文学是提供给另一种文学的。在我看来，我认为就是在《窥视者》上去掉任何兴趣。这本书，只能像是依靠绝对地实施否定来自我维持的一本书，而且正是在这种名义下，这本书可以在这个非常窄的区域，在这种罕见的眩晕之中占有一席之地，因为在这种地方，文学想自我破坏而又不能，并且它在同一种破坏性的和被破坏的运动中被理解。只有不多的作品进入了这种死亡的边缘，但是在今天，它们无疑是唯一被看重的作品。在现在的社会环境中，文学只能在一种经常的前自杀状态中才既可被赋予世界，又先于世界，就像任何超越性艺术所适合的情况；文学只能在其自身问题的形象中，即作为对自己的惩罚者和追求者的形象中才可以存在。不然的话，尽管其内容丰富或准确，但总是在一种传统形式的重压下失败。这种传统的形式，在文学为生产它、消费它和证明它的被异化的社会充当托词的情况下，才危害到文学。《窥视者》不能脱离目前在构成上是反动的文学的地位，但在

---

[①] 法语单词 littérature 兼有"文学"和"文献"两个意思。罗兰·巴尔特在文中同时使用这两个意思，因此便出现了"确认事实的文学"之谓。——译者注

试图健全叙事形式的同时，它也许正在参照资产阶级小说的基本艺术，为读者能摆脱心理压力做着准备，但仍然不去完成。这本书可以使人提出的，至少是假设。

1955，《批评》

## 如何再现古代

作为现代人，每当我们必须重演一部古代悲剧的时候，我们都面临一些相同的问题，而且每一次，为了解决这些问题，我们都要表现出相同的良好愿望和相同的不确定性、相同的敬重和相同的不安。我所看过的关于古代戏剧的所有演出，从我在上大学时负责组织的那些演出开始，都证实了在一些彼此冲突的要求之间做出决定时的那种优柔寡断和无能为力。

这是因为，实际上，不管我们是否意识到，我们从来都不能摆脱进退两难的境地：是应该将古代戏剧演成古代的样子还是演成我们今天的样子呢？是应该重新构思还是应该移植呢？是应该让人感受到相像还是应该让人感受到区别呢？我们总是从一种主意到另一种主意，从来不能明确地选择，虽然想法很多，却毫无条理，有时关心借助于与我们认为是古代的要求不相适宜的忠实性来重振演出，有时则关心借助于我们认为可以表明这种戏剧永恒品质的现代审美效果来升华演出。这些妥协所带来的结果总是令人失望的：我们从来不知道如何去考虑这种重新组织的古代戏剧。这与我们有关吗？为什么有关呢？在哪一点上有关呢？再现性演出从来无法帮助我们回答这些问题。

巴罗①出演的②《俄瑞斯忒斯》（Orestie）③再一次证实了这种混乱。风格、意图、艺术、决心、审美和理智，在此相互混杂至极点，并且虽然已有显然是大量的研究工作和在某些局部上取得的成功，我们还是无法知道巴罗为什么出演了《俄瑞斯忒斯》：演出无任何根据可言。

也许，巴罗公开表明过（或者曾经形成了）有关其演出的一种总体观念：在他看来，关键在于与学院派传统决裂，而且即使最终不重新将《俄瑞斯忒斯》安排在一种历史中，至少也要重新安排在一种异国情调中。将古希腊的悲剧转换成黑人的节日，重新找到这种悲剧在5世纪④时可能包含的非理性和令人恐慌的东西，使这种悲剧摆脱虚假的传统盛况以便为其重新发明一种礼仪本质，使它出

---

① 巴罗（Jean-Louis Barrault，1910—1994）：法国电影、戏剧演员，法国重要的戏剧导演之一。——译者注

② 在玛里尼剧院（Théâtre Marigny）的演出。

③ 该剧为古希腊剧作家埃斯库罗斯的作品。——译者注

④ 译者认为，这里应该是"公元前5世纪"，因为其作者是公元前5世纪的人。后面提到的"5世纪"也应该做此理解，本文最后"25个世纪"之说便是印证。——译者注

现表现一种极度兴奋的戏剧的萌芽。这一切都更多地来自于阿尔托①，而不是来自对古希腊戏剧的正确了解，只要人们在没有让步的情况下真正地完成了它，这一切都可以很好地被接受。然而，甚至在这里，打赌并没有得到坚持：黑人的节日没有引起注意。

首先，异国情调远没有得到继续：它只在三个时刻中是明示的：卡珊德拉②的预言、对阿伽门农③的礼仪式的祈求、厄里倪厄斯④跳的圆舞。悲剧的其他地方，都被一种完全是修辞学的艺术占据着：在这些场面引起的恐慌意愿与玛丽·贝尔⑤的面纱之间无任何一致性。这样的断裂是无法忍受的，因为它们必然将戏剧意图弃于诱人的附属品方面：黑人变成了装饰性的。采用异国情调大概是一种错误的决心，但是它至少可以被其有效性所补救：其唯一的证明便是曾经实际地转变了观众，难为了观众，诱惑了观众，"陶醉"了观众。然而在此，丝毫没有这样的情况：我们仍然无动于衷，带着点讥讽挖苦的神情，无法相信被那些"心理派"演员的艺术所提前免疫了的一种局部性恐慌。必须做出选择：或者是黑人节日，或者是玛丽·贝尔。指望在两者中都有所得（玛丽·贝尔之于人文批评和黑人节日之于先锋派），必然两者都有所失。

---

① 阿尔托（Antonin Artaud，1896—1948）：法国作家、喜剧演员。——译者注

② 卡珊德拉（Cassandra）：希腊神话中的女预言家。——译者注

③ 阿伽门农（Agamemnon）：希腊神话中的迈锡尼王。——译者注

④ 厄里倪厄斯（Erinyes）：古希腊神话中的三位复仇女神的总称。——译者注

⑤ 玛丽·贝尔（Marie Bell，1900—1985）：法国著名女电影演员。——译者注

其次，这种异国情调自身过于无力。人们理解巴罗在伊勒克特拉①与俄瑞斯忒斯逼迫他们已经死亡的父亲做出回答的魔幻场面中的意图。然而，其效果仍然是非常微弱的。这是因为，如果有人敢于去完成一种参与性戏剧的话，那么，就应该完全地去进行。在这里，符号不再是足够的：这就需要演员们的一种实际的介入。然而，传统的艺术教演员们去模仿这种介入，而不是去体验它；而且，由于这些符号在先前的无数造型的娱乐中被使用和受到损害，我们已经不相信它们了：几圈转动、不合节拍的朗诵、一次次地跺地，这些已不足以向我们强加一种魔幻现身的感觉。

没有任何东西比无效果的介入更为艰难了。人们惊异地发现，那些热心于这种戏剧形式的捍卫者们，在当他们最后有机会完成这种实际的戏剧、这种真正使我们大伤脑筋的戏剧的时刻，是如此地无能，如此地缺乏创造性，如此地胆小怕事。既然巴罗已决心搞成黑人的节日（尽管这种决心是可争论的，但却是严厉的），那么，他就该进行到底。不论什么时间播放的爵士乐、黑人演唱的《卡门》(Carmen)，这些似乎都为他提供了什么是演员的集体出现、什么是场景的侵入、什么是内心的喜悦的范例，而对这些，巴罗演出的《俄瑞斯忒斯》却很少给予回应。这并不是黑人所希望的。

风格的这种混乱，我们从服饰上可以短暂地重新看到。《俄瑞斯忒斯》包含着三种平面：神话的假设时代、埃斯库罗斯的时代和观众的时代。必须选择三种参照平面中的一种，并且固守它，因为我们马上会看到，我们与希腊悲剧唯一可能的关系就存在于我们对

---

① 伊勒克特拉（Electra）：古希腊神话中阿伽门农和克吕泰墨斯特拉（Clytemnestre）的女儿，俄瑞斯忒斯的姐姐。——译者注

于其历史情况可能有的意识之中。然而，玛丽-埃莱纳·达斯泰①的服饰，虽然有些在造型上华丽非凡，但随意地包含着这三种混合的风格。阿伽门农和克吕泰涅斯特拉衣着野蛮，将悲剧带入了一种古老的米诺斯文明②时期的意指之中，如果这种安排是普遍的话，那么，这样的情况就是合情合理的。但是，俄瑞斯忒斯、厄勒克拉特、阿波罗③却很快违背了这种选择：他们成了5世纪的希腊人，他们将古代希腊人体形的魅力、尺寸，淳朴和健康的人性引入了原始服饰的粗犷气势之中。最后，正像经常在玛里尼剧院出现的那样，舞台上有时被奢华的矫饰主义，被我们标准的巴黎剧院的"大时装设计师的"造型艺术所充斥：卡桑德罗斯全身是不合时宜的褶衣，阿特柔斯④的两个儿子穴居的山洞被一面直接出自爱马仕⑤（指的是商店，而不是场所）的绒毯所挡住，而在最后的压轴戏中，一位脸上涂着厚厚白粉的帕拉斯⑥从一种柔和的、渐渐变淡的蓝色中凸显出来，就像在福丽-贝热尔音乐厅里那样。

---

① 玛丽-埃莱纳·达斯泰（Marie-Hélène Dasté，1902—1994）：法国女戏剧演员。——译者注

② 米诺斯文明（minoenne）：古希腊克里特岛的文明。——译者注

③ 古希腊神话中的太阳神。——译者注

④ 阿特柔斯（Atreus）：古希腊传说中迈锡尼的国王，他的两个儿子阿伽门农和墨涅拉俄斯（Menelaus）被合称为"阿特柔斯之子"（Atridae）。——译者注

⑤ 爱马仕（Hermès）：法国著名时装品牌之一，尤以丝绒织品著称。原为古希腊人对古埃及之神（Thot）的称呼，该神被认为是人类创造之神。——译者注

⑥ 帕拉斯（Pallas）：古希腊神话中主管艺术和科学的女神。——译者注

克里特岛①与富布尔·圣-托诺雷街②的这种混合，使得《俄瑞斯忒斯》一剧的意图大有所失：观众不再理解其所看到的东西：他似乎觉得是在看一出抽象的悲剧（因为明显地是拼凑成的），所能确定的是，他处于一种只是过分自然的倾向之中：拒绝对所再现的作品进行严格的历史理解。唯美主义在此再一次像是一种借口，它<u>掩盖着一种不负责任</u>：这在巴罗那里是常见的，以至于人们可以把服饰的任何无根据之美都称为玛里尼剧院风格。这一点在巴罗的《贝雷尼斯》（Bérénice）一剧中已经很明显，但是，该剧还没有发展到把皮洛士③装扮成罗马人、把提图斯④装扮成路易十四侯爵和为贝雷尼斯穿上法特品牌⑤的褶裥。不过，这与《俄瑞斯忒斯》为我们提供的混合情况是相同的。

风格的分离也严重地影响了演员们的表演技法。人们一直在想，这种表演技法至少可能有着一致的错误；根本没有什么技法可言：每一个人都随意地解说文本，而不顾及旁人的风格。罗贝

---

① 克里特岛：希腊岛屿之一。译者认为，这里指古希腊之文明。——译者注

② 富布尔·圣-托诺雷街（Faubourg Saint-Honoré）：巴黎卢浮宫北侧与之平行的一条汇集多个高档时装品牌的街道，译者认为，这里指现代之文明。——译者注

③ 皮洛士（Pyrrhos，公元前319—前272）：古希腊伊庇鲁斯国王。——译者注

④ 提图斯（Titus Flavius Sabinus Vespasianus，39—81）：古罗马皇帝（79—81年在位）。——译者注

⑤ 法特品牌：雅克·法特（Jacques Fath，1912—1954）1937年创立的时装品牌。——译者注

尔·维达兰①按照法兰西剧院此后成为笑柄的传统来扮演阿伽门农：他的表演更应该属于勒内·克莱尔②的滑稽模仿。相反，巴罗实践的却是从古典喜剧的短角色（rôle rapide）那里继承下来的某种"自然"的东西；但是由于想避免传统的夸张，他的角色便被削弱，变得平淡无奇、脆弱乏力和没有意蕴：由于彻底地受到他同事们的错误的影响，他未能用一种基本的悲剧严格性与之对立。

除此之外，玛丽·贝尔还扮演拉辛风格的或是伯恩斯坦③风格的克吕泰涅斯特拉（从远处看，差不多是一样的）。这部千年悲剧的重要性丝毫没有使她放弃个人的修辞学；这就是在每一时刻都要有体现意愿、体现带有意义的姿态和目光、体现被赋予了意蕴的秘密的一种戏剧艺术，这种艺术是表现夫妻生活和资产阶级通奸行为的任何戏剧所特有的，但是它向悲剧引入对于悲剧来讲完全是无时序的一种奸猾（rouerie），简单地说是一种庸俗性。恰恰是在这里，对表演的一般误解变成了最为麻烦的事情，因为这里涉及的是一种更为巧妙的错误：确实，悲剧中的人物都表现"感情"；但是，这些"感情"（高傲、嫉妒、仇恨、愤怒）在该词的现代词义上根本不是心理学方面的。它们不是在一颗浪漫心灵的孤独之中产生的个人激情：高傲在此不是一种罪过，不是一种诱人的和复杂的毛病，它是一种与城市对立的错误，是一种政治上的过度表现；仇恨，从

---

① 罗贝尔·维达兰（Robert Vidalin，1903—1989）：法国喜剧和电影演员。——译者注

② 勒内·克莱尔（René Chomette Clair, ditRené Clair，1898—1981）：法国电影演员和作家。——译者注

③ 伯恩斯坦（Henry Bernstein，1876—1953）：法国街头戏剧作家。——译者注

来就只是对一种古老的权利,即族间仇杀权利的表达,而愤怒从来就只是对于一种新的权利的要求,即人民对古老法律进行指责性评判的口头要求。英雄们的激情所带来的这种政治背景,主导着整个悲剧的表演。心理艺术,首先是一种有关秘密、有关既被掩藏着的又被公开承认的事物的艺术,因为这种艺术就存在于再现个体时的基本意识形态的习惯之中,而这时的个体是在一无所知的情况下就被其激情所控制的。由此,产生了一种传统的戏剧艺术,这种艺术在于使观众看到一种被折磨的内心性,而不需要戏剧中的人物让人去猜想其意识;这种<u>表演</u>(在该词既是不适宜又是欺骗的意义上)奠定了有关细微区别的一种戏剧艺术,也就是说,实际上是有关文字与人物精神之间及其作为言语主体和激情对象之间某种似是而非的分离状态的一种戏剧艺术。相反,悲剧艺术是建立在一种绝对文字的言语基础之上的:激情在此无任何内在重要性,激情完全是外向的,它转向其公民的背景之中。从来不会有一位"心理"人物这样说:"我很高傲";而克吕泰涅斯特拉却可以这样说,整个区别就在于此。因此,没有比听到玛丽·贝尔依据原文显示一种激情更令人惊奇的了,也没有比她这样做可以更好地说明表演之基本错误的了——她在上演了近百部"心理"戏剧之后形成的既委婉又"喜剧性的"完全个人的方式,就借助于这种激情来否定无阴影、无深度的外在性。在我看来,只有玛格丽特·雅穆瓦①(卡桑德罗斯)曾经使这种艺术接近我们本希望在整个悲剧中看到的东西:她看了就说出,她说出她看到的东西,这一点,便是全部。

---

① 玛格丽特·雅穆瓦(Marguerite Jamois, 1901—1964):法国著名女演员,蒙帕那斯剧院经理。——译者注

是的，悲剧是一种确认性的艺术，并且这恰恰是与很快就变得无法忍受的这种构成情况相对立的全部东西。克洛代尔①看得很清楚，他曾要求悲剧合唱团一动不动，几乎就像是举行盛典那样。在他为这同一部《俄瑞斯忒斯》所写的序言中，他要求，人们将合唱演员放在剧院里不相邻的单独位置中，要求人们在演出的过程中对他们进行试用，并且每一个人面前都有一个供读谱用的乐谱架。无疑，这种舞台安排是与"考古"真实相矛盾的，因为我们知道，合唱团过去是跳舞的。但是，由于我们不了解当时的舞蹈，而且即便那些舞蹈得到了很好的复原性编排，它们对我们也产生不了公元5世纪时的效果，因此，必须找到对等的东西。克洛代尔的解决办法，在于借助一种西方盛典式的对应方式重现合唱团作为文字评论者的功能，在于表达合唱团介入的群体本质，在于明确地赋予其一些智慧的现代属性（座位和斜面桌）和重新找到其深刻叙事的朗诵者的特征，这种解决办法似乎是唯一可以阐述悲剧合唱团状况的办法。为什么人们从来没有尝试一下呢？

巴罗曾经希望有一种"富有活力的"、"自然的"合唱团，但是，这种主意实际上表现出与演出活动的其他部分一样的犹豫不定的状况。这种混乱情况在这里更为严重，因为合唱团是悲剧的坚实核心：它的功能应该具有一种不可争辩的明证性，合唱团的一切——它的言语、服饰、安排，都应该属于一个整体并具有同一种作用；最后，虽然合唱团是"大众性的"、说教式的和缺乏诗意的，但在任何时刻都不可能是一种"自然的"、心理的、个人的和诱人

---

① 克洛代尔（Paul Claudel，1868—1955）：法国作家和外交家，曾在中国任职。——译者注

的天真安排。合唱团应该保留的是一种令人惊异的机制，它还应该使人惊讶和使人感到是在另一种环境中。当然，这并不是玛里尼剧院的情况：我们在那里发现了两种相反的不足，但它们都超越了真实的办法，它们是夸张和"自然"。有时，合唱团人员随着模糊的对称布景而变化，就像在大型体操表演中那样（人们永远不会过分地去说在古希腊悲剧中有着普帕尔①美学带来的破坏）；有时，他们寻求一些现实的、为人所熟悉的态度，他们以紊乱而精巧的方式运动着；有时他们像是正在宣讲的牧师；有时他们则采用对话的语调。风格的这种混乱为戏剧带来了一种后果不堪设想的错误：不负责任。合唱团的这种无为的状态，即使不在本质之中，但至少也在音乐基础的安排之中，似乎更为明显：人们会感觉到有无数的断口，感觉到一种不停的切除活动，这种活动在切分音乐比赛，在将音乐简化成一些偷偷摸摸的几乎是以犯罪的方式表现出的样板：在这些条件下，很难对音乐进行判断。但是，我们可以说的东西，是我们不知道为什么音乐还出现在那里和是什么观念在引导音乐的分配。

因此，巴罗的《俄瑞斯忒斯》是一种含混的演出，在这种演出中，人们重新看到了仅仅是以雏形状态出现的矛盾选择。那么，剩下要说的是，为什么混乱在这里比在其他地方更为严重：这是因为这种混乱对立于我们今天与古代悲剧可能有的唯一关系，那便是明确。在1955年再次演出的埃斯库罗斯的一部悲剧，只有当我们决心明确地回答两个问题的时候，才具有意义，这两个问题是：在埃斯

---

① 普帕尔（Henri Poupard，又名 Henri Sauget，1901—1989）：法国作曲家。——译者注

库罗斯的同代人看来,《俄瑞斯忒斯》到底是什么？我们作为20世纪的人,与作品的古代意义有什么关系？

对于第一个问题,有许多文章都在协助做出回答:首先,有保罗·马宗(Paul Mazon)为他所翻译的《吉约姆·比代①文集》所写的出色导言;其次,在更为宽泛的社会学方面,有巴霍芬(Bachofen)、恩格斯和汤姆森(Thomson)的书②。在埃斯库罗斯被重新置于其时代并在不顾其温和立场的情况下,《俄瑞斯忒斯》无可争辩地是一部进步的作品;这部作品证实了从由伊里逆斯所代表的母系社会到由阿波罗和雅典娜③所代表的父系社会的过渡。这里不是阐发这些主题的地方,因为这些主题都已经得到过一种宽泛的社会化的阐述。只需相信,《俄瑞斯忒斯》是一部被深刻地政治化的作品;它甚至是可以将一种历史结构与一种特殊的神话结合在一起的关系典范。但愿其他人——如果他们愿意的话——在此学习去发现有关罪恶和判决的永恒的问题;这将永远不会阻碍人们认为《俄瑞斯忒斯》是一部属于一个明确的时代、一个确定的社会状态和一次偶然出现的道德争论的作品。

恰恰正是这种理解使我们可以回答第二个问题:作为1955年的人,我们与《俄瑞斯忒斯》的关系,就是这部戏的明显的特殊性。

---

① 吉约姆·比代(Guillaume Budé, 1467—1540):法国人文学者。——译者注

② 巴霍芬的《母亲的权利》(*Le Droit maternel*, 1861);恩格斯的《家庭、私有制和国家的起源》(*L'Origine de la famille de la propriété privée et de l'Etat*, 1891年第4版);汤姆森的《埃斯库罗斯与雅典》(*Aeschyclus and Athens*, 1941)。

③ 雅典娜:古希腊神话中的智慧女神。——译者注

在我们与这部作品之间，差不多有25个世纪了：从母系社会过渡到父系社会、用新的神取代旧时的神和用裁决取代以牙还牙，所有这些，几乎没有一点不属于我们的历史；而且，正是根据这种明显的相异性，我们可以用一种批评的眼光来判断一种意识形态的和社会的状态，在这种状态中，我们不再参与，而且在我们看来，这种状态今后会客观地出现在其整个远离过程之中。《俄瑞斯忒斯》告诉我们那时的人们曾努力超越的东西，告诉我们他们曾经试图说明的蒙昧主义；但是，这部作品同时告诉我们，这些努力对于我们来说是无时序的，它们想确立的新的神是被我们战胜了的神。历史在前进，克服野蛮所带来的阻碍虽然困难但却无可置疑，要逐渐地确信人自身掌握着医治其疾病的药方——对于这些，我们应该不停地有所意识，因为正是在看到所走过的路的同时，人们对于尚需走的路才有了勇气和希望。

因此，正是在赋予《俄瑞斯忒斯》以（我不说是考古学的，但却是历史的）正确形象的情况下，我们将表现把我们与作品结合在一起的那种联系。古典悲剧在按照其特殊性和其与自己的过去相比是进步的，但与我们现在相比是野蛮的整体特征而被再现的情况下，只有当它借助于戏剧的所有魅力使我们明确地理解到历史是可塑的、流动的、服务于人（只需人稍微地想成为自己的意识清醒的主人）的时候，才关系到我们。把握《俄瑞斯忒斯》的历史特殊性和它的准确的独创性，在我们看来，是唯一使其成为一种积极的、负有责任感的使用方式。

正是为了这一点，我们拒绝某种混乱的演出，因为在那种演出中，那些优柔寡断的和在局部上受到尊敬的选择，时而是考古学的和美学的，时而是本质论的（一种永恒的道德争论）和异国情调的

(黑人的节日),它们最终都在其混乱的往返运动中使我们失去对于一部明确的作品的感觉,而这部作品则是在远得像是我们的过去,因此我们也不再接受的历史中,并借助于这种历史得以确定的。我们要求,每一次演出时,戏剧都对我们说出阿伽门农说过的一句话:

联系没有了,补救方法还在。

1955,《大众戏剧》

# 何种戏剧的先锋派？

词典并没有告诉我们，文化意义上的先锋派这个术语准确地产生于何时。它似乎是一个很近的概念，诞生于资产阶级被某些作家看作在审美上倒退的一股力量的历史时刻，这一点，当然需要讨论。大概的情况是，在艺术家看来，先锋派从来就只是解决某种明确的历史矛盾的一种手段，那甚至就是被揭去面纱的整个资产阶级的矛盾，这种资产阶级只能以反过来对付自己的一种猛烈的反对形式来追求其最初的普遍主义了。这种猛烈性首先是美学方面的，它被引向了反对粗俗之人，随后便具有了越来越介入的方式；而当生活的行为本身以拒绝为条件接受了资产阶级的秩序（例如超现实主义派）的时候，就出现了伦理学方面的猛烈性；但是政治上的猛烈性，从来没有过。

这是因为，在宽泛一点的历史方面，这种反对从来就仅仅是一种委托：资产阶级委派他们的一些创作者进行一种形式上的颠覆活动，而并不为此真正与他们断绝。说到底，难道不就是资产阶级以其公众及其金钱来吝啬地支持先锋派吗？先锋一词，在其词源学上，仅仅是指资产阶级军队中有点激情、有点偏离主体的一部分人。一切，就像是在因循守旧的艺术团体与其勇敢的空中飞人之间有一种秘密的和深刻的平衡那样。这正是在社会学上众所周知的互补现象，列维-斯特劳斯曾非常出色地对这种现象进行过描写：先锋派作者有点像是所谓原始社会中的巫师，他关注不规则性，为的是以此来纯洁社会整体。毫无疑问，在资产阶级走下坡路的阶段，它深刻地需要这些反常的行动，这些行动可以高声地命名它的某些意图。先锋，从根本上讲，只不过是一种多余的净化现象，是用来接种一点点主观性、接种以资产阶级价值的外表出现的一点点自由性的一种疫苗：人们因公开了但仅限于疾病的一个部分而表现出健康。

自然，先锋派的这种安排，只在历史范围内才是真实的。在主观上和创作者层面上，先锋派被体验为像是一种完全的解放。只不过，个人是一方面，人类又是另一方面。一种创作经验只有当其涉及社会的真实，也就是说政治的结构的时候，才可以是彻底的。在先锋派作家的个人戏剧之外，不管有什么样的典范力量，这种作家总是在秩序削弱其散兵游勇之势力的时刻才出现。有说服力的事实就是，从来不是资产阶级威胁了先锋派；而且，在当新的言语活动的魅力开始消失的时候，资产阶级根本不反对收回这些言语活动，根本不反对为自己的使用而安排这些言语活动。例如，兰波①被克洛代尔所吸收，作为法兰西学院院士和超现实主义者的科克托②被用于大众电影之中。先锋派很少将自己天才儿童时期的事业进行到底：其事业或早或晚以重返母腹而告终，因为母腹曾在赋予其生命的同时也赋予了它一种属于纯粹延缓的自由。

不，说真的，先锋派从来只被一种力量威胁过，而这种力量却不是资产阶级的，这便是政治意识。超现实主义并不是在资产阶级的攻击作用下被解体的，而是在政治问题——简单地说，是在共产主义问题的有生命力的再现之下被解体的。似乎，先锋派刚被明显的革命性任务征服，它便否定了自己，便接受了死亡。这里所涉及的，不是简单地去关心明确性、必要性和对于现实主义创作者来讲，是关心其被人民所理解的问题。不可共存性是深刻的。先锋派从来就仅仅是歌颂资产阶级死亡的一种方式，因为其死亡仍然属于资产阶级。但是，先锋派无法走远，它不能像一种萌发时刻，像从一种封闭的社会到一种开放的社会的过渡那样，来构想它所表达的悼词；从本质上讲，它无力把对于世界的一种全新赞同的希望置于由它所发起的反对声之中。它想死亡，它想说出它想死亡，并且它希望一切都与它同归于尽。它强加给言语活动的通常是诱惑人的解放活动，实际上只不过是一种终审判决：任何社会性都使它感到恐惧，而这，理所当然地是因为，它所想感受的，从来就只是资产阶级的模式。

---

① 兰波（Arthur Rimbaud，1854—1891）：法国象征派诗人。——译者注
② 科克托（Jean Cocteau，1889—1963）：法国诗人和电影剧作家。——译者注

先锋派作为资产阶级的寄生虫和专有物，必然伴随着资产阶级的发展而变化：今天，我们似乎看到资产阶级正在一点一点地死去；或者，资产阶级重新完全地充实自己，并最终以在晚上成功演出贝凯特和奥迪贝尔蒂①的剧作而结束（明天，将是尤内斯库的作品，他已经被人文主义批评家调教好了）；或者，先锋派作者在接受关于戏剧的一种政治意识的同时，正逐渐地放弃纯粹的伦理学方面的反对（这无疑是阿达莫夫的情况），以便进入新的现实主义道路之中。

在此②，我们一直捍卫一种政治戏剧的必要性，不过，我们也在衡量先锋派可以为这样的戏剧带来的东西：它可以提出一些新的技巧，尝试一些断裂，软化戏剧的言语活动，可以为现实主义作者再现对声调的某种自由性的要求，使其从对形式的一般不在意中醒悟过来。政治戏剧的重大危险之一，就是担心落入资产阶级的形式主义之中。这种难以摆脱的想法，盲目到重新退回至相反的过分状态之中：现实主义的戏剧过于经常地在剧情的不果断即言语活动的循规蹈矩中死去；由于担心无秩序状态，人们最终很容易套用资产阶级戏剧的那些已经过时的旧形式，但并不理解，应该得到重新思考的是戏剧的物质性本身，而不仅仅是意识形态。在此，先锋派可以提供帮助。由于先锋派的许多新颖性都来自对现时性的敏锐观察，所以，人们可以更好地推想戏剧：那些有时严重违背学院派批评的"大胆"做法，实际上和已经是集体艺术（例如电影）中习以

---

① 奥迪贝尔蒂（Jacques Audiberti, 1899—1965）：法国诗人和剧作家。——译者注
② 指《大众戏剧》。

为常的事情，可以很好地或者在任何情况下都会很快地得到整个大众特别是年轻人的理解。因而，我们可以对出现这样的一位戏剧作者，寄予很大的期待——我们在此希望他能够赋予新的政治艺术以摆脱旧先锋派戏剧限制的能力。

1956，《大众戏剧》

# 布莱希特批评的任务

不冒什么风险，就可以预见，布莱希特的作品会越来越显示出其重要性；这不仅是因为作品本身是伟大的，而且因为他的作品是典范性的。至少在今天，他的作品在两种荒漠中闪耀着特殊的光芒：当代戏剧的荒漠，在当代戏剧中，除了布莱希特，举不出别的重要作者；革命艺术的荒漠，这种艺术从日丹诺夫①理论走入死胡同之初起便无成果可谈。不论谁想对戏剧和对革命进行思考，都注定会遇到布莱希特。布莱希特自己也希望这样。他的作品竭尽全力反对潜意识天才的反动神话；他的作品具有

---

① 日丹诺夫（1896—1948）：苏联政治家，曾制定了艺术和文学上的社会主义现实主义标准。——译者注

与我们的时代最为相宜的重要性,即责任心的重要性;这是一种与世界、与我们的世界处于"共谋关系"状态的作品。了解布莱希特,思考布莱希特,简言之,对布莱希特进行批评,从定义上讲就是延伸到我们时代的问题上。应该不知疲倦地重复这种真理:了解布莱希特,具有与了解莎士比亚或果戈理①不同的重要性;因为,非常正确的是,正是为了我们而不是为了永恒,布莱希特才写了他的戏剧。因此,对布莱希特的批评,是观众、读者、消费者的全面批评,而不是注释家的批评:这是一种对相关人的批评。如果我需要亲自在我拟定的范围内写作批评文章,我必然会冒着显得不谨慎的风险,暗示出这种作品在什么地方打动我和帮助我,而从个人来讲,我是作为具体人的我。但是,为了不离开对布莱希特进行批评的一种程序核心,我只是提供一些分析平面,而这种批评则应该连续地位于其中。

## (一) 在社会学上

一般说来,我们还没有足够的调查手段来确定戏剧的观众。再说,至少在法国,布莱希特尚未脱离实验戏剧的状况(除了在国家人民剧院演出的《大胆妈妈和她的孩子们》,这一情况由于对演出的误解而不大能说明问题)。因此,现在,人们只能研究报刊的反应。

目前,似乎应该区分出四种反应。在极右派看来,布莱希特的作品由于他们的政治张贴宣传而被搞得完全信誉扫地:布莱希特的

---

① 果戈理(1809—1852):俄国作家。——译者注

戏剧是一种平庸的戏剧，<u>因为</u>这是一种共产主义的戏剧。在右派看来［一种更为狡猾的右派，它可以延伸到《快报》（*L'Express*）的"现代主义的"资产阶级］，他们使布莱希特承受一种传统的去除政治的做法：他们使人与作品脱离，他们把人留给政治（同时连续地和矛盾地指出人的独立性和其奴性），而将作品揽入永恒戏剧的麾下。有人说，尽管布莱希特是这样的，尽管我反对他，但他的作品是伟大的。

左派首先对布莱希特有一种人道主义的欢迎：布莱希特可以说是与人的人文进步密切关联的富有开阔创造意识的人之一，就像罗曼·罗兰①或巴比斯②那样。遗憾的是，这种热情的看法掩盖了一种反智识主义的偏见，而这种偏见常在某些极左派那里看到。为了使布莱希特"为人所理解"，他们不信任或至少贬低布莱希特作品的理论部分：虽然布莱希特关于叙事戏剧、演员、间离等系统的观点不怎样，但其创作的作品还是伟大的。于是，人们重新返回到小资产阶级文化的基本原则之一，即心与大脑、直觉与思考、不可磨灭与理性（这种对立在最后掩盖了有关艺术的一种魔幻概念）之间的浪漫性对比。最后，共产党方面（至少在法国）则对布莱希特的戏剧表达了保留看法：那些保留看法一般涉及布莱希特与正面人物的对立、戏剧的叙事概念和布莱希特戏剧理论的"形式主义"倾向。除了罗歇·瓦扬③建立在把法兰西悲剧当作危机之辩证艺术来

---

① 罗曼·罗兰（Romain Rolland, 1866—1944）：法国人文主义作家。——译者注
② 巴比斯（Henri Barbusse, 1873—1935）：法国作家。——译者注
③ 罗歇·瓦扬（Roger Vailland, 1907—1965）：法国作家和记者。——译者注

捍卫的主张基础上的不同看法外，这些批评都来自于季达诺夫有关艺术的概念。

在此，我援引一种备查材料，似乎应该从细节上重新使用它。好像问题根本不在于反驳对布莱希特的批评，而在于借助我们的社会为了<u>消化</u>布莱希特而自发地使用布莱希特的途径来接近他。布莱希特揭示任何谈论他的人，而这种<u>揭示</u>自然在最大限度上关系到布莱希特。

## （二）在意识形态上

难道需要将布莱希特的一种<u>典型</u>的真实与对其作品的"消化"对立起来吗？在一定意义上和在某些界限内，是需要的。在布莱希特的戏剧中，有一种明确的、一致的、经常性的被出色地<u>组织了的</u>意识形态内容，这种内容反对过分的扭曲。对这种内容必须加以描写。

对于这一点，我们有两种文本：首先是理论文本，这些文本具有一种敏锐的智慧（结识一位富有智慧的戏剧人，绝对不是无关紧要的），具有极致的意识形态上的清醒，想以它们只不过是对本质上是创作性的一部作品进行智力上的补遗为借口来对其加以贬低，是幼稚的。当然，布莱希特的戏剧就是为了被演出才创作的。但是，在其被演出或看到其被演出之前，并不妨碍他的戏剧已经被理解了：这种智慧与其构成性功能是有机地联系在一起的，而这种功能就在于在公众赞同戏剧的时刻转换公众。在像布莱希特这样的马克思主义者那里，理论与实践之间的关系不应被贬低或者被扭曲。将布莱希特的戏剧与他的理论基础分割开来，是与想理解马克思的活动而不读《共产党宣言》（*Manifeste communiste*）和想理解列宁的政治而不读《国家与革命》（*L'Etat et la Révolution*）一样是错误的。不存在使戏剧无偿地摆脱理论思考之要求的国家决定或超自然的介入。与任何批评倾向不同的是，必须肯定布莱希特的系统作品的根本重要性：把布莱希特的戏剧看作一种被思考的戏剧，并不是降低这种戏剧的创造性价值。

另一种文本的作品本身提供了布莱希特意识形态的主要成分。我在这里只能指出其主要内容：人类灾难的历史的而非"自然的"特征；经济异化的精神传染，这种异化的最后作用在于使它所压迫的人类不了解导致他们处于奴隶地位的原因；大自然的可纠正的地位和世界的可驾驭性；手段和情境的必然相宜性（例如在一个缺乏治理的社会里，权利只能由一位玩世不恭的法官来恢复）；旧的心理"对立"转换成历史的矛盾，而这种历史的矛盾则服从于人的纠正能力。

在此，应该明确指出，这些真实只不过像是具体情境的结果那样被提供的，而这些情境是无限地可塑的。与右派的偏见相反，布莱希特的戏剧并非一种主题戏剧，并非一种宣传性戏剧。布莱希特从马克思那里获得的，并不是一些口号、一些论据的罗列，而是一种总体的阐释方法。结果便是，在布莱希特的戏剧中，马克思主义的成分似乎总是被重新创造。其实，布莱希特之所以重要，之所以孤独，正是因为他在不停地创立马克思主义。在布莱希特那里，意识形态主题，可以非常准确地被确定为将确认的事实与阐释、伦理与政治混合在一起的一种事件动力学：根据马克思主义的深刻教导，每一种主题都既是对人的想要—存在①，又是对事物之存在的

---

① 想要—存在（vouloir-être）：符号学模态理论中"想要"模态价值的状态陈述。参阅后面文章中的相关注释。——译者注

表达，它既是异议性的（因为它在揭示）又是协调性的（因为它在阐释）。

（三）在符号学上

符号学是对符号和意指的研究。我不想介入有关这门学科的争论之中，这门学科是在 40 年前由语言学家索绪尔提出的，它一般在很大程度上被怀疑为形式主义。在不被词语吓倒的情况下，还是有必要了解，布莱希特的戏剧、间离理论和柏林剧团的实践，都关系到布景和服饰，都提出了一个公开的符号学问题。因为整个布莱希特戏剧所假设的，至少在今天看来，是布莱希特的戏剧理论不太注重表达真实，而注重意味真实。因此，在所指与其能指之间有必要保持一定的距离：革命艺术应该接受符号的某种任意性，它应该承认某种程度的"形式主义"，在这种意义上，它应该根据一种特有的方法来处理形式，这种方法便是符号学方法。布莱希特的任何艺术，都反对季达诺夫在意识形态与符号学之间造成的混乱，而我们了解这种混乱已经导致的审美绝路。

此外，我们理解，为什么正是布莱希特思想的这一方面与资产阶级的和季达诺夫派的批评尖锐对立：资产阶级的批评和季达诺夫派的批评，都与对真实进行"自然"表达的一种美学有着密切的联系：在他们看来，艺术是一种虚假的自然、一种<u>伪自然</u>（pseudo-physis）。相反，在布莱希特看来，今天的艺术，也就是说，处于历史纷争（其赌注便是人的摆脱异化）中心的艺术，它应该是一种反自然。布莱希特的形式主义，对来自资产阶级的和小资产阶级的虚假自然的羁绊是一种彻底的反抗。在一个仍然被异化的社会里，艺术应该是批评的,它应该消除任何幻觉,甚至消除对"自然"的幻觉。符号应该部分地是任意的,没有这种任意性,我们会重新落入一种表达的艺术之中,一种本质上是幻觉的艺术之中。

### (四) 在道德上

布莱希特的戏剧,是一种道德戏剧,也就是说,是一种与观众一起思考的戏剧。在这样的情况下,需要做什么呢?这需要我们对布莱希特戏剧的原型情境进行清点和描写。我认为,这些情境可归结为一个单一的问题:在一个缺乏治理的社会里如何做才是好?在我看来,将道德结构从布莱希特的戏剧中清晰地分离出来是非常重要的:我们很清楚,马克思主义曾经有过比倾向于个人品行问题更为急迫的其他任务;但是资本主义社会在延续,共产主义本身在转变:革命行动应该越来越以几乎是制度性的方式与资产阶级和小资产阶级的道德规范共存:一些品行问题,而不再是行动问题,出现了。在此,布莱希特可以具有很大的去污除垢和使人谙世的能力。

尤其是,他的道德观丝毫没有教理说教的内容,且在大多数时间里是严格的询问式的。我们知道,他的某些剧目是以向公众发出文字询问来结束的,作者留给公众自己找到解决所提问题办法的任务。布莱希特的道德角色,是深刻地将一个问题置于一种明证性中间(这是有关例外和规则的主题)。因为,在这里,问题基本上是有关发明创造的一种道德问题。布莱希特的发明,是一种策略上的过程,为的是与革命的纠正作用相一致。这足可以说,在布莱希特看来,任何道德死胡同的出路,都取决于更正确地分析主体所处的情境:正是在为自己深刻地再现这种情境的历史特殊性,及其人为的，尽管是因循守旧的本质的情况下，出路突然地出现了。布莱希特的道德观，基本在于正确地解读历史，而这种道德观的可塑性（需要的时候，就改变习惯）就在于历史的可塑性本身。

1956，《论据》（Arguments）

## "想要在使我们冲动……"

想要在使我们冲动,而能够在破坏我们;但是懂得则让我们软弱的组织待在一种持久的平静之中。①

---

① 罗兰·巴尔特在此谈到的,是符号学模态理论(théorie des modalités)中四种模态价值(想要、应该、能够、懂得)中的三种:根据符号学理论,每一种模态价值都与两种基本模态陈述(作为、状态)相结合,以此各生发出两种正面的模态和两种负面的模态,从而导致出现各种情景的陈述。例如"想要",它在"作为"和"状态"上各有如下情况:

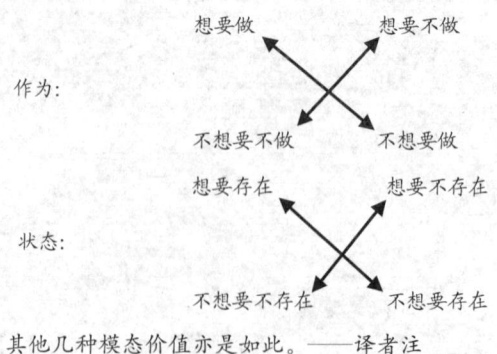

作为:
想要做 ↔ 想要不做
不想要不做 ↔ 不想要做

状态:
想要存在 ↔ 想要不存在
不想要不存在 ↔ 不想要存在

其他几种模态价值亦是如此。——译者注

蒂博代①曾经指出,在那些非常重要的作家的创作中,通常存在着一部极限作品(oeuvre-limite),即一部特殊的、几乎是令人尴尬的作品。那些作家在这样的作品中,既放进了他们的创作秘密又放进了他们令人可笑的东西,同时提示人们注意这部他们不曾写完但也许本想写完的反常作品。这种混合有一位创作者的正面与负面的罕见梦境,便是夏多布里昂②的《朗瑟的生平》(Vie de Rancé),便是福楼拜的《布瓦尔与佩居榭》(Bouvard et Pécuchet)。我们可以想一想,对于巴尔扎克来说,他的极限作品是否是《制造者》(Le Faiseur)③。

首先,因为《制造者》属于戏剧,也就是说,它是在巴尔扎克晚年时期出现在一种收尾有力的、成熟的、特定机制中的一个异常部分,这种机制便是巴尔扎克的小说。一提到巴尔扎克,总应该这样去想,那便是小说在造人,那便是趋向其可能之极点、其天赋之极点的小说,那便是在某种程度上的最终小说、绝对小说。这种多余的骨头(4个剧本对 100 部小说)、这部混乱地出现着从莫里哀到拉比什④的法国喜剧所有幽灵的戏剧,有什么用呢?无疑,是为了证明一种以纯粹状态出现的能量(应该按照巴尔扎克的意义来理解这个词,即最后的创作能力),这种能量排除了小说叙事的模糊性、缓慢性。《制造者》也许是一部闹剧,但它是一部使人冲动的闹剧:

---

① 蒂博代(Tournus Thibaudet, 1874—1936):法国作家和文学批评家。——译者注

② 夏多布里昂(François René Chateaubriand, 1768—1848):法国作家。——译者注

③ 该剧由让·维拉尔(Jean Vilar)在国家人民剧院演出。

④ 拉比什(Eugène Labiche, 1815—1888):法国戏剧作家。——译者注

它是创作的磷火；在这里，就像在古典喜剧中一样，快速不再是有魅力的、机敏的、咄咄逼人的，而是困难的、冷酷的、强烈的，贪婪地想主导而不关心阐述：它是一种本质性的快速。句子毫不停歇地从一位演员过渡到另一位演员，就像人物跳过情节的变化而在一个更高的创作区域里借助于一种节奏的共通性来相互连接那样。在《制造者》中，有芭蕾舞，而过多的旁白——作为古老戏剧手段的恐怖武器，又为整个戏剧过程增添了某种浓重的复杂性；在此，对话至少一直有着两种维度。小说风格的口语特征被打破了，被简化成一种金属般清脆的、令人羡慕的<u>被演出的</u>语言：这属于非常重要的戏剧风格，是<u>戏剧中戏剧</u>的语言。

《制造者》创作于巴尔扎克的晚年。1848 年，法国资产阶级即将发生动摇：继农业主或作为节省而谨慎的家庭企业管理者的工业主以及继作为具体财富积聚者的路易·菲利普①时代的资本家之后而来的，是金钱的冒险家，是纯粹的投机家，是交易所的主管，是可以从微不足道之中捞取一切的人。人们注意到，在巴尔扎克作品的许多地方，他都<u>提前</u>描写了第二帝国时期的社会。在作为资本主义魔术之人的梅卡代②看来，这确实是真的，因为在这种魔术中，金钱神奇地脱离了所有权。

梅卡代是一位炼丹士（巴尔扎克很看重的浮士德传奇式的主题），他致力于从虚无中提取某种东西。这里的一无所有，比什么都没有更严重，它是一种正面的分文都没有的空白，是具有存在性

---

① 路易·菲利普（Louis Philippe，1773—1850）：法国国王，1830—1848 年在位。——译者注

② 梅卡代（Mercadet）：《制造者》中的主人公，该剧全称亦为《制造者或梅卡代》（*Faiseur ou Mercadet*）。——译者注

所有特征的空洞：这便是债务。债务是一种监狱［甚至在那个时代，债务监狱到处都是，著名的克里希（Clichy）监狱就像是一种摆脱不掉的烦恼总在《制造者》中出现］，巴尔扎克自己一生中也是债务缠身，难以自拔。我们可以说，巴尔扎克的作品就是为了摆脱债务而疯狂地横冲直撞的痕迹：写作，首先是为了消除债务、摆脱债务。同样，作为剧本、作为戏剧时间的《制造者》，也是为了从债务中浮出，为了砸碎由货币空白构成的可怕牢狱所做的一系列猛烈的运动。梅卡代是千方百计逃避其债务束缚的人。他根本不是从道德上逃避，而是通过实施某种狂热的创作来逃避：梅卡代并不致力于支付他的债务，而是以一种绝对的方式致力于从分文没有中创造金钱。投机取巧是获取资本利益的高级的、炼丹式的形式：作为近代人，梅卡代不再为具体的财富来工作，而是为一些财富观念、一些金钱本质来工作。他的工作（就像情节的复杂性所证明的那种具体的工作）涉及的是（抽象的）对象。纸币已经是黄金的第一次精神化，其价值是最后的无情的状态：继金属—人类（即高利贷者和守财奴的人类）之后是价值—人类（即"制造者"的人类，他们用空白在<u>制造</u>某种东西）。对于梅卡代来说，投机是用来找到近现代哲学基石的一种创世操作，而黄金则不是。

因此，《制造者》的重大主题是空白。这个空白得到的具体体现便是戈多（Godeau），即作为合股人的那个幽灵，人们一直在等它，但总也看不到它，而它最后则从它唯一有的空白开始创造了财富。戈多是一种引人产生幻觉的发明，戈多并不是一种创造物，它是一种不出现，但这种不出现存在着，因为戈多是一种<u>功能</u>。整个新世界也许正处在从存在到行为、从对象到功能的过渡过程之中，不再需要事物存在着，只需事物发挥作用，或者更应该说，事物可以不存在而发挥作用。巴尔扎克不再把正在出现的现代性看成财富和人的世界（拿破仑法典中的范畴），而看成像是功能和价值的世界：存在着的东西，不再是<u>现在是</u>的东西，而是<u>现在有位置</u>的东西。在《制造者》中，所有的人物都是空白的（只有妇女们不是），但是，他们存在着，因为他们的空白恰恰是比邻性的：他们相互依靠着占有位置。

这种机制是胜券在握的吗？梅卡代找到他的哲学基石了吗？他用他的一无所有创造金钱了吗？实际上，《制造者》有两种结局：一种是道德上的。梅卡代的富有魅力的炼丹术因他老婆的顾虑而遭到失败，而且如果戈多不来（人们还是看不到他）且不资助他的合股人的话，梅卡代就会陷入破产的境地——那样，他就只好到都兰（Touraine）去过平常的生活，最后去当一个赋闲绅士农场主，也就是说，去过与投机人相反的生活。这一点是写出的结局，不能肯定这就是真实的结局。真实的，即潜在的，那就是梅卡代在赚钱：我们很清楚，创作的深层真实，便是戈多不来。梅卡代是一位完美的创造者，他只欠他自己的情，也只欠他的炼丹能力的情。

两个女人（梅卡代太太和她的女儿）——还要加上善良的年轻求婚者米纳尔（Minard），他们坚决地处于炼丹活动之外，他们代表着旧的秩序，代表着那个资产有限但很具体的世界，即有可靠的定期利息、有偿还的债务、有一定储蓄的世界；他们甚至代表着被人痛恨的世界（因为在梅卡代的超能力中既没有任何审美，也没有任何精神状态可言），至少是<u>不令人感兴趣</u>的世界。这个世界只能在最沉重的占有即对土地的占有（在都兰有一块土地）中才能快乐（在剧末）。我们看到，这种戏剧有两个非常对立的极：一极是沉重、情感、道德、对象；另一极是轻盈、电效应、功能。因此，

《制造者》是一部极限作品：主题没有了任何含混性，并在一种耀眼的、无情的光亮之中被分离开来。

此外，巴尔扎克在这里也许完成了其作为创作者的最大的牺牲：在梅卡代身上描绘一位没有父亲之心的父亲。我们知道，父亲（高老头是最完满的体现）是巴尔扎克创作中的基本人物，这个人物既是完美的创作者，又是其创造物的完全受害者。梅卡代，由于从事投机的坏事而变得轻浮和钻营，他是一个虚假的父亲，他牺牲了他的女儿。这部作品破坏性的狂热是强烈的，以至于在这个女孩身上发生了一件难以置信的事情，即在我们的戏剧中很少看到的勇敢：这个女孩很丑，而她的丑陋也成了投机的对象。在美上投机，这也是在建立有关存在的一种会计学；在她的丑陋上投机，便是关闭虚无之圆环。梅卡代，作为以纯粹状态出现的"能够"和"想要"的邪恶形象，如果最后的剧情变化不还给他家庭和土地的重要性，那么，他就会被完全烧毁、破坏了。而我们清楚地知道，实际上，"制造者"没有了任何东西：这位投机者由于被他激情的运动和他巨大能力的无限魅力所吞噬和削弱，他在自己身上表现出了所有巴尔扎克式的普罗米修斯、神火的偷窃者们的荣耀和惩罚，梅卡代则像是这种荣耀和惩罚的最后的代数表达方式，而这种方式既是滑稽的又是可怕的。

1957，《简述》（Bref）

## 最后的快乐作家

今天,我们与伏尔泰①有什么共同之处呢②?

从现代观点来看,他的哲学已经过时。相信本质的固定性和相信历史的无序性是有可能的,但不再是以与伏尔泰相同的方式来相信了。不管怎样,无神论者们已不再向自然神论者们屈膝膜拜,因为后者已经不存在了。辩证法消灭了摩尼教,于是人们很少再讨论天意(Providence)。至于伏尔泰的敌人,他们也都消失了或自行转换了:不再有冉森教

---

① 伏尔泰(Voltaire,1694—1778):法国作家、哲学家。——译者注
② 见为《伏尔泰的长篇与短篇小说集》(*Romans et contes de Voltaire*)写的序言,Club des Libraires de France.

派（jansénistes），不再有索齐尼教派（sociniens）；不再有莱布尼茨①派；耶稣会教士相互之间已不再称呼诺诺特（Nonotte）或是帕图耶（Patouillet）了。

我甚至要说，不再有宗教审判制度了。当然，这是错误的。消失了的东西，是反映虐待的戏剧，而不是虐待本身：火刑（auto-da-fé）已细化为警察局的操作，柴堆焚尸场已细化为集中营——尽管谨慎到不被其周围人所知道。依靠这些，数字得以变化：1721年，9个男人和11个女人在格林纳达②的4个石灰死刑炉里被烧死；1723年，9个男人因法兰西公主的到来而在马德里被烧死：大概是因为他们娶了他们的教母为妻或是在星期五吃了肥肉的缘故。压迫是可怕的，其荒诞性支撑着伏尔泰的全部作品。但是在1939—1945年间，六百万人死在纳粹集中营的折磨迫害之下，因为他们或他们的父辈或他们的祖父辈是犹太人。

我们不曾有过一篇抨击这一点的文章。但这也许恰恰是因为数字变化了。这样说虽然显得过于简单，但在伏尔泰轻捷的攻击武器（短短的法律草案、可携带的馅饼、飞天烟火）与18世纪宗教罪恶的零星特征之间，却有着一种对应性。由于数量上的限制，柴堆焚尸场变成了一种原则，也就是说变成了一种对象，这对于反对这种对象的人来说有着非常大的好处：它在造就成功的作家。因为，种族主义罪行的罄竹难书，其由国家进行的组织，人们借以掩盖这些罪行而在意识形态方面进行的辩解，这一切都使今天的作家远离抨击性文章，这一切要求作家的是一种哲学而不是一种讥讽，是一种

---

① 莱布尼茨（Gottfried Wilhelm von Leibniz，1646—1716）：德国哲学家和数学家。——译者注

② 此处为西班牙的一个城市。——译者注

阐释而不是一种惊异。自伏尔泰以来，历史就被封闭在一种诋毁任何介入文学①的困难之中，而伏尔泰却没有经历过这种困难：<u>不给自由的敌人以自由</u>：没有人再将宽容的方式教给别人。

总之，可能把我们与伏尔泰分开的东西是，他是一位快乐的作家。没有人比他更好地赋予了为理性而进行的奋斗以欢快的姿态。在他的战斗中，一切都是演出：对手的姓名总是可笑的；学说被打败了，简约成了一种命题（伏尔泰的讥讽总是显示出一种<u>比例失调</u>）；花招之多，遍及各个方向，甚至到了像是一种游戏的程度，这就使任何尊重和任何怜悯都失去了；这位斗士的流动性，在这里以无数透明的笔名伪装一下，在那里将其欧洲之旅变成了某种潦草的喜剧、一种永久的奸诈滑稽。因为，伏尔泰与世人的争论不仅仅是节目，而且是高级的节目，这些争论在采用像是伏尔泰特别喜欢的那些木偶戏中鸡胸驼背尖嗓音人物（Polichinelle）的游戏的方式上，其本身就像是节目，因为伏尔泰也在西雷（Cirey）演出过一出木偶戏。

伏尔泰的第一快乐，无疑是他的时代。应该理解的是，这个时代是严酷的，并且伏尔泰在他的文章中到处都说充满了恐怖。可是，没有任何别的时刻比这一时刻更好地帮助了这位作家，没有任何别的时刻比这一时刻更多地赋予了他为一种正义的和自然的事业

---

① 介入文学（littérature engagée）：在严格意义上，指的是从1946年开始的由《现代》（Temps modernes）杂志派作家萨特、西蒙娜·德·波伏娃（Simone de Beauvoir）等人所捍卫的学说。"这种学说设定作家完全地参与社会，因此应该通过其作品介入其时代的争论之中"［见《文艺理论词典》（Dictionnaire du littéraire），PUF，2004］。这一从历史上特定时期确定的定义，今天已泛指符合这一要求和特征的文学。——译者注

而斗争的信心。伏尔泰所属的资产阶级，这时已经具有了相当的经济地位；资产阶级出现在交易、商业和工业、各个部级单位、科学研究和文化活动中，它懂得它的胜利非常好地与整个国家和每一个公民的富足相吻合。它在自己一侧还有着潜在的力量、可靠的方法，仍然单纯地继承着以往的追求。在它面前和与它作对的，是可以蔓延腐败、愚昧和残暴的一个垂死的世界。与人们共同指责的敌人作斗争，这已经是一种很大的快乐与安慰了。悲剧精神是严肃的，因为它从本质义务上承认对手的重要性：伏尔泰并不具备悲剧精神，他不需要与可以认真地使他思考的任何活跃的力量、任何观念、任何人相比（除了过去的帕斯卡尔①和后来的卢梭②，但是，他把他们都掩盖了）。耶稣会教士、冉森教派或议会派，他们都是些死板的、无任何智慧的硕大肉体，他们对于心与精神来说只是充满了难以忍受的残暴。权威，即便是在其最血腥的表现之中，也只不过是一种装饰；只需向这种机制的中心送去人的目光，它就会土崩瓦解。伏尔泰懂得如何具备这种狡猾和柔和的目光［德•让利斯夫人③说过，《扎伊尔》（Zaïre）的核心本身就在他的目光之中］，其断裂能力曾经只是在于将生命带入仍在支配社会的那些盲目的面具之中。

在暴力和愚笨继续绑在一起的一个社会里进行斗争，实际上是

---

① 帕斯卡尔（Blaise Pascal, 1623—1662）：法国哲学家、作家。——译者注

② 卢梭（Jean Jacques Rousseau, 1712—1778）：法国作家、哲学家。——译者注

③ 德•让利斯夫人（Stéphane Félicité du Crest de Saint-Aubin, comtesse de Genlis, 1746—1830）：法国女作家。——译者注

一种特殊的快乐：这是对精神很有利的情境。作家与历史同在一侧，他由于感觉到历史像是一种加冕而不像是几乎控制他本身的一种超越，而更为快乐。

伏尔泰的第二快乐，恰恰在于忘记他所处时代的历史。为了快乐，伏尔泰便中断了时间；如果他有一种哲学，那便是关于停滞的哲学。人们都了解他的思想：上帝把人创造成了一位几何学家，而不是一位父亲。也就是说，人不贸然地伴随着对他的创造，而一旦人被调整好了，他便不再与上帝维持关系。一种初始的智慧一劳永逸地建立了某种类型的因果关系：从来没有无原因的后果、无目的的对象，人与人之间的关系是不变的。因此，伏尔泰的玄学思想从来就只是对于物理学的导论，而天意则是对于力学的导论。因为，上帝从他所创立的人撤回（就像钟表匠离开了钟表）后，上帝和人都不可以再变动。当然，善与恶都存在着，但是，请去理解快乐与不幸，而不要去理解错误或无辜，因为，这一个和那一个都只不过是一种普遍的因果关系的要素。它们具有必要性，但这种必要性是机械的，而不是道德的：它们并不意味着上帝存在着、上帝在监视，而是意味着上帝曾经存在和曾经创造。

因此，如果人竟想通过一种道德运动从恶跑到善的话，那么，他所侵犯的便是原因与后果的普遍秩序；他通过这种运动只能产生一种滑稽可笑的混乱（这便是莫农①在他决定变得乖顺的那天做的事）。因此，人可以对善与恶做什么呢？做不了什么大事：创作是一种错综复杂的过程，在这种过程中，只存在着一种间隙，那就是说，是一种仪器的制造者留给那些零部件可以活动的幅度。这种间

---

① 莫农（Memnon）：古希腊神话中的埃塞俄比亚的国王。——译者注

隙，便是理智。它是变化无常的，也就是说，它不证明历史的任何方向：理智的出现、消失，没有别的法则，而只有某些精神的完全个人的努力。在历史的诸多恩惠（有益的发明、重要的作品）之间，只有一种比邻的关系，而没有功能关系。伏尔泰与他所处时代的任何智慧之间的对立，是非常激烈的。在伏尔泰看来，不存在近代意义上的历史，而只有编年表。伏尔泰写过一些历史书籍，是为了明确地表白他不相信历史：路易十四世纪并不是一种组织系统，而是一种偶然相遇，这里出现了龙骑兵（Dragonnades）对新教徒的迫害，那里出现了拉辛。当然，自然本身从来都不是历史性的：由于自然基本是艺术，也就是说，是上帝的制造物，它不能变动或已经变动。山不曾是随水带来的，上帝是为了动物而一劳永逸地创造了山，而鱼化石（其发现曾大大激励了当时的世纪）只不过是朝拜者们野餐后非常乏味的剩物：不存在演变。

19世纪（特别是德国）对研究那个时代的哲学做出了贡献。我们可以认为，对过去时的相对主义的讲授，至少在伏尔泰那里，就像是在整个世纪里被对空间的讲授所代替了。初看起来，这就是发生过的事情：18世纪不仅仅是一个伟大的交游的时代，即现代资本主义尤其是英国资本主义最终组织起从中国到南美洲的世界市场的时代；它尤其是交游进入文学和引起一种哲学的世纪。人们通过耶稣教士们写的《有教益和有趣的信札》①了解了他们在异国情调的出现之中所起的作用。从这个世纪一开始，这些素材就发生了转换，并最后很快地达到了一种关于异国情调之人的真正类型学：有

---

① 《有教益和有趣的信札》(Lettres édifiantes et curieuses)：为当时在中国的法国传教士于1702—1774年间写回的信札的汇编，共34卷。——译者注

埃及哲人、伊斯兰教的阿拉伯人、土耳其人、中国人、暹罗人和最有魅力的波斯人。所有这些东方人都是哲学的主人。但是，在说出是哪种哲学之前，必须指出，在伏尔泰开始写作短篇小说（这些短篇小说很多是从东方民间故事中取材）之前，这个世纪已经制定了一种有关异国情调的真正的修辞学，即某种摘要（digest），这种修辞学的各种修辞格形式极为丰富并广为人知，以至于人们今后可以很快地从中取用，就像面对一种代数公式的储存库，不再需要为描写和惊异而操心。伏尔泰不缺乏这种修辞学，因为他从来不关心"新颖独特"之事（这种概念是非常现代的）。在他和他同时代的任何人看来，东方性不是对象，不是一种真实目光的终点；它只是一种常用的数字、一种方便交际的符号。

这种概念化的结果便是，伏尔泰的交游无任何重要性。伏尔泰以猛烈的步伐（因为在他的短篇小说中，人们只进行交游）所走过的空间并非一种探险者的空间，而是一种土地测量员的空间，而伏尔泰是从异族人类那里借用了中国人、波斯人，这是一种新的界限，而不是一种新的实质。新的住所归因于人的本质，这种本质从塞纳河到恒河发展着，伏尔泰的小说不大是调查，而是领主的巡回。这种巡回，无严格方向顺序，因为它涉及的总是同一处围场，并且可以在不停的休息过程中任意地中止这种巡回——而在那些休息中，人们争论的不是看到的东西，而是人们所是的东西。这就说明了伏尔泰的交游既不是现实主义的，也不是巴洛克式的（那个世纪首批叙事作品的苦难凶险脉络已完全没有了）；他的交游甚至也不是一种认识过程，而仅仅是一种肯定过程；它是一种逻辑的要素，是一种方程式的数字。这些东方的国家，它们今天具有一种非常大的重要性，具有一种在世界政治中非常明显的特性。在伏尔泰看来，它们是一些空白的方框、一些无特定内容的符号、一些与人性有关的零度状态，人们快捷地把握这些是为了表白自己。

因为，这就是伏尔泰交游的不同凡响的地方：表现一种不动性。当然，还有与我们不同的其他习俗、法律、道德，而这些正是交游所告诉我们的。但是，这种多样性属于人的本质，因而它很快就会找到它的平衡点；于是，只需了解这种多样性便可与之了结：但愿人（也就是说，西方人）的数量再增加一点，欧洲的这位哲学家再具备中国的哲人、天真的休伦人①的人格，那么，万能之人也就被创造出来了。扩大是为了自我确定，而不是为了转换，这便是伏尔泰交游的意义。

可以依靠世界的不动性，这无疑是伏尔泰的第二快乐。资产阶级当时非常靠近权力，以至于他们已经可以不相信历史了。资产阶级也可以开始拒绝任何系统，可以怀疑任何已有条理的哲学，也就是说，可以把他们自己的思想，即其自己的见识确立成像是任何学说、任何智力系统都会触犯的一种自然状态那样。这正是伏尔泰做得非常漂亮的地方，而这又是其第三快乐。他不停地分解理解力和理解特性，他提出，如果人们不极力为世界安排秩序的话，那么世界本身就是秩序；他还提出，只要人们拒绝使世界系统化，那么世界本身就是系统。这便是一种精神品行，它后来运气亨通，人们今天称之为反智识主义。

很明显，伏尔泰的所有敌人都是可以<u>被命名</u>的，也就是说，他们从他们的可靠性那里获得了他们的存在：耶稣会教士、冉森教派、索齐尼教派、新教教徒、不信教的人，这些人相互之间是敌

---

① 休伦人（Huron）：北美印第安人的一族。——译者注

人，但却因其适合用一个单词来确定而在伏尔泰的作用下汇聚在了一起。反过来，在命名系统方面，伏尔泰躲避了。从学说上讲，他是自然神论者吗？他是莱布尼茨的信徒吗？他是理性论者吗？每一次，他是又不是。他没有别的系统，而只有对系统的仇恨（而我们知道，不存在比系统更令人不快的东西了）；若在今天，他的敌人会是历史、科学（见他在《带40埃居的人》①一书中对高尚科学的嘲笑）或存在性的那些教条论者们；对于马克思主义者、进步论者、存在论者、左派知识分子，伏尔泰想必会恨他们，会不停地对他们冷嘲热讽，就像他在他那个时代对耶稣会教士所做的那样。伏尔泰在继续将理解力与理解性对立，在用其中一个毁掉另一个，在将观念的对立简化为愚笨与理解力之间的一种摩尼教的斗争，在将任何系统都视同为愚笨和将任何自由都视同为理解力的情况下，他建立了带有其矛盾的自由主义。就像非系统的系统那样，反智识主义在两种情景上行骗和获胜，它在自欺和心安理得之间，在内容的悲观主义和形式的喜悦之间，在公开的怀疑主义和恐怖性的可怕之间，进行着永不休止的转动。

伏尔泰的欢快是由这种不停的借口构成的。伏尔泰既用小棍敲打，同时又在躲避。对于以《粉碎无耻之徒》（*Ecrasons l'infâme*）（也就是说教条主义）来结束其所有信件和以此来代替信末热烈祝词的人来说，世界是简单的。我们知道，这种简单性和这种快乐是以不顾历史和固定世界为代价得到的。此外，这种快乐，尽管它明显地战胜了蒙昧主义，但却使得许多人都与之无缘。根据传说，反

---

① 《带40埃居的人》（*L'Homme aux quarante écus*）：伏尔泰的一部中篇小说，讲的是一个老人抱怨现实而怀恋过去的故事。埃居，法国古代货币名称。——译者注

伏尔泰的人，正是卢梭。卢梭在竭力地提出社会腐蚀了人的观念的同时，又重新使历史处于运动之中，从而建立了对历史的一种<u>永久的超越原则</u>。但也是在这里，他向文学赠送了一份有毒的礼物。在此之后，伏尔泰这位知识分子，在不停地渴求和受害于他既不能再完全遵从，也不能再完全躲避的一种责任的情况下，将通过他面对出现的错误而感到自咎的程度来得到确定：伏尔泰是一位快乐的作家，但无疑是最后一位。

1958，《序言》

# 不存在罗伯-格里耶流派

比托尔①似乎是罗伯-格里耶的弟子,而与他们两人一起的,似乎还要附带地加上其他几位(纳塔莉·萨罗特②、玛格丽特·迪拉斯③和克洛德·西蒙④;但为什么不可以加上凯洛尔呢?他的小说技巧通常是非常大胆的),他们形成了一种新的小说流

---

① 比托尔(Michel Butor,1926— ):法国新小说派作家、文学批评家。——译者注

② 纳塔莉·萨罗特(Nathalia Thernial, Mme Raymond Sarraute, dit Nathalie Sarraute, 1900—1999):法国新小说派作家。——译者注

③ 玛格丽特·迪拉斯(Marguerite Donnadieu, ditMarguerite Duras, 1914—1996):又译为玛格丽特·杜拉斯,法国新小说派作家。——译者注

④ 克洛德·西蒙(Claude Simon, 1913—2005):法国新小说派作家,1985年诺贝尔文学奖获得者。——译者注

派。而当人们难以（当然是有原因的）说清楚将这些人汇集一起是属于学说上的或只是经验上的联系的时候，人们就把他们胡乱地放进先锋派里。因为人们需要先锋派：没有什么比一种被命名的反叛更让人放心的了。或许，任意地将像比托尔和罗伯-格里耶那样的小说家（我们只谈人们最通常将其联系在一起的小说家）结成组别，已经让两个人尴尬起来。比托尔不属于罗伯-格里耶流派，其首要的原因是，这个流派不存在。至于作品本身，它们是二律背反的。

罗伯-格里耶的意图并非是人文主义的，他的世界并非与世界协调一致。他所寻求的是表达一种否定性，也就是说表达在文学上无法解决的难题。他不是这样做的第一位。今天，我们了解到一些重要的作品（说真的，这样的作品很稀少），它们故意地曾经是或者现在是不可能之物的光荣的存留物，例如马拉美的作品、布朗绍①的作品。罗伯-格里耶的新颖之处在于，他试图在小说的技巧层次上保持否定性（这就要认真地看到，有一种有关形式的责任性，而这则是我们的反形式主义者们未加考虑的）。因此，在罗伯-格里耶的作品中，至少是有倾向性地拒绝故事、趣闻、有关动机的心理学，以及拒绝对于对象的意指。由此，便出现了这位作家的视觉描写的重要性：罗伯-格里耶之所以几乎是极为严格地去描写对象，是为了使对象摆脱人的意指，是为了使对象摆脱隐喻和拟人法。因此，罗伯-格里耶的目光之细腻（这里涉及的更是一种不受制度约束，而不是一种细腻）是纯粹否定性的，这种细腻的目光不建立任何东西，或者更可以说，它恰恰建立对象的无人介入状态，它像是掩盖虚无，因此也是指明虚无的光亮薄膜。在罗伯-格里耶那里，目

---

① 布朗绍（Maurice Blanchot, 1907—2003）：法国作家。——译者注

光基本上是一种起净化作用的品行，是人与对象之间相互关联的断裂——尽管这种断裂是痛苦的。因此，这种目光在任何方面都不会供人思考：它从人的方面，从人的孤独方面，从人的玄想方面回收不到任何东西。与罗伯-格里耶的艺术最不贴边的、最为对立的观念，大概是悲剧观念，因为在这里，人的任何方面，甚至包括人被放弃的状态，都未得到展现。然而，在我看来，正是对悲剧的这种彻底的拒绝赋予了罗伯-格里耶的意图一种显著的价值。悲剧只不过是搜集、归纳人类不幸的手段，也因此是以一种必要性、一种智慧或一种净化的形式来论证不幸的手段；拒绝这种回收和寻求不至于事与愿违地屈从于不幸的技巧手段（没有任何东西比悲剧更难以觉察出来），在今天是一种特殊的事业，而且不论有什么"形式主义"的迂回做法，它都还是一项重要的事业。不可确信的是，罗伯-格里耶已经完成了他的计划：首先因为失败就存在于这项计划的本质之中（不存在形式上的零度状态，否定性总是转变成正面性）；其次，因为一部作品从来就不简单地是对一项最初计划的后续表达：计划同样是作品的一种推论的结果。

比托尔最近的一部小说《改变》（*La Modification*），似乎在每一点上都对立于罗伯-格里耶的创作。《改变》是怎样的作品呢？基本上讲，它是多种世界的一种协调配合，其相互间的对应性也是用来使对象和事件有所意味。文字所述的世界：一种从巴黎到罗马的火车旅行。有意义的世界：一种意识在改变其计划。不论方法如何巧妙和谨慎，比托尔的艺术是象征性的：旅行意味着某种东西，空间上的路线、时间上的路线和精神上（或记忆上）的路线，都交换着它们拘泥于字面的意义，这种交换正是意指。因此，罗伯-格里耶想从小说中驱除的全部东西〔从这一点上讲，《嫉妒》（*La Jalou-*

sie）是他最好的小说］即象征，或者说目的，是比托尔明确地希望得到的。还有，我们所了解的罗伯-格里耶这三部小说中的每一部，都构成对路径观念的一种公开的嘲笑（这种嘲笑是很一致的，因为路径揭示的是一种悲剧概念）：每一次，小说都结束在其最初的特性上；时间和场所已经变化，可是，没有任何新的意识出现；新人不断地现身；时间服务于某种东西。

这种正面性，似乎在精神秩序中走得很远。象征是人与宇宙之间实现调和的基本途径；或者更准确地讲，象征甚至设定宇宙的概念，也就是说创造的概念。然而，《改变》不仅仅是一部象征小说，它还是一部关于创造物（在该词的完全<u>被操作</u>的意义上讲）的小说。对于我来说，我根本不相信比托尔在《改变》中使用的"您"的称呼是一种人为的形式、一种对于小说第三人称的灵巧变化——人们应该把这种变化归于"先锋派"；在我看来，这种"您"的称呼是字面上的：它是从创造者到创造物之间的称呼，这种创造物是被命名的，是被构成的，是在其所有的行为中被一位评判员和发生装置创造的。这种称呼是首要的，因为它构成了主人公的意识：正是由于同意接受目光的描写，主人公的人格被改变了，而且主人公拒绝承认他在最初的坚定计划中就有通奸行为。因此，在比托尔的作品中，对对象的描写具有与这种描述在罗伯-格里耶的作品中的情况绝对不一致的意义。罗伯-格里耶描述对象是为了从中排斥人。相反，比托尔使对象成为人的意识的揭示性属性，使其成为个人的微小部分、个人的余感相互连接的空间和时间的方方面面的揭示性属性。对象是在其与人的痛苦亲密状态中被提供的，它属于一个人，它与人对话，它使人去想象自己的时间长短，使人产生一种清醒、一种反感即一种赎罪感。比托尔的对象让人说出：<u>就是这样！</u>它们的目的是揭露一种本质，它们是类比性的。相反，罗伯-格里耶的对象是字面上的。它们不利用与读者的任何共谋关系：它们不是离心的，也不是亲近的，它们想处于不为人知的孤独之中。因为这种孤独永远不应指人的孤独，而是一种恢复人性的手段。但愿对象是单一的，而人的孤独问题无须被提出来。相反，比托尔的对象提到了人的孤独（只需想象一下《改变》的包房就可以了），但这是为了更好地从人那里消除孤独，因为这种孤独产生一种意识，更可以说是产生一种被注意的意识，也就是说，一种道德意识。于是，《改变》的主人公达到了人物的最高级形式，它便是人：从悲剧秩序开始，我们的文明上百年的价值被投入到主人公身上，而这种悲剧秩序存在于凡是痛苦被冥思成剧情和通过其"改变"而赎罪的地方。

因此，我们似乎无法想象有比罗伯-格里耶与比托尔两人的艺术更为对立的艺术。前者意欲使小说从传统的反应中解脱出来，以表达一种无品质的世界。小说是对一种绝对自由的练习（当然，练习并不一定是一种运用）。由此产生了一种公开的形式主义。后者则相反，它因实证性而充实得几乎要破裂——如果可以这样说的话；它就像一种被掩盖的真实的可见部分，也就是说，文学再一次被它不只是其自身的幻觉所确定，因为作品是被用来说明一种跨文学的秩序的。

自然，在这两种艺术间进行严厉的批评带来了一定的混乱，这种混乱并非完全是单纯的。比托尔出现在这种年轻文学的稀薄天空中，使人可以公开指责罗伯-格里耶的"乏味"、"形式主义"、"缺乏人情味"，就好像他真的没有人情味一样。而这种否定性，虽然是技巧的和非道德的（但事实上有意思的经常是，人们混淆价值和事实），但罗伯-格里耶最艰难地寻找的东西，恰恰是他为此而明显地写作的东西。同时，罗伯-格里耶在处理技巧方面的支持也使比托尔成了一位"成功的"罗伯-格里耶，因为比托尔又美妙地将一种古老的非常传统的人的智慧内容、感觉内容和精神内容加进了大胆的形式研究之中。我们惯用的批评诀窍是证明我们的批评之视野宽广和具有现代性，同时以先锋派的名称命名其可以吸收的东西，这样也就很经济地将传统的安全性与新颖的不稳定性结合在一起。

自然，这种混乱只能使我们的二位作者感到尴尬：对于比托尔，人们不恰当地对其进行了形式化的研究，但这种研究比人们认为的形式化程度要差；对于罗伯-格里耶，在人们使这种形式主义显示出其弱点而不是（正像他所想要的那样）成为对于真实的一种成熟处理方式的情况下，人们甚至贬低了他的形式主义。也许，在不去尝试（但总是顺便）新生小说的任意情景的情况下，最好考虑一下当前研究的彻底的不连续性，考虑一下这种严重的分裂主义的原因，因为这种分裂主义，甚至就在一切都似乎强调一种共同战斗的要求的时刻，尤其在我们的文学方面，也在我们一般的智力方面，占据着统治地位。

1958，《论据》

# 文学与元言语活动

　　逻辑学教会我们顺利地区分对象言语活动（langage-objet）和元言语活动（méta-langage）①。对象言语活动，就是服从于逻辑调查的素材本身；元言语活动，便必定是人为的言语活动，正是在这种言语活动中进行这种调查。这正是逻辑思考的角

---

① 按照索绪尔的语言学理论，言语活动（langage）又分为语言（langue）与言语（parole）两个部分。罗兰·巴尔特写作这篇文章时，正值法国结构主义特别强调这种区分的时期，因此，我们在这里不得不按照这些概念的原本译名来翻译它们各自的复合词。其实，元言语活动就是从英、美语言学中翻译过来的"元语言"（英美语言学中不分"语言"和"言语"）。但法语中除了有méta-langage（元言语活动）这个概念外，还有méta-langue（元语言）这个概念，它们是有区别的，由于后者翻译成"元语言"，所以前者也只能翻译成"元言语活动"。参阅后面相关文章的论述。——译者注

色。因此，我可以在一种象征性言语活动（元言语活动）中表达一种真实语言（对象言语活动）的关系与结构。

在几个世纪之中，我们的作家不曾想象可以把文学（文学这个词本身也是最近的）看作一种言语活动，这种言语活动就像任何其他言语活动一样，服从于逻辑区分。文学从来不对其自身进行思考（它有时对其各种修辞格进行思考，但从来不对它自己的存在进行思考），它从来不被分解成同时在看也在被看的对象。简言之，它在谈论，却不自我谈论。接着，大概是在资产阶级的心安理得首次受到动摇的时刻，文学开始感受到自身的双重性：既是对象又是注视这种对象的目光，既是言语又是对于这种言语的言语，既是对象文学又是元文学。这种形成过程大体上经历了这样几个阶段：首先，是文学创作的人为意识，这种意识甚至达到了极为痛苦的审慎程度，达到了忍受不可能性带来的折磨（福楼拜）；随后，是在同一种写作的实质中将文学与有关文学的思考混合在一起的大胆愿望（马拉美）；随后，借着不停地将文学可以说是放置到以后，借着长时间地声明<u>马上就要写作</u>和将这种声明变成文学本身（普鲁斯特），来寄希望于最终躲避文学的赘述现象；再随后，借着主动和系统地无限增加对象单词的意义和永不停止在一种单一的所指上来进入文学的真诚过程（超现实主义）；最后，反过来，通过减少这些意义，甚至发展到了只是希望获得文学言语活动的<u>在此存在</u>的状态，即某种写作的空白（但并非是一种清白）：在这里，我想到了罗伯-格里耶的作品。

也许，所有这些努力有一天会让我们将我们的世纪（我将其理解为一百年以来）确定为包含着下列问题的一个世纪：<u>何谓文学呢？</u>（萨特是从外部来回答这一问题的，这便赋予其一种模棱两可的文学地位）。确切地讲，由于这种调查并非是从外部进行，而是在文学自身中进行，或者更为正确地讲是在其最边缘上进行，即在文学像是对象言语活动那样被破坏而又像元言语活动那样不被破坏，并且对一种元言语活动的寻找在其最后时刻被确定为一种新的对象言语活动的这种渐近的区域里进行，结论便是，一百年来，我们的文学是一种不怕死的危险游戏，也就是说，是一种体验文学的方式：它就像是拉辛的一位女主角，死于认识自己而活于自我寻找［《伊芙琴尼亚》① 中的厄里费勒 (Eriphile)］。然而，这一点确定了一种真正悲剧的地位：我们的社会，由于现在被封闭在一种历史的死胡同中，而只允许其文学讨论杰出的俄狄浦斯问题：<u>我是谁？</u>它通过同样的动作禁止文学过问辩证法的问题：<u>怎么办呢？</u>我们文学的真实并不属于作为②的范围，但是，它已经不再属于自然的范围：它是自我公示的一种面具。

1959，《幽灵》(Phantomas)

---

① 《伊芙琴尼亚》(*Iphigénie*)：拉辛的五幕悲剧。——译者注

② 作为 (faire)：符号学的两种基本陈述（作为、状态）之一，一般被看作句法中的一种转换关系。参阅前面《"想要在使我们冲动……"》一文的注释。——译者注

# 塔西佗与忧郁的巴洛克风格

如果统计一下《编年史》（*Annales*）中的谋杀案，数量相对是不多的（三个君主国大约有50个案例）；但若阅读这些案例，则是悲惨可怕的：从要素到总体，一种新的品质出现了，世界被转化了[①]。这也许正是巴洛克风格：逐渐地在单体性与整体性之间形成一种矛盾，即一种艺术，在这种艺术中，其范围不是求和性的，而是求积性的，简言之，是一种加速度表现。在塔西佗[②]的身上，年复一年，死亡

---

[①] 塔西佗说过（卷四，Ⅰ），在蒂贝尔（Tibère，拉丁文 Tiberius Julius Caesar，公元前42—公元37：古罗马皇帝，14—37年在位）统治时期，整个的财富都突然地向着野性摆动。

[②] 塔西佗（Publius Cornelius Tacinus，约55—120）：古罗马历史学家，《编年史》写于115—117年。——译者注

在走近；这种固化的时刻越是分解，整体就越是共有的。类属的死亡是整体性的，不是概念性的。在此，想法并不是一种简化的结果，而是一种重复的结果。无疑，我们清楚地知道，恐怖并不是一种数量现象。我们知道，在我们的大革命时期，死刑的数目是微不足道的。但是，我们也知道，在紧随其后的世纪里，即从比希纳①到茹夫②的那个时期（我想到了茹夫为丹东③的选集所写的序言），人们在恐怖中看到的是一个个体，而不是一个总量。塔西佗作为斯多葛学派④的弟子，作为福拉夫皇族⑤的后裔，作为开明的专制主义时期的人，曾在图拉真⑥朝代写过喀劳狄专制王朝⑦的历史，他当时处在一位体验激进共和主义⑧罪行的自由人的情境之中；

---

① 比希纳（Georg Büchner，1813—1837）：德国诗人、小说家、剧作家。——译者注

② 茹夫（Pierre Jean Jouve，1887—1976）：法国作家。——译者注

③ 丹东（Georges Jacques Danton，1759—1794）：法国政治家。——译者注

④ 斯多葛学派：古希腊罗马哲学学派。——译者注

⑤ 福拉夫皇族（les Flaviens）：这里指两个古罗马皇族，一个是维斯帕西安（Vespasien）皇帝（69—79年在位）和他的两个儿子，另一个是康斯坦斯一世（Constance 1er，死于306年）、君士坦丁大公（Constantin Le Grand，306—337）和他的儿子、侄子们。——译者注

⑥ 图拉真（Marcus Ulpius Trjanus，53—117）：古罗马皇帝，98—117年在位。——译者注

⑦ 朱利亚—喀劳狄专制王朝时期：指由奥古斯丁（Auguste）创立的罗马王朝。属于这个王朝的有奥古斯丁、提比略（Tiberius）、卡利右拉（Caligula）、喀劳狄（Claude）、尼禄（Néron），他们或者是属于朱利亚家族的人，或者是通过联姻属于喀劳狄家族的人。——译者注

⑧ 激进共和主义（sans-culottisme）：指的是法国大革命时期贵族对于穿长裤的激进共和派的蔑称。——译者注

在此，思想是幻觉，是摆脱不开的戏剧，是甚于讲授的场面：死亡是礼仪。

为了依据数字来破坏数字，需要反常地建立的东西，是单体性（unité）。在塔西佗的作品中，不知名的那些大屠杀勉强具有事件的地位，它们不是有价值的东西。这涉及的总是那些对奴隶的杀戮：集体死亡不具有人的特点，死亡只从个人开始，也就是说，从贵族开始。塔西佗式的死亡总是把握一种身份，受害者被创立了，他是单一的，他被封闭在其历史上，其特征上，其功能上，其名称上。死亡本身并非是难以解释的：它总是一种死去；它勉强是一种结果；尽管它被人很快地提到，但它还像是一种延续，像是一种渐进的、被人慢慢品尝的行为；对于任何一位受害者，我们都可以借助于句子的一种微小变化从他那里确信他已经知道自己正在死去。塔西佗总是将这种关于死亡的最后意识赋予受刑者，而且大概就是在这一点上，他把这些死亡建立成恐怖。因为他是在人的最后阶段、最纯洁的时刻提到人的，这便是对象与主体的矛盾、事物与意识的矛盾。正是这种最后的斯多葛学派的悬念使得死去成了真正属于人类的一种行为：杀人时像是牲畜，死去时才像是人；塔西佗的所有死亡都是一些瞬间，既是静止又是灾难，既是默然又是可见。

行为在引人注目，而不顾其原因：在谋杀与自杀之间没有任何区别，都是死去，只是有时是被支配的，有时是被预定的：是向死亡致敬在奠基死亡；不论是军官亲自杀人还是下命令杀人，只需他像天使那样出现，不可挽回之事就完成了；瞬间在此出现，结果便是进入现在时。所有这些谋害勉强有一些理由：告密就可以了，它就像是一种致命的辐射线，从远处危及人；过错是被直接地包含在其神奇的命名之中了；只需被任何人说成是有罪，就已经被判决了；无辜不构成问题，只需被指出即可。此外，这是因为死亡是一种天然的事实，而非一种理智的要素，因此它是传染性的：妻子随丈夫一起自杀而不需要被迫，只要一个人被判决①，亲属便连串地死去。对于所有像格里布伊②那样急于投江自尽的人，死亡是一种活法，因为死亡使符号的含混性停止，使无名称过渡到有名称。行为服从于名称：不可以杀死一位处女吗？只需在掐死她之前强暴她就可以了：名称是刚性严厉的，名称是世界的秩序。为了接近注定的名称的可靠性，被宽恕之人、被特赦之人，都自杀身亡。不去死，不仅是一种意外，甚至是一种负面状态，几乎是滑稽可笑的：这一点，只需<u>不去介意</u>就会做到。作为这种荒诞体系最崇高的理由，涅尔瓦③列举了格里布伊可以活下去的所有理由（他既不是穷人，也不是病人，也不是可疑之人），然而，尽管皇帝恳求，格里布伊还是自杀了。最后，最后的模糊点是比率，它虽然在不可挽救的时刻不被考虑，但在事后又返回来了：由于已死，受害者又滑稽地从阴曹地府中被抬了出来，从而进入了死亡并非确实可靠的诉讼范围：如果这位受害者活了下来，尼禄④也许会大赦他：或者，人们给予他选择死亡的方式；或者，毁掉自杀身亡的尸体，以便没收

---

① 维蒂斯（Vetus）、他的岳母和他的女儿："那么，这三个人，在同一个房间里，用同一件铁器切断了自己的静脉，很快，为了体面，他们每人就被覆盖上了一身衣服，他们遂被人抬去洗浴。"（第十六卷，2）

② 格里布伊（Gribouille）：古代想象中的人物，象征笨手笨脚。——译者注

③ 涅尔瓦（Marcus Cocceius Nerva, 26—98）：古罗马皇帝，96—98年在位。——译者注

④ 尼禄（Nero Claudius Caesar, 37—68）：古罗马皇帝，54—68年在位。他在位时期，属于喀劳狄专制王朝时期。——译者注

其财产。

既然去死是一种礼仪,那么,受害者就总是在活着的背景中被理解:这一位正在岸边一角梦魂缭绕,那一位正在用餐,那一位在花园里面,那一位在洗澡。被介绍的死者,在一段时间里是被搁置的:人们为他化妆,注视焚烧其尸体的柴堆,为其吟诵一些诗句,为其遗嘱搞一份追加遗嘱:这是最后定论的美丽时刻,在这一时刻,死者被裹身,在自言自语。随之而来的是行为:这种行为总是被包含在一种目的之中:死的目的就在于此,死是<u>实践活动</u>(praxis)、是<u>技术</u>(techné),它的方式是工具性的:匕首、长剑、绳套、用来切断静脉的刮刀、用来让喉咙瘙痒的有毒羽毛、杀人的挠钩或木棍、饿得要死的人用来充饥的棉絮、窒息人的被子、供人猛然推下的石头、供倒塌用的铅屋顶(阿格里皮娜①)、无法逃脱的垃圾车(梅萨丽娜②),在这里,死亡总是借助于生活中的温情材料——木头、金属、布匹、单纯的工具——来进行。为了自残,身体开始接触、开始准备就绪、开始寻找物件的杀人功能,而这种功能是以工具的外表出现的:恐怖的世界是一个不需要断头台的世界——是物件在某一个时刻脱离了它的天职,是物件适用于死亡、支持死亡。

在这里,死,便是感受生命。由此,正像塔西佗所说的那样,产生了"时尚的手段":为别人切断或为自己切断静脉,使死亡成

---

① 阿格里皮娜(Agrippine, 14—33):古罗马将军和政治家阿格里帕(Argippa,公元前63—公元12)的女儿、罗马皇帝奥古斯丁的外孙女,她因指责有人杀害了她的丈夫而被放逐,遂死去。——译者注

② 梅萨丽娜(Messaline,死于48年):曾嫁给古罗马皇帝喀劳狄,但因不满皇帝的无理和专横跋扈而被杀。——译者注

为一种液体，也就是说将死亡转变成时间延续和净化过程：人们把血洒在神身上、亲人身上，死亡是奠祭；人们搁置死者、抬回死者、在其身上按照其最后的命运任性地自由安排，就像佩特罗尼乌斯①自愿切断了自己的静脉而后又缝合上了，也像塞涅卡②的妻子波利娜（Pauline）——她虽然由于尼禄的命令而幸免于死，但后来多年里她在其苍白无色的面孔中保留着与死亡沟通的符号。因为，死亡之世界意味着，死亡既很容易，又有阻力；死亡到处都有，并且也有逃逸；没有人可以躲避死亡，然而却应该与之抗争，应该积累各种手段，应该使毒芹、蒸汽浴与死亡联系起来，应该不断地重新振作，就像一幅由多种线条构成的图画，它最后的美同时在于线条的增多和主要轮廓的正确性。

因为，这也许就是巴洛克风格：就像一种目的性在多种目的性之中忍受痛苦那样。塔西佗介绍的死亡是一种开放的系统，这种系统同时服从于一种结构和一种过程，同时服从于一种重复和一种方向。这种死亡似乎向着各个方面扩散，但仍然受制于一种存在的和道德的重要意图。还是在这里，正是植物形象在证实巴洛克风格：死亡相互回应，但它们的对称性是假的，是在时间中分层次的，是服从于一种运动的，就像在同一根茎上长出的嫩芽的对称情况那样。规则性是无法实现的，生活引导着丧葬系统本身，恐怖并非会计学，而是植物生长学：一切都在产生，不过，没有任何东西是重复的，这也许就像塔西佗的世界的意义那样。在这种意义中，对传

---

① 佩特罗尼乌斯（Caius Petronius Arbiter，死于公元65年）：拉丁作家，尼禄的好友，由于被牵连到一次谋反活动之中，被授命自杀。——译者注

② 塞涅卡（Lucius Annaeus Seneca，约公元前4—公元65）：古罗马哲学家、剧作家。——译者注

说中凤凰（oiseau-Phoenix）的描写（第六卷，34），似乎象征性地将死亡安排成了生命的最纯洁时刻。

1959，《弓》，*L'Arc*

# 《巫婆》

我认为,《巫婆》① 是所有喜欢米什莱②的人都最偏爱的书。为什么呢？也许因为在《巫婆》中有一种特殊的勇气，并且这本书由于将米什莱的所有意图都汇聚在一种狂热的方式上，所以它坚定地处于不确定性之中，也就是说处于其整体性之中。它是一本历史书吗？是的，因为它的展开是历时性的，因为它跟随着时间的线索从异教的死亡讲到大革命的曙光。但它也不是历史书，因为这个线索是故事

---

① 为米什莱的《巫婆》写的序，版权为 Club français du Livre 出版社所有，1959。

② 米什莱（Jules Michelet，1798—1874）：法国历史学家、作家。——译者注

性的，带有一种形象，丝毫不是一种确定的模式。但是，恰恰这种二重性是丰富的；作为既是历史又是小说的《巫婆》，它出现了一种新的对真实的切分方式，它奠基了一种我们可以称之为民族学或历史神话学的东西。作为小说，这部作品凝固时间、阻止历史去感受分散，阻止这种感受在带有不同观念的看法中升华：整个的联系变得明显——这种联系不是别的，它只不过是由人自身构成的一种历史的张力。作为历史，这便是它果断地放弃的心理阐释的幽灵：巫术不再是灵魂的一种弱态，而是一种社会异化的结果。因此，巫婆既是一种产品，也是一种对象，她被人置于一种因果关系和一种创作性的双重运动中来理解：由于她诞生于奴隶的苦难中，同样也是在这种苦难上发挥作用的一种力量——历史在永远地推动着原因与结果。在这两者的交叉处，有一种新的现实，那便是书的对象本身：神话。米什莱不停地借助于历史来更正着心理学，随后又借助于心理学来更正着历史：《巫婆》就诞生于这种不稳定性之中。

我们知道，在米什莱看来，历史是有方向的：它总是向着一种更大的光明前进。这不是因为它的运动纯粹是渐进性的：自由度的提升会经历止步、折回；根据米什莱从维科那里借用而来的隐喻，历史呈螺旋形前进：时间将先前的状态重新带回，但这些圆越来越开阔，没有任何状态可以完全地重新产生其对等物。因此，历史便像是不停地相互回应的光明与黑暗的一种多重奏，不过，这些光明与黑暗却被带向时间应该产生的一种注定的停歇点：法兰西大革命。

米什莱是从农奴制的建立开始研究我们的历史的：正是在这个时期，形成了巫婆观念；奴隶的年轻妻子整天孤独地被关在他们的木棚屋里，很注意家里家外听到的哪怕是很小的鬼怪故事，即被教会赶出的那些古代异教诸神的逸事——在丈夫外出干活的时候，她便把这些故事当成了知己。在奴隶的妻子身上,巫婆的身份还只是潜在的,还只是在这个女人与超自然之间的一种梦幻沟通:撒旦还没有形成。随后,时间在凝固,苦难、屈辱在加剧;有某种东西在历史上出现了,这种东西在改变人与人之间的关系,它将占有权转换成使用权,从整个人性上取消奴隶与主人的联系:那便是金钱。金钱本身也是物质财富的抽象物,它在使人际关系抽象化;主人不再了解其农民,只知道农民应该向他交纳无人称的金钱,以抵补租金。恰恰就在这里,米什莱借助于人们后来对异化所能说出的东西的某种预知能力,为巫婆的产生做了定位:这正是在人的基本关系遭到了破坏,在奴隶的妻子从家里出走,跑到了荒野与撒旦合流,并在空虚之中将被人世赶出的自然作为她珍贵寄托的时刻;由于教会势力减弱,它被异化成贵族从而与平民百姓脱节,于是,巫婆便开始行使负责安抚的法官的角色,她负责与死人沟通,负责在集体重大节日上布施友情,负责治疗身体疾病。一连三个世纪,巫婆主导着一切:麻风病世纪(14 世纪)、癫痫病世纪(15 世纪)、梅毒世纪(16 世纪)。换句话说,在人世间因金钱和农奴制的合谋而注定走向非人性的情况下,正是巫婆在脱离人世而成为被排斥之人的同时,收集和保留着人性。于是,在整个中世纪,巫婆是一种功能:当社会关系本身包含着某种连带性的时候,巫婆几乎是无用的,而当这些关系走到穷途末路的时刻,巫婆则相应地发展了起来:这些关系没有了,巫婆便胜利了。

我们看到,直到此时,作为神话形象,巫婆只是与历史的进步力量混合在一起。就像炼丹术曾经是化学的母体一样,巫术不是别的,只不过是最初的医学。面对以昏暗的地牢为象征的萎靡不振的教会,巫婆代表着光明,代表着对自然的有益开发,代表着把毒药当作药品的大胆使用,因为魔幻习俗在此是整个异化集体可以认识一种解放技术的唯一方式。16世纪(我们把文艺复兴的概念归功于米什莱,这就更说明问题了)发生了什么事情呢?蒙昧主义的外表爆裂了;作为意识形态,教会和封建制度后退了,对自然的开发转由世俗人、学者和医生掌控。突然间,巫婆便不再是必要的了,她进入了衰退期;这不是因为她消失了(数量众多的巫术诉讼证明了她的生命力);而是像米什莱所说,巫婆变成了专业性的了;她在很大程度上失去了治病的使命,而是仅仅从事纯粹的魔幻活动(施咒术、魔力),俨然是贵夫人的靠不住的知心人。而这时,米什莱便不再对其感兴趣了。

那么,这本书就到此结束了吗?根本没有。巫婆消失了,但这并不意味着自然胜利了。医生,因女巫的退却而显露出来,他在后来的两个世纪(17和18世纪)里变成了进步的形象,可是,教会总还是存在;对立在夜与日、神甫与医生之间继续进行着。米什莱借助于一系列大胆的改变,颠倒了他们的功能:撒旦在中世纪因医生身份而成为吉祥的,这时则变成了医生的敌人,变成了神甫;而巫婆,其首先是撒旦的妻子,在君主立宪时期变成了撒旦的受害者。这正是米什莱在其书籍的后半部长时间地像小说似的讲述的有关巫术的四项主要诉讼[戈弗里迪(Gauffridy),卢顿(Loudun)的中魔女人们,卢维埃(Louviers)的中魔女人们,拉卡迪耶尔(La Cadière)事件]的意义。在这里,一方面,是那些轻信而脆弱的不幸受害者,即那些中魔的修女;另一方面,是猥亵地或不择手段地骗人的神甫;在这些形象背后,教会则借助于蒙昧主义兴趣或借助于这些阶层即修道士与神甫之间的内部战争来推动他们,将其交付给焚尸柴堆、地牢。更远一点说,医生、世俗人、面对这些罪行表现得无能为力的法官，尽管他们仅有的嗓音不幸地被窒息了，但他们本应将这种魔态妄想重新带回到其身体的本性之中（失血过多或精神失常注定落在烦恼和独身的女子们身上）。

这便是形式的接续，或者如果我们很想接受一个更为民族学的术语的话，这便是实体的接续，善与恶的双重形象就通过这些实体显现。恶，便是农奴制和金钱、奴隶的苦难与屈辱，简言之，便是使人被排除在自然之外——按照米什莱的看法是排除在人性之外——的异化。善，便是对这种异化本身的反潮流，撒旦、巫婆，他们都是采集深陷教会地牢的一个垂死世界之光明的形象。与将人排除在自然之外相对立的，是巫婆逃离有人居住的世界。因为，巫婆基本上是人不顾世界而创造世界的工作和努力：巫婆躲避，是为了更好地发挥作用。面对中世纪历史的冷酷（米什莱以关于贫乏的两种主要主题对其进行了确定），面对模仿和烦恼，巫婆在其得意的年代收集整个的人类实践活动：她同时是对异化的意识，是破坏这种意识的运动和对僵化历史的动摇，一句话，是时间的丰富性。米什莱说："撒旦是上帝诸多方面中的一个方面。"

这种解放运动是历史的一种总体形式。但是，对于撒旦这一特定内容，米什莱一再强调，这是因为相对于最初的拘谨，他完成了一种准确而又适度的颠覆：巫术是一种逆向活动（à rebours）。这一点是为人所知的：中魔仪式推翻了基督教典礼。撒旦是上帝的反面。但是，米什莱更多地利用了这种颠倒，诗意盎然地扩展了这种颠倒，从而真正地将其变成了中世纪世界的一种完整的形式，例如，被异化的奴隶在夜里而不是在白天活着，有毒植物是安神酒（Consolantes）等。在这里，我们深入到米什莱观点的中心：任何实质都是双重的，活着，不是别的什么，而仅仅是强有力地选择两种相反的东西中的一种，是赋予形式的伟大二元性以意指。各种实质的分离会带来每一个部分的内部等级制度。例如，干燥状态（sec），作为处于结束之中的中世纪的标志，仅仅是贫乏的一种状态；贫乏本身，便是人类交际的被分解的东西、被粉碎的东西、被分开的东西、被毁灭的东西。因此，米什莱将作为生命之实体的所有未分实体都对立于干燥：潮湿、炎热都将确定自然，因为自然是同质的。这种化学作用显然具有一种历史的意指：巫婆作为自然的神秘形式，她代表着人类研究工作的一种未分状态：这便是或多或少梦幻的时刻，在这种时刻，人是快乐的，因为他还没有分解他的任务和技能。巫婆所表达的，正是所有功能的这种共产主义：巫婆作为超越历史的人，她证实了原始社会的快乐，形象地预示了未来社会的快乐。她以或多或少玄妙的本质的方式穿越着时间，仅仅闪烁在历史的显灵时刻：例如在圣女贞德[①]（她是巫婆升华了的形象）身上，在大革命期间。

这便是巫婆的三种重要的历史状态：一种潜在的状态（奴隶的小个子妻子）、一种荣耀的状态（神甫式的巫婆）、一种没落的状态（专业性的巫婆，高大贵夫人的模糊的知心人）。在此之后，米什莱过渡到了撒旦—神甫的形象。在分析的这种状态之中，总之，只涉及同一种机制——也就是说历史——的那些阶段。在罗马人出现的时刻，这便是当米什莱可以说是加重历史线索、坚决地将这种线索转换成传记线索的时刻：功能具体地体现在一位真正的人身上，有

---

[①] 圣女贞德（Sainte Jeanne d'Arc，约1412—1431）：法兰西女英雄。她于1425年梦见了"上帝的召唤"，上帝命令她去解救被围困的查理七世（Charles VII）和拯救当时被英国占领的祖国。她于1429年带兵解放了奥尔良并救出了查理七世。她于1430年5月被俘，1431年3月被烧死。——译者注

机体的成熟代替了历史演变，以至于巫婆在其身上汇聚了一般与特殊、模式与创作物：她既是<u>一个</u>巫婆，又是<u>整类</u>巫婆。这种荒诞的观点是非常大胆的，因为在米什莱那里，这种观点根本不是隐喻的：米什莱绝对地遵循他的决定，严格地坚守他的赌注，他谈论巫婆，把巫婆看成三百年中唯一的女人。

正是从巫婆具有了一种肉体，而这种肉体又得到了细心的定位和广泛的描写的时刻开始，荒诞性存在得到了建立。我们举巫婆还是奴隶妻子的开始阶段为例：那是一位瘦小的女人，浑身无力、胆怯，而最打动米什莱的身体素质是卑微，也就是说，他认为是脆弱。巫婆的身体存在方式，是不引人注意地移动，类似于家庭主妇的某种闲在状态，这种状态使她留心有关家庭的神灵，即被教会判处流放和躲进了奴隶木棚中的那些古代的世俗神。她只借助于耳朵的某种被动性来存在：这便是肉体和其环境。随后，由于时间的痛苦磨炼——而且这种痛苦是巨大的——第二位巫婆是一位身高体大、光彩夺目的女人；她从忍受屈辱的肉体过渡到了光彩照人、开朗外向的肉体。色情部位本身也在改变：首先是机体颀长、肤色白皙、温情脉脉，肉体变成了人们可以在上面断送一切的东西。现在是眼睛，有着一种不怀好意的、魔鬼似的黄色，目光好斗，这便是米什莱所称的光彩，它在米什莱看来一直是一种不吉利的价值。尤其是那黑黑的、卷曲的长发，就像是古代美狄亚①的长发。简言之，一切都是过分非物质性的和过分柔软的，以至于无法被破坏。第三位巫婆是前两种肉体的结合：第一位的纤弱柔美被第二位的逞强好斗所纠正：专业巫婆是一位个子矮小但狡猾、敏感而不坦率、脆弱

---

① 美狄亚（Médée）：古希腊神话中著名的女巫师。——译者注

而虚伪的女人。她的图腾不再是胆小的雌鹿和昙花一现的梅黛,而是美丽并咬人的猫(这也是不吉利的罗伯斯比尔[①]的图腾动物)。如果我们联想到米什莱的一般主题的话,那么,第三位巫婆则起源于老练的小女孩(布娃娃,反常的首饰),这是有害的形象,因为她是双重的、被分解的、矛盾的,她在含混之中将年龄的幼稚与成人的科学结合了起来。巫婆通过三个年龄段的转换本身也是神奇的、矛盾的:这里涉及了一种老龄化过程。不过,巫婆却总是一位年轻的女人〔尤其参阅在那些年轻的巴斯克巫婆例如米尔吉(Murgui)、丽萨勒达(Lisalda)身上的整个发展过程,米什莱指责这些巫婆,但同时也明显地被她们吸引住了〕。

其次,这是一种重要的小说性符号,巫婆总是有其住处,她实质性地属于某一实在场所,即布景(对象)或景致。首先是家,作为内心的空间替代物,家是女人被诱拐后的最终歇息之地,是男人以绝对主人的地位占有弱小的女人、重新出色地与其一起找到自然状态即夫妻的不可分割性(米什莱明确地指出,家构成了相对于原始社会的中性爱共享的一种重大进步),在此情况下,它是杰出有益的场所。此外,这种家,由于被某些相换的物件例如床、柜子、桌子、矮凳所确定,它成了对一种被看重的价值(已经在谈到前-巫婆的肉体时说明过)——卑微——的建筑学上的表达。其他便是成年的女巫的住所环境:灌木丛生的森林、荆棘遍野的荒原、石冢处处的广场,在这里,主题是被打乱了的、被搞混了的、已经把巫婆吸收进来并自我关闭的自然之状态。与中世纪可怕的隔绝(在其没落的阶

---

[①] 罗伯斯比尔(Maximilien de Robespierre, 1758—1794):法国大革命时期的政治家,他制造了恐怖时代。——译者注

段）相对应的反常情况是：把巫婆封闭在非常开放的场所：自然。自然立刻就变成了一种<u>不古怪的</u>场所：人躲避到非人性之中。至于第三位巫婆（米什莱谈论得不太多），作为<u>高大贵夫人</u>的模糊的知心人，她的神奇住处（我们通过其他书知道这一住处），便是小室、凹室，便是室内女佣（米什莱所厌恶的人物，因为她像是丈夫的阴险对手）的专业空间，简言之，便是心腹人员在失宠之后待的地方，即<u>被窒息的地方</u>（它需要与君主政治手腕的不祥主题相联系）。

  因此，这种一般的巫婆是一个完全真实的女人，而米什莱与之维持着——不论人们愿意与否——可以说是色情的关系。米什莱的色情天真地被表述在其所谓的"自然的"书籍之中，片段式地出现在其所有历史著述中，尤其出现在其第二次婚姻［与阿泰纳伊斯·米亚拉雷（Athénaïs Mialaret）结婚］之后的后半生之中。巫婆的中心形象恰恰是这位阿泰纳伊斯·米亚拉雷——她的相貌与米什莱为我们提供的第一位巫婆酷肖。在米什莱看来，性爱对象的一般品质便是脆弱性（在此，便是卑微性），这一点可以使人愉悦、使人保护、使人占有和使人尊重：这里涉及的是一种被升华了的性爱，但是，其升华过程通过某种纯粹米什莱式的返回活动，自身又重新变成了色情的。巫婆，尤其在其第一种状态之下，正好就是米什莱的柔弱而敏感、易激动而洒脱的妻子，即<u>白色玫瑰</u>，她引发两种色情运动，即欲念和高贵。但是，这还不是全部。我们知道（借助于《女人》、《爱情》① 两书），米什莱以一种特殊的上镜手法来粉饰这个脆弱的形象：血。女人身上使米什莱感动的，是她所隐藏的东

---

  ① 这是米什莱的两部著述。《女人》（*La Femme*）写于 1860 年，《爱情》（*L'Amour*）写于 1859 年。——译者注

西：决非赤身裸体（这会是一种庸俗的主题），而是血的功能，这种功能使女人像自然那样有节律（就像大海也服从于月亮的节律那样）。丈夫的权利和兴致，便是接近这种<u>自然秘密</u>，便是借助于难以置信的隐情最后在女人身上获得人与宇宙的一种调解。这种属于丈夫的特权，米什莱在其书籍中大加赞扬，他捍卫了这种特权，以对付最危险的对手。这种对手不是情人，而是室内女佣，即自然秘密的知情人。整个这种主题出现在了《巫婆》一书中。我们似乎可以说，从结构上讲正是这样的，因为巫婆就是女预言家，她是借助于月亮的节律被赋予自然的；其次，当巫婆让位于神甫的时候，这个主题就再一次冒失地出现了：骗人的神甫与选定的修女之间的关系，只有当其包含着基本的隐情即<u>这些羞怯的和可笑的东西（对于一个女孩来讲，承认这些是残忍的）</u>的沟通的时候，才在米什莱的风格中是完全色情的。

总之，因为米什莱在圣职的或邪恶的堕落之中所指责的东西，也是他一直快乐地描写的东西：阴险地占有、逐渐地进入女人的秘密之中，这本书中出现了难以数清的形象：时而是孩童的灵气悄然潜入了奴隶妻子体内，时而是鬼魂像是<u>绦虫</u>一样落定在她身上，时而是撒旦以火攻取巫婆之心。到处都有形象主导着，这种形象并不是作为通常色情之庸俗隐喻的一种插入的形象，而是一种穿越和一种落定的形象。米什莱的乌托邦显然是，男人是女人身上的寄生物，是大海中<u>鲨鱼</u>们的交媾，因为鲨鱼在连续几个月里交尾着遨游于大海之中：那是田园之歌似的历险，在这种历险中，身体之间一动不动地插入同时伴有着外部水的滑动［米什莱在《大海》（*La Mer*）一书中描写过鱼类的交媾］。在女人之外，显然涉及的是男人在自然之中的肌体感，而且我们理解了巫婆为什么是米什莱万神殿中的主要形象：在她身上，一切将她安排给一种重要的调解功能：落定在她身上，男人便沐浴在整个自然之中，就像沐浴在一种实质性的和有生命的场域之中。

我们看到，米什莱在《巫婆》中的出现绝非主观性的一种简单的小说性铺张。总之，对于米什莱来讲，这涉及他神奇地参与神话而又不停止描写神话：在这里，叙事既是叙述又是经验，其功能就在于把这位历史学家牵连进去，在于使他像一位即将鬼魂附身的观众那样寸步不离巫术实质；由此，产生了理性判断的含混性，按照米什莱自己为古希腊人面对他们的寓言时的宗教态度所使用的表达方式来说，这时的他既相信又不相信。有一种东西在《巫婆》一书中非常明显，那就是，米什莱从来不置疑巫术行为的有效性。他把巫婆的一些仪式说成是获得成功的一些技巧——尽管它们是非理性地构想的，但却是理性地完成的。这种矛盾曾经妨碍了许多实证主义历史学家，但米什莱从来不去操心它。他谈论巫术结果时就像谈论真实的事实：叙事允许他忽视的东西，恰恰是因果关系，因为在小说性叙述中，时间联系总是取代逻辑联系。必须看一看例如他是怎样处理将女人转换成母狼的：晚上，巫婆让她喝了春药。如果是一位理性的历史学家的话，他可能会在此去统计各种证据，去安排对幻觉的阐释。可是，这并不是米什莱的做法。他说，这一点做完了，而那个女人在早晨的时候精疲力竭、萎靡不振……她追赶过、追杀过，等等。真实与理性之间的这种扭曲，事件相对于其原因的这种优势（这种事情在出现），显示出它们恰恰是叙事的功能；因此，没有比米什莱的小说更接近神话叙事的了，因为传奇性（也就是说，叙述的连续性）在此在彼独自奠基了一种新的理性。

小说没有使米什莱脱离真实，而是帮助他从巫术的客观结构中理解了巫术。面对巫术，米什莱靠近的不是那些实证论的历史学家们，而是那些同样严格，但其研究工作非常适合其对象的学者。我想到了一些民族学家，例如莫斯[①]（尤其是在其关于魔幻术的论述中）。例如，米什莱在写作巫婆的历史（而不是巫术的历史）的同时，预告了对现代民族学的基本选择：从功能出发，而不是从体制出发。莫斯将魔幻术还给了魔术师，也就是说，还给了从事魔幻术的人。米什莱所做的事情是：他很少描写仪式，他从不分析信仰（表象）的内容；巫术中深深吸引他的东西，是<u>人格化的功能</u>。

这种做法的好处是非常大的，它不顾及某些过时的会话，而赋予《巫婆》一种完全现代的声调。首先，米什莱根据女预言家发狂的女性特征而对其所肯定的东西，是最为理智的民族学同样说出的东西：在女人与魔幻术之间有一种亲缘性。在米什莱看来，这种亲缘性是身体上的，女人通过流血的节律与自然协调一致。在莫斯看来，这种亲缘性是社会的，它们在身体上的特殊性奠定了一种真正的女人类别。这并不妨碍假设是相同的：这种色情主题，远不是这位多情的历史学家的一种不体面的乖僻，它是女人的地位在那些有巫术的社会中赖以得到明确的一种民族学真实。

另一种真实：我说过，米什莱不大着意于描写仪式本身，他只保留了仪式的目的、作用（想念死者，治疗疾病）。这是提示人们，他很少将仪式与技巧分离，民族学重新采用了这种本是对立的做法，因为这种民族学设定巫术动作总是技巧的雏形。米什莱从来不区分巫婆与其活动：巫婆只在其参与一种<u>实践</u>活动时才存在，而

---

[①] 莫斯（Marcel Mauss，1872—1950）：法国社会学家、民族学家。——译者注

且，按照米什莱的说法，甚至显然正是这一点使其成为一种进步的形象：面对在世界上就像是一种不动的、永恒的本质出现的教会，巫婆是正在形成中的世界。作为这种直觉的反常的（但却是正确的）结果，正是米什莱笔下的巫婆具有最少的神圣。当然，在巫术与宗教之间有一种关系，莫斯曾经很好地分析过，而且米什莱自己也曾经将这种关系确定为一种<u>逆向活动</u>；但这恰恰是一种互补关系，因此是唯一的关系。巫术处在宗教的<u>边缘</u>；巫术让宗教来支配事物的存在，它负责事物的转换：这正是米什莱笔下更像是工人而不是神甫的巫婆所做的事情。

最后，米什莱在通报任何有关社会学的原理的同时，根本就没有把巫婆理解为像是一位他者（Autre），他没有使巫婆成为单数的神圣形象，如同浪漫主义得以构想诗人或占星家那样。他的巫婆在身体上是孤独的（在荒漠里，在森林里），但她在社会上不是孤单的：整个集体与之汇合，在她身上得到表白并利用她。米什莱笔下的巫婆并不威严地对立于社会（就像纯粹的造反者所做的那样），她从根本上参与社会的安排。对于在其他抒情诗人那里将个人与社会对立起来的反常情况，米什莱则以最为现代的方式予以解决；他很理解，在巫婆的特殊性与其所脱离的社会之间并没有对立关系，而只存在互补关系：是整个群体奠定了<u>巫术功能</u>的特殊性。如果人们<u>拒绝巫婆</u>，那是因为他们认出了她，在她身上投射了他们自己的一部分，这一部分既是合法的，又是难以忍受的。借助于巫婆，他们确认了一种复杂的安排、一种有益的张力，因为在历史的某些不幸时刻，<u>巫婆使人们得以活着</u>。无疑，米什莱由于在主观上被角色的实证性所主导，所以<u>相对于巫婆而言</u>，他则很少或不成功地描写了"正常"社会的品行。他没有说过，例如在整个结构方面，宗教裁判（Inquisition）曾经有过当然不是正面的但却是有意蕴的一种功能，一句话，宗教裁判为了社会的一种总体安排而利用了那些重大的巫术诉讼事件。至少，他曾经多次指出过，从"正常的"社会到被排除在社会之外的巫婆，有一种性虐待狂关系，而不仅仅是一种排斥关系，他还指出过，因此，这种社会在消费（如果可以这样说的话）巫婆，尽管它在尽力废除巫婆。米什莱不是在某个地方说过这种令人惊异的事情，即人们因为巫婆们的美丽才使她们消失吗？在某种意义上，这便是使社会的所有群众都参与这种互补的结构，而列维-斯特劳斯恰恰在谈到萨满社会时曾经分析过这种结构，因为在这里，脱离常规对于社会来说只不过是一种体验其各种矛盾的手段。在我们当前的社会里，有可能最好地延长米什莱笔下的巫婆互补角色的东西，也许就是知识分子，即人们曾经称之为叛徒的人的神奇形象——知识分子为了在社会的异化之中去看社会而充分地脱离了社会，他们倾向于对真实进行纠正，不过又没有能力去完成这种纠正。他们被排除在世界之外，而对于世界又是必要的，他们趋向于实践活动，但只能借助于一种言语活动的替换来参与，一切都像中世纪的巫婆只能通过一种仪式和以一种幻觉为代价才能减轻人类的不幸那样。

因此，如果我们能够在《巫婆》中重新发现对巫术神话的一种完全现代描写的光彩的话，那是因为米什莱曾经大胆地坚持到底，大胆地包含了这种可怕的模糊性——这种模糊性使他同时既是叙述者（按照神话意义）又是分析者（按照理性意义）。他对巫婆的同情心，根本不是尽力去理解不熟悉事物的一位自由作者的同情心：他参与了巫婆的神话，完全像巫婆按照自己的观点参与幻术的实践活动的神话一样：既是情愿的又是不情愿的。他在写作《巫婆》的时候所再一次实施的，既不是一种职业（历史学家的职业），又不是一种职位（诗人的职位），而是他在其他地方所说的审判官的角色。他从社会方面感觉到，他必须利用巫婆的智慧，必须讲述她的所有功能，甚至尤其是讲述她的所有脱离常规的功能，他在此已经预感到这些功能是关键的。当看到他自己所在的社会被两种他认为也是不可能的诉求——基督教的诉求和唯物主义的诉求——撕裂之时，他自己甚至起草了巫术的调解方式，他把自己变成了巫神，变成了尸骨的收集者、死者的复活者，他竭力疯狂地对教会和科学说不，竭力用神话去代替教条或原始事实。

所以，在神话历史比米什莱发表《巫婆》时（1862）更为重要的今天，他的这部著述重新具有了一种现时性，它重新变得很严肃。米什莱的那些论敌，从圣伯夫到马迪厄[①]为数众多，都曾经认为将其封闭在纯粹直觉的一种诗学中便可以摆脱他；但是，我们已经看到，他的主观性只不过是这种整体性要求、这种相互靠近之真实、这种对最有意蕴的具体事物的注意力的第一种形式，而这些在今天甚至标志着我们人文科学的方法。我们开始懂得，他的著述中，被人们鄙弃地称其作品中为诗的东西，便是有关社会性的一种科学的准确概述：那是因为米什莱是一位不被信任的历史学家（在该词的科学意义上），又因为他既是一位社会学家又是一位民族学家、精神分析学家、社会历史学家。尽管他的思想甚至他的形式中包含着重大的糟粕（他自己的一部分未能完全摆脱他所属的小资产阶级基础），但我们可以说，他真正地预感到了一种有关人的一般科学正在建立。

1959,《序言》

---

[①] 马迪厄（Albert Mathiez, 1874—1932）：法国历史学家。——译者注

# 《扎齐在地铁里》与文学

凯诺①并非同文学作斗争的第一位作家②。自从"文学"存在以来（也就是说，如果我们根据该词出现的时间来判断的话，那就是，自从不太长时间以来），我们可以说，与文学作斗争，就是作家的功能。凯诺的特殊性，在于他的斗争是短兵相接：他的全部作品都紧贴着文学神话，他的不满是被异化的，这种不满以其对象为营养，总是为对象留下足够的内容以供新的一餐享用。被写成的形式之高贵建筑物总是站立在那里，但却是过时的、上面有无

---

① 凯诺（Raymond Queneau，1903—1976）：法国超现实派作家。——译者注

② 这里谈的是《扎齐在地铁里》(*Zazie dans le métro*)，Gallimard，1959。

数剥落破损之处。在这样保留下来的破坏状态之中，某种新的、含混的东西得到了精心构想，那就是形式之价值的某种悬念：它就像是废墟之美。在这种运动中，无任何报复者，凯诺的活动并非真正地是嘲弄人的，他的活动并非来源于一种心安理得，而是来源于一种共谋。

　　文学与其敌人之间的这种令人惊异的相邻性（这种同一性？），在《扎齐在地铁里》一书中看得非常清楚。从文学建筑学的观点来看，《扎齐在地铁里》是一部写得很好的小说。我们在其中可以找到批评愿意统计和愿意颂扬的所有"品质"：建构方面是传统的，因为它涉及的是一种有限的时间性情节（一次罢工）；延续性是叙事性的，因为它涉及的是一种路径、一系列地铁站；客观性（故事是根据凯诺的观点来讲述的）；人物的分配（主要人物、次要人物、哑角）；社会场所与布景的一致性（巴黎）；叙述方法的多样性与平衡性（叙事与对话）。书中有法国小说从司汤达到左拉的全部技巧。由此，产生了这部作品的亲近性，这种亲近性也许并非与小说的成功没有关系，因为无法肯定的是，其所有的读者在消费这部小说时是否以一种纯粹有距离的方式来进行：《扎齐在地铁里》一书中有着可供粗略阅读的乐趣，而不仅仅是表现手法所带来的乐趣。

　　只不过，小说中全部的正面性都带有一种扭曲的热情，凯诺在不直接破坏这种正面性的同时，为其增加了一种觉察不出的虚无。传统世界的每一种成分一旦形成（就像人们在说一种变浓的液体的情况），凯诺便放弃，他将小说的安全性交付给一种失望：文学的存在以随时都在分解的一种牛奶的方式不停地变化；任何东西在这里都具有未能实现的、被涂上了一层月光的两个方面，它们便是失望之基本主题和凯诺所特有的主题。事件从未被否认过，也就是说设定之后又被推翻；事件总是以神秘地具有正面和背面两种形象的圆圆的月亮的方式被分担。

失望之点甚至是那些产生传统修辞学之荣耀的点。首先，思想的各种修辞格——口是心非的形式在这里是数不胜数的：反用（这本书的题目本身就是一例，因为扎齐将不会去乘地铁①）、不确定性（说的是先贤祠还是里昂火车站？是荣军院还是勒伊军营？是圣夏佩尔教堂还是商业法庭？）、相反角色的混合［佩德鲁-苏尔普吕斯（Pédro-Surplus）既是好色之徒又是警察］、年龄的混合（扎齐变老了，这是对老人说的话）、性别的混合［这种混合又增加了一种补充的谜团，因为加布里埃尔（Gabriel）的同性恋取向还不是很确定］、说出真实的口误［马塞利娜（Marceline）最终变成了马塞尔（Marcel）］、否定式定义（烟草不是当地的烟草）、重言式（这个警察被其他警察装上了船）、嘲弄（女孩粗暴地对待成年人，即那位介入进来的太太）等。

所有这些修辞格都被记入了叙事的经纬之中，但它们都没有被明示。词语的修辞格显然在进行着一种引人注目的破坏活动，凯诺的读者们都很了解。先是那些构筑性修辞格，它们通过一种连珠炮般的滑稽来攻击文学的褶裥。所有的写法在这里都出现了：叙事诗写法（吉布拉尔塔尔在旧护栏那边）、荷马式写法（词语插上了翅膀）、拉丁写法（由重新回来的女佣对一种令人恶心的奶酪做了介绍）、中世纪写法（到了第二层，订了婚的侄女按响了门铃）、心理写法（激动的老板）、叙述写法（加布里埃尔说，我们可以给他），

---

① 《扎齐在地铁里》是凯诺的一部想象小说，主人公扎齐是个女孩，她并未真正去乘地铁。——译者注

还有作为传奇神话之最好载体的语法时态：叙述现在时（她离开了）和长篇小说惯用的简单过去时（加布里埃尔当时从袖子里拿出一个紫红色小丝袋，毫不犹豫地堵住了鼻子）。这些例子足以说明，在凯诺那里，滑稽具有一种非常特殊的结构；这种结构并不表明对滑稽模式的一种认识。这种滑稽，没有这位高等师范学院毕业生与广义文化的共谋性的任何痕迹，这种痕迹表明的是吉罗杜①式的滑稽，并且它只不过是证明对拉丁民族价值非常敬重的一种假装随便的方式。滑稽表达在这里是轻率的，它一边出现一边在解除，它只不过是人们使之跳跃到古老文学表层上的一种鳞片；它是一种从内部减弱的滑稽，它甚至在其结构中包含着一种过分的不恰当性。这种滑稽不是模仿（尽管它非常细致），而是畸形，即相像与脱离常规之间的危险平衡，这是其形式被安排成永久失望状态的一种文化的词语主题。

至于"语调"（diction）修辞格（例如 Lagocamilébou②），显然远不是法语拼读的一种简单的自然驯化。语音的誊写是节省地分配的，它总具有一种攻击性特征，它只在确保有某种巴洛克效果（例如 Skeutadittaleur③）的时候才出现。它首先是对神圣的内部的出色进犯，即拼读的习惯（我们了解这种习惯的社会根源、类别界限）。但是，被论证的、被重新集结的东西，根本不是书写规则的非理性。凯诺的所有简化几乎具有相同的意义：在被华丽地包裹在

---

① 吉罗杜（Jean Giraudoux，1882—1944）：法国作家、外交家。——译者注

② 是 La gosse a mis les bouts（"女孩走了"）的谐音说法。——译者注

③ 是 ce qui t'a dit toute à l'heure（"刚才对你说话的人"）的变音说法。——译者注

其拼读外衣里的词语所在的地方,出现一个不得体的、自然的新词,也就是说,野蛮的新词。这里,正是书写上的法国风格受到了怀疑,因为南方口音的高贵的法语,即法兰西美妙的说话声,立即就分解成一系列无国籍的词汇,以至于我们的伟大文学,即过去的震耳欲聋的声誉,很可能仅仅是对说不准是俄罗斯语的或是夸扣特尔人语言①的一些碎屑的汇集(如果我们的文学还不是这样的,那么,就仅仅是因为凯诺的纯粹的善心)。此外,还不能说凯诺的语音论纯粹是破坏性的(在文学上,有过单义的破坏吗?):凯诺对我们的语言所做的全部工作,被一种顽固的运动所活跃着,即切分(découpage)运动。这是一种技巧,安排成字谜是这种技巧的起步雏形(例如粗人佩居斯②的做法),但是这种技巧的功能是挖掘结构,因为编码和释码是同一种渗透行为的两个方面,就像在凯诺之前整个拉伯雷③哲学所证实的那样。

这一切,都属于凯诺的读者们非常熟悉的一个武器库。有一种新的嘲弄方法,人们已经很清楚地注意到了,那就是严格地在句末安排的重音,年轻的扎齐以此来美妙地(也就是说专横地)影响他周围那些大人所宣扬的主张(<u>我的傻瓜拿破仑</u>);鹦鹉学舌式的句子(<u>你说话,你说话,这就是你会做的一切</u>)几乎属于同一种弱化(dégonflage)技巧。但是,在这里被弱化的并非<u>整</u>个言语活动。扎齐依靠数理逻辑的精巧定义,很好地区分了对象言语活动和元言语

---

① 夸扣特尔人(Kwakiutl):加拿大北部的印第安人。——译者注

② 粗人佩居斯(le vulgue homme Pécusse):是小说中扎齐的叔叔。——译者注

③ 拉伯雷(François Rabelais,约 1494—1553):法国古典作家,其代表作为《巨人传》。——译者注

活动。对象言语活动，是在动作本身之中得到建立的言语活动，是表现事物的言语活动，它是第一步的及物性言语活动，我们可以谈论这种言语活动，但它本身也是转换多、说话少。扎齐正是生活在这种对象言语活动之中，因此，扎齐超越或破坏的，从来就不是对象言语活动。扎齐所说的，是对真实的及物性接触：扎齐想买可口可乐、蓝色牛仔裤，她想乘地铁，她只说命令式或祈愿式句子，而且正因为这一点，她的言语活动躲避了任何嘲讽。

扎齐正是不时地从这种对象言语活动中显露出来，以便用她挑衅性的句末重音来确定大人们的元言语活动。这种元言语活动，并不是人们借以说出事物的元言语活动，而是人们<u>有关事物</u>（或有关第一种言语活动）的元言语活动。它是一种不动的、具有格言内容的寄生性言语活动，它与行为吻合，就像苍蝇伴随着旅行马车。面对对象言语活动的命令式和祈愿式，它的主要方式是陈述式，陈述式就像是用来<u>再现</u>真实而不是用来改变真实的行为的零度。这种元言语活动在话语的文字周围形成了一种补充的、伦理的意义，这种意义或者是抱怨的，或者是情感的，或者是威严的，等等。简言之，它是一种<u>歌声</u>：人们在它身上可以看出文学的存在。

因此，扎齐的句末重音（clausule）针对的，恰恰就是这种文学的元言语活动。在凯诺看来，文学是一种言语范畴，因此作为一种存在性范畴，它关系到整个人类。人们大概已经看到，小说的很大一部分是行家里手的游戏。不过，这里涉及的却不是小说制造者。出租车司机、富有魅力的舞蹈演员、酒商、鞋匠、街上成群结伙的百姓，这整个<u>真实的世界</u>（一种言语活动的现实状况包含着一种准确的社会性）都将自己的言语深入到重要的文学形式之中，通过文学来体验其各种关系和目的。在凯诺看来，并不是"百姓"具有言语活动的乌托邦式的文学性，是扎齐（由此，大概产生了角色的深刻意义），也就是说，是一个不真实的、魔幻式的、浮士德式的人，因为这个人是童年与成熟之间的结合，是"我年纪小，我不在成人的世界里"与"我深刻地体验过"之间的结合。扎齐的稚气，并不是纯真和脆弱的童贞，这些都可能只属于浪漫的或感化人的元言语活动的价值：这种稚气是对作为及物性言语活动之科学的被唱出的言语活动的拒绝；在小说中，扎齐以一位生活天才的方式在行走着，她的作用是保健性的、是反神话的，她在提醒人们注意秩序。

这种扎齐式的句末重音，概括了反神话的所有方法，从此，反神话便拒绝直接的阐释且本身也力求阴险地成为文学。这种句末重音就像是一种最后的爆炸声，它突然地抓住了神话句子（<u>扎齐，如果你有兴趣真想去看荣军院和拿破仑真正的墓的话，我带你去。——我的傻瓜拿破仑</u>）、一瞬间就以回溯以往的方式从她的心安理得之中排除了神话句子。用符号学术语很容易阐述这种操作，被弱化的句子本身也包含着<u>两种</u>言语活动：文字意义（参观拿破仑的墓）和神话意义（高贵的语调）；扎齐突然地进行两种言语的分解，她在神话文字中区分出一种明显的<u>内涵</u>（connotation）。但是，她的武器不是别的，只不过就是文学使她占有的文字所承受的脱离过程。扎齐借助于她的不尊敬人的句末重音，只是使已经是内涵的东西再内涵化；她<u>占</u>有文学（在俗语的意义上），完全像文学<u>占</u>有其所歌颂的真实。

在这里，我们接触到了可以称为嘲讽之自欺的东西，而这种自欺同样也是对严肃之自欺的回答。它们轮流着使对方停滞下来和<u>占有</u>对方，而从来没有决定性的胜利：嘲讽排除严肃，而严肃<u>包含着</u>嘲讽。面对这种二难推理，《扎齐在地铁里》确实是一部样板作品：

从职能上讲，它使得严肃与喜剧性背靠背。这正是可以说明批评家们面对这部作品出现混乱情况的东西：一些批评家严肃地在此看到了一部严肃的、用于注释性解读的作品；另外一些批评家则认为前者荒诞可笑，说这部小说是绝对无价值的（"没有什么可说的"）；最后，还有一些批评家在作品中既看不到喜剧性，也看不到严肃性，直言不理解这部作品。但是，毁掉任何对话恰恰是这部作品的目的，同时借助于荒诞来再现言语活动所无法把握的本质。在作为严肃之人的凯诺与对严肃的嘲讽之间，有着同一种支配和突然超越之运动，这种运动调节着这种人所共知的游戏即任何口语辩证法。在这种辩证法中，纸张包裹着石头，石头抗拒着剪刀，剪刀剪切着纸张：某一个总是对另一个占上风，条件是这一个与另一个都是活动的词项，即形式。反言语活动从来不是专横的。

在扎齐代表着一种得意洋洋的反言语活动的情况下，她确实是一个幻想出来的人物：没有任何人回答她。但是就在这里，扎齐处在了人群之外（人物展示了某种"不悦"）：她在任何方面都不是一个"小姑娘"，她的年轻状态更可以说是一种抽象形式，这种形式使她判断任何言语活动，而不需要掩盖她自己的心灵[①]；她是一个有倾向性的点，是一种反言语活动的视野，该视野可以毫不自欺地提醒人们注意秩序。在元言语活动之外，她的功能在于为我们再现该视野的危险和最终目的。人物的这种抽象是根本性的：角色是非真实的，具有一种不确定的正面性，它是对一种参照的表达，而不是一种智慧的声音。这意味着，对于凯诺来说，言语活动过程总是含混的、从来不封闭的，并且他自己在此也不是判官，而是其一部

---

[①] 扎齐只有一句神秘的话："我老了。"这是结尾时的话。

分：不存在凯诺的心安理得①，不在于给文学以教导，而在于与文学一起在不稳定状态下生活。正是在这一点上，凯诺属于现代：他的文学并不是一种有关获得和充实的文学。他清楚，人们不能以一种特性的名义从外部"破译神话"，而是应该亲自将全身浸入人们论证的空虚之中。不过，他还清楚，这种妥协在被直接的言语活动<u>说出</u>和收回的情况下会失去效果：文学甚至是不可能之事的方式，因为唯有它能够说出其空虚，也因为有一种说法认为，是它重新建立了一种充实。凯诺以他的方式将自己置于这种矛盾的中心，而这种矛盾也许就确定了我们今天的文学：它接受文学面具，但同时又指责这种面具。这正是非常困难的操作，人们对此非常愿意去做；这也许是因为这种操作是成功的，也许是因为在《扎齐在地铁里》有着这种最后的和珍贵的反常情况：一种辉煌耀眼的喜剧性，不过却不带有任何攻击性。好像凯诺在他对文学进行精神分析的时候，对自己也进行着这种分析：凯诺的全部作品包含着有关文学的一种可怕的意象②。

1995，《批评》

---

① 尤内斯库的喜剧性提出了同样性质的问题。直到（包括）《阿尔玛的即兴剧》，他的作品才具有真诚性，因为作者本身并不将自己排除在他所撼动的言语活动的这种恐怖主义之外。《无证据的杀手》标志着一种倒退，即向着一种心安理得的返回，也就是说，是向着自欺的返回，因为作者<u>抱怨</u>他人的言语活动。

② 这里的意象（Imago）应该是精神分析学上的概念，原指父母留给幼儿潜意识中并指导其后来表现和理解别人的方式。——译者注

# 工人与牧师

由于法国人信奉天主教，所以任何新教牧师都不大使他们感兴趣：牧师在其身上不汇聚任何神圣的东西，他置身于公民之中，穿着普通的衣服，可以娶妻养子，公开承认脱离神学的绝对论，更多的是证人而不是律师——因为他的圣职是言语而不是从事圣事。在他身上，一切都躲避选择和诅咒——这是文学的两种供应源。他不是令人憎恶的，也不是圣人，就像是巴尔贝①或贝纳诺斯②笔下的神甫，

---

① 巴尔贝（Barbey）：全名为朱尔·巴尔贝·多勒维利（Jules Barbey d'Aurevilly，1808—1889），法国小说家。——译者注

② 贝纳诺斯（Georges Bernanos，1888—1948）：法国天主教作家。——译者注

以法国人的观点来看，他不是一个理想的小说人物：《牧师交响乐》（*La Symphonie pastorale*）（可鄙的作品）一直属于一部异国情调的小说①。

对于这种神话学，要说的话很多（如果人们开始从法国的一般天主教教义中提取所有的上层社会的结论的话，那么，人们所发现不了的是什么呢？)，这种神话学，自人们步入了新教国家后，无疑已经变化了。在法国，牧师，在其属于既是少数又是被同化了的一种双重无意蕴的领域即法国新教教义的情况下，他不使人感兴趣了。在别处，牧师变成了一种社会角色，他参与阶级和意识形态的一种总体的安排；在他负有责任的情况下，他是有生命力的；不论是作为共谋者还是作为受害者，他都是某一种政治痛苦的见证人甚至是有效的见证人，他成了国家的成人形象：他已不再是那种无长袍、无贞节的法国牧师的乏味复制品了。

这首先是应该在伊夫·维朗的小说中看到的东西：这是一部瑞士小说。有趣的是，正是在使这部作品还原国籍（它不是我们国家的小说）的时候，我们使其摆脱了异国情调。有人说，这部作品在瑞士比在法国获得了更大的反响：这是它的现实主义的证据。它之所以打动瑞士人（并且，某些人无疑会感到极大的不快），那是因为这部作品与他们有关。而如果这部作品与他们有关，那恰恰是借助了使他们成为瑞士人的东西。然而，对于这种现实主义，关键是完全在情境之中而根本不是在趣闻之中去把握它。在这里，我们接近了构成这部小说全部价值的反常情况：它不是一部"社会主义

---

① 这里说的是伊夫·维朗（Yves Velan）的小说《我》（*Je*），Seuil，1959。

的"小说,其公开的目的,一如那些重要的现实主义概论,是描写瑞士教会与无产阶级的历史关系。不过,这些关系、这些关系的现实,均构成了作品的结构,我甚至认为,它们也构成了其合理性、其最为深刻的伦理运动。

发生什么事情了呢?任何文学都清楚,就像俄耳甫斯一样,他不能冒着生命危险返回到他所看到的东西上:它注定要居中调解,也就是说,在某种意义上,它注定要撒谎。巴尔扎克并未能按照马克思所欣赏的那样去描写他所处的社会,他只是通过整个的一种厚古的意识形态在远离他所处社会的情况下描写了社会:总之,这是他的信条、是我们可以从历史的观点称之为其错误的东西,这些都为他充当了媒介作用。尽管巴尔扎克有他的神权政治论,他却不曾是现实主义者,而这正是因为他自己的原因。反过来,这是因为他在计划之中放弃了任何调解,也因为社会主义现实主义(至少在我们西方)被窒息并死亡:它死于直接,死于拒绝掩盖现实以使现实成为更真实的某种东西,这种东西便是文学。

然而,在伊夫·维朗的《我》一书中,居中调解,恰恰就是我,即主观性。这种主观性既是社会关系的面具,也是它们的昭示。而这些社会关系,不曾有任何小说直接地描写过——不排除可能描写过,但却消失在马克思和恩格斯鄙视地称之为倾向性文学的东西之中了。在伊夫·维朗的《我》中,提供了人们称之为阶级关系的东西,但这些关系没有得到处理。或者,如果说它们得到了处理,那至少是以重大的表面变形为代价来处理的,因为这种变形在于在这些关系的现实上安排最令人厌恶的言语,而这种言语是任何传统的现实主义都有的,并且它就是某种妄想性的言语。因此,这本书的整个反常情况，即其整个真实，便在于它同时所是的东西，甚至在于奠基了小说的那种设想，它是政治小说和一种疯狂的主观性的言语活动。叙述者的言语活动，从一种属于马克思主义言语活动的情境出发并与其逐页地待在一起，它依靠这种情境获得营养并且培育这种情境——要知道，这种情境便是某种社会的分裂、秩序与牧师职务的合谋、工人运动的被排斥、无产者的道德在这里也许比在其他地方更为天真地具有的无可指责性。这种叙述者的言语活动从来都不是一种政治分析的言语活动。但这恰恰因为伊夫·维朗的牧师是在一位牧师的言语活动中而不是在一个抽象人的言语活动中体验了社会的分裂，是因为他的言语活动是由产生于他的条件、他受的教育和他的信仰的所有悬想式幻觉所构成的①，是因为任何文学所需要的居中调解被找到了，并且在我看来，还因为这本书最终使一个多年来（说真的，是从萨特以来）停滞的老问题出现了轻微的松动。从文学的内部，也就是说从不包含任何实际认可的一种动作秩序出发，在无自欺的情况下，如何描写政治事件呢？在不求助于（如果我可以这样说的话）介入之神的情况下，如何产生一种

---

① 牧师以第一个字母大写来标记任何精神对象的方式，是我们可以在符号学言语活动上称之为内涵的东西，即强加在一种字面意义上的另一种补加意义；但是，那些大写字母通常的自欺性在文学上则变成了真实，因为自欺昭示了说话时使用那些大写字母的人的境遇。

（译者从文字本身理解，这里指的是，对于书中凡是属于精神对象的名词，例如"教育"、"信仰"等，作者都采用了第一个字母大写的方式，以突出用意，于是，便出现了有别于第一个字母不大写的这些名词"字面意义"的一种"内涵"。——译者注）

"介入"（这个词已经过时，但人们无法轻易摆脱它）文学呢？简言之，如何以清醒的状态将介入体验成不同于理所当然或义务的东西呢？

伊夫·维朗的发现，确实应该说是发现：审美发现。因为问题在于，在使政治素材与乔伊斯①式的自白结合在一起的同时，重新奠定文学（就像任何作者都应该对自己所要求的那样）；问题还在于，赋予了人类（和非个人）的分裂一种力比多②的言语活动。这种力比多带有着所有的冲动、所有的阻力和所有的借口。即便这本书只是时而狂热、时而约束、既冗长又未完成的一种口头语流，它也是光彩耀眼的。但是，还不止这些。它的不规范性是辩证的，它把真实和其言语活动封闭在一种疯狂的回转之中：在这里，任何"政治"条件都只通过心灵的一种极度撼动来感受。反过来，任何幻觉都只是一种真实境遇的言语活动：正是在这一点上，伊夫·维朗的牧师根本就不构成一种"实例"。他所说的境域，他所受到的伤害，他认为所犯的错误，甚至他的欲望，这一切虽然都具有悬想的形式，但均来自一种明显地社会化的现实。叙述者的主观性并不以不确定的方式对立于其他人，这种主观性并非因为一位普遍的和未被指名的他人而呈病态。它面对一个被细心地确定的、特定化的世界而忍受着、思索着、自我寻找着，而这个世界的真实早已被思考过，这个世界上的人们早已按照政治法则被分配和被分解了。在我们看来，这种忧虑似乎只随着我们的自欺而变得

---

① 乔伊斯（James Joyce，1882—1941）：爱尔兰意识流派作家。——译者注

② 力比多（libido）：精神分析学中的"性欲"。——译者注

不合情理，因为这种自欺从来都只以平静的、理智的言辞提出介入的问题，就好像政治道德观注定是一种理性的结果，就好像无产阶级（这又是一个似乎不再存在的单词）仅仅使一小部分<u>受过教育</u>的知识分子感兴趣，而从来不会使一种仍然疯狂的意识感兴趣似的。不过，世界并不注定表现为所选择的一些片段，无产阶级并不注定表现在知识分子方面且"他人"并不注定表现为精神病意识；在很长一段时间里，人们说服我们，必须有一种小说谈论自己，必须有另一种小说谈论工人，还必须有其他小说谈论资产阶级、神甫等。维朗的牧师在整体上接受世界，既将其当作惧怕来接受，也将其当作错误和社会结构来接受。在我们看来，有"工人"，还有"其他人"；相反，在维朗看来，工人恰恰就是其他人。社会异化与神经官能异化混为一体，正是这一点使他成为特殊的。也许，这还是——尽管很勉强——使他成为典范的东西。

因为，勇气从来都仅仅是一种距离，即将一种行为与其所摆脱的最初惧怕状态分开来的距离。惧怕是维朗的牧师基本的状态，正是因为这一点，在他的所有行为中，哪怕是最小的行为（与世界的同一活动、共谋活动）都是勇敢的①。为了测定一种介入的完整性程度，必须知道他从何种混乱的心绪出发；维朗的牧师从很远处出发。那是一种疯狂的意识②，该意识不停歇地服从于不仅是上帝（这是理所当然的）而且更是世界给予他的一种重大犯罪感的压力。或者更准确地讲，是世界本身出色地具有神的功能即目光的功能：

---

① 这便是牧师列席了一次工人的政治会议的那一情节的客观意义。
② 叙述者本人草拟了有关这种"存在的疯狂"的一种理论（第302页）。

牧师在被人看着，而以牧师为对象的这种目光则将牧师构筑成了被疏远的景物：他自我感觉到了，遂变得丑陋、赤身裸体了。由于错误属于本质且属于最坏的本质即身体的本质，它便在其对面构想出只能是男性特征的一种无辜性，而这种男性特征与其说被确定为像是一种性能力，不如说被确定为对现实的一种恰当的控制。于是，无产阶级世界被感觉为像是一个强大和正确的世界，也就是说，勉强可以接近的世界。当然，这种推测的幻觉性特征从来不是被掩盖着的。不过，正是这种幻觉在推动着对于社会关系的一种恰当的意识；因为这些工人即这些"大众百姓"（牧师因其作用和姿态而被排除在外，不过他却被他们所吸引着），在他看来，构成了一种非常含混的人群。一方面，他们是法官，因为他们在看、在不停地肯定着不包括叙述者在内的一个种群；另一方面，在他们与牧师之间有着一种深刻的共谋性，这种共谋性不再属于本质，它也不属于作为，它已经属于了境遇。他们一起被维持秩序的人们看着，他们在相同的被谴责之中、被排斥之中汇聚在了一起：伦理上的悲惨与政治上的悲惨结合在了一起。我们可以说，这部书的全部价值在于告诉我们一种政治情感正在诞生；而其全部的严格性，那便是敢于从最远处即道德观的几乎是神经官能症的区域开始，而在这个区域里，对于善的意识为了躲避自欺之障碍而仍然仅仅是对于出路的意识。

我认为，这便是这部书的赌注，这便是验证其技巧、其变化和验证一种非常难以应对的方式的东西。这部书以这种方式从一种神经官能症中显示出一种政治意义，它借这种方式用一种半悬想、半色情的言语活动来谈论无产阶级，而这种言语活动具有同时可以刺激马克思主义者、信教者和现实主义者的一切作用①：这本书从其主人公身上收回由任何心安理得所带来的益处。因为，维朗的牧师根本不是一位"红色"牧师；他甚至没有这样去构想；他本身也在命名角色，也就是说，他提前揭示了角色的神秘性。在一种意义上，这本书没有结束，它并不真正地构成一种路径，也就是说一种解放或一种悲剧。它在描写一种带有光明的深刻矛盾，这便是全部。它的主人公并非是"正面的"，他并不引发什么。无疑，无产阶级在让人猜想其就像是一种价值。但是，其代表者——如果我们可以说是其卫道士的话——维克托，即牧师的朋友，虽然有着牧师所没有的一切力量（无神论和参与政党，也就是说，不存在惧怕），却仍然是一个外围人物：这是一种功能，该功能不带有特定的言语活动，恰恰就像错误存在于言语活动之中那样。至于牧师自己，他的言语，尽管充斥着小说并支撑着小说，但并非完全是自然的。他的言语并不像被转述的作者的一种告诫那样响亮，它并不激发人去进行识别。我不知道有什么令人不快和轻微地夸张的东西在疏远叙述者，使其有点脱离我们，就像真实处于斗士与被排斥之人之间那样，就像只有一种不足的张力应该将参与实践活动之人与犯错误之人结合在一起那样，就像只有永久地重新开始才能对世界具有正确的目光那样，就像任何介入都只能是未完成的状态那样。

　　按照我的理解，这便是这本书带给现时文学的东西：为了辩证地对待介入和使知识分子（总之，牧师只不过是其最初形象）同时面对自己和世界所做的一种努力。我认为，正是两种诉求的巧合产

---

①　这部独白式的作品，似乎借助于一种补加的犯罪感设想，从自身过渡到误会者们面前。

生了这本书的新颖性。在维朗来看来,一种正在世界里前进着的意识,并不是根据两种相续的时间被带入世界的。这种意识首先要构成其自由之经验,其次是尽力使用这种经验。这种意识的自由与共谋性①源于同一种运动,即便这种运动仍然可悲地被阻碍着。正是这种阻碍是新颖的,而且正是因为这种阻碍在阐明着这种运动,正是因为这种阻碍在构成新的小说对象。所以,这本书是那些质疑我们过去 10 年所有价值的书籍中的一本。

1960,《批评》

---

① 按照布莱希特的意义,这是同意(Einvers tandnis)之后的共谋,即对真实有了领悟和与真实沟通后的共谋。

# 卡夫卡的回答

"在你与世界的斗争中,请协助世界。"

我们正在脱离一种时刻,即介入文学的时刻。萨特小说的结束,社会主义小说的无法改变的贫瘠,政治戏剧的不足,所有这些,就像一股退去的潮水,无遮盖地留下了一种特殊的和特别有阻力的对象:文学。一股相反的潮水即公开宣称解除的潮水已经重新将文学覆盖了起来:重返爱情故事,"斗智"战争,崇拜<u>出色地写作</u>,拒绝关心世界的所有意指。有关艺术的一种全新的伦理学被提了出来,这种伦理学是由出现在浪漫主义与潇洒大方之间、诗歌的(最小)创新冒险与对理解力的(有效)保护之间的一种适度的回转构成的。

因此,难道我们的文学总是要在政治现实主义与为艺术而艺术之间、在一种有关介入的道德观与一种审美纯粹论之间、在承受牵连与平庸无害之间左右摇摆吗？难道它只能要么是贫瘠（如果它仅仅是它自己的话），要么是混杂（如果它是自己之外的东西的话）吗？难到它不能在这个世界上占有一种正确的位置吗？

对于这个问题，今天有了一个明确的回答：玛尔特·罗贝尔（Marthe Robert）的《卡夫卡》一书。[①] 是卡夫卡在回答我们吗？是的，当然是（因为很难想象有比玛尔特·罗贝尔的注释更为谨慎的了），但是，还应该这么去理解，卡夫卡并不是卡夫卡主义。20年来，卡夫卡主义滋养着从加缪[②]到尤内斯库的所有反向的文学。这里涉及的是描写现代时刻的官僚恐怖吗？《审判》、《城堡》、《在流放地》[③]构成了匮乏无力的模式。面对对象的泛滥，这里涉及的难道是表达对个人主义的要求吗？《变形记》(*Métamorphose*) 是有用的东西。卡夫卡的作品既是现实主义的又是主观的，它适合于所有的人，但不回答任何人的问题。说真的，人们很少过问这一点；因为在其主题的阴影下写作，并不是质询卡夫卡。正像玛尔特·罗贝尔所清楚地说明的那样，孤独、背井离乡、寻找、荒唐的亲密关系，简言之，人们称之为卡夫卡的世界的固定内容，自从作家们拒

---

[①] 玛尔特·罗贝尔（Marthe Robert）：《卡夫卡》(*Kafka*)，Gallimard, 1960, Bibliothèque idéale 丛书。

[②] 加缪（Albert Camus, 1913—1960）：法国存在主义作家。——译者注

[③] 《审判》(*Le Procès*)、《城堡》(*Le Château*) 和《在流放地》(*La Colonie pénitentiaire*) 均为卡夫卡的小说。《审判》和《城堡》均为未完成作品，在作者死后分别于 1925 年和 1926 年发表；《在流放地》发表于 1919 年。——译者注

绝为富有世界写作的时候开始,这一点难道不属于所有的作家吗?对于真实,卡夫卡的回答面对的是最少向他提问的人,即艺术家。

这就是玛尔特·罗贝尔告诉我们的内容:卡夫卡的意义存在于他的技巧之中。这是非常新的一种提法,不仅仅是相对于卡夫卡来讲,而且是相对于我们的整个文学来讲,以至于玛尔特·罗贝尔的评述尽管表面上谦虚(在一套可爱的通俗丛书中,这难道不是有关卡夫卡的又一本书吗?),但形成了一种非常新颖的论述,这种论述带来了诞生于理解与质疑的一致性之中的一种很好的而且珍贵的精神食粮。

因为,尽管这一点显得反常,但我们对于文学技巧却几乎一无所知。当一位作家对其艺术(是罕见的却为大多数人所憎恨的东西)进行思考时,便是告诉我们他是怎样构想世界的,他与他眼睛中看到的人维持着什么关系;简言之,每一个人都说他是现实主义的,但从来不说他如何是现实主义的。然而,文学只不过是手段,它不具备原因,也不具备结果:这甚至就是确定文学的东西。当然,您可以尝试关于文学机制的一种社会学。但是,对于写作行为,您却既不能通过一个为什么,也不能通过一个面向什么来限制它。作家就像是在不知道依据什么模式和为什么而用的情况下认真地制作一个复杂物件的一位艺术家,类似于一种阿什比[①]发明的同态调节器。问自己为什么写作,这已经是有关"有灵感之人"的快乐意识的一种进步。但是,这是一种无望的进步,没有答案。发问和成功比起真实动机来讲,更是一些经验借口,在将它们弃之不顾

---

[①] 阿什比(W. Ross Ashby, 1903—1972):英国控制论学者,同态调节器(homéostat)是其1952年发明的。——译者注

的情况下，文学行为便是无原因、无结果的了，因为它恰恰不需要任何确认。它自荐于世界，而不需任何<u>实践活动</u>来建立它或<u>验证</u>它：它是一种绝对不及物的行为，它不改变任何东西，也没有任何东西来<u>确保</u>它。

怎么办呢？这样一来，这正是它反常的方面，这种行为在其技巧中自己消磨，它仅以方式的状态存在着。对于<u>为什么写作</u>这样的（无结果的）老问题，玛尔特·罗贝尔的《卡夫卡》一书用一种新的提问方式来代替了它：<u>如何写</u>呢？而这个<u>如何</u>则消磨<u>为什么</u>：突然间，死胡同被打开了，一种真实出现了。这种真实，即卡夫卡（对于所有想写作的人）的这种答案，便是这样的：<u>文学的存在不是别的什么，而仅仅是它的技巧。</u>

总之，如果我们用语义学的词语来转述这种真实的话，那就意味着，作品的特性不依赖其所包含的全部所指（再见吧，"起因"批评和"观念"批评），而仅仅依赖所有意指的形式。卡夫卡的真实，并不是卡夫卡的世界（再见吧，卡夫卡主义），而是这个世界的<u>符号</u>。因此，作品从来都不是对世界之谜的回答，文学从来都不是教理式的。在模仿世界和其传说的同时（玛尔特·罗贝尔专门为<u>模仿</u>安排了一个章节是有道理的，<u>模仿</u>是任何重要文学的主要功能），作家只能写出一些无所指的符号；世界是一处总是向着意指开放的场所，但这种场所又不停地因意指而失望。对于作家来说，文学是至死去说的言语：我在知道生命的意义之前并不开始生活。

但是，说文学只不过是对世界的质疑，这在只有当人们提出了一种真正的质疑技巧的时候，才是有分量的，因为这种质疑应该通过表面上是陈述句的叙事来延续。玛尔特·罗贝尔很清楚地指出，卡夫卡的叙事并不像人们多次说过的那样是由象征组成的，但他的叙事是一种完全不同的技巧即影射技巧的结果。区别联系着整个卡夫卡。象征（例如基督教的十字架）是一种<u>可靠的</u>符号，它在肯定着一种形式与一种观念之间的（局部的）类比性，它包含着一种确定性。如果卡夫卡叙事的形象与事件是象征的，那么，它们就可能指一种实证的（甚至是极端的）哲学，就可能指一种普遍的人：人们不能脱离一种象征的意义，而没有这种意义，象征则是不成功的。然而，卡夫卡的叙事允许多种同样是靠得住的答案，也就是说，他不赋予任何答案以有效性。

任何其他的都是影射。这种影射使小说事件指向其自身之外的一种东西，但是，指向什么呢？影射是一种有缺陷的力量，它一旦提出了类比就马上毁掉它。根据法庭的命令 K. 被逮捕了：这是司法上的习惯形象。但是，我们了解到，这个法庭根本不像我们的司法系统那样去设想犯罪：相像性落空了，不过却没有被取消。总之，正像玛尔特·罗贝尔所说明的那样：K. 自己感觉到被捕了，于是，一切便像是 K. 真正被捕那样发生的（《审判》）；卡夫卡的父亲把他看成寄生虫，于是，一切就像他变成了寄生虫那样发生了（《变形记》）。卡夫卡是在系统地消除那些<u>就好像</u>的过程中来奠基自己的作品的：但是，正是内心的事件在变成影射的晦涩词语。

我们看到，影射是一种纯粹的意指技巧，它实际上使整个世界都参与了进来，因为它表达了个体与一种共同的言语活动之间的关系：<u>系统</u>（即被所有反智识主义憎恨的幽灵）可以产生我们所知道的最富热情的文学。例如（玛尔特·罗贝尔提醒我们），人们通常说：<u>就像一条狗、过着狗一样的生活、像条犹太人的狗</u>。只需将隐喻性词语变成叙事的充实对象、将主观性重新放进影射范围就可以了，以便被骂的人真正地成为一条狗：被看成像狗的人<u>就是</u>一条狗。因此，卡夫卡的技巧首先包含着与世界的一种和谐、一种对日常言语活动的服从，但随后，它立即就在世界提出的符号文字面前引起一种保留、一种疑虑、一种惧怕。玛尔特·罗贝尔说得好，卡夫卡与世界的关系是通过一种永久的形式来调节的：<u>是的，但是……</u>撇开他的成功，我们可以说我们整个现代文学都是这样的（而且，正是在这一点上，卡夫卡奠基了这种文学），因为现代文学以一种无法模仿的方式将现实主义计划（对世界说<u>是的</u>）与一种伦理计划（<u>但是……</u>）混合在了一起。

将<u>是的</u>与<u>但是</u>分离开的路程，便是<u>符号</u>的全部的不确定性，而且，正是因为符号是不确定的，所以才有文学。卡夫卡的技巧说明，世界的意义并不是可以陈述的，艺术家的唯一任务，是挖掘可能的意指——每一个被单独考虑的意指将只不过是（必要的）谎言，而多个意指放在一起就将是作家的真实。这便是卡夫卡的悖论：艺术取决于真实，但真实，由于是不可分的，所以不可自我认识：<u>说出真实，便是撒谎</u>。因此，作家<u>是</u>真实，而当其说话时，他便撒谎了：一部作品的权威性，从来都不位于其审美的平面上，而仅仅位于将其变成一种确定的谎言的道德经验的平面上；或者更可以说，就像卡夫卡在纠正克尔恺郭尔①时所说的那样：<u>人们只能通过一种道德经验和在无桀骜表现的情况下，才能达到存在的审美享受</u>。

卡夫卡的影射系统，就像对其他符号进行发问的一个硕大符号那样运行。然而，操作一个意蕴系统（我们举距离文学很远的数学

---

① 克尔恺郭尔（Søren Aabye Kierkegaard, 1813—1855）：丹麦哲学家，被认为是存在主义哲学的先驱者之一。——译者注

为例），只能了解一种要求，那就是审美要求本身：严格性。影射系统建构中的任何衰弱、浮动，都会不寻常地产生一些象征，都会用一种叙述性言语活动来代替文学上基本是质疑性的功能。这还是卡夫卡对当前围绕着小说所寻找的东西的一种回答：最终是一种写作的准确性（当然，是结构的准确性，而不是修辞的准确性；这不涉及"出色地写作"）把作家拖进了世界之中；不是拖进了其这样的或那样的选择之中，而是拖进了它的蜕变本身；这是因为世界尚不是完成的，这是因为文学是可能的。

1960，《法国观察家》（*France-Observateur*）

## 关于布莱希特的《母亲》

整个巴黎不得不十分盲目地在《母亲》中看到一部宣传性戏剧：布莱希特的马克思主义选择对其作品的影响程度，并不比克洛代尔的天主教信仰选择对其作品的影响程度更为严重。自然，马克思主义不可分割地与《母亲》联系着。马克思主义是《母亲》的目的，而不是主题。《母亲》的主题完全像其题目所表明的那样，是母性[①]。

布莱希特的力量，恰恰在于，从来不提供不通过真实的人际关系而能得到体验的一种观念，而且（这一点是更新颖的）从来不在使人物存在的"观

---

[①] 这里说的是柏林剧团在巴黎国家剧院上演的由布莱希特编剧的高尔基的《母亲》(La Mère)。

念"之外创造人物（任何人都不能在无意识形态的情况下活着，没有意识形态本身就是一种意识形态，这正是《大胆妈妈和她的孩子们》的主题）。布莱希特只需将这两种要求结合起来，就可以产生一种令人惊奇的戏剧，这种戏剧可以同时改变两种形象：马克思主义的形象和母亲的形象。配拉格娅·符拉索娃（Pélagie Vlassova）①仅以她作为革命母亲的条件，她根本不拘泥于俗套：一方面，她不宣扬马克思主义，她不对人剥削人做抽象的长篇大论；另一方面，她并非母性本能所期待的形象，她不是本性上的母亲，她的存在并不在母腹的层次上。

在马克思主义看来，《母亲》提出的问题是真实的。我们可以说，在人的这一等级上，这是一个普遍性的问题，在最为宽广的历史层面上，它对于整个社会都是有效的：即政治意识的问题。虽然马克思主义告诉人们资本主义的腐朽已经进入了其本质之中，但共产主义的到来还是要取决于人们的历史意识：正是这种意识带有历史的自由，正是著名的交替论向世界预示了社会主义或粗俗。因此，政治认识是政治动作的第一对象。

这一原则奠定了布莱希特全部戏剧的目的：既不是一种批评戏剧，也不是一种英雄戏剧，而是一种意识戏剧，或者更可以说，是正在出现之中的意识戏剧。由此，产生了他的非常丰富的"审美"，这种审美似乎尤其关系到非常广泛的公众（布莱希特在西方越来越大的成功证实了这一点）。首先，因为意识是一种含混的现实，它既是社会的又是个人的；而且由于没有人就没有戏剧，意识恰恰是

---

① 本书中涉及的高尔基《母亲》中的人物名，均参照人民文学出版社1956年夏衍译《母亲》一书确定。——译者注

通过个体而被历史所理解的东西。其次，因为无意识是一种很好的表演（例如喜剧性）；或者更准确地讲，无意识的表演是意识的开始。再次，因为一种认识的觉醒从定义上讲就是一种运动，以至于动作的延续时间可以与表演的延续时间相一致。最后，因为一种意识的艰难诞生是一种成熟的主题，也就是说，是一种纯粹人类的主题；指出这种艰难性，便是重新回到重大哲学问题的努力上来，即回到精神的历史本身上来。

于是，正是在此，即在觉醒的这种精彩的功能之中，《母亲》提供了其真正的主题，我从结构上而不只是从见解上理解，这种主题便是母性。

什么样的母性？一般来说，我们只了解一种母性，即热尼特里克斯①的母性。母亲不仅在我们的文化中是一种纯粹本能的存在，而且当她的功能被社会化的时候，这一点总是在一种意义之中：是她在培育幼儿。她首先分娩她的儿子，然后分娩儿子的精神；她是教育者、小学教师，她为儿童打开道德世界之门。于是，家庭的整个基督教观点都建立在从母亲到孩子的一种单边关系基础上；即便母亲最终不能引导孩子，但她总是为孩子祈祷、为孩子哭泣，就像莫尼卡②为了她的儿子奥古斯丁那样。

在《母亲》中，关系是颠倒的：是儿子在心灵上分娩母亲。本性的这种变异是布莱希特的重大主题：变异而不毁掉。布莱希特的作品并不是有关相对性即伏尔泰式风格的一种讲义：巴维尔（通过

---

① 热尼特里克斯（Genitrix）：即维纳斯·热尼特里克斯（Venus Genitrix），古罗马神话中的母性与家庭之神。——译者注

② 莫尼卡（Sainte Monique）：非洲北部的主教、修辞学家奥古斯丁（Sainte Augustin, 354—430）的母亲。——译者注

一种实践，而不是通过一种言语：巴维尔基本上是<u>不大爱说话的</u>）唤醒了配拉格娅·符拉索娃的社会意识，但这正是借着扩大第一种分娩的作用来回报第一种分娩的一种分娩。古老的不信教人的形象（我们在荷马的作品中看到过这种形象），即像树上新叶取代旧叶那样地接替父辈的子辈们的形象，这种形象即使不是不动的，但至少是机械的，它让位于这样的观念，即在重复的同时，情境在变化、事物在转换、世界在本质上有进步。布莱希特导演的母亲不仅在这种代代接替的注定运动中没有被放弃，她不仅在给予之后继续接受，而且，她所接受的东西不同于她所给予的东西：给予生命的人接受着意识。

在资产阶级的秩序中，传递总是从上一代到下一代，这甚至是<u>继承</u>的定义，这个词的丰富性大大超出民法的界限（因为人们继承观念、继承价值等）。在布莱希特的秩序中，没有继承，除非是颠倒的继承：儿子死了，是母亲在继承、在继续，就好像母亲是新芽、是被唤来绽开的新叶。因此，有关接替的这种陈旧主题，尽管它曾滋养过许多资产阶级英雄戏剧，但不再有任何的人类学内容。它并不说明有关本性的一种注定法则。在《母亲》中，自由在最为"本性的"人际关系即一位母亲与其儿子的关系的中心循环着。

不过，全部的"情绪"都在这里了，没有这种情绪，就没有布莱希特的戏剧。请看叶莲娜·维尔格尔（Hélène Weigel）的作用，人们居然发现她过于谨小慎微，就像母性只不过是一种表达秩序那样：为了从巴维尔那里接受对于世界的意识，她首先将自己变成"另一个人"。最初，她是传统的母亲，即不理解、有点拒绝，但坚持备菜备饭、织补衣服的母亲。她是孩子—母亲，也就是说，这种关系的整个情感分量是预留的。她的意识，只有当她的儿子死了的时候，才真正地孵化：她从来不与之合一。因此，在这种成熟的过程中，有一种距离将母亲与儿子分离了开来，这使我们想到，这种正确的路径是一种残忍的路径：在这里，爱并非是真情的吐露，它是将事实转换成意识，继而转换成动作的力量；是爱在开启着眼睛。因此，为了承认这种戏剧使人冲动，难道还必须是布莱希特的"狂热崇拜者"吗？

1960，《大众戏剧》

## 作家与写家

谁在说话？谁在写？我们还没有一种有关言语的社会学。我们所知道的就是，言语是一种权力，并且在行业协会与社会阶级之间，有一个群体相当好地在这一点上得到了确定，因为他们在不同程度上掌握着国家的言语活动。然而，在很长时间内，很可能在古典的资本主义的整个时代，也就是说从16世纪到19世纪，在法国，无可争辩的言语活动占有者是作家，并且只是他们。如果我们除去被封闭在其功能性言语活动中的传道士和司法人员的话，那么，没有其他任何人在说话。对于言语活动的这种垄断，有趣地产生着一种刚性秩序，这种秩序在生产者方面比在生产方面要少：并非是文学专业被结构化了（文学专业在从家庭诗人到商人—作家的三个世纪中得到了很大的发展），而是这种文学话语的方式本身被结构化了，因为文学话语要服从于使用规则、体裁规则和构成规则，这种话语从马罗①到韦莱纳②、从蒙泰涅③到纪德④几乎没有什么变化（是语言发生了变化，而不是话语⑤）。在所说的原始社会中，只有借助于巫神才有巫术，就像莫斯所指出的那样，与原始社会相反，文学机制大大地超越文学功能，而且在这种机制中，它的基本材料便是言语。从机制上讲，法国的文学，便是其言语活动，即半语言学的、半审美的系统，在这种系统中，一种神话维度即它的明确性维度并不缺少。

在法国，从什么时候开始，作家不再是唯一说话的人呢？大概是从大革命以来；人们在那时看到，出现了（我这几天在阅读巴纳夫⑥的一篇文本时，对这一点有了确信）一些将作家的语言占为己

---

① 马罗（Clément Marot，约 1496—1544）：法国古典诗人。——译者注

② 韦莱纳（Paul Verlaine，1844—1896）：旧译为魏尔兰、魏尔仑，法国 19 世纪著名诗人。——译者注

③ 蒙泰涅（Michel Eyquem de Montaigne，1533—1592）：旧译为蒙田，法国随笔作家。——译者注

④ 纪德（André Gide，1869—1951）：法国小说家。——译者注

⑤ 话语（discours）：在语言学和符号学上，是一个意义非常宽泛、因而至今难以确定的概念。仅在本文中相对于语言（langue）来讲，话语是说话人或作者为了表达自己思想而对依据社会习惯建立起来的一整套符号的应用，这自然涉及这里所说的"使用规则、体裁规则和构成规则"等。在这种意义上，它接近于言语（parole）的组织与安排结果。——译者注

⑥ 见巴纳夫（Antoine Barnave，1761—1793，法国政治家和演说家。——译者注）的《法国大革命导论》(Introduction à la Révolution française)。该文本是由吕德（F. Rude）介绍的，收于《年鉴手册》(Cahiers des Annales)，第 15 期，Armand Colin, 1960。

有而用于政治目的的人。机制继续存在着：问题总是关系到这种伟大的法兰西语言，在法国历史最为动荡的时期，其词汇与和谐的音调在得到尊重的同时被保留了下来。但是，各种功能在改变，总人数在随后的整个世纪中大为增加。从夏多布里昂、迈斯特①到雨果、左拉，作家们本身都在努力扩大文学的功能，都在努力使这种机制化的言语（他们仍然是这种言语的公认的占有者）成为一种新的动作的工具。而在这些真正的作家周围，一个新的群体在形成和发展着，那便是公众言语活动的占有者。他们是知识分子吗？这个词有着多种的反响②；我愿意在此称他们为<u>写家</u>（écrivants）。而由于我们今天处于两种功能同时存在着的历史的一个脆弱的时刻，我想概述的，正是有关作家与写家的一种比较类型学，哪怕为这种比较只保留一种参照：即对他们所共有的材料即言语的参照。

作家在完成一种功能，写家在完成一种活动，这便是语法已经告诉了我们的东西，语法恰恰是将一方的名词对立于另一方的（及物性）动词③的东西。并不是因为作家是一种纯粹的要素。他在写作，但他的动作是内在于他的对象之中，这种动作不同寻常地实施在他自己的工具上：言语活动。作家是<u>精心加工</u>其言语的人（尽管他是有灵感的），并在功能上专注于这项工作。作家的活动包含着两种规范：（属于构思、体裁、写作的）技巧规范和（属于勤奋、

---

① 迈斯特（Joseph comte de Maistre，1753—1821）：法国政治家、作家和哲学家。——译者注

② 似乎按照我们今天的理解，知识分子诞生于德雷菲斯事件时期，显然是被反德雷菲斯的一派人用于德雷菲斯一派人身上的。

③ 从起源上讲，作家是代替其他人写字的人。目前的意义（即书籍的作者）是从16世纪才有的。

耐心、修改、完善的）手艺人的规范。反常的情况则是，素材由于在某种程度上变成了其自己的目的，文学实际上是一种同义反复的活动，就像那些为了自己而建造控制论机器（阿什比的同态调节器）的活动一样。作家是彻底地将世界的<u>为什么</u>容纳到一种<u>如何写</u>之中的人。而奇迹——如果可以这样说的话，则是这种自恋式的活动沿着百年文学的道路不停地引起对世界的一种质问：作家在把自己关闭在<u>如何写</u>之中的同时，最终重新发现这个问题是非常开放的：世界的存在是为了什么？事物的意义是什么？总之，正是在作家的工作变成其自己的目的时，他重新发现了一种居中调解的特征：作家把文学构想为目的，世界重新将这种目的作为手段还给他。正是在这种无限的<u>失望</u>之中，作家重新发现世界，即一个古怪的世界，因为文学将世界再现为一个问题，从来不<u>最终</u>地将其再现为一种答案。

言语既不是一种工具，也不是一种载体：它是一种结构，人们越来越觉察到了这一点。但是，从定义上讲，作家是唯一在言语的结构中失去自己结构和世界结构的人。然而，这种言语是一种（无限地）被精心加工的材料。它有点像是一种超言语，真实对于它从来就仅仅是一种借口（对于作家而言，<u>写作</u>是一个不及物动词）。结论便是，言语从来就不能阐释世界，或者至少，当它假装阐释世界的时候，它从来就只是为了更好地推移世界的含混性。由于阐释被固定在一部（精雕细刻的）<u>作品</u>之中，言语便直接地变成了对于真实的一种含混的产品，它是<u>有距离地</u>与真实联系在一起的。总之，文学一直就是非现实主义的，但是，正是它的非现实主义在使它通常向世界提出一些很好的问题，而这些问题却不曾是直接提出的：巴尔扎克从对世界的一种神权政治的阐释出发，他最终所做的仅仅是对世界的质问。结论是，从存在意义上讲，不论作家事业的智慧性或诚恳性如何,他不允许自己采用两种言语方式。首先是学说(doctrine),因为他借助于自己的计划将任何阐释都转换成场面:他从来就仅仅是含混性的诱导者①;其次是证词(témoignage),既然作家献身于言语,那么,他就不能在意识上天真幼稚,在讯息最终不大涉及叫喊声而更多地涉及研究工作的情况下,我们就不能去精心加工一种叫喊声。在将自己等同于一种言语的同时,作家便失去了任何复活真实的权利,因为言语活动恰恰是一种结构,而这种结构的目的(至少在历史上是从诡辩哲学以来),一旦它不再严格地是及物的,它便使真实和虚假中性化②。但是,言语活动所明显地赢得的,是动摇世界的能力,同时将无须确认的一种实践活动的令人眼花缭乱的场面赋予世界。因此,要求作家担保其作品,是滑稽可笑的。一位"作出担保"的作家会打算同时操纵两种结构,而这就不可能不弄虚作假、不可能不忍受一种灵巧的变化,这种变化使雅克管家③有时当厨师,有时当车夫,但从来不能同时兼顾(没有必要再一次重新回到那些不介入或介入不好的大作家、那些非常

---

① 一位作家可以产生一种系统,但是,这种系统从来不像是系统那样地被消费。随着傅立叶(Charles Fourier,1772—1837,法国空想社会主义哲学家。——译者注)对世界的描写为我提供的场面越丰富,我就越把他看作一位伟大的作家。

② 真实之结构和言语活动之结构:当辩证法变成了话语的时候,没有任何东西比起它的经常性失败可以更好地预报巧合之难度了:因为言语活动并不是辩证的。口语中的辩证法是一种虔诚的心愿。言语活动只能去说:应该是辩证的,但它本身不能是辩证的。言语活动是一种无透视效果的表象,除非恰恰是作家的言语活动。但是,作家在运用辩证法时,他却不能使世界辩证化。

③ 雅克管家(Maître jacques):莫里哀《吝啬鬼》(L'Avare)中的管家,他既当厨师又当车夫。——译者注

介入但却是低劣作家的所有范例情况之中)。人们可以要求作家的是要负起责任。然而，还应该做这样的理解：对其观点负责任的作家是无意蕴的。不论他或多还是或少机智地承担其作品的意识形态的参与，这都甚至是次要的。对于作家来说，真正的责任，是支持文学就像是一种<u>失败的介入</u>，就像是摩西①对真实之希望之乡送上一瞥那样（例如，这正是卡夫卡的责任性）。

自然，文学并非一种恩惠，它是引导人只在言语中自我完善（也就是说，以某种本质化的方式）的一套设想与决定：想成为作家的人，才是作家。自然，社会也因消费作家而将设想转换成使命，将有关言语活动的工作转换成写作的天赋，将技巧转换成艺术。因此，<u>出色地写作</u>的神话便出现了：作家是一位领取工资的神甫，他是伟大的法兰西言语殿堂的一半可敬、一半可笑的守护者。这种言语是某种国家财富，是在价值的崇高经济学范围内被生产、被讲授、被消费和被出口的神圣商品。作家工作的这种神圣化在其形式上具有重大结果，而那些结果却并非是形式的：当内容几乎妨碍（好的）社会的时候，这种神圣化就使社会将内容与作品本身拉开距离，就使社会将内容转换成纯粹的演出。社会有权对这种演出实施自由的（也就是说，无关紧要的）评判，有权控制住激情的反抗和批评家的颠覆（这一点迫使"介入的"作家不停地和无力地进行挑衅），简言之，社会有权收回作家。没有哪位作家最后不被文学机构所接受，除非自行沉没，也就是说，除非停止将自己的存在与言语的存在混合在一起。因此，很少有作家放弃写作，因为他们所选择的，是在字面上自我毁灭和弃绝存在。而一旦有了这种可

---

① 摩西（Mōsheh）：又译莫伊兹，《圣经》人物，公元前13世纪以色列大预言家。——译者注

能，他们的沉默便像无法阐释的旋转运动那样鸣响（兰波）①。

写家，他们是一些"及物的"人；他们提出一种目的（例如证实、阐释、讲授），其言语只不过是一种手段。对于他们来说，言语承载着一种作为，但它不构成这种作为。于是，言语活动便又恢复到一种交际工具、一种"思想"载体的本质状态。即便写家在某种程度上关注写作，但这种关注从来不是本体论的：这种关注并非忧虑。写家不对言语采取任何属于基本技巧性的动作。他具有所有写家都有的一种写作，即具有某种<u>共同语言</u>（koïnè）。在这种共同语言中，人们当然可以区分出一些社会方言（例如马克思主义、基督教、存在主义），但是很少能区分出风格。因为，写家的交际计划是<u>单纯的</u>，正是这一点在确定写家：他不接受其讯息回返且在自身封闭起来，不接受人们可以采用区分的方式来解读出不同于他想说的东西的东西。有哪一位写家能忍受人们对其写作进行精神分析呢？他认为，他的言语结束了世界的一种含混性，建立了一种不可逆转的阐释（即便他假设这种阐释是临时的），或者建立起一种不可争辩的信息（即便他想成为谦虚的教育者）。而对于作家，我们已经看到，则完全相反：他很清楚，由于在选择上和在工作方式上就是不及物的，所以，他的言语在开启一种含混性，即便这种言语自谓是专横的。他也清楚，他的言语不可思议地就像是需要破译的一种令人吃惊的沉默。这种言语只能用雅克·里戈②的话来作为格言：<u>甚至就在我肯定它的时候，我也还在质疑</u>。

---

① 这便是问题的现代情况。我们知道，相反，拉辛的同时代人对于看到拉辛突然停止写作悲剧而成为皇家高官显贵丝毫不感到惊奇。

② 雅克·里戈（Jacques Rigaut, 1898—1929）：法国超现实主义作家。——译者注

作家具有神甫的属性，写家具有教士的属性。前者的言语是不及物的（因此，在某种方式上，是举动），后者的言语是一种活动。不同寻常的情况是，社会很有保留地消费一种及物言语，而更多地消费一种不及物言语。写家的地位，即便在写家非常之多的今天，也比作家的地位更为尴尬。这首先依赖于一种物质上的条件：作家的言语，是根据百年周期而提供出的一种商品，是为它而建立的一种机制即文学的唯一对象。相反，写家的言语，只能在一些机制的阴影下产生和被消费，而那些机制最初只具有使言语活动具有价值的功能：它们便是大学，以及附带地还有研究、政策等。还有，写家的言语处于另一种方式的不稳定状态：由于它只不过是（或自认为是）一种普通的载体，它的商业本性便被转移到它作为工具的一种设想上了。人们认为它是在任何艺术之外出售思想的。然而，"纯粹的"（最好说是"未被应用的"）思想之主要神话属性，恰恰是在金钱的流通之外产生的。与形式（瓦莱里①说过，形式是珍贵的）相反，思想一文不值，但它也不出售自己，它慷慨地向人提供。这一点至少在作家与写家之间确认了两种新的区别。首先，写家的生产总是具有一种自由的但同时也有点"强调的"特征。写家向社会提出了社会不总是向其要求的东西。他的言语由于位于机制和交易的边缘，而反常地至少在其动机里显得比作家的言语更个人化。写家的功能，便是在任何情况下毫不拖延地说出他所想的东西。②而他认为，这种功能足以证明这一点。由此，产生了写家言

---

① 瓦莱里（Paul Valéry, 1871—1945）：法国诗人。——译者注
② 这种直接表现的功能，甚至是与作家的功能相反的东西：第一，作家储存、以并非是他的意识节奏的一种节奏来发表东西；第二，他通过一种辛勤制定的和"规则的"形式间接地介绍他所想的东西；第三，他面对有关他的作品的一种自由的质问，这是与一位教条者相反的。

语的批评的、急迫的特征。这种言语似乎总是指出在思想的不可压制的特征与一个社会的惰性之间存在着一种冲突，而这个社会讨厌消费任何特定机制都不去规范的一种商品。于是，<u>相反地</u>我们看到——而且这是第二个区别，文学言语的社会功能（即作家的功能），恰恰是<u>将思想</u>（或意识，或叫喊声）<u>转换成商品</u>。社会在进行某种生死攸关的斗争，以便获得思想的偶然性，并使这种偶然性与之适应和制度化，正是作为机制之模式的言语活动赋予了社会以手段。不同寻常的是，正是在这里，一种"挑衅性的"言语毫无困难地接受了文学机制的控制：从兰波到尤内斯库的言语活动之标新立异的东西，都很快地和完美地被同化了。而一种挑衅性思想，在人们希望它是直接的（即无中介）的情况下，只能在形式的一种非<u>人为领域</u>（no man's land）里被减弱：从来就没有完全的标新立异。

我在描写一种矛盾，这种矛盾实际上很少是纯粹的：今天，每一个人都或多或少公开地在两种诉求之间运动着，它们是作家的诉求和写家的诉求；大概，历史就想如此，历史使我们出生太晚以至于我们成不了（心安理得的）著名作家，又使我们出生过早（是这样吗？）以至于我们成不了为人所听的写家。今天，属于知识界的每一个人自身都把持着两种角色，他很好或较差地"进入了"这一个或那一个角色之中：一些作家突然地具有了写家的一些操行和急躁情绪；一些写家有时达到了言语活动之戏剧的水平。我们想写<u>某种东西</u>，而同时，<u>我们</u>又简单地去<u>写</u>。简言之，我们的时代分娩出一种私生子：作家—写家。他的功能只能是反常的：他引发，同时也消除；从形式上讲，他的言语是自由的，是摆脱文学言语活动的机制的，不过，这种言语甚至被封闭在这种自由之中，它以一种共同的书写形式产生自己的规则；作家—写家从文学家俱乐部出来之后，又找到了另一个俱乐部，即知识界俱乐部。在完整的社会层次上，这个新的群体具有一种补充的功能：知识分子的写作，就像一种非言语活动的反常符号那样运作着，它使社会体验一种无系统（无机制）的交际的梦想：写作而又不写出，沟通纯粹的思想而又无须这种沟通形成任何寄生讯息，这便是作家—写家为社会完成的模式。这是一种既疏远又必须的模式，社会就以这种模式既扮演着猫，又扮演着老鼠：社会以购买（一点）作家—写家的作品、以接受他们的公共特征来承认他们；同时，社会与之保持距离，迫使其依靠它所控制的辅助机制（例如大学）、不停地指责其属于唯理智论，也就是说，神秘地指责其贫瘠无果（作家从不遭受这种指责）。简言之，从人类学角度看，作家—写家甚至是被其所受排斥地位所纳入的被排斥之人，是对魔鬼（Maudit）的远在继承者：他在整个社会里的功能，也许与列维-斯特劳斯赋予巫神的功能即互补功能不无关系[①]：巫神与知识分子在某种程度上确定着对于集体的健康经济学是必要的一种疾病。于是，对于这样的一种冲突（或这样的一种契约，就像有人所希望的那样）在言语活动的层次上得以形成，就自然不必大惊小怪了；因为言语活动就是这种反常情况：将主观性机制化。

1960，《论据》

---

[①] 莫斯作品序，见于莫斯《社会学与人类学》（*Sociologie et anthropologie*），PUF。

# 当今文学[①]

**1. 您能否告诉我们您当前关注什么和在什么情况下您的关注重新分割了文学?**

我一直对人们可以称为形式之责任性的东西感兴趣。但是,只是到了《神话》(*Mythologies*)一书结束的时候,我才想到应该以意指这个术语来提出这个问题,而从此,意指便明显地是我的基本关注。意指,也就是说:可以意味的东西和被意味的东西的结合体;也还可以说:既不是形式也不是内容,而是从形式到内容的过程。换句话说:自《神

---

[①] 本文为对《原样》杂志开列的调查表的答复。

话》后记之后，观念和主题，已不像社会借以占有它们并使之成为一定数量意蕴系统之实质的方式那样，使我感兴趣。这并不意味着这种实质是无关紧要的；这意味着人们在不首先描写和理解意指系统（实质只是其一个目的）的情况下，就不能把握、操纵、判断这种实质，并将其变成哲学的、社会学的或政治学的阐释材料；而且由于这种系统是形式的，我就必须进行一系列的结构分析，这些分析都旨在确定一定数目的语言学之外的"言语活动"：说真的，有多少种已被社会赋予了意指能力的文化对象（不论其真实起因如何），就有多少种"言语活动"。例如，食物用于吃，但食物同样用于<u>意味</u>（条件、场合、爱好）。因此，食物是一种意蕴系统，因而应该有一天去描写它。作为意蕴系统（不包括真正的语言），我们可以举出食物、服饰、图像、电影、时尚、文学。

　　自然，这些系统没有相同的结构。我们可以预见，最使人感兴趣的或最为复杂的系统，是从已经有意蕴的系统本身派生出来的那些系统，如文学的情况，它是从出色的意蕴系统即语言派生而来的。这还是时尚的情况，至少如它被时尚杂志<u>所说</u>的那样。因此，在不直接接触作为令人畏惧的系统的文学（因为它具有丰富的历史价值）的情况下，我最近开始了描写由妇女时尚服饰（一如其在专业杂志上<u>被描写</u>的那样）构成的意指系统①。<u>描写</u>一词足以说明，在我进入时尚之中的时候，我已经处在文学之中了。总之，被写出的时尚，仅仅是一种特殊的文学，不过它是典范的文学，因为在<u>描写</u>服饰的同时，文学赋予服饰并非句子字面意义的一种（时尚）意义：这难道不就是文学的定义吗？这种类比还可以扯得更远：时尚与文学也许就是我称之为同态调节器系统的东西。也就是说，它们

--------

① 《服饰系统》（*Système de la Mode*），Seuil，1967。

是这样一些系统，其功能并非沟通外在于系统和先于系统的一种客观所指，而仅仅是创造一种运作的平衡性即一种运动中的意指：因为时尚不是别的，它仅仅是人们据此说出的东西，而一个文学文本的二级意义也许是渐渐消失的、"空洞的"，尽管这个文本不停地像这个空洞意义的能指那样运作。时尚和文学有力地、精巧地意味着，以一种极端艺术的所有迂回手段意味着，但是，如果人们想要说的话，它们又"什么都不"意味，它们的存在是在意指之中，而不是在它们的所指之中。

如果时尚与文学确实是一些意蕴系统而这些系统在所指原则上又是落空的话，那么，这一点必然要求人们去修正可能有的关于时尚的历史（幸运的是，人们并没有怎么关心这一点）和人们实际上有过的有关文学的历史的观念。它们都像阿尔戈战舰：战舰的所有部件、所有实质、所有材料经常改变，甚至战舰周期性地是新的，不过，战舰的名称，也就是说其存在，总是不变的。因此，关键是系统，而不是对象：它们的存在是在形式之中，而不在内容或功能之中。因此，存在着一种有关这些系统的形式上的历史，该历史在其因各种形式的一种内生变化而被复杂化、被取消或简单地被主导的情况下，也许比我们想象的更为严重地消耗着这些系统各自的历史。对于时尚来说，这是显然的，因为在时尚里，形式的轮换是有规律的，或者在微观历时性上按年轮换，或者在长时间层次上按百年轮换（请见克罗伯[①]和理查森[②]的非常珍贵的研究工作）。对于文

---

[①] 克罗伯（Alfred Louis Kroeber，1876—1960）：美国人类学家，北美印第安人研究专家。——译者注

[②] 理查森（Owen Williams Richardson，1879—1959）：英国物理学家，以研究热电子的传播著称。——译者注

学来说，在它被一个更为宽泛、比时尚社会更好地一体化的社会所消费的情况下，问题显然是更为复杂的。在文学去除了时尚所特有的<u>无价值</u>之神话而被认为体现整个社会的某种意识，于是成为一种（如果可以这样说的话）在历史上是自然的价值的情况下，更是如此。实际上，文学的历史，一如意蕴系统，从来不是完成的。在很长的时间里，我们制定过<u>体裁</u>的历史（这一点与意蕴形式的历史关系不大），正是这种历史仍然在我们的学校教科书中特别严格地讲在我们当代的文学描绘中占据着支配地位。其次，在丹纳①或马克思的影响之下，人们在这里和在那里开始了一种文学<u>所指</u>的历史。在这一方面，最为出色的事业无疑是戈德曼②的事业：戈德曼做得非常深入，因为他曾试图将一种形式（悲剧）与一种内容（一个政治阶层的世界观）联系起来。但是，在我看来，在这种联系本身也即意指没有得到考虑的情况下，阐释是不全面的。在两个术语（一个是历史的术语，另一个是文学的术语）之间，人们假设了一种<u>类比关系</u>（帕斯卡尔和拉辛的悲剧性失望，像是一种复制品那样再一次产生了右翼冉森派的失望），以至于戈德曼非常直觉地要求的<u>意指</u>，在我看来仍然是一种伪装了的决定论。所需要的东西（但是，这无疑说得轻率），不是重新绘制文学所指的历史，而是重新绘制意指的历史，也就是说，是语义技巧的历史，文学借助于这些技巧强加给它所说的东西一种（尽管是空洞的）意义。简言之，应该有勇气进入"意义的烹饪"之中。

---

① 丹纳（Hippolyte Taine，1828—1893）：法国文艺批评家、哲学家和历史学家。——译者注

② 戈德曼（Lucien Goldmann，1913—1970）：法国马克思主义哲学家。——译者注

2. 您写过：“每一位作家生来就在自己身上开启了文学的历程。”

对这一问题进行反复的、必要的重新过问，在未来，难道不会对某些作家产生可怕的影响吗？因为在他们看来，"重新过问"只不过是一种新的文学"礼仪"——因此是无真实意义的。

另外，"失败"对于一部作品获得深刻"成功"是必要的，您不认为这种概念也正在变得通常过于肯定了吗？

有两种失败：一种是文学的历史性失败，这种文学在不改变构成其最为成熟形式的意蕴系统的令人失望特征的情况下，它就不能回答世界的问题。今天，文学被迫向世界提出一些问题，而世界由于是被异化的，所以需要一些回答。另一种是作品在面对拒绝它的公众时的世俗性失败。第一种失败，可以被每一位作者（如果他头脑清醒的话）体验为像是他的写作计划的存在性失败，没有什么可说的，我们不能使其服从于一种道德，也不能使其服从于一种通常的维护需求（hygiène）。对于一种不幸的而且在历史上是有理由存在的意识，还能说什么呢？那第一种失败属于"永远不要说出的内心学说"（司汤达）。至于世俗性失败，它只能使社会学家或历史学家感兴趣（当然，不包括作者本人！），因为这些人尽力将公众的拒绝解读为一种社会的或历史的态度。我们可以注意到，在这一点上，我们的社会拒绝的作品很少，还注意到，那些不遵循常规的或是禁欲的可恶作品（当然是很少的）的"文化适应过程"——简言之，我们可以称之为先锋派的东西的"文化适应过程"，是尤其快的。我们在任何地方都看不到您所谈论的这种失败的文化：既不在公众当中，也不在出版界（那是当然的），更不在年轻作者当中，因为大多数年轻作者都表现出对他们所做的事情非常自信。此外，把文学感受为像是失败，只能出现在那些外在于文学的人身上。

3. 在《写作的零度》（Le Degré zéro de l'écriture）和在《神话》的结尾处①，您说应该寻找"真实与人之间、对对象和知识的描写与对其阐释之间的一种协调"。这种协调可以与超现实主义的立场一致起来吗？因为在后者看来，世界与人的精神之间的"断裂"不是不可以愈合的。

您如何将这种观点与您对作家的（卡夫卡式的）"失败的介入"的赞扬一致起来呢？

您能否明确一下这后一个概念呢？

对于超现实主义，在不考虑该运动政治意图的情况下，真实与人的精神之间的巧合是<u>直接</u>可能的，也就是说，在任何中介之外——尽管中介是革命性的（我们甚至可以将超现实主义确定为一种直接性技巧）。但是，自人们认为社会不可能在一种政治过程之外，或更宽泛地讲，在一种历史过程之外自我解放的时刻开始，这种巧合（或协调），在不停地变得可信的情况下，便过渡到乌托邦的平面上。因此，便出现了文学的一种乌托邦的（和中介性的）观点和一种现实主义的（直接的）观点。这两种观点并不是矛盾的，

---

① Seuil, 1953 和 1957。

而是互补的。

自然，现实主义的和直接的观点，由于依靠一种异化的现实，所以在任何方式上都不可以是一种"赞扬"。在一种异化的社会里，文学也是异化的。因此，不存在任何人们可以"赞扬"的真实文学（尽管有卡夫卡的文学）：并非是文学去解放世界。不过，在历史为我们今日安排的这种"简化的"状态中，有许多构成文学的方式。因此，有一种可能的选择，即便不是一种道德的话，至少也是作家的一种责任性。人们有两种方式可以使文学成为一种<u>叙述</u>的价值，或者是在充实状态之中赋予其社会的保守价值，或者是在张力之中将其变成解放性战斗的工具。反过来，我们可以赋予文学一种基本的<u>质问</u>价值；这样一来，文学就变成了历史模糊性的符号（也许是唯一可能的符号），而我们就主观地生活在其中；作家由于令人羡慕地得到这种令人失望的意蕴系统（在我看来，这种系统构成文学）的帮助，他便可以深刻地使其作品进入社会之中、进入社会所有问题之中，但<u>又同时</u>可以恰恰在各种学说、各种政党、各种团体和各种文化为其提示一种答案的地方，中止这种介入。于是，文学的质问便同时是一种微不足道的（与世界的需要相比）和基本的（因为正是质问在构成文学）运动。这种质问，并不是：<u>世界的意义是什么</u>？也许也不是：<u>世界具有一种意义吗</u>？而仅仅是：<u>这就是世界：它身上有意义吗</u>？于是，文学成了真理，但文学的真理既是对世界提出的有关其不幸的各种问题的无力回答，又是提出真实问题、整体问题的权力，在后者的情况里，无论如何都不能预先假设答案就存在于问题的形式之中。这一事业，也许没有任何哲学成功地研究过，然而它可能真正地属于文学。

4. 您对于可能成为文学经验之场所的一种杂志，比如我们的杂志，有何看法呢？

在您看来，属于美学领域的"完善"概念（不过，这种"完善"是开放的：因为这不涉及"出色地写作"），是不是可以验证这种经验的唯一要求呢？

您愿意给我们什么建议呢？

我理解您的想法：一方面，您面对许多文学杂志，而且是比您创办的杂志时间长的杂志；另一方面，您又面对许多专题杂志，这些杂志越来越与文学无关。您感觉到不满足，您曾想既反对某种文学又反对对文学的某种蔑视。可是，在我看来，您生产的对象是反常的。其原因是：搞一本杂志，即便是文学杂志，也并非一种文学行为，它是一种完全社会性的行为。它是在决定人们在某种程度上使一种现时性机制化。然而，文学只是形式，而不提供任何现时性（除非使其形式实体化和使文学成为一个足够的世界）。世界是现时性的，而不是文学：文学只不过是一种间接的光亮。能用间接事物来搞杂志吗？我不认为可以。如果您直接地处理一种间接结构的话，那么这种结构要么会逃逸、会变空，或者相反，它会被固定下来、被赋予本质。不管怎样，一种"文学"杂志只能缺少文学。从俄耳甫斯以来，我们就很清楚，永远不要返回到所喜欢的东西上来，除非将其破坏掉。而在只是"文学的"情况下，杂志同样缺少世界，这一点则非同小可。

那么，怎么办呢？首先是作品，也就是说不为人所知的对象。您谈到了完善：只有作品是可以完善的，也就是说，表现为一个完整的问题。因为完善一部作品，并不想意味着其他的什么，而只意味着在作品马上就要意味某种东西的时刻、在作品马上就要从问题变成答案的时刻将它停下来。应该将作品建构成一种完整的意指系统，不过这种意指却是落空的。显然，这种完善在杂志中是不可能有的，因为杂志的功能是不停地答复世人向其建议的东西。在这种意义上，所谓"介入的"杂志都出色地被证明是正确的，而且也被证明它们越来越压缩文学的地位。作为杂志，它们有道理与您作对。因为不介入可以是文学的真实，完全相反的是，不介入却不能是一种总的行为规则。既然没有任何东西妨碍，那么，为什么杂志不去介入呢？当然，这一点并不意味着，一份杂志必须应该"向左"介入。例如，您可以公开主张一种总的<u>原样主义</u>（tel-quel-isme）①，它从学说上讲就可以是"中止判断"。但是，这种<u>原样主义</u>不仅只能深刻地承认介入到了我们时代的历史之中（没有任何一种"中止判断"是单纯的），而且它只有在日复一日地关系到世界上任何变化着的东西（从蓬热最近的一首诗到卡斯特罗最近的一次演讲、从索莱娅②最近的恋事到最近的宇航人）的时候，才具有完善的意义。一份杂志——比如你们的杂志——道路狭窄，似乎就在于把世界看成了像是通过一种文学意识所形成的那种样子，就在于周期性地把现时性看做一种秘密作品的素材，就在于将您自己安排在了一种非常脆弱和相当不明晰的时刻——而在这种时刻里，某一个真实事件的关系将被文学意义所抓住。

5. 对于一部文学作品，您认为存在着一种质量标准吗？

---

① 即《原样》杂志学派所主张的理论。——译者注
② 索莱娅（Soraya）：传说中的古代公主，现为女性名字。——译者注

现在是否迫切需要建立这种标准呢？您是否认为我们有理由不去优先确定这种"标准"呢？在可能的情况下，您是否认为我们有理由任其从一种经验选择中自我显示出来呢？

求助于经验主义，也许是创作者的一种态度，它不可能是一种批评态度。如果我们看一看文学，作品总是在作者的某一层次上（这种层次不一定是纯粹的理解力层次）对经过深思熟虑的一项计划的实现。并且您也许会想到，瓦莱里曾经主张建立一种批评，来评价将作品与其计划分开的距离。实际上，我们似乎可以将一部作品的"质量"确定为这部作品与使它产生的想法之间的最短距离。但是，由于这种想法是抓不住的，因为作者恰恰注定只能在作品中——也就是说通过人们所质问的中介本身——才能传播它，因此，我们只能以一种间接的方式来确定"文学质量"。这是对严格性的一种感觉，是作者自己坚持不懈地将其交付给唯一一种价值的情感。这种绝对必要的价值，由于赋予作品以整体性，便可以根据时代不同而改变。例如，我们看得很清楚，在传统小说中，描写并不服从于任何严格的技巧：小说家单纯地将他所看到的东西、他所知道的东西、他的人物所看到和所知道的东西都混同在一起。司汤达的一页纸（我想到了《拉米耶尔》）[①] 对卡维尔的描写）包含着多种叙述意识。传统小说的视角系统是非常混杂的，这无疑是因为"质量"被其他价值所吸收了，并且还因为小说家与其读者之间的熟悉程度并不造成问题。这种无序性似乎曾经被普鲁斯特第一次系统地（不再是单纯地）处理过，可以说，普

---

[①] 《拉米耶尔》（Lamiel）：司汤达生前未完成的一部小说，发表于作者去世47年后的1889年。——译者注

鲁斯特的叙述具备着唯一的一种声音和多种意识。这就意味着，一种纯粹故事性的合理性代替了传统的合理性。但是同时，是整个古典小说随即将受到撼动。我们现在（在很快地浏览这种历史的情况下）的小说只有一种目光。于是，作品的质量便由视角的严格性和连续性来构成。在《嫉妒》中，在《改变》中，在所有新生小说的其他作品中，我认为，视角一旦根据一种明确的假设开启，便被认为是从单一的一种特征获得的，而无任何可以使小说家的主观性<u>公开地</u>介入到其作品中的寄生意识的干预（这正是一种打赌，我们不能宣称这种打赌得到了遵守：在这里，需要对一些文本作出阐释）。换句话说，世界是根据唯一一种视角来谈论的，这就大大地改变了人物与小说家的"角色"。作品的质量，那便是打赌的严格性，便是一种视角的单纯性——该视角在<u>延续</u>着，并且它忍受着趣闻的所有偶然性变化。因为趣闻即"故事"是目光的第一号敌人，也许正是由于这一点，那些"有质量的"小说都是趣闻性很差的。这正是无论如何都需要解决的一种冲突，也就是说：或者声明没有趣闻（但如何"使人感兴趣"呢？），或者将趣闻具体地安排在一种视角系统之内，而这种系统的单纯性大大地简化着读者的<u>知识</u>。

6."我们知道，我们的现实主义文学通常是何等地神秘（甚至像是现实主义的粗野神话），而我们的非现实主义文学是何等地至少有着不大神秘的优点。"

请您在为一种真正的文学现实主义下一个定义的同时，能否具体地区分一下这些作品？

直到现在，现实主义更多的是通过其内容而不是通过其技巧来确定的（除了那些"小本的心得笔记"的技巧）。真实，首先曾经是缺乏诗意的、平庸的、低俗的。其次，更宽泛地讲，它是假设的社会基础结构，是从其各种升华和借口中显示出来的。我们并不怀疑文学只是简单地复制某种东西。根据这种东西的层次，作品或者是现实主义的，或者是非现实主义的。

不过，真实是什么呢？我们从来都只根据效果形式（身体领域）、功能形式（社会领域）或幻觉形式（文化领域）来认识它。简言之，真实本身从来就只不过是一种推理结果（inférence）。当人们公开声明复制真实的时候，那就意味着人们选择这样的推理结果而不是别的推理结果。现实主义从其诞生时起便服从于一种选择的责任。自从人们假设所有的现实主义艺术在某种程度上比其他艺术，即所谓的解释艺术的真实性有着一种更为原始、更为不可置疑的真实性的时候起，这便是对这些现实主义艺术所特有的第一次误会。还有文学所特有的第二次误会，这种误会使得文学的现实主义更为神秘。文学仅仅属于言语活动，它就存在于言语活动之中。然而，言语活动在任何文学性处理之前已经是一种意义系统。甚至在成为文学之前，言语活动就包含着不连续性、选择性、范畴化、特定逻辑性、实体（词语）的特殊性。我在我的房间里，看到了我的房间。但是，看到我的房间难道不就是向我说我的房间吗？而且，即便不是如我所看到的那样，那么，我将说什么呢？一张床？一扇窗户？一种颜色？我已经疯狂地在切分我面前的这种连续性了。此外，这些简单的词语本身都是一些价值，它们都有一种过去、一些各方面的联系，它们的意义也许不大产生于与它们所意蕴的对象之间的关系，而是产生于它们与其他邻近的和有区别的词语之间的关系。恰恰是在这个超意指即第二个意指的区域里，文学将安顿下来并发展起来。换句话说，相对于对象本身，文学在基础上和构成上是非现实主义的。文学，就是非真实本身。或者更准确一点讲，文学远不是对真实的一种类比性复制，<u>相反它是对于言语活动的非真实的意识本身</u>：最为"真实的"文学，是意识到自己是最为非真实的文学；在文学意识到自己是言语活动的情况下，正是对处在事物与词语中间的一种状态的寻找，正是由词语所担负和所限制的一种意识的张力，借助于词语而具有一种<u>既绝对又不确定</u>的权力。在这里，现实主义并不可能是对事物的复制，而是对言语活动的认识。最为"现实主义的"作品将不是"描绘"现实的作品，而是在将世界当作内容（而这种内容本身也处于其结构之外，也就是说处于其存在之外）的同时，尽可能深刻地发掘言语活动的<u>非真实的现实</u>的作品。

有具体例证吗？具体例证代价太高了，而在此，应该根据这种观点重新建构文学的全部历史。我认为，我们可以说，对于言语活动的发掘刚刚开始，这种发掘构成了具有无限丰富性的一种创作库。因为不应该认为，这种发掘是一种诗学特权——尽管诗歌被认为探讨词语，而小说被认为探讨"真实"。整个文学都是言语活动的问题。例如，在我看来，古典文学曾经是对言语活动的某种<u>任意合理性</u>的出色的发掘，现代诗歌是对某种非合理性的发掘，新小说是对某种<u>混浊状态</u>的发掘等。根据这种观点，言语活动的所有颠覆，都只不过是一些非常基本的经验，它们不会相去甚远。文学的新事物、不为人所知的事物、无限丰富的事物，更存在于我们今后会找到的言语活动的<u>伪合理性</u>（fausses rationalités）一侧。

7. 您如何看待眼下的文学呢？您对这种文学的期待是什么？这种文学有意义吗？

有人可能会要求您亲自为您所理解的眼下的文学下一个定义，我认为，您可能很难确定这种文学。因为，如果您开列一个作者名单，您就会使一些区别变得非常明显，而您又必须对每一种情况作出阐释。而如果您制定一套学说，您就会确定一种乌托邦文学（或从最好处想，您的文学），但是，这样一来，每一位真实的作者便可以通过与这种学说的间距来自我确定。一种综合的不可能性，并非是偶然的；它说明了由我们自己把握我们生活在其中的这个时代和社会的历史意义的困难程度。

在不顾我们对于新小说作品之间的某种亲和性可能有的，以及我在小说视角方面考虑到的情感的情况下，我们可以大体地在新小说中看到社会现象以外的一种东西，即一种文学神话，这种神话的起源和功能可以很容易地被定位。友情的一致、传播渠道的一致和圆桌会议上意见的一致，不足以对作品进行真正的综合。这种综合可能吗？也许有一天是可能的，但认真考虑起来，在今天更为正确和更有效果的，似乎特别是要思索每一部作品，把每一部作品恰恰看成一部孤立的作品——也就是说，看成没有降低主体与故事之间张力的对象，而这种对象作为完成的却又是无法分类的作品，它本身就是由这种张力构成的。简言之，最好思索一下罗伯-格里耶或比托尔的作品，而不去思索"新小说"的意义。在阐释现在这样出现的新小说的时候，您就可以阐释我们社会的一个小小的部分。但是，在阐释现在这样表现的罗伯-格里耶或比托尔的时候，在您对于历史的不解之外,您也许有机会获得您所处时代深刻历史的某种东西:文学,难道不就是构成"主体"的这种特殊的言语活动即历史之符号吗?

1961,《原样》(*Tel Quel*)

彼　此

　　人类的习俗是可变的：从希罗多德①到蒙泰涅、再到伏尔泰②，古典人文主义的相当一部分人都不停地这么说。但恰恰是，习俗被细心地从人的本性中分离了出来，就像一种永恒实质的那些次要的属性：对于一种习俗来说是无时间性，对于其他习俗来说就是历史的或地理的相对性。描写不同的残忍

---

　　① 希罗多德（Herodotos，约公元前484—前425）：古希腊历史学家，被称为"历史之父"。——译者注

　　② 见米歇尔·福柯（Michel Foucault，1926—1984，法国结构主义哲学家，他尤其创立了"认知考古学"。——译者注）：《疯癫与非理智——古典时期的疯癫史》（*Folie et déraison. Histoire de la folie à l'âge classique*）。Plon，1961。[此书英译本书名为《疯癫与文明——理性时代的疯癫史》（*Madness and Civilization: A history of Insanty in the Age of Reason*）。——译者注]

存在方式或慷慨存在方式，便是辨认残忍性或慷慨性的某种本质，结果必然削弱它们的变化。在古代国家，相对性从来不是令人眼花缭乱的，因为它不是无限的。它很快地停止于事物的不变的中心：这是一种确定，而不是一种混乱。

今天，多亏了历史（费夫尔），多亏了民族学（莫斯），我们开始明白，不仅是习俗，而且人的生活的基本行为都是历史的对象。我们明白，根据所观察的社会，每一次都应该重新确定由于其物理特性而被认为是自然的现象。从一些历史学家、一些民族学家开始，将过去或远古社会的基本表现诸如吃饭、睡觉、走路、观察、理解或死亡，当作不仅在其完成的礼仪过程中，而且在构成它们的人的感觉之中——甚至对于某些习俗是在其生物学本性之中（我想到了齐美尔[①]和费夫尔关于听觉和视觉在历史过程中所产生的敏感变化的思考）——的可变行为来描写的那一天起，这一点无疑已经是一种伟大的（尚未得到利用的）征服。这种征服，我们可以将其看作民族学目光对文明社会的深入。自然，目光越是被应用于接近观察者的社会，也就越是难于引导：因为，它不是别的，而仅仅是一种对于自身的距离。

米歇尔·福柯的《疯癫与非理智——古典时期的疯癫史》完全属于现代民族学或民族学历史的这种征服运动，就像人们后来所希望的那样（但是，他也同时躲避征服运动，我这就来说一下是怎样一种情况）。有人想象，吕西安·费夫尔大概喜欢过这部大胆的著述，因为它把"自然"的一个片段还给了历史，并将我们过去一直

---

[①] 齐美尔（Georg Simmel，1858—1918）：德国哲学家、社会学家，他提出了"形式社会学"的概念。——译者注

当作一种医学现象的东西转换成一种文明现象：疯癫。因为，要是有人迫使我们去主动地构想一部有关疯癫的历史的话，我们无疑会参照霍乱史或鼠疫史来进行。我们会描写过去几个世纪的科学做法，描写最初的医学科学的探索，为的是最终达到现在的精神病学的认识。我们会为这种医学史增加一种伦理进步的观念，我们会重提各个发展阶段：先是将疯子与罪犯区分开来，接着提到是皮内尔①为他们打开了镣铐，还要提到现代医生为听取和理解其患者所做的努力。这种神奇的观点（因为它在使我们确信）根本不是米歇尔·福柯的观点。正像他说的那样，他并没有以实证的风格去写疯癫史。从一开始，他就不把疯癫看作一种疾病分类现实，而这种疾病分类过去可能就一直存在着，并且对其进行的科学探索仅仅是依时代而变化。实际上，米歇尔·福柯从来不为疯癫下定义，因为疯癫并非是应该重新找出其历史的一种认识对象。我们可以说，疯癫只不过就是这种认识本身：疯癫不是一种疾病，它是根据世纪不同而变化的，也许是混杂的一种感觉。米歇尔·福柯从来都只把疯癫当作一种功能现实来对待：在他看来，疯癫是由理性和无理性、观看者和被观看者构成的一种配对的纯粹功能。观看者（有理性的人们）对于被观看者（疯子）不具备任何客观的特权。因此，尽力将精神错乱的现代名称重新置于其古代的名称之下是徒劳的。

在此，我们看到了我们智力习惯的第一次撼动。米歇尔·福柯的方法既具有科学上的最大谨慎，又与"科学"保持着最大距离。因为一方面，没有任何依据当时的具体资料提供的东西进入书籍之

---

① 皮内尔（Philippe Pinel，1745—1826）：法国精神异化学医生。——译者注

中。在任何时刻，都没有出现以旧时的名称来推测当前现实的情况。如果人们断定疯癫只不过是人们所说的东西的话（无法做另外的断定，因为，在回答有关疯癫的理性话语的时候，不存在对于理性的疯癫话语），这种说就应该得到完全的处理，而不应该像对于我们最终能把握其真实性的一种现象的过时说法那样。另一方面，历史学家在这里研究的对象，是他自愿地将其客观特征置于不顾的一种对象。他不仅描写一些集体表象（这在历史方面还是少见的），而且他更主张，这些表象在其不是撒谎的情况下，在某种程度上穷尽它们所表现的对象；我们不能在理性人的观念之外达到疯癫（这并不意味着这种观念是幻觉的）。因此，我们既不能在（科学的）真实一侧，也不能在（神话的）形象一侧，找到疯癫的历史实际。因为，这是在理性与无理性层次上两者的对话，除非不停地相互提醒这种对话是伪造的：它包含着一种长时间的沉寂，即疯子们的沉寂。因为疯子不具备任何元言语活动，以便来谈论理性。总之，米歇尔·福柯也拒绝将疯癫或者看成医学对象，或者看成集体幻觉。他的方法既不是实证主义的，也不是神话学的。说真的，他并不转移疯癫的现实，即从疾病分类的内容转移到人们赖以形成的纯粹的表象。他继续使这种疯癫的现实重新包容既引申至疯癫又与疯癫同质的一种现实，这便是理性和无理性的配对。然而，这种转移有着既属于历史又属于认识论的重要结果。

疯癫的历史，一如医学现象，似乎只能是疾病分类学的：是医学的总体的但辉煌的历史中的一个普通的章节。理性—无理性这一配对的历史，立即就表现为像是一种完整的历史，该历史调动起了一个确定的历史社会的全部情况。不同寻常的是，这种"非物质的"历史立即满足了整个历史的现代要求——唯物主义历史学家或观念学者虽然依仗这种要求，但却总是无法为其增光添彩。因为作为理性人一部分的有关疯癫的目光，很快就被发现像是他们实践活动的一个简单的构成成分。精神失常的人的命运，紧密地与社会在工作和在经济方面的需求联系在一起。这种联系并不一定是因果关系的（在该词的粗略意义上），在出现这些需求的同时，产生着将它们建立成本质的一些表象，而在这些长时间是道德方面的表象之中，有着疯癫的形象。疯癫的历史不停地跟随着与劳动、贫穷、闲逸和无生产能力有关的一种观念史。米歇尔·福柯极为细心地同时描写了疯癫的各种形象和同一个社会的各种经济条件。这无疑符合最好的唯物主义传统。但是，在这种传统被幸好地超越的地方，疯癫却从来没有像是一种结果那样出现：人们以同一种运动来产生一些解决办法和一些符号。经济事故（例如失业及其各种解决办法）可以很快地在一种意指结构中占有一种位置，因为这种结构完全可以先于经济事故而存在。我们不可以说，需求创立价值，失业创立一种惩罚性工作的意象：这一些与另一些汇合一起，成为一种宽泛的意蕴关系系统的诸多深层单位。这就是米歇尔·福柯对古典社会的分析所不止一次提示的东西：将建立综合医院与欧洲17世纪之初的经济危机联系在一起，或者相反，将收容方面的放松与比集体监禁更为现代的情感联系在一起，都无法解决失业的新问题（18世纪末），这些联系基本上是一些意蕴联系。

所以，米歇尔·福柯所描写的历史，是一种结构的历史（而我，不会忘记结构这个词在今天被人滥用的情况）。这种历史在两个层次上是结构的，即分析层和计划层。米歇尔·福柯在不曾切断一种历时性说明的线索的情况下，为每一个时期找出人们称之为意义单位的东西，这些单位组合在一起则确定这个时期，而它们的转移则划出了历史的运动本身的痕迹。于是，兽性、知识、罪行、闲逸、性欲、亵渎神灵、放纵不羁，精神错乱意象的这些历史成分，便依据随着年龄而变的一种历史句法，构成了一些意蕴复合体。可以说，它们是一些具有宽泛"语义素"①的所指类别，而其能指本身则是暂时的，因为理性的目光只根据自己的规范来建构疯癫之标志，并且，这些规范本身也是历史的。一种更为形式主义的思想也许本可以更好地显示这些意义单位。在米歇尔·福柯明确地依靠的结构概念中，他更强调功能性的整体观念，而不关注构成性单位的观念。但是，这是一个话语问题。不论是试图考虑一种历史（就像米歇尔·福柯所进行的那样），还是考虑有关疯癫的一种句法（就像人们可以想象的那样），这种做法的意义是相同的：问题总是使形式与内容同时发生变化。

在精神错乱意识的这些变化形式的背后，能够想象有一种稳定的、单一的、无时间性的——简言之"自然的"所指吗？从中世纪的疯子到古典时期的精神错乱之人，从这些精神错乱之人到皮内尔的精神异化者，从这些精神异化者到现代心理变态的新患者，米歇尔·福柯的整个历史都在回答：不。疯癫不具备任何超验的内容。但是，人们可以从米歇尔·福柯的分析中得出的东西（而这是说明他的历史观是结构的第二点内容），是疯癫（当然，总是被构想为理性的一种纯粹功能）对应于一种固定的也可以说是超历史的形式；这种形式并不与疯癫（按照该词的科学意义）之标志或疯癫之

---

① 语义素（sémantème）：在20世纪60年代，该术语在符号学上尚指一个单词的词汇基础部分，它对立于包含着语法信息的语素（morphème），后来被逐渐地放弃，而代之以"词汇语素"（morphème lexical）或词素（lexème）。——译者注

符号混淆在一起，也就是说，并不与每一个社会投入到无理性、精神错乱、疯癫或异化之中的，那些众多所指本身无限变化的能指相混淆。我们可以说，这里关系到一种<u>形式中的形式</u>，换句话说，关系到一种特定的结构。这种形式中的形式，即这种结构，在我看来，米歇尔·福柯的书似乎在每一页上都使人联想到它，它可以说是一种<u>互补性</u>（complémentarité），即在<u>总体社会层次上</u>将被排斥之人与被容纳之人对立和结合的互补性（列维-斯特劳斯在为莫斯作品所写的序中谈到巫神的时候，曾经对这种结构有过阐述）。自然，还应该重复这一点，功能的每一项都依据年龄、场所、社会有区别地被填补。排斥（今天，人们有时说"异常"）有着不同的内容（意义），在此是疯癫，在彼是萨满，还有犯罪、同性恋等。但是，在这里，开始了一种严重的悖论，那就是，至少在我们的社会里，排斥关系只被参与该社会的两类人中的一类来进行和在某种程度上被体现。因此，正是被命名的人（疯子、神经错乱者、异化者、罪人、放纵不羁之人等）是被排斥之人，正是排斥行为通过其命名本身从正面负担起被排斥之人和被"包容之人"（疯子在中世纪被"流放"，在古典时代被监禁，在现代被拘留）。因此，似乎正是在这种总的形式层次上，疯癫可以自我结构，而不是自我确定。而如果这种形式出现在无论什么样的社会中（但从来不外在于一种<u>社会</u>），唯一可以负责研究疯癫（一如所有的排斥形式）的学说，可能就是人类学（按照我们越来越赋予这个词的"文化的"意义，而不再是"自然的"意义）。根据这种观点，米歇尔·福柯也许曾有兴趣提供了一些人种志学的参照，曾有兴趣举出几种"无疯子"（而不是无"被排斥之人"）的社会的例证。但也无疑，这种补加的距离，<u>整个人类</u>的这种平静的额外内容，在他看来，就像是安抚人的借口，而这种借口可能使他脱离了他的计划所具有的更为新颖的东西：他的魅力。

因为我们很清楚地感觉到，这本书不是一部历史书籍，而是别的什么，尽管这种历史是大胆地被构想的，尽管这部书——正像该情况所表明的那样——是由一位哲学家写作的。那么，它是什么呢？它类似于向任何懂得①、向整个懂得而不仅仅是向谈论疯癫的人提出的一种净化问题。在这里，懂得不再是巴尔扎克将其对立于使人冲动的想要和从事破坏的能够的一种平静的、美好的、令人放心的、调和的行为。在理性与疯癫、被排斥与被容纳的配对之中，懂得是一个介入的部分；行为本身，由于它不再将疯癫理解为一种对象而是理解为理性所拒绝的另一面，并且它因此发展到智力的极端，所以它也是一种沉闷的行为。懂得在以耀眼的光亮显示疯癫与理性配对的同时，也显示了它自己的孤独和它自己的特殊性：行为在表现这种不一致之历史的同时，不能躲避历史。

这种不安，与"理性"操行和"神经错乱"操行的混淆在许多人那里所引起的皮兰德娄②式的疑虑无任何关系，因为它并非是不可知的。这种不安属于米歇尔·福柯的计划本身。从疯癫不再在实质上（"这是一种病"）或在功能上（"这是一种反社会的操行"）被确定的时刻开始，就是这样。但是，从结构上讲，在整体社会的层次上，就像理性的话语在非理性上那样，一种无情的辩证法在启动着。其起因是一种明显的悖论：很久以前，人们就接受了关于理性

---

① 这里的"懂得"和"想要"、"能够"，都是指符号学的模态价值，参阅前面《"想要在使我们冲动……"》一文的相关注释。——译者注

② 皮兰德娄（Luigi Pirandello, 1867—1936）：意大利剧作家，先锋派先驱。——译者注

的一种历史相对性的观念。哲学的历史在思考、在自我写作、在自我教诲,可以说,它属于社会的一种健康状态。但是对于理性的这种历史,一种无理性的历史从来还没有回答过。在这个配对中(在这个配对之外,没有任何词项可以得以构成),一个伙伴是历史的,它分享文明之财富,它躲避存在的必然性,它赢得作为①的自由;另一个伙伴是被排除在历史之外的,它被固定在或者是超自然的,或者是道德的,或者是医学的本质上。无疑,文化的一个细小的部分把疯癫看作一种值得尊重的对象,或者至少是受某些中介人例如荷尔德林②、尼采③、凡·高④所启发的对象。但是,这种目光是最近才有的,而且尤其是,<u>它不交换任何东西</u>:总之,这是一种大度的目光、一种好心的目光,遗憾的是,这种安排无力消除自欺。因为由于我们的懂得从来不脱离我们的文化,所以它基本上是一种理性的懂得,即便是当历史导致理性自我扩大、自我纠正或自我否认的时刻也是如此。它是有关世界的一种理性话语,根据懂得来谈论疯癫,不管将这种懂得推至何种极点,它根本不是出自一种功能性的矛盾,而这种矛盾的真实性必然位于疯子和理性之人都可以进得去的一个空间里。因为,<u>思考这种矛盾</u>,便总是根据一个词项来思考它:在这里,距离只不过是理性的最后诡计。

总之,懂得,不论其成果、其勇气、其慷慨程度有多大,都不

---

① 这里的"作为",是指符号学上与"状态"相对立的模态陈述,参阅前面《"想要在使我们冲动……"》一文的相关注释。——译者注
② 荷尔德林(Friedrich Hölderlin, 1770—1843):德国诗人。——译者注
③ 尼采(Friedrich Nietzsche, 1844—1900):德国哲学家。——译者注
④ 凡·高(Vincent van Gogh, 1853—1890):荷兰著名画家。——译者注

能躲避排斥关系，而且，它不能禁止自己以容纳术语来思考这种关系，即便是当它在排斥关系的相互性之中发现这种关系的时候。在大多数时间里，懂得在加强排斥关系，通常是在其认为最为慷慨的时刻。米歇尔·福柯很清楚地指出，中世纪比现代更多、更好地对疯癫开放，因为那时，疯癫在还没有以一种疾病的形式被体现的情况下，被确定为像是向着超自然的一种过渡，简言之，就像是一种沟通（这便是《疯子大帆船》①的主题）。而且，正是近代的进化论似乎在这里具有最为浓厚的自欺；在为疯子解除锁链、在将无理性转换成异化的情况下，皮内尔（他在此仅仅是那个时代的形象）掩盖两种人性的功能矛盾，他将疯癫构成对象，也就是说，他使疯癫失去其真实性。皮内尔的解放在身体方面是进步的，在人类学方面是倒退的。

疯癫的历史，只有在当其毫不矫饰的情况下，也就是说当其是由一位疯子来写作的情况下，才是"真的"。但是这么一来，这种历史便不能以历史的术语来书写，于是我们便被交付给了懂得之无法抑制的自欺方面。这便是一种必然性，它大大地超越了疯癫与无理性的一般关系。实际上，它触及任何"思想"，或者更为正确地讲，任何东西都求助于一种元言语活动，而不管情况如何。每当人们谈论这个世界的时候，他们都进入排斥关系的中心，即使在当他们是为了揭示而谈论的时候：元言语活动总是恐怖主义的。这便是一种无限的辩证法，该辩证法只对具有一种实质的理性例如一种本质或一种能力的人们才显示为臻于完善的。其他人将或者是戏剧性

---

① 《疯子大帆船》（La Nef des fous，德文 Das Narrenschiff）：又译《愚人船》，德国作家勃兰特（Sébastien Brandt，1458—1521）1494 年发表的作品，作者在书中描写了感官的各种偏移情况（疯癫，犯罪等）。—— 译者注

地，或者是大方地，或者是泰然自若地体验这种辩证法。不管怎样，他们很了解话语的魅力，米歇尔·福柯刚刚将这种魅力带入一种耀眼的光亮之中。这种魅力不只在与疯癫接触时才出现，而且每当人在与世界保持距离、将世界看成<u>其他东西</u>的时候，也就是说每当他写作的时候，它也很好地出现。

1961，《批评》

## 文学与不连续性

在一部书被正规的批评集体拒绝的背后,应该寻找一下被伤害的东西①。《变化》一书所伤害的,是书籍本身的观念。一种汇编(更糟的是,因为汇编是一种不重要的但为人接受的体裁),即一系列句子、引语、报刊摘录、段落、词语、在一页纸的通常不大填满的表面上分散开来的大写字母,所有这一切都关系到一种对象(美国),其所有的构成部分(即美利坚合众国的各个州)是在一种最令人乏味的秩序中得到介绍的。这种秩序便是字母的排列顺序,这是与我们的祖先教给我们写作一本书的方式不相称的表述技巧。

---

① 这里说的是米歇尔·比托尔的《变化》(*Mobile*),Gallimard,1962。

使《变化》的情况变得严重的，是作者对于书籍所采取的自由态度不同寻常地被用在了社会对其表现出最大宽容的一种体裁上，这种体裁便是游记（impression de voyage）。可以接受的是，一种旅行可以有规律地、日复一日地、听凭任何主观地、以一种私人日记的方式被自由地讲述，其组织体系不停地被日常事物、感觉和想法所打断。旅行可以写成简练的句子（昨天，在西巴里吃了一个橘子①），电报式的风格被这种体裁的"自然性"所完全推崇。然而，社会不大容忍人们在由其提供的自由之上再增加一种人为的自由。在每一种事物都有其位置，且只在这种秩序中才有安全、有道德或更准确地讲（因为这种文学是由安全与道德的曲折混合构成的）才有（正像有人说的那样）健康的一种文学里，是诗歌，而且只有诗歌能够汇集有关书籍外形表现的所有颠覆事实。自从《骰子一掷》②和《图画诗》③以来，没有人可以再对诗歌"写作"在印刷上"偏离中心"的做法或在修辞上的"混乱"说三道四了。在这里，人们承认有一种为和谐社会所熟悉的技巧：以控制脓肿的方式来限制自由。结果便是，在诗歌之后，对书籍的任何违背都是不可容忍的。

---

① 这句话的法文原文为："Hier, mangé une orange à Sibari"，是一个省略了主语和助动词的句子，属于电报书写的习惯。——译者注

② 《骰子一掷》（Un coup de dés）：法国诗人马拉美（Stéphane Mallarmé, 1842—1898）的一首长诗，其题目的引申意义为"碰运气"，因此，也有将其直接翻译成《碰运气》的。——译者注

③ 《图画诗》（Calligrammes）：法国诗人阿波里耐（Wilheim Apolinaris de Kostrowitzky, dit Gauillaumes Apollinaire, 1880—1918）的一本诗集，calligrammes 为其自创词。——译者注

越是自愿的违反，伤害也就越严重。《变化》并非是一部"自然的"或"通常的"的书。它不是一种"出行散记"，甚至也不是由各种素材构成的一种"卷宗"。"卷宗"的多样性，在人们如果将书称为剪贴簿（Scraps-book）（因为命名可以梳理思路）的情况下，是可以被接受的。它是一种经过思考的写作。首先，在篇幅上，这种篇幅使之属于我们已无任何概念的一种长诗，它或者是史诗，或者是启蒙诗。其次，在结构上，它既不是叙事，也不是散记汇编，而是所选择的那些单位的编合（我们后面还要说到）。最后，甚至在结尾处，被处理的对象是由一个数目（美利坚合众国）确定的，并且这本书是在这个数目得到兑现的时候结束的。因此，如果《变化》不具备书籍的通常观念（也就是说神圣观念）的话，那并不是由于疏忽造成的，而是因为它是以另类书籍的一种新观念的名义来写作的。是什么名义呢？在探究它之前，应该先从有关《变化》的争论中提取涉及书籍传统本质的两种教诲。

第一种是，由一位作者强加给一部作品在印刷规范上的任何变化，都构成一种基本的撼动：在一页纸上排列独立的单词，根据显然不是论证智力的一种计划而将斜体字、罗马字和大写字母混合在一起（因为在涉及向小学生讲授英语的时候，人们很愿意接受卡尔庞捷-菲亚利普课本[①]在字体印刷上的漂亮的偏移特征），借助于分散的段落来使句子的连接出现实际断裂，使一个单词最大限度地等于一个句子，总之，所有这些自由都竞相地破坏书籍：对象—书籍实际地与观念—书籍混合在了一起。印刷技术与文学机制混合在了

---

[①] 卡尔庞捷-菲亚利普课本：这里指的是 1934 年法国 Hachette 出版社出版的由卡尔庞捷-菲亚利普（Carpentier-Fialip）编写的小学四年级英文课本。——译者注

一起，以至于危害了作品在外形表现上的规则性，这便是针对文学的观念本身。总之，印刷形式是内容的保证，规范的印刷证明了话语的规范性。说《变化》"<u>不是一本书</u>"，显然就是将文学的存在与意义封闭在一种纯粹的仪礼之中了，好像这种文学就是一种常规，而这种常规当人们一旦在形式上违反其一种规则时就失去了任何有效性：书是一种弥撒，这种弥撒是否虔诚并不重要，只需一切按照<u>秩序</u>进行。

如果在书页的表面上发生的一切都能唤醒一种非常强烈的神经过敏反应的话，那显然是因为这种表面占有一种基本价值，这种价值便是文学话语的<u>连续性</u>（而这则是我们争论的第二种教诲）。（传统的）书籍是一种<u>连接、展开、贯穿</u>和流动的对象，简言之，它有着空白所引起的最为深刻的恐怖。有关书籍的诸多有益的隐喻，是人们编织的织物、流动着的水、正在磨着的面粉、正在走着的道路、正在揭开的戏幕等。其引起反感的隐喻，是那些人们正在为一种对象制作着的（即人们在用不连续的材料零星加工的）所有隐喻。这里，是那些有生命的、有机的实体的"排列"，是自发的连接之迷人的不可预测性；那里，是背信弃义之人，是机械建筑物的废石，是发出刺耳声响的冷峻的机器〔这便是《劳动者》（*Laborieux*）的主题〕。因为躲避在对不连续性的这种谴责背后的，显然是生命本身的神话：书籍应该<u>流动</u>，因为在不顾几个世纪的理智至上论的情况下，批评根本上是希望文学总是一种自发的、有魅力的、由一位神即缪斯所允许的活动，而如果缪斯或神有些许犹豫不决的话，那就至少应该"掩盖其工作"。写作，便是在连续性的这种重要的范畴即叙事的内部使词语流动。任何文学，即便它是表现印象的或表现智力的（尤其应该宽容某些前辈，他们在小说方面是贫乏的），都应该是一种叙事、一种言语的流动，以服务于向着其结局或结论而"走自己的路"的某一事件或某一观念：不"讲述"其对象，对于书籍来讲，便是自杀。

正是因为这一点，在作为神圣书籍守护人的我们的正规批评家眼里，对作品的任何分析性阐释，实际上都不被看好。与连续性作品相一致的，是一种美容性批评（critique cosmétique），这种批评重新覆盖作品而不再分解它。有两种得到推荐的操作方式是：概述与判断。但是，把书籍分解成非常小的部分是不合适的。这样做过于细微，它破坏作品的不可抹杀的生命（请理解：它的长丝绵延、它的泉水之声，即是它生命的保证）。整个与主题批评或结构批评相联系的猜疑，便由此产生：分解，便是剖析，便是破坏，便是亵渎书籍的"神秘性"即它的内容。无疑，我们的批评家曾经在学校里受过教育，因为在学校里，人们教他制定一些"方案"，并找出他人的"方案"。不过，对他人"方案"进行多方面的分解（最多三四个）则是这条路径的几个重要阶段，这便是全部。在方案之下的东西，便是细节：细节并非一种基本素材，它是一种非本质的货币；人们将重大的观念兑换成"细节"，而不能在某个时刻想象重大的观念可以从唯一的"细节"安排中诞生。因此，阐释是一种批评的理性操作，因为这种批评首先要求书是连续的：我们"抚摸"书籍，就像我们要求书籍用它连续的言语"抚摸"生活、灵魂、罪恶等。这一点说明，不连续书籍只在一些很有保留的使用中被容忍：它或者像片段的汇编（赫拉克利特[①]，帕斯卡尔），因为作品的

---

[①] 赫拉克利特（Heraclitos，约公元前540—前480与470之间）：古希腊哲学家。——译者注

<u>未完成特征</u>（但这实际上能说是未完成的作品吗？）最终<u>相反</u>证实了连续性的出色之处，而在连续性之外，虽然有时出现半成品，但从来没有完善的作品；或者像是格言汇编，因为格言是一种非常充实的连续。戏剧上断言，空白是可怕的。总之，为了成为书籍，为了顺从地满足其作为书籍的本质，书籍应该或者是以一种叙事的方式流动，或者是以一种光泽的方式闪亮。在这两种习惯之外，会伤害书籍，这是有损文学健康的令人扫兴的错误。

面对这个连续性问题，《变化》的作者进行了修辞学价值上的一种严格的颠倒。传统修辞学上说的是什么呢？它说应该通过一些大的方面来建构作品，而任凭细节发展。这是对"总体方案"的遵从，是对观念可以在段落之外被分解之说的蔑视性否定。因此，我们的整个写作艺术都是建立在<u>展开</u>（développement）概念基础上的。一种观念"在展开"，而这种展开属于一种方案。因此，书籍总是以一种非常可靠的方式由<u>数量很少的得到很好展开的观念</u>构成的（我们无疑可以质问什么是"展开"，可以对这种概念提出质疑，可以确认其神秘特征并相反断言，这种概念有着深重的孤独，即真正观念的浑浊，正是在这一点上，本质上的书籍——如果确实有着书籍的一种本质的话——恰恰可能是帕斯卡尔的《思想录》，而这些思想并不"展开"任何东西）。然而，《变化》的作者所推翻的，正是这种修辞学秩序：在《变化》中，"总的方案"根本没有，而是细节上升到了结构的层次；观念没有得到"展开"，但却得到了分配。

在无任何理性"方案"的情况下来介绍美国，就像对无论什么样的对象来完成一项根本不存在的方案一样，是一件非常困难的事情。因为任何秩序都具有一种意义，尽管这种对象本身不具备秩序，但它有一个名称，那便是零乱。没有秩序却不零乱地去说一种对象，是令人难以置信的事情。这有必要吗？在无论什么样的分类都负责一种意义的情况下，这一点可能是必要的。自涂尔干[1]以来，更多的是从列维-斯特劳斯以来，人们开始知道，分类学可以是社会研究的一个重要部分。<u>告诉我你怎样分类，我就知道你是谁</u>。在某种程度上讲，没有自然的方案，也没有理性的方案，只有"文化的"方案。而在这些文化方案中，或投入了世界的一种集体表象，或投入了一种个体的想象力——我们可以称之为分类学的想象力。对这种想象力的研究尚待进行，但是像傅立叶那样的人可以提供这种研究的重要范例。

因此，既然<u>任何</u>分类都有介入成分，既然人类注定要为形式提供一种意义（难道有比分类还纯粹的形式吗？），那么，一种秩序的<u>中性特征</u>，就不仅变成了一种成熟的问题，而且变成了一种难以解决的审美问题。暗示字母顺序（作者部分地使用了这种顺序来介绍美利坚合众国，有人就以此来指责他）是一种理解顺序，也即对于可理解物的一种审美观念的关注顺序，这是可笑的（甚至是挑衅性的）。不过，字母（在不谈论人们可能赋予它的具有深刻循环性意义的情况下，就像有关 a 和 ω[2] 的神秘隐喻所证明的那样）是建立零度分类的一种手段；我们对此感到惊讶，因为我们的社会总是赋予有所指的充实符号一种过分的特权，并粗野地将事物的零度与对它们的否定混同起来。在我们这里，我们不大看重<u>中</u>性，它在<u>道德</u>

---

[1] 涂尔干（Emile Durkheim, 1858—1917）：法国实证主义社会学家。——译者注

[2] a 和 ω，分别是希腊文字母表的首位字母和末位字母，在由 a 和 ω 组成的短语中，通常被理解为"开头与结尾"之意。——译者注

规范上总是被感觉像是对存在和对破坏的无能为力。不过，我们还是可以将神力（mana）概念看成意指的一种零度，这足以说明中性在人类的一部分思维中的重要性。

自然，在《变化》中，对美利坚合众国各州按照字母顺序所做的介绍，在其拒绝其他所有例如地理或景致分类的情况下，是有意味的。这种介绍使读者想起了被描写国家的联邦性质（其中包含着任意的成分），并且它在整部书中都向读者提供了来自这样的情况的一种公民情态：美利坚合众国是一个被建构的国家，是一个包含着许多单位的名单，其中，没有一个单位优越于其他单位。米什莱当年也曾对法国进行过"表象实验"，他把我们的国家按照一种化学物质来组织，中心是负极（négatif），周围是活性部分，它们通过这种中心的空缺来实现平衡（因为米什莱并不害怕中性）——这恰恰是君主制赖以出现的中性。对于美利坚合众国来说，这种事情绝无可能：美利坚合众国是星星的累加。在此，字母确认了一种历史、一种神秘思想、一种公民情感。实际上，它是对占有的归类，即对全部知识的归类，也就是说，是对任何想主导事物的复数而又不将其混淆的所有知识的分类。确实，美利坚合众国就像是一种复合知识，一样接一样地、一个州接一个州地被征服了。

从形式上讲，字母顺序具有另一种功效：它在破坏和拒绝各个州之间"自然"亲和关系的同时，迫使人们去发现各个州之间有着与亲和关系一样富有智力的其他关系。因为这种诸多领土合并的意义，是在这些领土被安排在宪法所确定的漂亮的字母排列名单上之后而来的。总之，字母的顺序说明，在美利坚合众国，只有抽象的空间邻接性。请您看一下各个州的地图（在《变化》的开头），按照什么顺序呢？刚一开始，手指便不知所措了，细目便消失了，

"自然的"比邻无影无踪了。但就是在此，诗意的比邻关系却出现了，它非常有力，它迫使一种意象在形式的真实性和文字的接近性的压力之下，从亚拉巴马州跳到阿拉斯加州，从可林顿（肯塔基）跳到克林顿（印第安纳州）等，而这种真实性的全部现代诗意让我们了解了启发性能力：如果不是亚拉巴马州与阿拉斯加州在字母顺序上如此接近，那么，它们怎么会同时，不过却在由整个白天所分开的这一夜与那一夜里被混淆了呢？

有时，按照字母顺序的归类又被其他的也是形式的空间结合所补充。在美利坚合众国里，不乏同名称的城市；与<u>人心的真实</u>相比，这种情况是没什么重要意义的。不过，《变化》的作者却对此给了极大的重视。在经常地缺少一致性的一个大陆里，专有名称的匮乏深刻地参与着美国的现象。由于陆地很大、词汇量很小，美洲的这一部分都处在事物与词语的这种古怪的摩擦之中。《变化》的作者在将同音的城市连接在一起、使空间的比邻性服从于纯粹的语音一致性的同时，他只是<u>表达事物的某种秘密</u>而已。而正是在这一点上，他是作家。作家并非是由所使用的表明是文学（<u>话语</u>、<u>诗歌</u>、<u>概念</u>、<u>节奏</u>、<u>俏皮话</u>、<u>隐喻</u>，依据我们批评中的一种专横的目录）的专业工具来确定的——除非人们把文学当作一种卫生用品，而是通过在一种不管什么形式的<u>拐弯处</u>突然发现人与自然的一种合谋即一种意义的能力来确定的。在这种"突然性"之中，形式在引导、在监视、在建构、在知道、在思考、在介入。因此，它只能以它所发现的东西来得出判断。而在此，它所发现的东西，就是关于美国的某种<u>知识</u>。但愿这种知识不是通过智力术语来陈述的，而是依据一种特殊的符号汇编来陈述的，恰恰这一点就是文学：即必须接受破解的一种编码。除了<u>这些</u>，在其需要重新组构的知识方面，难道《变化》比 17 世纪的修辞学编码或雅士风格编码还难于理解吗？说真的，在那个时期，读者愿意学习阅读：了解神话学或修辞学，以便接受一首诗或一种话语的意义，这在当时并不显得过分。

《变化》的片段顺序还有另一种作用。它在破坏话语中"部分"概念的同时，还指向那些封闭要素的一种无限敏感的活动性。这些要素是什么呢？它们没有自身的形式。它们不是一些闪念、意象、感觉，甚至不是一些标记，因为它们并不来自对于实际经验的一种复原计划。在这里，是对信号性对象的一种列举；在那里，是一段报刊摘录，是一段书上的文字，是一段说明书的引语。最后还有，当然不如前面这些，是一种冰激凌的名称，是一种轿车或一件衬衣的颜色，或者就是一个普通的专有名词。作家似乎在进行一些"采撷"，在进行各种各样的提取，而丝毫不去注意其物质根源是什么。不过，这些无任何稳定形式的采撷，尽管在细节层次上显得有些混乱（因为，在无修辞学超越性的情况下，它们绝对地只是细节），却不同寻常地在最为宽泛的，我们也可以说是最富有智力的层次上重新找到了一种对象单位——这个层次，便是故事的层次。对单位的提取，总是与一种明显的内容一起在三种"包裹"中进行：印第安人、1890 年、今天。因此，《变化》给予我们的美国"表象"根本不是现代主义的。它是一种深刻的表象，在这种表象中，透视维度是由过去时构成的。这种过去时无疑是短促的，其主要时刻相互接触，在仙人掌与霍华德·约翰逊（Howard Johnson）旅馆的冰激凌之间并不遥远。说真的，美国的历时性的长度没有什么重要性。重要的是，作者在不停地突然间将印第安人的叙事、1890 年的蓝色导游图和今天的各种颜色的小汽车混在一起的同时，在一种梦幻的透视法中感知和让人感知美国。这种透视法，当涉及美国时，除了在此不是异国情调的而是历史的这种保留之外,它是新颖的。《变化》是一种深刻的祈祷辞(anamnèse),由于该祈祷辞来自一位法国人,即来自其本身需要广泛回忆的一个民族的一位作家,由于它被用于一个神秘的"新的"国度,所以就更为特殊。因此,《变化》破坏在美国的欧洲人的传统功能(这种功能在于以自己过去的名义惊奇地发现一个无根基的国家),为的是更好地描写具有技术但又缺乏文化的一种文明的意想不到的事物。

然而,《变化》赋予了美国一种文化。无疑,这种无修辞学可言的、破碎的、列举式的话语毫无论述价值。这恰恰是因为美国文化既不是富有道德寓意的,也不是文学性的。但不同寻常的是,在不考虑这个国家高度技术状态的情况下,它的文化是"自然的",也就是,总的说来,它是自然主义的。也许,世界上没有一个国家的文化——在该词几乎是浪漫的意义上讲——是如此明显可见的(只有在美国,我们可以听到有这么多的鸟在歌唱)。《变化》的作者很清楚地告诉我们,美国文化的第一个里程碑,恰恰是奥杜邦[①]的作品,也就是说,是在任何流派痕迹之外通过一位艺术家的手再现的花卉和禽兽。这个事实在一定程度上是象征性的:文化不一定在于要以隐喻或风格来说明自然,而在于使被立即提供的东西的新鲜感服从于一种可理解秩序。这种秩序是那种认真审视的秩序(奥杜邦),是那种神话叙事的秩序(吃仙人掌的年轻印第安人的叙事),是那种日报栏目的秩序[《纽约世界报》(*New York World*)记者],或者是那种果酱说明书的秩序,这些都不重要。在所有这

---

① 奥杜邦(John James Audubon, 1785—1851):法裔美国自然学家和画家。——译者注

些情况里，美国人的言语活动构成了从自然到文化的第一次转换，也就是说，基本构成了一种制度性行为。总之，《变化》只是为美国人才重新采用了美国这种机制和再现这种机制。这本书的小标题是：关于美国表象的研究，而且它恰恰具有一种可塑的目的。它旨在达到一幅历史的（或更准确地讲，跨历史的）长卷绘画水平，而在这幅画卷中，所有对象都在其连续性之中既是时间的光辉，又是最初的思想。

因为，在《变化》中有一些对象，而那些对象为作品确保着其根本不是现实主义的但却是梦境般的可信程度。那些对象在使人开启思绪：它们是比闪念快得多的文化中介，是与"情境"同样活跃的幻觉生产者。它们通常实际上就是一些情境，并赋予这些情境一种刺激性特征，也就是说，纯粹动员性特征，这种特征构成了一种真正富有活力的文学。在阿伽门农的谋杀案中，有一条总是出现的面纱曾被用来蒙住他的眼睛。在尼禄的爱情中，有着显示朱利亚泪水的火光和武器。在羊脂球①的屈辱中，有一个装着食物的篮子，上面有着详细的规定。在《娜嘉》② 中，有圣雅克塔楼、伟人旅馆。在《嫉妒》中，有一种嫉妒，有一只在墙上被捻碎的昆虫。在《变化》中，有仙人掌、有带有 28 种香味的冰激凌、有带有 10 种颜色的小汽车（还有黑人的颜色）。正是这一点使一部作品成了一种难忘的事件：就像儿童的记忆可能是的那种情况。因为在儿童的记忆中，在所有学到的等级制度和所有强加的意义（类似于"人心的真

---

① 羊脂球（Boule de Suif）：莫泊桑的小说《羊脂球》中的人物。——译者注

② 《娜嘉》（Najda 或 Nadja）：法国作家安德列·布勒东的一部自传体超现实主义小说。——译者注

实")之上，闪耀着基本的附属性质的光芒。

以神话故事形式出现的宽阔的视野单位，在美国这个巨大的目录中列举的事物所具有的深意，这便是《变化》的透视法。也就是说，总之，这一点使《变化》成了一部亲近的文化作品。应该相信，这本书的古典主义表现之所以没有被很好地感知，再一次是因为《变化》的作者赋予了他的话语一种不连续的形式（有人曾蔑视地说是以碎片状态出现的思想）。我们已经看到，对修辞性"展开"之神话的任何伤害，都会成为颠覆性的。但是，在《变化》之中，那就更为糟糕。由于诗的"单位"在这里不是"多变的"（按照该词可能在音乐上具有的意义来讲），而仅仅是<u>重复</u>的，所以，不连续性就更引人注目：一些不变的微小成分无限地结合在一起，即便各个要素之间并没有内在转换。但愿一部作品实际上是由一些主题构成的，这便是人们所严格地接受的（尽管主题批评在其过分分解主题的情况下遭到了强烈的质疑）。尽管如此，主题，在从地位上服从于变化即服从于展开的情况下，仍然是一种文学对象。然而，根据这种观点，在《变化》中没有任何主题，也因而无任何挥之不去的念头。各个要素的重复在这里不表现出任何心理学价值，而只表现结构价值。这种重复并不"背离"作者，但由于它完全地出现在被描写的对象内部，所以它明显地属于一种艺术。在传统的审美中，整个的文学努力都在于掩盖主题，在于赋予主题一种意想不到的变化。而在《变化》中则没有变化，只有多样性，而这种多样性纯粹是结合性的。总之，话语的所有单位都基本上是由它们的功能（按照该词的数学意义）而不是由它们的修辞学本质来确定的。一种隐喻自在地存在着；一种结构单位只能通过分配而存在，也就是说相对于其他单位而存在。这些单位是——而且应该是——一些非常出色地活动着的存在物,以至于作者在使其随着他的诗移动的时候,产生了某种很大的活跃躯体,其运动属于永久的转移,而不属于内在的"增长"。因此,对象的名称便得到了敬重:《变化》,即是说其骨架是认真仔细地连接的,其所有的微小部分哪怕移动很小一点(这正是精巧的组合游戏所允许的东西),都会不同寻常地产生最为连贯的运动。

最后,因为在《变化》中有一种话语的连续性,而这种连续性是可以直接地感受到的,只需我们忘记我们已经习惯的与我们的解读相适应的修辞学模式即可。修辞的连续性在展开着、扩大着。它只在转换的同时才接受重复。《变化》的连续性在重复,但以各种方式组合着它所重复的东西。结果便是,前者从来不返回到它所阐述的东西上,而后者则返回、转回、提示。在这里,新的东西在不停地被旧的东西所陪伴着。可以说,这是一种赋格曲式的连续性,在这种连续性中,一些可被辨认的片段不停地回到过程之中。音乐的例证无疑是不错的,因为艺术中最为连贯的,实际上只具备素材的最不连续性。在音乐方面——至少在我们的音乐里,只有一些临界,即一些区别性关系和这些区别性的汇聚(我们也可以说是一些"惯例")。《变化》的构成便来自这种同样的区别性辩证法,我们在其他形式的连续性中也会看到这种辩证法。不过,有谁敢说韦伯恩[1]或蒙德里安[2]已经产生了一种"碎片"艺术呢?这些艺术家根本就没有发明不连续性,从而更好地驾驭它。不连续性是任何交际的基本地位:从来都只有分散的符号。审美问题,只不过是在于知

---

[1] 韦伯恩(Anton Webern,1883—1945):奥地利作曲家。——译者注
[2] 蒙德里安(Pieter Cornelis Mondrian, dit Piet Mondrian,1872—1944):荷兰画家,抽象派创始人之一。——译者注

道如何动员起这种必然的不连续性，如何赋予其一种喘息、一种时间、一种历史。古典修辞学给过答案，这种答案在几个世纪里曾经是至高无上的，同时建立了一种有关变化的美学（其"展开"观念只不过是粗俗的神话）。但是，有另外一种可能的修辞学，那便是转化的修辞学。无疑，这种修辞学是现代的，因为我们只在某些先锋派的作品中看到过这种修辞学。不过，它又是多么地陈旧：按照列维-斯特劳斯的假设，任何神话叙事，难道不都是通过对一些重复性单位、一些自立系列（作曲家们似乎这样说）的动员来产生的吗？而这些单位的无限可能的移动在为作品承担着其选择的责任，即其特殊性、其意义。

因为，《变化》具有一种意义，而这种意义完全是人性的（因为人们所要求的，就是人），也就是说，它一方面指一个人即作者的严肃故事，另一方面指一种对象即美国的真实本质。《变化》在米歇尔·比托尔的人生道路上占有一种显然不是无根据的位置。通过作者本人说过的东西［尤其在《编目》（*Répertoire*）中］，我们知道，他的作品是建构而成的。在这里，这个非常平庸的词语涵盖着很确定的计划，而该计划非常不同于学校里所建议的"建构"。如果我们严格地采用这个词语，那么，这就意味着，作品在复制由对各个部分的认真安排所建立的一种内在模式。这种模式非常准确地是一种模型：作者依据模型在工作，而我们立即就看到这种艺术的结构性意指。模型并非真正地是一种完全成型的、需要由作品将其转换成事件的结构，它更可以说是依据事件的碎块在自我寻找的一种结构，而这些碎块则是人们在不使其实际形象发生变化的情况下，尽力拉近、尽力疏远和尽力安排的碎块。因此，模型参与类似做零活的艺术，对于这种艺术，列维-斯特劳斯刚刚赋予了其结构的尊严［在《野性的思维》(*La Pensée sauvage*) 中］。大概的情况是，米歇尔·比托尔从作为文学小玩意儿（人们可以猜想到，任何贬义的细微变化均从这个词上被取消了）的艺术模式的诗歌出发（因为事件—词语通过简单的安排都在诗歌方面被转换成了意义系统），将其所有的小说都当作同一种结构探索来构思。而这种探索的原则可以是这样的：正是在它们之间尝试一些事件片段的同时，意义在产生；正是在不停地将这些事件转换成功能的同时，结构得以建立。就像做零活的人一样，作家（诗人、小说家或专栏作家）只有在对他面前的静态单位进行转述的时候，才看得到这些单位的意义。因此，作品有着既是游戏的又是严肃的特征，这种特征标志着任何重大的问题。它是一种高明的拼板游戏，可能是最好的拼板游戏。于是，我们看到，在这种道路上，《变化》在何种程度上代表着一种紧迫的探索［这种探索得到了紧随其后出版的《您的浮士德》(*Votre Faust*) 一书的支持，在这本书中，观众被邀自己将"惯例"与拼板游戏靠近，被邀在组合原则之中冒险］。在这里，艺术服务于一个严肃的问题，人们可以在米歇尔·比托尔的全部作品中重新找到这个问题，那便是世界的可能性的问题，或者以更为莱布尼茨的方式来说，就是世界的相容性 (compossibilité) 的问题。而且，在《变化》中，方法之所以是显性的，那是因为这种方法在美国（在这里，我们有意地不去使用其神秘的名称美利坚合众国）遇到了一种享有特权的对象。有关这种对象的艺术，只能借助与名称列举有关的不停地对比邻、移动、返回、进入等进行的尝试，才能阐述梦境片段、传奇故事、味道、颜色或一些简单的地名发音，而这些方面的集合再现了新大陆的这种相容性。不仅如此，在此，《变化》既是非常新的，又是非常旧的。美国的这一巨大的目录，在遥远的祖先看来，包含着许多史诗般的目录，即包含着许多重大和纯粹是命名式的对战舰、军团和舰长的列举。而这些，荷马和埃斯库罗斯都曾将它们安排在他们的叙事之中，其目的在于证明战争与强盛之间的无限"相容性"。

1962，《批评》

## 杂闻的结构

这是一起谋杀：如果它是政治性的，那就是一种信息；如果它不是政治性的，它就是一条杂闻。为什么呢？人们可以相信，这里面的区别是特殊与一般的区别，或者更准确地说，是被命名事物与未被命名事物的区别。杂闻（这个词至少表明了它的情况）来自对无法分类事物的分类，它似乎可以说是未定型的新闻之杂乱的废弃物。它的本质似乎是专属的，它只在世界上不再被命名、不再服从于一种已知目录（政治、经济、战争、节目、科学等）的地方才开始其存在。一句话，它似乎是一种惊人的信息，类同于所有特殊的或无意蕴的、简言之非规范的事实。人们通常谨慎地将其以杂录（Varia）的形式进行划分，就像曾经使不幸的利内大伤脑筋的鸭嘴兽那样。这种分类学的定义显然并不令人满意，它并不阐明杂闻在今天的报刊中飞速发展的情况（人们开始将其更为高贵地称为一般信息）。因此，最好平等地将杂闻与其他类型的信息一并提出，努力在这一些和那一些中进行一种结构的区分，而不再是一种分类性的区分。

当人们对两种谋杀进行比较的时候，这种区别就会立即显示出来。在第一种谋杀（即政治谋杀）中，事件（谋杀）必然指向存在于事件之外、先于它和围绕着它的一种扩张性情境：政治。在这里，信息不能直接地被理解，它只能随着对事件的一种外在认识来确定，这种认识便是政治认识，尽管它是非常含混的。总之，每当谋杀是外因的，即是来源于一个已经被认识的世界的时候，它就躲避杂闻。于是，我们可以说，它没有自己的、令人满意的结构，因为它从来就只是先于它而存在的一种隐性结构的明显结果。没有时间延续，就没有政治信息，因为政治是一种跨时间的范畴。此外，就一个被命名的范围而言，来自一种先前时间的所有新闻也是一样的。这些新闻从来不能构成一些杂闻。① 从文学上讲，在任何长篇小说本身是一种很长的认知过程（其所产生的事件从来都只是一种简单的变量）的情况下，它们便是长篇小说的一些片段。②

因此，政治谋杀从定义上总是一种部分的信息。相反，杂闻是一种整体的信息，或者更准确地讲，是一种<u>内在的</u>信息。它本身包

---

① 那些属于可以称之为明星或大人物"举动"的事实，从来就不是杂闻，因为它们恰恰包含着带有情节的一种结构。

② 在一定意义上，说政治是一种小说即一种延续的叙事是恰当的，条件是将施事者人物化。

含着对它的认知：根本不需要了解世界上的什么东西，才可以消费一种杂闻。从形式上讲，它不指向任何别的什么，而只指向它自己。当然，它的内容并不外在于世界：灾难、谋杀、绑架、侵害、事故、偷窃、古怪事情，这一切都指向人，都指向其历史、其异化、其幻觉、其梦境、其恐惧。有关杂闻的一种意识形态和一种精神分析学是可能的。但是，这就涉及这样的一个世界，即对其了解从来只是智力的、分析的，而这种了解是由谈论杂闻的人而不是由消费杂闻的人在第二等级上建立的。在解读层次上，一切都在杂闻中得到了提供：它的场合、它的原因、它的过去、它的结局。它没有延续、没有背景，它构成一种直接的、完整的存在，这种存在至少在形式上不指向任何隐性的东西。正是在这一点上，它属于中短篇小说、属于故事，而不再属于长篇小说。正是其内在性在确定杂闻。①

于是，这就成了一种封闭的结构。这种结构的内部是怎样的情况呢？一个尽可能小的例子也许就能说明。人们刚刚打扫完了司法部。这一点是无意蕴的。一百年以来没有打扫过司法部。这就变成了一则杂闻。为什么呢？趣闻是不重要的（我们无法找到更轻薄的东西）。两个词语被提了出来，它们注定呼唤某种关系，正是这种关系的问题将构成杂闻。一方面是打扫司法部，另一方面是很少打扫司法部，它们是一种功能的两个术语。正是这种功能是有活力的，正是这种功能是规则性的，因此是可理解的。我们可以认为，没有只以一种标记构成的简单杂闻：简单，是不需要标记的。无论

---

① 某些杂闻在一连几天中发展：这一点并不割断它们的内在性，因为它们总是包含着一种极短的记忆。

内容多少，无论它引起什么样的惊异、恐惧或让人感到平庸，杂闻只开始于信息得以展开和在此甚至包含着一种关系的可靠性的地方。陈述的简短或新闻的重要性，它们作为单位的保障，从来不可以抹杀杂闻的连接特征：<u>在秘鲁死了5 000人</u>？恐惧是全球性的，句子是简单的。不过在此，可标记的东西，已经是死亡与一个数字的关系。无疑，一种结构总是被连接起来的。但在这里，连接内在于一种直接的叙事，而在政治信息中，连接位于陈述之外，处在一种隐性的背景之中。

因此，任何杂闻都至少包含着两个词项，或者也可以说是两种标记。我们完全可以对杂闻进行初次分析，而不参照这两个词项的形式和内容。不参照它们的形式，是因为叙事的句法是与被转述事实的结构无关的，或者为了更为明确起见，是因为这种结构并不必然与语言的结构巧合，尽管我们只能借助于报纸的语言才能达到这种结构。不参照它们的内容，是因为重要的并不是词项本身，并不是它们借以得到饱和的偶然方式（通过一种谋杀、一种火灾、一种失盗等），而是将它们结合在一起的关系。如果想把握杂闻的结构即其人文意义的话，需要考虑的首先正是这种关系。

似乎，杂闻的所有内在关系都可以最终归为两种类型。第一种是因果关系。这是一种极为频繁的关系：损害及其动机、事故及其结果。当然，根据这种观点，还有一些有影响力的俗套：激情悲剧、金钱犯罪等。但是，在因果关系某种程度上是正常的、意料之中的所有情况里，夸张并不被置于关系本身之上，尽管它继续构成叙事的结构。它向着人们可以称为<u>个人戏剧</u>（儿童、老人、母亲等）即情绪性的、负责增加俗套活力①的本质的东西移动。因此，每当我们想看到杂闻的因果关系赤裸裸地起作用的时候，我们所遇到的正是一种轻微地偏离的因果关系。换句话说，那些纯粹的（而且是典范的）情况是由因果关系的混乱构成的，就好像场面（我们应该说是"显赫性"）开始于因果关系在继续得到肯定的同时已经包含着一种变坏的萌芽的地方，就好像因果关系只能在它开始腐烂、开始分解的时候才可以被消费。不存在无惊异的杂闻（写，便是感到惊讶）。然而，由于与一种原因有关系，那么，惊异便总是包含着一种混乱。因为在我们的文明中，原因的任何外在情况都似乎或多或少公开地位于本质或至少是本性的边缘。那么，杂闻赖以连接的因果关系的混乱情况是怎样的呢？

当然，首先是人们不能立即说出其原因的那种事实。非常需要有一天能制定出当代的不可说明之物的地图，就像常识而不是科学所想象的那样；似乎，在杂闻中，不可说明之物被压缩为两种类型：奇闻和犯罪。人们从前称之为奇闻和无疑占据着杂闻的几乎全部位置的东西（如果当时大众报刊已经存在的话），总是有着天空一样大的空间，但是，近些年来，好像只有一种奇闻：飞碟。尽管美国军队最近的一份报告已鉴别出所有的飞碟都具有自然对象的形式（飞机、气球、鸟），但这种事情继续有着一种神秘的生命力：有人将其看成通常是由火星人派来的星际运载工具。于是，因果关系便退回到空间之中，它没有被废除。此外，火星人主题已经在很大程度上被在宇宙间的真实飞行所窒息：不再需要火星人来到地球

---

① 此外，在俗套杂闻（例如激情犯罪）中，叙事越来越看重偏移的结果（因大笑而死：她的丈夫当时待在门后面；当他听到后，他下到酒窖中，拿起了手枪……）。

上了，因为加加林①、季托夫②、格伦③已经飞离了地球：整个一种超自然性消失了。至于神秘的犯罪，我们知道它在大众小说中是很多的。它的基本关系是由一种<u>推迟</u>的因果关系构成的。警察的工作相反在于填满将事件与其原因分开的吸引人的和无法忍受的时间。于是，作为脱胎于以其官僚形式出现的整个社会的警察，便变成了古代破解神秘者（俄狄浦斯）的现代形象，他使事物的可怕的<u>为什么停止下来</u>。他的活动，虽然是耐心和紧张的，但却是一种深刻欲望的象征。这种人在疯狂地填满原因的缺口，他在极力使一种失落感和一种忧虑停止下来。无疑，在报纸上，神秘犯罪是很少的，警察很少被人物化，而逻辑上的谜则被淹没在施事者的伤感之中了。另一方面，在这里，对于原因的真实的无知，迫使杂闻延续多日，使其失去其瞬间的特征，而这种特征则是非常适合其内在性本质的。因此，在杂闻中，与长篇小说相反，一次没有原因的犯罪更可以说是不被说明的，而不是不可说明的。原因的"迟到"并不在杂闻中激起犯罪，它在破坏犯罪。一次没有原因的犯罪是一种被遗忘的犯罪。这样一来，杂闻便消失了，这恰恰是因为在现实之中它的基本关系被减弱了的缘故。

自然，既然在此被搞乱的因果关系是最值得标记的，那么，杂闻便富有原因的偏离性：根据某些俗套，人们在等待一种原因，可

---

① 加加林（1934—1968）：苏联宇航员，曾于 1961 年 4 月进行了人类第一次宇宙飞行。——译者注

② 季托夫（1935—2000）：苏联宇航员，曾于 1961 年进入太空飞行。——译者注

③ 格伦（John Glenn, 1921—　）：美国宇航员，曾于 1962 年进入太空飞行。——译者注

出现的却是另一种原因：<u>一个女人用刀砍伤了她的情人</u>：这是激情犯罪吗？不是，是因为他们在政治观点上不一致。<u>一位年轻的女佣拐骗了她的老板的婴儿</u>：是为了索取赎金吗？不是，<u>因为她非常喜爱孩子</u>。<u>一个闲逛的人袭击独自走路的妇女</u>：是性虐狂吗？不是，<u>他只是一般的偷包的人</u>。在所有这些例子中，我们很清楚地看到，被揭示的原因有着比所期待的原因更为贫乏的方式。激情犯罪，讹诈，性骚扰，都有一种长时间的过去，它们是一些带有浓厚情绪的事情。而相对于这些，政治分歧、感情的过分或普通的偷窃，都是一些可笑的动机。实际上，在这类原因中，有着一种失望的场面。反常的是，因果关系，由于它是失败的，所以它就更是值得标记的。

不论是原因缺乏，还是原因偏离，都应该在这些被看重的混乱上增加我们可以称之为数字（或者更宽泛地讲，数量）所引起的惊异的东西。还是在这里，大多数时间，人们重新找到了一种失望的原因，对于杂闻来说，这种原因便是一种令人吃惊的场面。<u>一列火车在阿拉斯加出轨了：因为一头鹿卡住了分道岔。一个英国人进入了军团：因为他不愿意与他的祖母一起过圣诞节。一位美国女大学生不得不放弃她的学业：因为她的胸围（104 公分）引起了嘘声</u>。所有这些例子说明了这样的规则：原因很小，后果很大。但是，在这些不成比例的情况中，杂闻里根本看不到邀人对事物的无价值性或对人勇气的缺乏进行论证。杂闻不像瓦莱里那样说话：有多少人就是因为不想扔掉雨伞而在事故中丧生。杂闻更喜欢说，而且总之是以更为聪明的方式去说：因果关系是滑稽可笑的。一种很小的原因丝毫不会减弱其后果：<u>少等于多</u>。而且就在此，这种在某种程度上被搞乱了的因果关系可以到处存在。它并不是由一种在数量上积累起来的力量构成的，而是由含量很小的一种动态的、活跃的能量构成的。

在这些滑稽可笑的循环中，必须包括附属于一种平庸的、卑微的、为人所熟悉的对象的所有重要事件：坏蛋被一根挑火棍赶跑了，借助于自行车赛手的一把钳子鉴别出了谋杀案，老人被他的助听器上的绳子勒死了。这种形象在侦探小说中是屡见不鲜的，这种小说从本质上讲是非常喜欢我们称之为迹象之奇迹的。正是最不引人注意的迹象最终揭开了神秘。在这里，包含有两种意识形态主题：一方面，是符号的无限能力，是对于符号无处不在、一切都可以是符号的惊慌感觉；另一方面，是最终与人同样活跃的对象的责任。对象具有一种假的纯真性。对象躲在其作为事物的惰性后面，但实际上，这是为了更好地发送一种因果力量。对于这种力量，我们还不太清楚它是来自自身还是来自外部。

因果关系的所有这些悖论都具有双重的意义。一方面，因果关系观念因出自这些悖论而得到了加强，因为人们注意到原因到处都是。在这一点上，杂闻告诉我们，人总是与另一件事物相联系的，自然充满着反馈、关系和运动。但是，另一方面，这同一种因果关系在不停地被一些躲避它的力量所模仿。它虽然被搞得很乱，却没有消失，它仍然在某种程度上被悬在理性与不为人所知之间，它仍然被一种基本的惊异伴随着。由于原因与其后果之间有距离（在杂闻上，这正是可标记之物的本质），它必然像是贯穿着一种古怪的力量：偶然性。在杂闻中，任何因果关系都被怀疑带有偶然性。

在这里，我们遇到了第二种类型的关系。这种关系可以与杂闻的结构联系起来：巧合关系。首先，是一个事件的重复（尽管它微不足道）使事件突出了巧合性：同一家首饰店被偷窃了三次；一位旅馆女服务员每一次都赢得六合彩等；为什么呢？实际上，重复总是使人想象一种未知的原因。因为确实，在大众的意识中，偶然性总是分配的，从来不是重复的。偶然被认为可以改变事件。偶然之所以重复事件，是因为它想通过事件来意味某种东西。重复，便意味着这种信仰①是所有古代占卜术的起源。今天，当然，重复并不公开地求助于一种超自然的解释。不过，甚至就在重复被贬低到与"好奇"为伍的情况下，它也不可能在人们不想到它具有某种意义的时候就被标记出来，即便这种意义仍然是有悬念的。"好奇"不可以是一种模糊的概念，因此也就是说不可以是一种无可指责的概念（除非是对于一种荒诞的意识，这一点并不是大众意识的情况）：它注定会受到经常性的质疑。

另一种巧合关系：这种巧合使在性质上有距离的两个词项（两种内容）实现靠近：一个女人使四个强盗落荒而逃，一位法官在皮加尔（Pigalle）消失了，爱尔兰渔民网捞到了一头奶牛等；在女人的弱小与强盗的数量之间、在法官的权力与皮加尔之间、在打渔与奶牛之间，有着一种逻辑上的距离，而杂闻突然开始消除这种距离。在逻辑术语上，我们似乎可以说，每一个术语原则上都属于一种独立的意指行程。巧合关系有着将两种不同的行程混合在一起的反常功能，就像法官的权力与"皮加尔特性"处在同一领域一样。

由于行程的最初距离是自发地被感觉像是一种对立，在这里，我们在我们的文明之话语中靠近一种基本的修辞格：反衬②。实际

---

① 信仰，模模糊糊地与意指系统的形式本质相符合，因为使用一种编码总是涉及重复数目有限的符号。

② 修辞格（figures de rhétorique）总是被文学史学家或言语活动史学家所蔑视地看待，就好像这里涉及的是言语的免费游戏。人们总是将"生动的"表达方式与修辞学表达方式对立起来。不过，修辞学可以构成文明的一种主要证明，因为它代表着对世界的某种心理切分，也就是说，最终代表着一种意识形态。

上，因为巧合使某些情境俗套周而复始，所以它就更是引人注目的：在小石城（Little Rock），警察头目杀死了他的老婆。几个入室行窃的小偷被另一个进来的小偷惊呆和吓坏了。几个小偷向着巡夜人员放开了一只警犬等。在这里，关系变成了矢量性的了，它充满了智慧：不仅有一个杀人犯，而且这个杀人犯是警察头目；因果关系根据一种完全对称的图案返了回来。这种运动在古典悲剧中早为人所知，因为在古典悲剧中甚至还有一个名称：那便是顶峰（comble）。俄瑞斯忒斯在谈到赫耳弥俄涅①时说了下面的话：

> 我穿越了那么多大海、那么多国家，
> 仅仅是为了远道而来准备她的死亡。

例子随处都是，举不胜举：恰恰是在阿伽门农指责他女儿的时候，他的女儿在赞颂他的宽厚仁慈；恰恰是当阿曼②自认为达到了荣誉顶点的时候，他一败涂地了；恰恰是在七十多岁的老太太刚刚将她的房子做了养老费抵押的时候，她却被勒死了；入室行窃的小偷开始破坏的，恰恰是焊枪生产厂家的保险柜；恰恰是在他们被传唤进行调解的时刻，丈夫杀死了妻子：顶峰的名单数不胜数③。

这种偏爱意味着什么呢？顶峰是对一种厄运情境的表达。不过，就像重复在某种程度上限制偶然之无序本性或纯真本性那样，机遇与厄运也不是中性的偶然性，它们不可抗拒地要求某种意指。

---

① 赫耳弥俄涅（Hermione）：在古希腊神话中，她是墨涅拉俄斯（Ménélas）与海伦（Hélène）的女儿。她后来与俄瑞斯忒斯一起出逃。——译者注
② 阿曼（死于大约公元 475 年）：圣经中的人物。——译者注
③ 法语不适合表达"至极"这个词：它需要一种释义：恰恰是当……才……；拉丁文具有一种很强的相关性，此外还具有更为古老的用法：cum…tum。

而一旦一种偶然性开始意味着什么，它就不再是一种偶然性。至极的功能恰恰就是将偶然转换成符号，因为一种倒转的准确性不能在完成这种倒转的智慧之外去思考。在神话中，自然（生命）并非一种准确的力量。在凡是表现出一种对称（而顶峰是对称的形象本身）的地方，肯定都需要一只手来引导这种对称：在<u>图画（dessin）与意图（dessein）</u>之间出现了神秘的混淆。

因此，每当巧合关系在不过分关心一般依附于人物的原型角色的伤感价值而单独地出现的时候，它都涉及命运的某种观念。任何巧合都是一种既难以破解又富有智慧的符号。实际上，正是借助于用意是非常明显的一种转移，人们才指责命运是盲目的。相反，命运是狡猾的，它建构一些符号。而人是盲目的、是无力破译符号的。入室行窃的小偷破坏焊枪生产厂家的保险柜，这种表明最终只能属于符号范畴，因为意义（或者其内容，至少是其观念）必然出自两个相反词项的结合：反衬或反常。任何对立都属于一个决定性地被建构的世界：一个神灵在杂闻的背后逛来逛去。

这种智慧的但却是不可理解的必然性，难道仅仅赋予偶然关系以生命吗？根本不是。我们曾看到，杂闻的显性因果关系最终是一种特殊处理的因果关系。这种关系至少是可疑的、不确定的、可笑的，因为后果在以某种方式削弱原因。我们似乎可以说，杂闻的因果关系不停地服从于巧合的意图。反过来，巧合又不停地被因果关系的秩序所引诱。偶然的因果关系、有秩序的巧合，杂闻正是在这两种运动结合的时候得以构成。因为，这两种情况最终以重新覆盖一个模糊的区域而结束，<u>而在这个区域里，事件被完全感受为像是其内容不确定的一种符号</u>。如果想这样说的话，我们在此不是在一个意义的社会里,而是在一个意指的社会里。① 这种地位大概便是作为形式秩序的文学的地位,因为在这种秩序里,意义同时被提出又被削弱。杂闻也确实就是文学,即便这种文学被认为是不好的文学。

因此,这里大概涉及大大超过杂闻范畴的一种普遍现象。但是,在杂闻中,意义与意指的辩证法具有比在文学中更为明确的一种历史功能。因为杂闻是一种大众艺术,它的角色大概就是在社会的内部保护理性与非理性之间、可理解性与不可探知性之间的模糊性。而这种模糊性,在人还需要符号(这一点使人感到放心),但这些符号也应该具有不确定的内容(这一点使人摆脱责任)的情况下,它是历史性地必要的。因此,可以通过杂闻而依靠某种文化,因为任何意指系统的最初形式都是一种文学的最初形式。但是同时,又可以最终地使这种文化充满本质,因为其赋予各种事实的共存性的意义在不声不响之中躲避文化的人为性。

1962,《媒介》(Médiations)

---

① 我把意义(sens)理解为一个意蕴系统的内容(所指),而把意指(signification)理解为将一种意义与一种形式、一个能指与一个所指结合在一起的系统过程。

# 关于罗伯-格里耶

> 不要赋予他们名称……，他们也许有过许多别的经历。
>
> ——《去年在马丽昂巴》，
> L'Année dernière à Marienbad）

文学上的现实主义，总是被当作复制真实的某种方式。① 一切，就像是一方面是真实，而另一方面是言语活动那样；也像是前者先于后者，而后者的任务在某种程度上则是跟在前者后面紧追快跑直至赶上它那样。出现在作家面前的真实无疑是多种多样的：这里是心理学的真实，那里是神学的真实、

---

① 参见为布吕斯·莫里塞特所著《罗伯-格里耶的小说》（Les Romans de Robbe-Grillet）写的序言，Minuit, 1963, p. 223.

社会的真实、政治的真实、历史的真实或者甚至是想象的真实。每一种真实都轮流着取代另一种。不过，这些真实具有一个共同的特征，该特征说明了对它们所做推测的稳定成分：那就是，它们似乎全部并且是立即都具有了意义。一种激情、一种错误、一种冲突、一种梦幻，它们必然指向某种先验性、某种灵魂、某种神性、某种社会或某种自然现象，以至于整个我们的现实主义文学不仅仅是类比性的，而且还是有意蕴的。

  在所有这些真实之间，不论是心理学的真实，还是社会的真实，对象本身不曾有过什么最初的地位。在很长时间内，文学只是处理人与人之间的一种关系世界［在《危险的联系》(Les Liaisons dangereuses)① 中，如果要谈论一把竖琴的话，那是因为它服务于遮掩爱情短信］。而当事物、工具、场面或物质开始大量地出现在我们的小说中的时候，那则是以审美要素或人文迹象的名义来更好地指向某种心灵状态（浪漫的景致）或指向某种社会灾难（现实主义的细节）。我们知道，罗伯-格里耶的作品处理的是文学对象这种问题。事物可以演绎出意义吗？或者相反，它们是"模糊的"吗？作家在不将对象指向某种人类的超验性的情况下，可以并应该描写这一对象吗？对象，不论是有意蕴的还是无意蕴的，它们在故事性叙事中的功能是什么呢？人们用以描写对象的形式在哪方面改变故事的意义呢？人物的一致性是什么呢？与文学观念的关系是什么呢？既然这部作品形成了，既然电影又赋予了它新的喘息和新的公众，这便是一些可以以新的方式向其提出的问题。根据回答，

---

  ① 法国作家拉克洛斯（P. Choderlos de Laclos, 1741—1803）1782 年的作品。——译者注

在罗伯-格里耶的帮助之下，我们立即发现有两个罗伯-格里耶：一方面是直接面对事物的罗伯-格里耶，他作为意义的破坏者，尤其在最初时期的批评中得到了简单阐述；另一方面，是面对间接事物的罗伯-格里耶，他作为意义的创造者，布吕斯·莫里塞特对其做了分析。

第一个罗伯-格里耶（这里不涉及一种时间的先时性，而只涉及一种分类顺序），他决定不让事物意味任何东西，甚至也不意味荒诞（他就是这样地补充说道），因为显然，缺乏意义可以很好地是一种意义。但是，由于这同一些对象隐藏在一堆各式各样的意义之下，而人又借助于敏感性、诗歌和一些不同的使用方式将此渗透进了所有对象的名称，所以，小说家的工作在某种程度上就是净化的工作，他为事物清除人们不停地放在其上面的反常意义。那么，怎么做呢？显然是借助于描写。于是，罗伯-格里耶进行一些完全精确的对象描写，为的是阻止向着事物的任何诗学意义方面的演绎。而他的对象描写又完全是认真仔细的，为的是割断叙事的诱惑力。但是，就在这里，他遇到了现实主义。像现实主义者们一样，他复制，或至少似乎在复制一种模式。明确地讲，我们可以说，他写作时，就好像他的小说只不过是前来完成先前的一种结构的事件。这个结构真实与否并不重要，而且，罗伯-格里耶的现实主义是客观的还是主观的也不重要。因为确定现实主义的东西，并不是模式的源头，而是相对于完成这种模式的言语而存在的外在性。一方面，第一个罗伯-格里耶的现实主义仍然是古典主义的，因为它是建立在一种类比关系基础上的（罗伯-格里耶所描写的一块西红柿与真实的一块西红柿相像）。另一方面，这种现实主义是新的，因为这种类比并不指向任何超验性，而是打算在自我封闭的状态下延存。当它必然和完全地指明了事物的非常著名的<u>就在那儿</u>（这一块西红柿被描写成既不被认为可以引起欲望，也不引起厌烦，并且，它既不意味着季节，也不意味着场所，甚至更不意味着食物）的时候，它就得到了满足。

显然，描写既不能详细探讨小说的组织，也不能满足人们传统上期待的兴趣。在罗伯-格里耶的小说中，当然还有描写之外的其他东西。但是，同样明显的是，数量很少的既是类比的又是无意蕴的描写，根据作者赋予它们的作用和其所引入的变化，已足可以完全改变小说的一般意义。任何小说都是对于无限敏感性的一种可理解的组织机制：哪怕是最小的理解障碍，即对激发和引导任何阅读欲望的哪怕是最小的（无声的）抵制，都会重新产生对于作品整体的一种<u>惊异</u>。因此，罗伯-格里耶的那些著名的对象根本就没有什么编选造册的价值。它们真正地将趣闻本身和趣闻所聚拢的人物引入一种意指的沉寂之中。所以，我们可以从一位"物化论的"罗伯-格里耶那里获得的概念，只能是统一的，因此可以说是整体论的：一种从对象的无意蕴活动到情境和人的无意蕴活动的反复是注定的。实际上，以一种<u>模糊</u>的方式来阅读罗伯-格里耶的全部作品〔至少到《迷宫》（*Labyrinthe*）是这样〕的可能性非常大。只需停留在文本的表面就可以了。当然，一种表面的阅读已不可再以从前所说的价值低下为理由而受到指责了。揭示内省文学的所谓自然的品质（<u>深刻</u>当然比<u>表面</u>更为人喜欢）而有利于文本的<u>就在那儿</u>（尤其不应该将其与事物本身的<u>就在那儿</u>混为一谈），在某种程度上不承认读者享有一个"丰富的"、"深刻的"、"神秘"的——简言之有意蕴的——世界，这甚至大概就是第一位罗伯-格里耶的功绩（尽管这是虚构的）。显然，根据第一位罗伯-格里耶的情况，他的各种人物的神经官能症的或病理学的状态（一位是俄狄浦斯式的，一位是性虐狂的，第三位是患强迫症的），根本就不具备一种<u>内容</u>的传统价值，因为内容的所有成分都或多或少会是间接的象征，并且这些象征要提供给读者（或批评家）。这种状态只不过是一种功能的纯粹形式的词项。这样一来，罗伯-格里耶似乎在操纵某种内容，因为不存在无符号的文学，也不存在无所指的符号。但是，他的整个艺术恰恰就在于，在其打开意义的时刻就使意义<u>落空</u>。为这种内容取名，谈论疯狂，谈论性虐狂或嫉妒，这便是超越我们可以称之为对小说的最佳感受层的东西，即完整和直接可理解的层次。一切就像是非常靠近地观看一种照片复制过程，这无疑是在感知小说的类型学秘密，但也是不再对它所再现的对象去作什么理解。自然，意义的这种<u>落空</u>，如果是真的话，那就根本不是无根据的：引发意义又停止意义，只不过就是延长一种经验。这种经验的现代根源就在超现实主义活动之中，并且它甚至保证了文学的存在，也就是说，最终，它是文学在整个历史社会的内部所具有的人类学功能。这就是第一位罗伯-格里耶的形象，我们可以根据某些理论著述和一些小说来组成这种形象，一般还应该为其增加上最初时期的评述。

从这些同样的文字和同样的小说（当然，不是同样的评述）中，我们可以获得第二位罗伯-格里耶的形象。他不再是"物化论者"，而是"人文论者"了，因为对象在并不因此重新变成严格意义的象征的情况下，在这里重新找到了向着"另一种东西"发展的一种中介功能。就从这第二种形象开始，布吕斯·莫里塞特在其整个研究过程中变成了细心的建构者。他的方法既是描写的又是比较的。一方面，他耐心地<u>讲述</u>罗伯-格里耶的小说，而这种叙事帮助他重新对情节做通常是极为曲折的安排，也就是说，总之，是重新组构作品的结构,而这种结构,至今无任何人探讨过。另一方面,一种广博的科学使他得以将这些情节(对象的场面或对对象的描写)与一些模式、一些原型、一些起因、一些反响联系起来,并因此重新建立文化的连续性,而这种连续性将被公认为"模糊的"作品与一种文学的背景,因此也与人的背景结合了起来。布吕斯·莫里塞特的方法实际上产生了罗伯-格里耶的一种"一体化的"形象,或者更可以说,是一种与小说的传统目的调和的形象。这种方法无疑在减弱作品的革命性部分,但相反建立起公众可以具有的,又在罗伯-格里耶身上重新为自己发现的杰出的理据(而《迷宫》在批评上获得的成功、《去年在马丽昂巴》中的公共事业,似乎完全赋予了公众以论据)。这第二个罗伯-格里耶并不像谢尼埃①那样说话:<u>根据新的思想,来做古代的诗</u>。相反他这样说:<u>根据旧的思想,来写新的小说</u>。

　　那么,这种调和涉及的是什么呢?首先,显然涉及那些著名的"对象",人们曾经首先认为可以断定其具有中性特征即无意蕴特征。布吕斯·莫里塞特承认罗伯-格里耶对于事物的观点的新颖性,但是他不认为在这个领域内对象脱离任何参照,而且他不认为对象完全地不再是一个符号。他毫不困难地在罗伯-格里耶的各种收集中标记出某些对象,甚至是顽固出现的对象,这些对象至少重复充分以致诱发一种意义(因为被重复的东西被认为意味着什么)。(《橡皮》中的)橡皮、(《窥视者》中的)细绳、《嫉妒》中的蜈蚣)这些对象在小说中重复使用、变化多端,都指向一种犯罪的或性的行为,而在这种行为之外,又指向一种内在性。不过,布吕斯·莫里

---

① 谢尼埃(André Marie de Chénier,1762—1794):法国诗人。——译者注

塞特在此看不到象征。他以一种更为谨慎的方式（但也许是似是而非的呢？），更喜欢将象征确定为普通的感受、情感和记忆的一些载体。于是，对象就变成了作品的一种对位法的要素。对象像情节的曲折一样属于故事，而在每一部小说中能够重新发现一种叙事，这大概正是布吕斯·莫里塞特对罗伯-格里耶的批评贡献之一。布吕斯·莫里塞特借助于一些细心的、谨慎的概述，很好地指出，罗伯-格里耶的小说是一种"故事"，并且，这种"故事"具有一种意义。正像他说的那样，在《迷宫》是一种创作的故事的时候，这种意义就是俄狄浦斯式的、性虐狂的、顽固的，或者甚至只是文学的。无疑，这种"故事"并不是由一种传统的方式构成的。布吕斯·莫里塞特由于关心技巧的现代性，而特别突出了叙述"角度"的变化和复杂性，突出了罗伯-格里耶所强加给时序性的变形和其对心理分析的拒绝（但不拒绝心理学）。同样，由于再一次具有了一种故事、一种（病理的）心理学和一种甚至是象征的但至少是可参照的材料，罗伯-格里耶的小说根本就不是最初的批评所说的那种"平庸的"故事梗概：它是一种充实的并充满秘密的对象。于是，批评应该开始仔细观察这个对象后面和围绕着它的东西。批评变成了破译性的：它在寻找一些"钥匙"（而通常能够找到）。这就是布吕斯·莫里塞特对罗伯-格里耶的小说所做的事情。我们将会看到这位批评家的勇气，他对不仅是当代的而且还非常年轻的一位作家，敢于立即使用人们曾在差不多半个世纪里用于像内瓦尔[①]和兰波那些作者的破译方法。

---

[①] 内瓦尔 (Gérard Labrunie, dit gérard de Nerval, 1808—1855)：法国作家。——译者注

第一个罗伯-格里耶是"物化论者"，第二个罗伯-格里耶是"人文论者"。在这两个罗伯-格里耶之间，在最初的批评与布吕斯·莫里塞特的批评之间，需要做出选择吗？罗伯-格里耶本人在这方面丝毫帮不上忙。像任何作者一样，在不考虑其理论主张的情况下，就其作品而言，它在构成上是含混的。此外，明显的是，他的作品在变化，这是他的能力。实际上，正是这种含混性是重要的，正是这种含混性与我们有关，正是这种含混性使一部作品有了意义——而这部作品却似乎断然拒绝故事性。这种意义是什么呢？意义的背面，便是一种问题。事物意味着什么呢？世界意味着什么呢？整个文学都是这种问题。但是，还需要立即补充一点——因为正是这一点构成它的特定性：<u>那就是这个问题要减去答案</u>。世界上没有哪一种文学曾经回答过它所提出的问题。而且，正是这种悬念总是将这种问题构成文学。这便是人在问题的猛烈性与答案的沉默之间所安排的非常脆弱的言语活动。这种问题，在它提出质疑的时候是宗教式的和批评式的，而在它不回答的时候则是非宗教式的和保守的。问题本身，正是多少个世纪以来在这个问题上提出的问题，而不是答案。瓦莱里说过，有哪位神仙敢于把这样的话当作格言：<u>我使人失望吗？</u> 文学似乎就是这位神仙。也许有一天，能够将文学描写成失望之艺术。这样一来，文学的历史将不再是由作家为意义问题所提供的矛盾答案的历史，而是完全相反，它是问题本身的历史。

因为显然，文学不能直接地提出构成文学而且是唯一构成文学的问题。在不借助于某些技巧的替换的情况下，文学不能够也将永远不可以将其质疑扩展到话语的延续上。而如果文学的历史最终就是这些技巧的历史的话，那么，这并不是因为文学不是技巧性的（就像有人在<u>为艺术而艺术</u>的时代装模作样所说的那样），而是因为技巧是可以使世界的意义中止和保持向文学提出的紧迫问题开放的唯一能力。因为，并不是<u>回答</u>是困难的，而是提问是困难的，是在提问的同时进行谈论是困难的。根据这种观点，罗伯-格里耶的"技巧"在某个时刻曾经是彻底的：即当作者认为可以直接地"扼杀"意义，以便使作品只允许构成它的基本惊异慢慢展开的时候（因为，写作并非肯定，而是自我惊异）。于是，意图的新颖性，便来自问题不无滑稽可笑地带有任何错误的答案，当然也就不需要以问题的术语来加以表述的时候。罗伯-格里耶的（理论）错误在于，只是相信事物具有先于和外在于言语活动的<u>就在那儿</u>，他认为，文学需要负责在现实主义的最后努力之中重新找到这种<u>就在那儿</u>。实际上，从人类学上讲，事物会立即、总是和有着完全的能力意味着什么。而恰恰因为意指在某种程度上"自然地"就是事物的条件，所以，只是简单地剥去事物的意义，文学就可以显示为一种令人欣赏的人为手段。如果"本性"是有意蕴的话，那么，"文化"的某种至极便可以使之"失去意蕴"。由此，严格地讲，对对象的这些模糊的描写，这些在"表面上"被讲述的趣闻，这些无秘密可言的人物，至少根据某种阅读方式，它们在构成风格，或者如果愿意这样说的话，它们构成罗伯-格里耶的选择。

不过，这些空洞的形式不可抗拒地需要一种内容。而我们逐渐地在批评之中，在作者的作品之中，看到一些情感意图、一些原型的返回、一些象征片段——简言之，一切属于形容词范围的东西——进入事物的漂亮的"就在那儿"之中。在这种意义上，罗伯-格里耶的作品出现了演变，这种演变是反常地由作者、批评家和公众同时进行的：一旦有人在我们面前打开事物的意义，在我们都竭力协助这种意义的时候，我们便都属于罗伯-格里耶。在罗伯-格里耶的作品于其发展和其未来（我们无法为其做出规定）之中被考虑的时候，它就变成了对被某种社会所体验的意义的检验，而这种作品的故事便将以自己的方式成为这种社会的故事。这时，意义已经返回来：它由于脱离了《橡皮》中那块著名的西红柿（但正像布吕斯·莫里塞特所指出的那样，它无疑已经出现在橡皮本身上了），而填充《去年在马丽昂巴》。它填充其花园、其板墙、其羽绒服。只不过，意义不再是根本没有，它在此仍然是以各种方式被推测的。大家都阐释过《去年在马丽昂巴》，但每一种阐释都直接地被其邻近的意义所反驳。意义不再是未实现的，不过它仍然是充满悬念的。如果罗伯-格里耶的每一部小说确实都"缩影式地"包含着其自身的象征的话，那么，毫无疑问，这部作品的最后讽喻就该是查理三世和他的妻子的塑像，而对于这尊塑像，马丽昂巴的情人们没有把握。这当然是令人赞赏的象征，不仅因为塑像本身引发不同的、不确定的但却是命名的意义（是您，是我，他们是古代的神：海伦、阿伽门农等），而且因为王子与他的妻子用手指确定地指向一种不确定的对象（该对象位于奇闻之中吗？位于花园之中吗？位于大厅里吗？）。他们似乎说：就是这个。但是，这个是什么呢？整个文学也许就在这种轻微的照应关系之中，这种关系既在指称，同时也在沉默。

1962，《序言》

## 有关符号的想象

任何符号都包含或涉及三种关系。首先，是一种内部的关系，这种关系将其能指与所指结合在一起。其次，是两种外部的关系：其一是潜在的，它将符号与其他符号的一种特定的储备结合在一起，人们将这个符号与其他符号分离开，为的是将这个符号插入话语之中；其二是现时的，它将符号与陈述的先于它或后于它的其他符号结合起来。第一种关系明显地出现在人们通常所称为的象征之中。例如，十字架"象征着"基督教，公社社员墙"象征着"巴黎公社，红色"象征着"禁止通行。因此，我们称第一种类型关系为<u>象征</u>关系（relation symbolique）——尽管我们不仅在各种象征中重新看到这种关系，而且也在符号中看到（粗略地讲，这些符号是纯粹约定的象征)。第二种关系平面对于每一个符号来说，都涉及一种有组织的形式储备或"记忆"的存在性，而符号借助于足以操作一种意义变化的、必要的最小差异就可与之区分开来。在拉丁文"lupum"中，-um 成分（它是一个符号，更准确地讲，它是一个语素）只就它对立于性、数、格变化的（潜在的）其余成分（- us，- i，- o，等等）而言才提供其宾格的意义。红色只就它系统地对立于绿色和橘黄色才意味着禁止（自然，如果没有其他任何颜色而只有红色的话，那么，红色仍对立于颜色的缺位）。因此，这种关系平面是系统之平面，它有时被叫作聚合体（paradigme）。于是，人们便将这第二种关系平面命名为<u>聚合关系</u>（relation paradigmatique）。根据第三种关系平面，符号不再参照其（潜在的）"兄弟"来定位，而是参照其（现时的）"邻居"。在 homo homini lupus[①] 中，lupus（狼）与 homo（人）和 homini（对于人）维持着某些关系。在服饰之中，一套制服的各个组成部分是根据某些规则结合在一起的：穿上一件针织衫和一件皮外套，便是创立一种过渡性的但却是有意蕴的结合，这种结合类似于将一些单词连接在一起的结合；这种结合平面，便是组合体（syntagme）的平面，于是，我们将这第三种关系称为<u>组合关系</u>（relation syntagmatique）。

然而，在人们对意蕴现象感兴趣（而这种兴趣可以来自区别明显的各个领域）的时候，似乎不可抗拒地必须将这种兴趣集中于三种关系中的一种，而不是集中于另外两种。人们有时"看到"符号以其象征特征出现，有时以其系统特征出现，有时则以其组合特征

---

[①] 拉丁文，意为"人对于人来说是狼"，也有的解释为"狼对于人来说是人"，它同时是一部作品的名称。——译者注

出现。有时，只是因为纯粹不了解相邻的这些关系：象征主义曾经在很长时间内对于符号的形式关系是盲目的。但是，即便当这三种关系已经得到了辨认（比如在语言学上），每一个人（或每一个学派）还是倾向于建立自己对符号的只是其中一种维度的分析。对于全部的意蕴现象，人们有着<u>一种泛泛的看法</u>，以至于我们似乎可以谈论不同的符号学<u>意识</u>（当然，这里涉及的是分析者的意识，而不是符号使用者的意识）。然而，一方面，对某种主导关系的选择，每一次都涉及某种意识形态；而另一方面，好像对于符号的每一种（象征的、聚合的和组合的）意识，或者至少对于以第一种意识为一方而以另外两种意识为另一方来说，都对应有个体的或是集体的某种思考时刻。特别是结构主义，它可以历史地被确定为像是从一种象征意识到一种聚合意识的过渡：符号的历史，就是对其"意识"的历史。

象征意识在符号的深层维度上看待符号，我们几乎可以说是地质学的维度。因为在这种意识看来，正是所指与能指的层级关系在构成象征。人们意识到了十字架与基督教教义之间的一种垂直的关系：基督教教义是处于十字架<u>下面</u>的，就像一种有关信仰、价值和实践的深在的整体，这种整体或多或少在其形式上是井然有序的。这种关系的垂直性带来了两种后果。一方面，垂直关系倾向于孤立出现：象征似乎在世界上保持着<u>直立的姿态</u>，而且甚至当我们断言它在扩张的时候，也是以"森林"的形式来出现，也就是说以只通过其根基（所指）来沟通的诸多深在关系的一种无序并列的形式来出现。另一方面，这种垂直的关系必然表现为一种类比关系：形式与内容<u>相像</u>（或多或少，但总会有一点），就好像形式总之是由内容产生似的，以至于象征意识也许有时重新包含了清除不掉的决定论。因此，相像便在很大的方面具有了特权（即便当我们指出符号的不相宜特征的时候）。象征意识主导了象征符号的社会学，而且当然，也部分地主导了正在诞生中的精神分析学，尽管弗洛伊德本人也承认某些象征符号的不可阐释的特征。此外，这正是象征一词盛行的时期。在这整个时期，象征具有一种神秘的魅力，即"丰富"之魅力。象征是丰富的，其原因是，我们不能将其简化为一个"简单的符号"（今天，我们可以怀疑符号的"简单性"）。形式在此不停地被内容的强大力量和运动所超出。实际上，对于象征意识来讲，象征符号远不是一种（被编码了的）交际形式，而是一种（情感的）参与工具。象征一词现在开始有点老化了。人们经常用符号或意指来取代它。术语上的这种变化表明了象征意识的减弱，尤其是在关于能指与所指的类比特征方面。不过，只要分析的目光对符号之间的形式关系并不感兴趣（或不知道，或怀疑），那么这种意识仍然是典型的，因为象征意识基本上是对形式的拒绝。在符号中，是所指在使象征意识感兴趣。对于象征意识来说，能指从来就只是被限定成分。

两个符号的形式一旦被比较，或者至少以某种多少可比较的方式被感知，那就会出现某种聚合意识。甚至在古典象征层上（因为这个层次与符号最不脱离），如果有机会感知两个象征形式的变化的话，那么，符号的其他维度便会立即被发现。例如，这便是红十字会（Croix-Rouge）与红新月会（Croissant-Rouge）[1]之间的对立。一方面，Croix 与 Croissant 之间不再与它们各自的所指（基督教和伊斯兰教）保持一种孤立的关系，它们都被用在了一种定型的

---

[1] 红新月会：伊斯兰国家的红十字会组织或机构。——译者注

组合体之中；另一方面，它们在它们之间构成了有区别的术语，每一个术语都对应于一个不同的所指：聚合体便出现了。因此，聚合意识不将意义确定为一个能指与一个所指的相遇，而是根据梅洛-庞蒂①的很好的表达方式将其确定为一种真正的"共存性变化"(modulation de coexistence)。这种意识用一种（至少）四边的关系，或更准确地讲，用一种同质逻辑的关系来替代象征意识的双边关系（即便这种关系是成倍增加的）。正是聚合意识使列维-斯特劳斯（在所有结果之中）得以重新表述图腾问题：当象征意识徒劳地寻找连接一个能指（图腾）与一个所指（部落）间的或多或少类比性的"充实"特征的时候，聚合意识在两个图腾的关系与两个部落的关系之间（我们在此不讨论聚合体是否一定是二元的问题）建立了一种同质性（这是列维-斯特劳斯的表达方式）。自然，聚合意识在只保留所指的指示作用（它指明能指并使人可以标记出对立的词项）的同时，它倾向于排空所指，但是它又无法因此而排空意指。显然，聚合意识已经使（或表达了）作为典范的（被标志的/非被标志的）聚合体科学的音位学获得了惊人的发展：正是聚合意识通过列维-斯特劳斯的作品确定了结构主义的开始。

组合意识是在话语层上连接符号的各种关系的意识，这些关系基本上是符号的各种制约、容限（tolérance）和结合自由度。这种意识曾经标志了耶鲁大学学派的语言学研究工作，还在语言学之外，标志了俄国形式主义学派的探索，尤其是普洛普②在斯拉夫民

---

① 梅洛-庞蒂（Maurice Merleau-Ponty, 1908—1961）：法国哲学家。——译者注

② 普洛普（1895—1970）：苏联民间文艺研究者，其《民间故事形态学》一书已成为符号学研究的经典著作。——译者注

族的民间故事领域进行的探索（所以，我们可以期待这种意识有一天能够解决对从杂闻到大众小说的重大当代"叙事"的分析）。但是，无疑这不是组合意识的唯一方向。在三种意识中，它无疑是最放弃所指的：它更是一种结构意识，而不是一种语义意识。因此，它无疑更接近实践：是它可以更好地使人想象操作性做法、分配、复杂的分类。组合意识已经使十进位制返回到二进位制。但是，正是聚合意识在真正地使人得以构想控制论"程式"，就像它已经使普洛普和列维-斯特劳斯重新建构神话"系列"那样。

也许有一天，我们可以重新对这些语义意识进行描写，可以尽力将它们与一种历史联系起来。也许有一天，我们可以制定符号学家的符号学、结构主义者们的结构分析。在这里，我们只是想说，大概有一种对符号的真正想象。符号不仅仅是一种特殊认识的对象，而且也是一种幻觉的对象，类似于西皮翁①梦境中对星球的幻觉，或者还接近于化学家们使用的分子表象。符号学家看到符号在意指场里活动，他数着意指的各种联系，画出它们的外形。在他看来，符号是一种敏感的观念。因此，在刚刚谈到的符号的三种意识（还是勉强地是技术性的划分）中，应该假设有着向更为宽泛的一些想象类型发展的一种扩张，而我们又可以在符号之外的其他对象里重新看到这些被调动起来的想象类型。

象征意识涉及对深度的想象。这种意识把世界体验成一种表面形式与一种多形式的、庞大的和强有力的深渊（Abgrund）之间的关系，而形象则带有一种非常强大的动力。形式与内容的关系不停

---

① 西皮翁（Scipion）：古罗马的一个大家族，这里很可能指生活于公元前185—前129年间的西皮翁·埃米里安（Scipion Emilien），因为他是文人和演说家，有作品传世。——译者注

地被时间（历史）所重新提出，上层结构不停地被基础结构所超出，即便人们没有能够把握结构本身。相反，聚合意识是对一种形式的想象。它看到能指好像从侧面与某些潜在的能指联系了起来，而这个能指既靠近这些能指，又区别于它们。聚合意识不再（或很少）从符号的深度上去看待符号，而是从符号的透视法中去看待符号。于是，与这种幻觉相联系的动力便是一种呼唤的动力：符号是在一种无限的、有序的储存库之外被引用的，而这种呼唤便是意指的最高行为。土地测量员的想象力、几何学家的想象力、世界之主人的想象力，在这里无拘无束。因为人为了意味什么，只能通过其大脑（在二元论的假设中）或者通过形式的物质限度在出现于面前的、已经被提前赋予了结构的东西中进行选择。组合意识不再（或很少）在符号的透视法中看待符号，它在符号的扩展中来预见符号。这种扩展，即是符号的先前联系与后来联系以及符号与其他符号之间搭起的桥梁。这里涉及的是一种"结构系统化的"① 想象力，即链条或网系的想象力。因此，形象的动力在这里便是一种对活动的、可替代的各个部分进行安排的动力，这些部分的拼合产生意义，或更为一般地讲，产生一种新的对象。因此，这里涉及一种纯粹制作性的或者还可以说是功能性的想象力（幸运的是，这个词是含混的，因为它既指一种可变关系的观念，又指一种使用的观念）。

这便是对符号的三种想象。无疑，我们可以根据最为多样的顺序，为每一种想象附加上一定数目的不同创造物，因为今天在世界

---

① "结构系统化的"（stémmatique）：首先见于法国语言学家泰尼埃（Tesnière）的"结构系统化分析"（analyse stémmatique）一语，指的是各种关系的重组活动。——译者注

上被建构的任何东西都逃避不了意义。为了待在（最近的）智力创造的秩序之中，在想象力深刻（象征性的）的作品中间，我们可以列举生平批评或历史批评、"看法"社会学、现实主义小说或内省小说，还可以更为一般地列举"表现性"艺术或"表现性"言语活动，因为它们都要求或者从内心提取的，或者从一个故事中提取的一种最为权威的所指。形式上的（或聚合关系上的）想象，涉及对于某些反复成分之变化的一种尖锐注意力。因此，人们为这类想象力附加上梦幻或梦幻性叙事，附加上主题性非常强的作品和其审美包含着某些替换（例如罗伯-格里耶的小说）的作品。功能上的（或组合关系上的）想象力，最终滋养所有这样的作品，即那些在创作上是通过安排非连续的和动态的成分来构成场面本身的作品：诗歌、史诗戏剧、系列乐曲和从蒙德里昂到比托尔的结构性创作。

1962，《论据》

# 结构主义活动

结构主义是什么？它既不是一种学派，也不是（至少现在还不是）一种运动，因为通常与该词有关的大多数作者丝毫感觉不到他们之间有什么学说或论争联系。它勉强是一个词汇：<u>结构</u>是一个已经过时的术语（最早出自解剖学和语法学[①]），如今已经极为陈旧。所有的社会科学都在求助于这个词，对它的使用已无法区分任何人，除非是在对赋予它的内容进行论战的情况下。<u>功能</u>、<u>形式</u>、<u>符号</u>和<u>意指</u>，这些术语已不大是更为恰当贴切的了。今天，这些词为人们泛泛使用，人们向它们要求一切并从中获

---

[①] 见《结构一词的意义与用法》（*Sens et usages du terme structure*），Mouton & Co., La Haye, 1962。

得一切，尤其是用以掩盖有关原因与产物的那种旧的决定论论调。为了探讨结构主义与其他思维方式的区别，大概需要追溯到像<u>能指所指</u>和<u>共时性——历时性</u>（synchronie-diachronie）这些成对的概念。第一对概念，是因为它依靠索绪尔创立的语言学模式，而且从构造上讲，语言学就其目前的状况而言本身就是有关结构的科学。第二对概念，从更具有决定性的方面讲，在共时观念（尽管在索绪尔那里尤其是操作性的概念）使人相信时间的某种凝固状态和历时观念趋于把历史过程再现为一种纯粹的形式接续的情况下，是因为结构主义似乎包含着对历史概念的某种修正。由于结构主义的主要阻力今天似乎来自马克思主义，而且是围绕着历史概念（而不是结构概念）兜圈子，这后一对概念就更引人注目。不管怎么说，这大概是对意指词汇的严肃借用（而不是对意指这个单词的借用，这个单词异乎寻常地丝毫不是区别性的）所致，而最终应该在这种借用之中来理解所说的结构主义的符号：请您注意谁在运用<u>能指</u>与<u>所指</u>、<u>共时性</u>与<u>历时性</u>，您就知道结构主义的看法是否已经形成了。

这一点，对于明确使用方法论概念的智力元言语活动也是行之有效的。但是，由于结构主义既不是一个学派，也不是一种运动，因此，没有理由把它<u>先验地</u>——即便是采用或然判断的方式——归纳为一种学术思想。最好的办法，是在自省的言语活动层次之外的另一种层次上，尽力寻找对其最宽泛的描述（甚至定义）。实际上，我们可以设想有这样一些作家、画家和音乐家，在他们看来，对结构的某些<u>练习</u>（而不仅仅是有关它的思想）反映了一种独特的经验。我们还可以设想，应该把分析家和创作者均置于可称为<u>结构的人</u>的共同符号之下，这种<u>结构的人</u>不是由其观念和言语活动所确定的，而是由其想象力，或者更确切地讲，由其<u>想象活动</u>即他从内心里感受结构的方式来确定的。

因此，有人会立即说，对于其所有使用者来讲，结构主义主要是一种活动，即一定数量的精神过程的有调节的连续活动。像过去谈超现实主义一样（超现实主义很可能产生了最初的结构文学经验，总有一天要回到这个问题上来），我们今天可以谈结构主义活动。但是，在理解什么是这些操作之前，必须先说一说其目的何在。

任何结构主义活动的目的，不论是自省的或是诗学的，都在于重建一种"对象"，以便在这种重建之中表现这种对象发挥作用的规律（即各种"功能"）。因此，结构实际上是对象的模拟假象，而且是有指向和有联系的模拟假象，因为被模仿的对象显示出在自然的对象中难以看见或者难以理解的某种东西。结构的人抓住现实，然后又重新组合现实。表面上看，这是微不足道的事（这一点使某些人认为结构主义的研究工作"没有意义、没有兴趣、没有教益"等）。然而，从另一种观点看，这微不足道之处正是关键所在。因为在结构主义活动的两种对象或两种时间之间，出现了新东西，这种新东西就是一般可理解的东西：模拟假象，便是补加到对象上的理解力，而这种增加具有一种人类学的价值，因为这种增加就是人本身，就是他的历史、他的处境、他的自由和自然对人的精神的抵抗本身。

于是，我们便理解了谈论结构主义活动的原因所在：创作或是思考在此并不是对世界的古怪的"感受"，而是真正地创造一个与之前相似的世界；但是这种创造不是照搬前一个世界，而是使之变得可以理解。因此，我们可以说，结构主义基本上是一种模仿活动，而且，正是在这一点上，真正地讲，学术上的结构主义与特别是作为一般艺术的文学没有任何技巧上的区别。两者都属于一种哑剧模仿,这种模仿不是建立在实体的类比之上(如在所谓的现实主义艺术中那样),而是建立在功能的类比之上[列维-斯特劳斯称之为同系关系(homologie)]。当特鲁别茨科依①以一种变体系统重建音位对象的时候,当乔治·杜梅齐②创立功能神话学的时候,当普洛普通过组织预先分解的所有斯拉夫民间故事来组成一种民间故事的时候,当列维-斯特劳斯发现图腾想象活动的同系关系作用的时候,当格朗热③发现经济思想的形式规律或加尔丹④发现史前青铜器的相关特征的时候,当里夏尔⑤把马拉美的诗分解成区别性节奏的时候,他们所做的,无非是蒙德里昂、布莱兹⑥或比托尔通过有规则地体现某些单位和对这些单位进行某些结合来安排某种对象时所做的工作,我们下面确切地称其为拼合(composition)。服从于模拟幻象活动的第一个对象,无论集中地由世界来提供(在对既成的一种语言、一种社会或一部作品进行结构分析的情况下)还是仍处于分散的状态(在结构的"拼合"过程中),无论已经从社会真实还是从想象真实中提取出来,这都是无关紧要的。被复制的对象的本质确定不了艺术(然而这却是各种现实主义难以改变的偏见),是人在重建对象时为其增加了东西:技巧是任何创作的存在本身。

---

① 特鲁别茨科伊(1890—1938):俄国语言学家,他在音位学上做出了重大贡献。——译者注

② 乔治·杜梅齐(Georges Dumézil, 1898—1986):法国宗教史学家,他的主要贡献在于对印欧语系不同民族的神话进行了比较。——译者注

③ 格朗热(G.-G. Granger, 1920— ):法国批评家。——译者注

④ 加尔丹(J.-C. Gardin, 1925— ):法国考古学家,考古信息符号学研究者。——译者注

⑤ 里夏尔(Jean-Pierre Richard,1922— ):法国文艺批评家。——译者注

⑥ 布莱兹(Pierre Boulez, 1925— ):法国作曲家和指挥家。——译者注

因此，正是在结构主义的目的与某种技巧不可分地相联系的情况下，与其他成分相比，结构主义才更明显地存在着。人们重新组构对象，<u>为的是</u>显示某些功能，可以这样说，正是这种途径在构成作品。正因为如此，才应该说是活动，而不应该说是结构主义创作。

结构主义活动包括两种典型的操作过程：切分与排列。把提供给模拟假象活动的第一个对象加以切分，就是在其本身找出一些活动的片段，正是这些片段有差异的情境在产生某种意义。片段本身没有意义，但是，片段外形的哪怕是最小的变化都会引起总体的改变。蒙德里昂的一种<u>方块</u>（carré），普瑟①的一个半音<u>音列</u>，比托尔《变化》的一个<u>节段</u>（verset），列维-斯特劳斯的"神话素"（mythème），音位学家们的音位，某位文学批评家的"主题"，所有这些单位（尽管其范围和内在结构会依情况不同而千差万别）只有在其边缘地带才获得说明问题的存在价值。这些边缘地带使其与话语的其他现存单位区分开来（然而，正是在此出现了安排问题），同时也使其区别于其他潜在单位——正是这些单位与潜在单位组成某一种类属（语言学家称之为<u>聚合体</u>）。对于理解何谓结构主义的观点来讲，聚合体这一概念似乎是基本的概念。聚合体是对象（单位）的一种极为有限的储存库，在此之外，人们借助于引证行为来唤出想赋予其一种现时意义的对象或单位。聚合体的对象的特征，是它与同一种类的其他对象具有某种相似的或不同的关系，同一聚合体的两个单位应该有少许相似，<u>以便两者之间的区别一目了然</u>。在 S 与 Z 之间既应该有共同特征（齿音），又应该有区分特征（有

---

① 普瑟（Henri Pousseur, 1929— ）：比利时作曲家。——译者注

或没有响度），以便使我们赋予法语中的 poisson（鱼）和 poison（毒药）① 以不同的意义。蒙德里昂的方块既在其形式上相似，又在大小和颜色上不同；（比托尔《变化》中的）美国汽车应以相同的方式不停地得到察看，然而它们在牌号和颜色上又都有区别。（在列维-斯特劳斯的分析中）俄狄浦斯神话的情节既应该是一致的，又应该是富于变化的，以便所有这些话语和作品都是可以理解的。因此，切分过程便产生假象的第一次分散情况，但是，结构的所有单位却丝毫不是杂乱无章：这些单位在被放置和插入到拼合内容之前，每一个单位都与其所属潜在的储存库一起形成一种精巧机制，该机制服从于一种最高的支配原则：最小差异原则。

所有的单位被提出之后，结构的人应该发现或确定它们的结合规则：这便是继唤出之后的排列活动。我们知道，艺术和话语的句法关系是各种各样的。但是，我们在任何带有结构设想的作品中发现，它们服从于一些有规律的制约。这些制约的形式主义表现虽然受到了不恰当的指责，但远不如其稳定性更为重要。因为，在假象活动的第二阶段中起作用的，是某种对偶然性的斗争。因此，对单位复现的种种制约便具有一种几乎是创世性的价值：作品正是借助于单位和单位结合的规律性反复才显示其得以形成，也就是说具有了意义。语言学家们把这些结合规则称作一些形式，而保留对于一个过分陈旧的词——形式——的严格用法也许大有好处。有人说，正是这一点才使单位之间的邻接丝毫不像是纯粹的偶然性之结果：艺术作品是人从偶然性中获得的东西。也许，这可以使我们一方面明白为什么那些所谓非形象性的作品仍处于诸种作品的最高点，人

---

① poisson 中的 ss 读 [s]，而 poison 中的 s 读 [z]。——译者注

类的思维为什么不处于模仿与模式的雷同之中,而是处于连接的规律性之中;另一方面,我们会理解,这同一些作品为什么会显得出乎意料,而且正是在这一点上,它们对于不能从中揭示任何形式的那些人来讲是毫无用处的。面对一幅抽象派绘画,赫鲁晓夫①大概只能错误地在画布上看出一条驴尾巴甩过的痕迹;不过,他至少以他的方式明白,艺术是对偶然性的征服(他只是忘记,任何规则均可学会,只要想运用它或识破它)。

于是,假象得到了确立,它并没有按照它所接受的世界来表现世界,正是在这一点上,结构主义是重要的。首先,它反映了对象的一种新的范畴,这种范畴既不是真实性,也不是理性,而是功能性,于是,这种范畴便又与围绕着信息研究正在形成的科学复合体结合在一起了。其次,它尤其充分地揭示了人类借以赋予事物以意义的人类自身的过程。这是新的东西吗?在某种程度上讲是的。当然,世界从未停止过寻找它得到的东西和它所产生的东西的意义。新的东西,便是一种思维(或者一种"诗学"),这种思维更多地探讨意义以何种代价和依据哪些途径才是可能的,而不是尽力赋予它所发现的对象以充实的意义。我们最多可以说,结构主义的对象,并不是富于某些意义的人,而是制造意义的人。这就像极尽人类的语义学目的的,根本不是诸多意义的内容,而仅仅是具有历史可变性的偶然意义借以产生的那种行为。意义之人,便是从事结构研究的那种新的人。

---

① 赫鲁晓夫(1894—1971):苏联 20 世纪 60 年代国家领导人。——译者注

用黑格尔的话来讲①,古希腊人对自然中的自然性感到惊异。他们不停地倾听自然的声音,探寻泉水、山脉、森林和雷雨的意义。在他们不明白这些对象指名道姓地向他们说了些什么的情况下,他们在植物或宇宙的范围内看到了意义的一种强烈震颤,便赋予这种意义一位神仙的名字:潘②。从此以后,自然界发生了变化,它变成社会性的了:给予人的一切,均已经人性化了,甚至包括我们旅行时穿越的森林与河流。但是,面对这种社会化的自然(它已经是文化),结构的人与古希腊人毫无区别。他也倾听文化的自然性,并且在文化中不停地感受正在坚持不懈地创造意义的一部庞大机器即人类的颤动(没有创造,文化便不再具有人性),而不是感受一些稳定的、完成的和"真实的"意义。这是因为,在结构的人看来,意义的这种制造比意义本身更基本,是因为功能广延至作品,是因为结构主义本身也成了活动,而且把对作品的操作练习与作品本身等同视之。一首半音音列的乐曲与列维-斯特劳斯的一篇分析文章,只因为它们曾被制作才被视为对象:它们的现时存在是它们的过去行为所致。它们是既成之物。艺术家和分析家是在重走意义之路,他们不需要指明这条路。他们的作用,我们还用黑格尔的话来说,是一种占卜术(mantéia)。就像古时的预言家那样,他说出意义之所在,而不加以命名。这是因为,文学尤其是一种占卜术,是因为它既是可理解的,又是可质问的;既是说话的,又是缄默的。它通过重走意义之路与意义一起进入世界,但却又脱离世界所制定的偶然意义。这是对消费文学的人的回答,然而又总是向自

---

① 见《历史哲学讲稿》(*Leçons sur la philosophie de l'histoire*),Vrin,1946,p. 212。

② 潘(Pan):古希腊神话中畜牧之神的名字。——译者注

然提出的问题；这是质问式的回答，又是回答式的质问。

那么，结构的人怎能接受人们有时指责他是非现实主义的呢？形式不也是在世界之中吗？形式不是也在负起责任吗？布莱希特作品中带有革命性的东西，是否真的是马克思主义呢？难道不更是在舞台上将一种反光体的位置或一种服饰的磨损与马克思主义联系在一起的决心吗？结构主义并不取消故事：它尽力将故事不仅与内容（这样的事做过多次）联系起来，而且与形式联系起来；不仅与物质联系起来，而且与可理解性联系起来；不仅与意识形态联系起来，而且与审美联系起来。确切地讲，因为任何有关故事可理解性的思考同时也参与这种可理解性，所以，这与结构的人能否存在下去大概无关紧要：他知道结构主义本身也是世界的某种形式，这种形式将随着世界的变化而变化。一如他在自己的能力之内体验他以新的方式去说世界上各种古代言语活动的有效性（而不是真实性），同样，他也知道，只需故事上出现一种新的表达世界的言语活动，他的任务也就完成了。

1963，《新文学》

# 拉布吕耶尔

在法兰西文化中,拉布吕耶尔占据着一种模糊的地位。① 学校里承认他非常重要,将他的格言、他的艺术、他的历史角色当作论说文的主题。人们颂扬他对人的认识和他对一个更为正义的社会的预感(布吕内蒂埃②说过,<u>正是人性观念开始显露了出来</u>)。有人将他说成是古典作家和民主论者(罕见的悖论)。不过,在学校之外,拉布吕耶尔的神话是

---

① 参见为拉布吕耶尔(Jean de La Bruyère,1645—1696:法国作家。——译者注)所著《品性论》(*Les Caractères*)所写的序,Paris, Le Monde en 10-18, 1963。

② 布吕内蒂埃(Ferdinabd Brunetière, 1849—1906):法国文学批评家。——译者注

可怜的：他在法国作家经世历纪建立起来的重大对话（帕斯卡尔与蒙泰涅，伏尔泰与拉辛，瓦莱里与拉封丹①）中没有任何地位。批评本身也没有去关注更新我们对他已经有的完全是在学校里形成的形象的认识。他的作品与我们世纪的任何一种言语活动都不适应，他的作品没有激励过历史学家、哲学家、社会学家，也没有激励过精神分析学家。一句话，如果我们不考虑曾经引用过其精辟格言的普鲁斯特的同情的话（与你喜欢的人待在一起，这就足够了；去梦想，去对他们说话，根本不去对他们说话，去想念他们，去想念那些更不引人注意的东西，但不离开它们，一切都是平等的。《论心》，n°23），现代性，尽管随时准备把古代作者据为己有，但似乎很难将拉布吕耶尔包容进来。虽然他与我们文学中的那些伟大名字平起平坐，但他无人承袭，好像是失宠的；他甚至不能享有作为作家的最后的幸运：被接受。

简言之，这种荣誉尚处于些许未醒状态，而且应该承认，拉布吕耶尔本人也没有准备好接受重大醒悟。总之，他仍然只是有节制的（蒂博代②谈论过拉布吕耶尔的明朗昏暗），他避免穷尽由他开始了的所有方法，彻底放弃确保作家身后声名大噪的观点。例如他很接近拉罗什富科③，不过，他的悲观情绪很少超越一位善良的基督教徒的智慧，也从不转向顽固。他能写出一种短促的、闪现的形

---

① 拉封丹（Jean de La Fontaine，1621—1695）：法国诗人，其著名作品为《寓言集》（*Les Fables*）。——译者注

② 蒂博代（Albert Thibaudet，1874—1936）：法国作家和文学批评家。——译者注

③ 拉罗什富科（François de La Rochefoucauld，1613—1680）：法国作家，其主要作品为《箴言集》（*Les Maximes*）。——译者注

式，但他更喜欢稍长一点的片段、重复出现的肖像。他是一位温和的说教者，他不激情冲动（也许不包括那些关于妇女和金钱的章节，在那些章节里，他表现出一种不退让的攻击性）。另一方面，作为公认的对一个社会的描绘者，而且在这样一个把世俗趋势当作最具社会性的激情的社会里，他不像雷斯①或圣西蒙②那样成为专栏作家。好像他打算躲避选择一种确定的体裁。作为道德说教家，他不停地指向通过其人其事而被理解的一个真实的社会（阅读他的书籍的钥匙之多可以证实这一点）。而作为社会学家，他只在社会的道德实质上看待这个社会。我们不能在他那里完全随便地获得人的一种永恒伤痕的形象。我们也不能在他的书中于好与坏之外看到一种纯粹的社会性的活生生的场面。也许正是为此，现代性，虽然总是在过去的文学中寻找纯粹的食粮，但其很难承认拉布吕耶尔：他通过最细微的抵制来躲避现代性，现代性无法命名他。

　　这种不适的感觉，无疑是对拉布吕耶尔进行任何现代解读时所产生的不适。我们可以换一种方式来说明一下：拉布吕耶尔的世界既是我们的，也是别人的。是我们的，那是因为他为我们描绘的社会在这一点上符合我们在学校里建立起的有关 17 世纪的神秘形象，而我们很快活地将这种形象与我们童年记忆中的那些古老的形象放在了一起，比如喜欢吃李子的梅纳尔克（Ménalque）、野蛮的兽性农民、"都说过，但来得太晚了"之谓、城市、院子、那些暴发户等；别人的，那是因为我们对于现代性的直接感觉告诉我们，那些

---

① 雷斯（Gilles de Laval, baron de Retz, 1404—1440）：法国元帅，圣女贞德的战友。他写有许多儿童谋杀案的故事。——译者注

② 圣西蒙（Louis de Rouvroy, duc de Saint-Simon, 1675—1755）：法国作家和回忆录作家。——译者注

习惯、那些性格甚至那种激情,并不属于我们。悖论是相当残忍的。拉布吕耶尔因其与时代落伍而是我们的,他又因其永恒的计划本身而外在于我们。作者的节制(从前被称为平庸)、学校文化的分量、周围读物的压力,这一切都使得拉布吕耶尔为我们传达了古典人的形象,这种形象既不很远——以至于我们可以品味外来情调的快乐,又不很近——以至于我们可以与之同一:它是一种与我们无关的熟悉形象。

在今天,阅读拉布吕耶尔的作品,如果我们不能打破距离与同一之间这种可疑的平衡的话,如果我们不能做到果断地被人拖向这一端或另一端的话,显然没有任何的现实意义(仅就我们已经离开了学校这一点而言)。确实,我们可以根据一种确认的精神来阅读拉布吕耶尔,就像任何道德说教家那样,在其中搜寻和找出以完美的形式来阐述我们刚从人们那里所收到的有关这种伤痕的格言。我们也可以在阅读他的作品时,标记出将他的世界与我们的世界分开来的任何东西,标记出这种距离就我们自己而告诉我们的任何东西。这就是我们在此要做的事情:我们根据他来讨论与我们关系不大的任何东西,我们也许最后将收集到他的作品的现代意义。

首先,对于说话的人来讲,世界是什么呢?它首先是一个充满对象、人和想象的不定型的领域。需要对其进行组织,也就是说:切分和分配。拉布吕耶尔并不缺乏这种责任。他将他生活的社会切分成几块大的地区,而在这些地区之间,他分配他的"品性"(总的说来,这便是他的作品的各个章节)。这些地区或这些等级,并不属于同质的对象,可以说它们对应于一些不同的科学(而这是自然的,因为任何科学本身都是对世界的切分)。首先是两种社会类别,它们构成了古典世界的基础:王室(贵族价层),城市(有产者）；然后是一种人类学类别：女人（这是一个特殊的人种，而男人则是一般的人种。人们说：<u>男人的</u>，但却说：<u>女人们的</u>）；一个政治类别（君主政体），一些心理学类别（心、判断、功勋）和一些民族类别，而在后一种类别中，社会品行是在某种距离（方式、习惯）中得到遵守的。这一切都（偶然地或在秘密意义之中）被包含在两种特殊的"操作者"之间：打开作品的文学（我们后面会看到这种开启的意义）和关闭作品的宗教。

拉布吕耶尔所操纵的诸多对象的这种多样性，他将其构成章节的那些类别的分散性，都要求做两点说明。首先是这一点：《品性论》在某种意义上是一部关于一般认知的书。一方面，拉布吕耶尔从各个方面来探讨社会的人，他把人们在 17 世纪末可能对于<u>社会</u>所具有的混杂的知识（我们后面会看到这个人更是社会性的，而不是心理性的）进行了某种间接的汇总（因为文学总是具有<u>加工科学</u>的功能）；另一方面，这部书以更为混乱的方式对应于某种启蒙式的经验，它导致人们开始接触存在性的这种最后的内容，而在这种内容中，知识与品行、科学与意识都以<u>智慧</u>的含混名称相互汇合在了一起。总之，拉布吕耶尔勾画了古典社会的某种<u>宇宙起源学</u>（cosmogonie），他通过世界的侧面、极限和其相互影响来描写这个世界。而这一点则导致第二点说明：拉布吕耶尔借以组成其世界的那些地区类似于一些逻辑类别。任何"个体"（在逻辑学上说：任何 X），也就是说任何"品性"都首先借助于属于这样或那样类别的一种关系来得到确定：郁金香爱好者属于<u>时尚</u>类别、爱俏女人属于<u>女人</u>类别、不专心的梅纳尔克属于<u>男人</u>类别等；但是，这还不够，因为应该在同一个类别的内部对品性作出区分。于是，他从一个类别到另一个类别进行交叉操作。将功勋的类别与单身汉的类别交叉起来，于是，您就获得了一种有关婚礼的令人窒息之功能的思考（《论功勋》，*Du Mérite*，n°25）；在《特里封》（*Tryphon*）中将过去的恩惠与现时的财富结合起来。这两种类别的简单相遇为我们提供了某种虚伪性的形象（《论财富》，*Des Biens de fortune*，n°50）。因此，地区的多样性，尽管其主要表现为有时是社会的，有时是心理的，但丝毫不证明一种极度的混乱。面对世界，拉布吕耶尔不像后一个世纪的那些作家土地测量员一样，去列举一些绝对多样的要素。他将一些少见的要素结合了起来。他所建构的人总是依据某些原则构成的：年龄、出生地、财富、虚荣心、激情。变化的只有拼合的方式，只有相互影响的类别之间的关系：一种"品性"至少总是两种固定成分的相遇。

然而，这正是对人的处理。在我们看来，这种人已经变得如果不是古怪的话，至少是不可能的。有人说，与拉布吕耶尔差不多是同代人的莱布尼茨是最后一位可以认识所有事物的人。拉布吕耶尔也许是最后的可以谈论整个的人，可以将人的世界的所有区域都囊括进一部书之中的道德说教家。在不到一个世纪之后，才有了33卷本的《百科全书》（*Encyclopédie*）。今天，世界上没有一位作家可以按照区域来处理组成社会的人。所有的人文科学放在一起，也不能做到这样。如果使用从信息理论借用而来的一种形象的话，我们可以说，从古典世纪到我们的世纪，感知层改变了。我们是在一个新的等级上看待人，而我们对所看到的东西的感觉甚至也发生了大变，就像对显微镜下的一种通常物质的感觉那样。《品性论》的那些章节，分别是自然地强加给人的视觉的一种间歇。今天，我们已不再可以在任何地方使人停止下来。我们强加给人的任何分配，都把人指向一种特殊的科学，而人的整体性则躲避我们。如果我有所改变地（mutatis mutandis①）谈论城市、谈论王室，我就是一位社会作家；如果我谈论君主政体的话，我就是一位政治理论家；如果我谈论文学，我就是一位批评家；如果我谈论习俗，我就是一位随笔作家；如果我谈论人心，我就是一位精神分析学家等。再就是，拉布吕耶尔所参照的至少一半的对象类别，只具有一种陈旧的存在性。今天，没有任何人再就女人、功勋或会话去写上一章。尽管人们继续结婚、继续"来到"或继续说话，但这些表现已过渡到另一个感知层上了。一种新的分配将这些都指派给了拉布吕耶尔所不知的一些有关人的区域：社会动力、相互心理学、性欲，而无须将这些领域汇集在唯一的写法之下。拉布吕耶尔描写过的男人，狭隘、明朗、"注意力集中"、细致、固执，但仍然在那里。我们的男人却总是在别处。如果我们刚刚想到某个人的品性的话，那是为了重新感受这个人的无意蕴的普遍性（例如晋升的欲望），或是为了重新感受他的难以把握的情结（我们敢于对谁坦率地说他是一位妄自尊大的人呢？）。总之，从拉布吕耶尔的世界到我们的世界，已经改变了的东西，是可标记的东西。我们已经不再像拉布吕耶尔那样去标记了。我们的言语是不同的，这不是因为词汇演变了，而是因为说话以一种总是介入的方式使真实片段化，是因为我们的切分指向一种非常宽泛的真实，以至于思考不足以负担起这种真实，并且我们称之为人文方面的新科学（其地位还没有得到非常好的确定）应该与之相互混合在一起。拉布吕耶尔强调指出，公公喜欢儿媳妇、丈母娘喜欢女婿（《论社会》，*De la Société*，n°45）；这是到今天还

---

① 拉丁文短语，原意为"应该改变的，已经改变"。——译者注

与我们有关的一种标记,如果这种标记来自精神分析学的话,那就完全像弗洛伊德的俄狄浦斯那样使我们梦魂缭绕,而不像是索福克勒斯①的俄狄浦斯。这是言语活动的问题吗?但是,历史上"人心"的唯一权力,是改变谈论人心的言语活动。自7 000多年前有了人、有了思考的人以来,一切都被说过了:无疑是这样的。但发明新的言语活动,从来就不能说是太晚了。

这就是拉布吕耶尔被一些大的个体类别所穷尽的"世界":王室、城市、教会、女人等。这些类别本身可以很好地被细分成更小的"社会"。我们来重读一下《论城市》一章的第四个片段:"城市被分成不同的社会,这些社会也是很小的共和国,有自己的法律、自己的习俗、自己的土语和自己的说笑词语……"用现代术语来说,好像世界是由一些相互难以渗透的隔离群体叠加构成的。换句话说,在拉布吕耶尔看来,人群丝毫不是以一种实质的方式构成的。这些小的社会以总之是偶然的方式在此由有产者充实、在彼由贵族充实,而在这种偶然方式之外,拉布吕耶尔寻找着确定所有这些社会的一种特征。这种特征是存在着的,那就是一种形式。而这种形式,便是围墙。拉布吕耶尔谈论所有的世界、谈论特定的世界,只是因为它们都是封闭的。在此,我们从诗学语言上接触到了可以称之为分配之想象力的东西。这种想象力在于借助精神来穷尽所有的情境,而这些情境是由一个空间的普通围墙在其出现的一般领域内逐步地产生的:分配的选择(也就是任意的选择),在里与在外的各种实质,接收、离开、交换的规则,只需在特定世界里有

---

① 索福克勒斯(Sophocles,约公元前496—前406):古希腊悲剧诗人。——译者注

一条线在关闭，就会有新的意义大量地产生，而这正是拉布吕耶尔看得很清楚的。对围墙的想象，不论是被体验过的还是被分析过的，由于被应用于社会的方面，所以，它实际上产生了一种既是真实的对象（因为这个对象可能属于社会），又是诗学的对象（因为作家们曾经带有偏好地处理过这个对象）：这便是<u>世俗趋势</u>（mondanité），或者用一个使之有点过分缺乏现实感的词来说，那就是<u>赶时髦</u>（snobisme）。在文学为自己提出诗学现实主义的问题之前，对于作家来说，世俗趋势曾经是其在保持作家身份的同时观察社会现实的珍贵手段。实际上，世俗趋势是真实的一种含混的形式：介入或不介入。围墙指向条件的分散性，但不管怎样它仍然是一种纯粹的形式，它使人可以接触到心理学和习俗，而不需要通过政治。因此，我们在法国也许有过从莫里哀到普鲁斯特的一种重要的世俗趋势的文学。显然，拉布吕耶尔属于这样的传统，即向着社会围墙的现象发展的一种完整的想象之传统。

有可能存在着许多小的世俗趋势的社会，因为它们只需要自我封闭即可以存在。但是，当然，由于围墙是任何世俗趋势的最初形式，而且人们因此可以在微小的群体层上对其进行描写（《论城市》的第四片段中的小团伙或维尔迪兰沙龙），所以当它适用于世界的整体的时候，便具有一种明确的历史意义。因为这是处于围墙之中和围墙之外的东西，必然与社会的经济分配相一致。这就是被拉布吕耶尔所描写过的一般世俗趋势的情况。这种世俗趋势必定有其社会根基：<u>处于围墙内的</u>，是那些有产阶层，即贵族和有产者；而处于围墙外面的，是那些不知自己生辰和无钱财的人，他们是百姓（工人和农民）。不过，拉布吕耶尔并不为社会阶层下定义。他采用多种方式安排<u>本土</u>（inland）与<u>外邑</u>（outland）：在围墙内占有位置的一切东西，都因此被要求别无二致；留在外面的一切东西都被扔至虚无之中。好像社会的所有下层结构都反常地仅仅是接受与拒绝形式的反映。因此，形式的优先性使得我们今天称之为政治的标记行为变成间接的了。有人谈论过拉布吕耶尔的民主情感，尤其依据的是论《男人》的第 128 片段，该片段是对农民的丑恶描写（<u>人们看到某些凶猛的动物……分散在田野上……</u>）。不过，在这种文学中，百姓只有一种纯粹功能性的价值：他是一种布施慈善的<u>对象</u>，而只有布施慈善之人的主体才可以存在。要实施怜悯，首先就要有一个可怜悯的对象：百姓愿意成为这样的对象。在形式方面（我们说过，封闭的形式是多么地预先确定这个世界的），贫穷的阶级，由于没有任何政治眼光给予阐述，所以是纯粹外在的。而无这种外在性，有产者阶级和贵族阶级就无法感觉到他们自己的存在（请看《财富》第 31 片段，其中，百姓观看贵人们以夸张的存在方式生活着，就像在戏台上那样）。穷人是人们<u>赖以存在的东西</u>：他们是构成围墙的极限。自然，作为纯粹的功能，外在的人们没有任何本质可言。人们不能把标志内在居民的具有充实存在性的<u>品性</u>中的任何一种赋予他们：百姓之人，既不是笨蛋，也不是漫不经心之人、自负之人、贪婪之人、贪吃之人（贪吃之人、贪婪之人：他怎么能是这样的呢？）。他只不过是一种纯粹的重言式叙述：<u>一个花园工就是一个花园工</u>，<u>一个泥瓦匠就是一个泥瓦匠</u>，这就是我们可以说的一切。唯一的品质在重复着，对于他来讲，人们有时可以从内部和在其器具性（清扫花园，建造一道墙）之外承认的唯一命名其存在的方式，就是成为一个人：不只是一个具有人性的存在物，而且是当世上的女人们过于幽处的时候发现的一个雄性存在物（《论女人》，n°34）。调查表（即实行问题调查的表）丝毫不是残忍的（这即是一种

"品性")。他只不过是"一个年轻人，他肩膀宽大，身体矮壮，是一位黑人，一个黑色的男人"(《论女人》，n°33)。

"品性"是一种隐喻：它是一个形容词的发展结果。由于没有定义（这是一种纯粹的极限），百姓既不能接受到形容词，也不能接受到品性。于是，他便在话语中消失了。借助于明确的假设（这种假设使存在带有着陈腐的霉味）的分量，《品性论》的全部写作都集中在围墙的内在充实性上了。正是在此，各种品行、各种形容词、各种情境、各种趣闻丰富了起来。但是，这种丰富可以说是少见的，是纯粹品质上的。它不是一种从数量上来讲的丰富。世俗趋势的本土尽管充满了有待碎裂的存在性，但它仍然是一处狭窄和人烟稀少的领土。在这里有一种现象出现，但我们的大众社会越来越失去对于这种现象的观念：大家都相互认识，大家都有一个名称。这种内部的熟悉性，因为建立在一种公开社会性的场合（贵族和有产者是极少数）基础之上，所以很容易使人想到在一些人口密集的社会中发生的事情：部族、村庄，或者还有大规模移民之前的美洲社会。反常的是，拉布吕耶尔的读者们却可以更好地设想普遍性，而不是去设想反义词。这样一来，对一种品性的任何描写，都与对一种同一性的感觉相巧合，即便这种同一性是不确定的。那些在《品性论》出版之后出现的数不清的解答，根本就不是可以标志当时的人们对这部书的一般意义茫然无知的一种无价值现象。贪嘴的克里通（Cliton）就是现实中的布鲁森（Broussin）伯爵，或者路易就是现实中的拉特穆瓦耶（La Trémoille）伯爵，这也许是无关紧要的。各种"品性"在一种个性化的社会里几乎都被提取了出来，这却不是无关紧要的。在这里，命名便是围墙的狭窄功能。上流社会类型（正是在这一点上，它大概区别于喜剧上的"角色"）作为无数个体之精华，并非是抽象地出现的。它是一种直接的单位，是由它在相邻单位中间的地位确定的，而这些单位在某种程度上的比邻性便构成了世俗趋势的<u>本土</u>。拉布吕耶尔并不净化其品性，而是讲述它们，就像对待同一种上流社会倾向的连续情况那样。

围墙和个体性，正是我们所不再知道的社会性的一些维度。我们的世界是<u>开放的</u>，人们在其中巡回走动，而尤其是，如果还有围墙的话，那就根本不是极少数人在其中被封闭着，并且夸张地找到了其存在性，而相反是数不清的大多数人。今天，世俗趋势，可以说就是正常性。结论便是，有关分配的心理学已完全地发生了变化。我们已不再对任何源于自负原则的品性感兴趣了（这种原则在当少数人具有财产和存在性的时候是决定性的），而是更对非正常性的所有变化感兴趣。在我们看来，只有在<u>边缘上</u>才有品性。现在，赋予各种人一种名称的，已不再是拉布吕耶尔，而是心理—病理学家或心理—社会学家，即所有不是来确定本质相反是确定间距的人们。换句话说，我们的围墙是扩张性的，它包含了最大的数量。结果便是，我们可以带给所有品性的兴趣都被完全推翻了。从前，品性指向一种解答，（一般的）人指向一种（特殊的）人格。今天则相反。确实，我们的世界为了自己的展现，正在创造一种封闭的和个性化的社会，即我们可以用我们时代的奥林匹斯诸神这一名称来汇集歌星、影星和杰出人物的社会。但是，这种社会不为我们提供品性，而仅仅提供一些功能或一些角色（热恋中的女子、母亲、被权利搞得焦头烂额的王后、淘气的公主、模范丈夫等）；而这些"重要人物"与古典的循环相反，他们被看成一些个人，以便大多数人可以在他们身上重新找到自己。总之，我们为了我们自己的消费而创造的奥林匹斯诸神的社会，只不过是为了再现它而被包容在整个世界中的一个世界。这个社会不是围墙,而是镜子:我们不再寻求典型,而是寻求同一。拉布吕耶尔以一种隐喻来浓缩一种品性。我们将一位星级人物发展成一种叙事;伊菲斯①、奥努弗尔②或赫尔米普③都适合于一种肖像艺术;玛格丽特④或索莱娅则更适合于英雄史诗艺术。

拉布吕耶尔的世界相对于我们的世界,在某种程度上这种属于结构的距离,丝毫不会使我们对他失去兴趣,而仅仅会使我们放弃与之同一的努力。我们应该逐渐地习惯于这样的想法,即拉布吕耶尔的真实性,在该词的完整意义上来讲,是在他处。没有什么比看到今天人们所谓的政治立场可以更好地使我们接受这种看法。我们知道,他所在的世纪并非是颠覆性的。那个时期的作家们,出生在君主政体之下,由这种政体养育成人,他们完全淹没在这种政体之中,因此,都一致积极地赞同政权,就像今天的作家一致在指责政权那样。不管是诚恳还是虚假(这个问题本身就没有多大意义),拉布吕耶尔在路易十四面前宣称效忠,就像在一位神面前那样。这

---

① 伊菲斯(Iphis):古希腊神话中一个著名女孩的名字。传说在她出生之前,她的父亲曾打算如果生的是女孩就将其杀死。所以,她出生后,母亲想方设法瞒过了父亲,并将其培养成了一个卫士。长大后,她应该与一个她所喜欢的女孩伊安特(Ianth)结婚,这自然就为母女二人带来了烦恼。最后,诸神帮助了她们,就在伊菲斯结婚之前,将其变成了男儿身。——译者注

② 奥努弗尔(Onuphre):全名圣奥努弗尔,为古埃及人,大约生于公元4世纪末。他在上埃及的沙漠之中隐居了70年,直至所带的衣服都变成了碎片。——译者注

③ 赫尔米普(Hermippe):全名圣赫尔米普,古希腊逍遥派哲学信徒。——译者注

④ 玛格丽特(Margaret):传说中的古代公主,现为女性名字。——译者注

不是因为效忠被重新感觉为是那样的,只是因为效忠是必然的。一个生来是基督徒和法国人的人(也就是说效忠于国王的人),从本质上讲就不能触及那些重大的主题,因为那些主题是禁区。所以,他就只有好好地去写(《论精神之著述》,Des Ouvrages de l'esprit, n°65)。因此,作家都急急忙忙地使存在的东西神圣化,因为这种东西就是神圣的(《论君主》,Du Souverain, n°1)。是事物的不动性在表明事物的真实。暹罗人欢迎我们的神甫,却不向我们派遣他们的教士,这是因为他们的神是虚设的,而我们的神是真实的(《论神灵》,Des Esprits forts, n°29)。当然,拉布吕耶尔效忠于王威崇拜的最夸张(因此也是最平庸的)形式,其本身无任何古怪之处。在他所处的时代,没有一位作家不曾有过这种风格。这种效忠当然还有其特殊的地方,那便是突然地使在今天有可能称之为继续揭示神秘性的一种态度停了下来。道德主义,由于它从定义上是原因取代表面和动机取代效力,所以通常就像一种使人晕眩的东西那样运作着。对真实的寻找,由于适用于"人心",似乎在任何地方都不能停下来。不过,在拉布吕耶尔那里,这种不可抗拒的运动,虽然借助于细小的标记而在整部书(这便是他自己生活的书)中继续,但最终以平淡的宣言而结束。但愿事物最终保持在状态之中,在国王—神灵的目光下一动不动。但愿作者本人与这种不动性汇合在一起,并且"逃避到平庸之中去"(即正确的地方之意;参阅《论财富》,n°47)。人们以为再一次听到了宣讲佛法(dharma),这种印度法律规定了事物和种姓的不动性。于是,在这部书与作者之间便出现了某种既令人吃惊的又典范的不一致性。说其是令人吃惊的,是因为尽管作者为安排自己而做了努力,但这部书继续在其所论之处冲击一切;说其是典范的,是因为在依据证人与证据之间的间距建立一种符号秩序的同时，作品似乎重新指向人在人们准确地称之为<u>文学</u>的这个世界里要特殊地完成的一种东西。因此，就是在最后，当我们认为在拉布吕耶尔身上达到了我们自身最远的极点的时候，一个人物突然在他身上出现了，这个人物与我们密切相关，他就只是<u>作家</u>。

当然，这不涉及"出色地写作"。今天，我们认为，文学是一种技巧，这种技巧既比风格之技巧更为深刻，又不如思维的技巧那么直接。我们认为，文学同时是言语和思想，因为思想在词语层上被人寻觅，言语在其自身若有所思地看着。拉布吕耶尔，就是这样的吗？

我们似乎可以说，文学的第一个条件，是异乎寻常去完成一种<u>间接的</u>言语活动：详细地命名事物而不去命名它们的最后意义，不过却不停地坚守着这种逼人的意义；把世界命名为一种符号的总汇，而人们又不以这种总汇说出符号所意味的东西。然而，对于一种言语活动来讲，借助于某种二级悖论，最好的间接手段，是尽可能经常地参照对象，而不是参照对象的概念。因为对象的意义总在颤动，而不是概念的意义在颤动。由此，出现了文学写作的具体使命。然而，《品性论》是对实质、场所、习惯、态度的最好的汇集。人在书中几乎经常地由一个对象或一种事故托出：服饰、言语活动、步调、眼泪、颜色、粉饰、面孔、食物、景致、家具、拜访、洗浴、信件等。我们知道，拉布吕耶尔的书丝毫不具备拉罗什福科《箴言集》的那种代数枯燥性，例如，《箴言集》是完全建立在对纯粹的人性本质的陈述基础上的。拉布吕耶尔的技巧是不同的：他的技巧在于<u>付诸行动</u>，并且总是趋向于将概念掩盖在感知对象下面。拉布吕耶尔想说明低俗动作的动机并非一定就是低俗，因而用几个词语就安排一个套房故事或用餐故事的情节(<u>宫殿里有两个套房，用于两个季节，那个住在宫殿的人来后住在了卢浮宫中二楼夹层的一个房间了</u>，等等，见《论功勋》，n°41)。任何真实都像一个谜那样开始，这个谜便是将事物与其意指分开的那个谜。拉布吕耶尔的艺术(我们知道，艺术，也就是说技巧，是与文学的存在本身完全一致的)在于在对象和事件的明显性(作者借助于这种明显性开始进行他的大多数的记述)与观念之间建立尽可能大的距离，而这种观念最终似乎以追溯既往的方式选择、安排了这些对象和事件，并使之活动了起来。因此，大多数<u>品性</u>被建构成像是一种语义方程式。具体地讲，就像是能指的功能；抽象地讲，就像是所指的功能。而从这一个到另一个，有一种<u>悬念</u>，因为人们从来都不会提前知道作者将从他所操纵的对象中提取的最终意义。

在拉布吕耶尔的作品中，片段的语义结构是非常强的，以至于人们可以毫无困难地将这种语义与语言学家雅柯布逊在任何符号系统中满意地区分出的两种基本方面联系起来。雅柯布逊在言语活动中区分出一种<u>选择</u>方面(在相似符号的一种潜在储存库中选择一个符号)和一种<u>结合</u>方面(把根据一种话语而选择的符号连接起来)。这两个方面中的每一个，都对应以往修辞学的一种修辞格，人们借此可以指名是哪一个方面。与选择方面对应的，是<u>隐喻</u>(métaphore)，它是用一个能指取代另一个能指，而这两个能指具有相同的意义，甚至具有相同的价值。与结合方面对应的，是<u>换喻</u>(métonymie)，它是依据一种意义从一个能指向着另一个能指的滑动。从美学上讲，向隐喻方法求助可以建立有关变化的所有艺术；向换喻求助可以建立有关叙事的所有艺术。实际上，拉布吕耶尔的一幅肖像描写有着一种非常出色的隐喻性结构。拉布吕耶尔选择具有相同意义的一些特征，并将这些特征积聚在一种连续的隐喻之中，其所指到最后得到了提供。例如，您可以在《财富》(n°83)一章的结尾部分看到对富人的肖像描写和穷人的肖像描写：在吉通（Giton）身上，以一种紧凑的节奏列举的是使其成为富人的所有符号；在费东（Phédon）身上列举的都是使其成为穷人的所有符号。于是，我们看到，发生在吉通和发生在费东身上的一切，尽管表面上是被讲述的，但真正地讲，不属于叙事的范围。它仅仅涉及一种广泛的隐喻，而拉布吕耶尔在当他说梅纳尔克"这一点不大是一种特殊的品性，而是一种消遣杂趣的汇集"（《论男人》，n°7）时，他非常恰当地提供了这种隐喻的理论。在此，您要理解，列举的所有消遣并不真正地属于一个男人，尽管这个男人是被虚构地命名的，就像在一种真实的叙事（换喻范围）中所发生的那样。但是，这更涉及一种有关消遣的词汇，在这种词汇中，人们可以"根据自己的兴趣"选择最能说明问题的特征（隐喻范围）。也许，我们正在接近拉布吕耶尔的艺术："品性"是一种虚假的叙事，它是一种隐喻，这种隐喻采用了叙事的外形而又不与之真正合一（人们会想到拉布吕耶尔对讲述的蔑视：《论判断》，*Des Jugements*，n°52）：文学的间接性就是这样完成的：话语含混、处于定义与说明之间，它不停地轻轻触及这一方面和另一方面，而通常又与两者失之交臂。在人们认为把握了一种完全隐喻的肖像描写（区别性特征的词汇）的明确意义的时候，这种意义又以一种体验过的故事（梅纳尔克的一天）的外形逃之夭夭。

失败的叙事，掩盖的隐喻：拉布吕耶尔话语的这种局面也许说明了《品性论》的形式结构（即人们过去所谓的拼合）。这是一本由片段组成的书，因为片段恰恰在作为一种纯粹的隐喻性的箴言——既然箴言在确定（参阅拉罗什富科：<u>自尊心是最大的奉承</u>）——与只不过是叙事的趣闻之间占据着中间的位置。话语有一点延展，因为拉布吕耶尔无法满足于一种普通的方程式（他在序言结束时作了自我说明）。但是，从他几乎要转向寓言故事时起，他却又很快停止了。实际上，这正是一种非常特殊的言语，这种言语在我们体裁丰富迥异的文学中没有等同物。那是一种鲜明的言语（箴言）或连续的言语（小说）。不过，我们却同样可以为其找到一种平凡的参照和一种高尚的参照。<u>片段</u>的平凡参照，那便是我们今天所谓的<u>剪贴簿</u>，即关于思考和信息的各种各样的汇集（例如报刊剪报）。只对其简单评注就导向某种意义：因为《品性论》正是有关世俗趋势的<u>剪贴簿</u>。这是一种无时间性的、被撕碎的小故事，其所有的碎块就像是连续的真实之不连续的意指那样。高尚的参照，便是我们今天称之为诗歌性言语的东西。因为历史上有一种悖论曾希望，在拉布吕耶尔时期，诗歌主要是一种连续的话语，具有换喻和隐喻的结构（在此重新采用了雅柯布逊的区分）。只是不得不等到后来超现实主义为言语活动带来了深刻的颠覆，才获得一种片段性的言语，并甚至从其片段化中获得诗性意义（例如参阅夏尔[①]《半岛言语》，*La Parole en archipel*）。实际上，虽然拉布吕耶尔的书是诗歌性的，却不是诗，但就像某些现代的歌曲那样，是一种<u>响亮的言语</u>：在此参照一种古典的理性（品性），在彼参照一种诗性的"非理性"，言辞丝毫不在片段的经验之中改变某种一致性。言语活动的彻底的不连续性，当年在拉布吕耶尔身上的体验，就像是

---

[①] 夏尔（René Char, 1907—1988）：法国诗人，早年投身于超现实主义。——译者注

今天在勒内·夏尔身上的体验那样。

正是在言语活动的层次（而不是在风格的层次）上，《品性论》也许最可以触动我们。因为，我们在这个层次上看到，一个人在此经历着文学的某种经验：在我们看来，对象似乎可以是过时的——如果词语根本不与之符合的话，就像我们已经看到的情况。我们可以说，这种经验在三种平面上进行。

首先，在立意本身的平面。拉布吕耶尔似乎曾经非常有意识地对我们今天称之为文学的这种特殊言语进行过某种思考，而他本人也曾以一种更为实质的而不是概念的表达方式来命名过这种特殊的言语——精神著述。他的序言是对他的事业在话语层次上的一种定义。除了这种序言，他还为这部书专门写了一章，而这一章即第一章，就像任何关于人的思考都首先应该在原则上建立承载这种思考的言语那样。确实，我们不能想象写作是一个不具备道德验证的不及物动词。因此，拉布吕耶尔是为教导而写作。不过，这种目的性被吸收进了一种更为现代的定义集合之中了：写作是一种职业，它是一种使这种目的性失去道德观念同时又赋予其一种技巧之严肃性的方式（《论精神之著述》，n°3）。文人（这是新的概念）是对世界开放的，他在世界上占据着的不过是逃避世俗趋势的位置（《论财富》，n°12）。进入写作之中，或者进入非写作之中，意味着写作是一种选择。在不想以这样的标记来强迫现代性的情况下，在这一切之中就显现出一种特殊言语活动的计划。这种计划既远离珍贵的游戏规则（自然性是当时的一个主题），又远离道德说教，它在某种方式之中找到它的目的，而这种方式则将世界切割成言语并使其在一种完全词语的工作层次上有所意味（这就是艺术）。

这一点导致文学表达的第二个层次，即作家在词语中介入的层次。拉布吕耶尔在谈到其前辈作家（马雷伯①和盖兹德·巴尔扎克②）时指出：<u>有人在话语中放入了他可以做到的（他可以接受的）整个秩序和整个明确性：这就于不知不觉之中加入了精神</u>。在此，精神恰恰表示智慧与技巧之间的某种创造性。实际上，这正是文学：由词语构成的一种思想、从形式产生出的一种意义。对于拉布吕耶尔来说，成为作家，便是认为在某种意义上内容取决于形式，便是在加工和变动形式的结构的同时，最终产生对事物的一种特殊理解力、对真实的一种新颖的切割，简言之，产生一种新的意义。在他一个人看来，言语活动是一种意识形态。拉布吕耶尔很清楚，他的世界观在某种程度上是由他所处世纪之初的语言学变革来确定的，而在这种变革之外，是由他个人的言语来确定的。话语的这种伦理学使他选择的是片段而不是箴言，是隐喻而不是叙事，是"自然性"而不是"矫饰"。

于是，写作有某种责任得到了显示，这种责任总的说来是非常现代的。而这一点导致了文学经验的第三种确定。实际上，写作的这种责任丝毫不与我们今天称之为介入和从前称之为<u>教导</u>的东西相混淆。确实，古典作家完全可以相信，他们曾教导一切，就像我们现在的作家所想证实的那样。但是，由于文学实质地与世界是相联系的，所以它是<u>在他处</u>的。它的功能，至少在与拉布吕耶尔一起开始的现代性内部，并不在于直接地回答世界所提出的问题，而是更为谦逊地和更为神秘地在于将问题引导到其答案附近，在于从技巧上建构意指，而不是去填充意指。正像上个世纪的实证主义者们所

---

① 马雷伯（François de Malherbe, 1555—1628）：法国诗人。——译者注

② 盖兹德·巴尔扎克（Jean-Louis Guez, Seigneur de Balzac, 1595—1654）：法国随笔作家。——译者注

说的那样,拉布吕耶尔根本不是革命者,也甚至不是民主主义者。他根本没有想到,被奴役地位、压迫、贫穷可以在政治方面得到表述。不过,他对农民的描写却具有一种<u>觉醒</u>的深刻价值。由写作所投射到人的不幸上面的光亮仍然是<u>间接的</u>,这种光亮在大多数时间里来源于一种盲目的意识。这种意识难以把握原因,难以预见如何纠正。但是,这种间接性甚至具有一种净化的价值,因为它保护作家不受自欺的影响。作家在文学内,并贯穿于文学之中,不具备任何权利,对于作家来说,人类不幸的解决并不是一种得意的<u>资产</u>。他的言语在此仅仅是为了命名一种混乱。这正是拉布吕耶尔已经做的事情:因为他已表现为作家,他对人的描写正命中了那<u>些</u>真实的问题。

1963,《序言》

## 眼睛的隐喻

尽管《眼睛的故事》包含着一些有名有姓的人物和对这些人物之间色情关系的叙事，但巴塔耶[①]根本没有（像萨德曾经写过朱斯蒂娜或朱丽叶的故事那样）在书中去写西蒙娜的故事、马塞勒的故事，或是叙述者的故事[②]。《眼睛的故事》，真正地是一个对象的故事。一个对象如何可以具有故事呢？无

---

[①] 巴塔耶（Georges Bataille, 1897—1962）：法国作家。在他的作品中，违反禁止而超越禁止和社会—经济的"消费"概念占据了中心位置，而在这种概念中，言语活动起着"极限经验"的作用。《眼睛的故事》（Histoire de l'oeil）是他1928年的作品。——译者注

[②] 怀念乔治·巴塔耶（1963年8—9月，《批评》，Critique, pp. 195 - 196）。

疑，可以从这只手到另一只手［于是，引发了类似于《我的烟斗的故事》 （*Histoire de ma pipe*）或《对一把交椅的记忆》（*Mémoires d'un fauteuil*）这些乏味的虚构故事］，也可以从形象到形象。这样一来，他的故事就是一种迁移的故事，这种迁移是一种变化（从本意上讲）的圆，是对象在远离自己的最初存在、根据使它变形但又不放弃它的某种想象的倾向来走遍的圆：这便是巴塔耶的书的情况。

发生在眼睛上的事情（而不再是发生在马塞勒、西蒙娜或叙述者身上的事情）不能被视作同于一种普通的虚构。一个对象的"经历"，在只是简单地换了其持有者的情况下属于只满足安排真实的一种小说想象力。相反，它的"变化"由于必须绝对地是想象的（而不再只是"发明的"），所以，只能是想象本身。这些变化并非对象的产物，而是其实质。巴塔耶在描写眼睛向着其他对象（因此也是向着"看见"的习惯之外的其他习惯）移动的时候，丝毫不被牵连到小说中去，而小说则从定义上讲与一种部分的、偏移的和不纯的（一切都混合有真实）想象物相适应。恰恰相反，他只在一种想象物本质之中运动。难道应该赋予这种配合以"诗歌"的名称吗？我们看不到可与小说相对立的其他体裁，而这种对立是必要的。小说想象是"<u>大有可能的</u>"：小说，<u>说到底</u>，是可能发生的事情，它是一种不甚大胆的想象（即便是在最丰富的创作之中），因为这种想象只能在真实的保证之下才敢于自我宣称。相反，诗歌的想象，那是<u>未必靠得住</u>的：诗歌，在任何情况下都是不可能发生的事情，恰恰除非是在黑暗的或激励人心的幻觉区域，因为在这里，诗歌是唯一可以指明这个区域的。小说通过一些真实成分的侥幸结合来进行；诗歌通过准确而完整地开发一些潜在成分来进行。

在这种对立之中（如果这种对立已经建立了的话），我们会辨认出语言学最近教会我们区分和命名的两大范畴（操作、对象或形象）：排列与选择、组合体与聚合体、换喻与隐喻。因此，《眼睛的故事》主要地是一种隐喻性搭配（我们会看到，换喻随后介入进来）。在此，一个词项——眼睛，在浏览一定数量的可替代对象时是<u>多变的</u>，这些对象与眼睛一起处于类似的（因为它们都是球形的），不过却是不相像的（因为它们都是以不同的名称命名的）对象的严格关系之中。这种双重的性质是任何聚合体的必要的和充足的条件：眼睛的替代物在该词的所有意义中，实际上是<u>按性、数、格发生变化了</u>。这些替代物被背诵，就像同一个单词的所有曲折性形式那样。它们被揭示，就像一种同一性的所有状态那样，而那些状态也像一些命题那样一闪而过（没有一个命题可以比另一个命题保留更长的时间）。它们被延展，就像是同一个故事的连续时刻那样。因此，在其隐喻的行程之中，眼睛既固定，又变化。它的主要形式借助于一种术语学的运动继续存在着，就像一种拓扑空间的形式那样。因为，在这里，每一种曲折变化都是一种新的名称，并说出一种新的使用方式。

因此，眼睛似乎成了多种对象的一种行程的母体，这些对象就像是眼睛隐喻的各种"停靠站"。第一种变化是眼睛与鸡蛋的变化。这是一种双重的变化，既是形式的（这两个单词具有一个共同的音和一个不同的音①），又是内容的（尽管它们之间绝对有距离，但两种东西都是球状的和白色的）。一旦白色和圆形被当作不变成分提

---

① 眼睛（oeil）与鸡蛋（oeuf）两个单词的发音分别是［oej］和［oef］。——译者注

出的时候，它们便允许新的隐喻扩张：例如猫的奶碟的隐喻，这种碟子服务于西蒙娜和叙述者的第一种色情游戏。而当这种白色成为珍珠色泽（就像一只死亡的和惊呆的眼睛的颜色）的时候，它便导致隐喻的一种新的发展——这种发展常由将鸡蛋名称赋予动物睾丸的通常习惯得以确认。因此，隐喻的球面完全地得到了建立，在这种球面中，从猫的奶碟子到格拉内罗（Granero）的眼球摘除手术，到公牛的阉割（<u>牛的睾丸与鸡蛋的大小和形状相仿，具有一种白色的珍珠色泽、粉红似血，俨然眼球的形状</u>），眼睛的整个故事在运动着。

这便是诗歌的首要隐喻。不过，这不是唯一的，一种二级的链条派生出来了，它是由液体的所有变化构成的，而这种液体的形象又紧密地联系着眼睛、鸡蛋和睾丸。因而，这不仅仅是黏稠的液体本身（泪水、猫的奶碟、精液或尿液）在变化，可以说，是潮湿态的出现方式本身在变化。在这里，隐喻仍然比球状更为丰富。从<u>潮湿态到流动态</u>，便是淹没之谓的所有种类，这些种类补充了对于球体的最初隐喻。表面上远离眼睛的对象在隐喻链上得到了理解，就像受伤马匹的肠子在受到公牛的犄角攻击后"就像瀑布"那样流了出来。实际上（因为隐喻的力量是无穷的），两种链条中只出现一条，就可以使另一条出现。还有什么比太阳更为"干燥的"呢？不过，在由巴塔耶以肠卜僧①的方式画出的隐喻范围里，只需太阳是圆的随后是球体的，就可以使它的光亮像液体那样流动，并且借助对于<u>天空的一种柔软的光亮度或一种尿液的液化过程</u>的想法，太阳就可以与眼睛、鸡蛋和睾丸的主题汇合为一体。

---

① 肠卜僧：古罗马依据牺牲者的内脏进行占卜的僧人。——译者注

这就是两种隐喻系列，或者，如果我们愿意说的话，根据隐喻的定义，这就是两种能指链，因为在两条链中的每一条上，非常确定的是，每一个词项从来都只是相邻词项的能指。所有这些"处在等级状态"的能指，难道都指向一个稳定的、并且因为它被隐藏在整个的面具建筑术之下而更为神秘莫测的能指吗？简言之，难道隐喻具有一种内容，因此它的各个词项便具有一种等级吗？这正是属于内心心理学的一个问题，不在我们的探讨之内。我们只是指出这一点：既然存在这个链条的开端，既然隐喻包含着一个生发性词项（因此是被看重的词项）——而聚合体就是根据这个词项越来越近地得到建构，那么，至少应该承认，《眼睛的故事》根本就不把性冲动指定为这个链条的首要词项。没有任何东西可以让我们说，隐喻是从生殖器开始，最终达到就像鸡蛋、眼睛或太阳那样表面上无性的对象。在此形成的想象物并不因为"秘密"而具有一种性欲幻觉。尽管如此，还是需要首先说明，为什么色情主题在此从来都不直接地是男性生殖器（这里涉及的是一种"圆的男性生殖器崇拜"）。但尤其是，巴塔耶自己在给出（在书的结尾）他的隐喻的（生平的）根源的同时，部分地使得对他的诗歌的任何破译都变得徒劳无益。因此，他不允许有别的什么求助，而只让人在《眼睛的故事》里考虑一种完全是球形的隐喻。在这里，每一个词项总是另一个词项的能指（没有一个词项在此只是一个简单的所指），而无须链条停止下来。无疑，眼睛，既然这是它的故事，那么它似乎就占据着主导地位。我们从眼睛知道了它就是盲目的父亲的眼睛，并且当父亲在孩子面前撒尿时，其灰白色的眼球就改变了颜色。但是，在这种情况里，正是眼睛与生殖器的相当是原始的，而不是它几个词项中的一个与生殖器的相当是原始的。聚合体不从任何地方开始。隐喻秩序的这种不确定性，由于一般被有关原型的心理学所遗忘，所以，只会重新产生联想领域的无序特征，就像索绪尔所强调的那样：我们不能赋予有性、数变化的任何一个词项以特殊地位。批评的后果是严重的：《眼睛的故事》并非一部深刻的作品。一切都在表面被提供了，并且无等级而言，隐喻在其整体上被摊开了。它由于是循环的和显性的，便不指向任何秘密。在这里，我们与一种无所指的意指（或者，在这种意指中，一切都是所指）有了关系。借助于我们在此试图描写的一种技巧，构成公开的文学，这既不是这个文本的最小的魅力之处，也不是其最小的新颖之处。这种文学位于任何破译之外，而且唯有形式批评可以陪伴它很远。

现在，应该回到两种隐喻链上来了，它们是眼睛的隐喻链（这样说是为了简化）和哭泣的隐喻链。作为潜在符号的储存库，一个完全纯正的隐喻不能由自己构成一种话语。如果我们背诵其词项——也就是说如果我们将其放入固定它们的叙事之中——的话，它们的聚合本质就已经听从于任何言语的维度了，而这种言语必然是组合的扩展①。《眼睛的故事》实际上是一种叙事，其所有的情节仍然是由双重隐喻的各个停靠站来预先确定的。在此，叙事只不过是嵌入珍贵的隐喻实质中的一种流动的材料。如果我们夜间在一个花园里，那是为了使一缕夜光前来模糊地显示出在马塞勒房间窗户前飘动的床单上的潮湿的点点痕迹。如果我们是在马德里，那是因

---

① 难道还需要说明这些源于语言学的且某种文学开始适应的术语吗？组合体是符号在真实话语层次上的链接和结合平面（例如由单词组成的线）；聚合体，对于组合体的每一个符号来说，是兄弟符号——不过却不是相像的符号——的储存库，在这种储存库中，人们进行每一个符号的选择；此外，这些术语出现在最近出版的《小拉鲁斯词典》（*Petit Larousse*）之中。

为有斗牛,有公牛生肉的祭献,有格拉内罗(Granero)的眼球的摘除。而如果是在塞维利亚(Séville),那是因为天空表现出了这种淡黄色的和液体的光泽,而我们则可以通过链条的剩余部分来了解这种光泽的隐喻本质。因此,尽管仅仅是在每一种系列内部,叙事也恰好就是一种形式。对这种形式的制约,在古老的格律规则和悲剧规则中是非常之多的,这种制约可以使我们在隐喻的所有词项的固有潜在性之外来突出这些词项。

不过,《眼睛的故事》是不同于一种叙事的另外的东西,尽管它是主题性的。这是因为,双重的隐喻一旦提出,巴塔耶便引入了一种新的技巧:他使两种链条交换。这种交换从本质上讲是可能的,因为这不涉及(属于同一种隐喻的)同一个聚合体,并且,结果便是,两种链条可以在它们之间建立一些比邻关系。我们可以使第一种链条的一个词项与第二种链条的一个词项连接在一起:组合体立即就是可能的。在一般的常识平面上,没有任何东西相互对立,甚至一切都导向一种话语,该话语说眼睛在哭泣、破碎的鸡蛋在流动,或者光线(太阳)在扩散;在最初时刻,即大家的时刻,第一种隐喻的那些词项与第二种隐喻的那些词项同时出现,并且巧妙地按照祖传的俗套成对地联结着。这些传统的组合体,由于诞生于两种链条之并接的完全传统的方式,所以显然包含的信息很少。打碎一个鸡蛋或弄破一只眼睛,这就是总的信息,这些信息只在相对于它们的语境而不是相对于它们的构成的情况下才有点作用。除了打碎鸡蛋,还能对它做什么呢?除了弄破眼睛,还能对它做什么呢?

不过,如果我们开始在两种链条之间打乱对应性,如果不是按照传统的亲属规则(打碎一个鸡蛋,弄破一只眼睛)来使对象和行为并列，而是借助于在不同的线上提取其每一个词项来分离联想的话——简言之，如果我们有权打碎一只眼睛和弄破一个鸡蛋的话，一切都会改变。这样一来，相对于两种平行的隐喻（眼睛和哭泣）来说，组合体就变成了交叉的，因为它所建议的连接就会从一个链条到另一个链条去寻找一些根本不是互补的而是有距离的词项。于是，我们便重新发现了由雷弗迪①表述和布雷东②所采用的超现实主义形象的规则（两种现实之间的关系越远和越正确，那么，形象就越强烈）。不过，巴塔耶的形象是更为审慎的。它不是一种疯狂的形象，也不是一种自由的形象，因为他的那些词项之间的巧合并不是偶然的，而且组合体被一种制约所限制：即选择的制约，尽管这种选择迫使只在两个完成的系列中提取形象的所有词项。从这种制约中，明显地产生了一种非常强烈的信息。该信息等距离地位于平庸与荒诞之间，因为叙事被紧裹在隐喻的范围之内，它可以交换隐喻的所有区域（这一点赋予了叙事一种喘息），但不可以打破界限（这一点赋予了叙事其意义）。有一种法则，它希望文学的存在从来就只在于它的技巧，因此，根据这种法则，对这种歌声的重复和自由便是一种准确艺术的产物，这种艺术既懂得测定联想领域，又懂得在联想领域上赋予词项的比邻关系以自由。

　　这种艺术并不是无根据的，因为它似乎与色情主义混合在了一起，至少是与巴塔耶的色情主义混合在了一起。确实，我们可以为色情主义想象语言学定义之外的其他定义（而且巴塔耶自己就指出过）。但是，如果我们把从一种链条到另一种链条，再到隐喻的不

---

① 雷弗迪（Pierre Reverdy, 1889—1960）：法国超现实主义诗人。——译者注
② 布雷东（André Breton, 1896—1966）：法国作家和超现实主义理论家。——译者注

<u>同等级（被吸吮的眼睛就像是一个乳房，在其嘴唇之间喝着我的眼睛）</u>所进行的意义转移称作换喻[①]的话，那么，我们无疑会发现巴塔耶的色情基本上是换喻的。在这里，既然诗学技巧就在于破坏对象的习惯比邻性，以便用新的机遇来替代比邻性（不过这些新的机遇在每一种隐喻的内部受到单一主题的稳定性的限制），那么，就会产生品质与行为的一种普遍的传播。眼睛、太阳和鸡蛋，通过它们的隐喻隶属性，紧密地参与生殖；而且借助于它们的换喻自由性，它们无限地交换它们的意义和用法，以至于在一个澡盆中打碎鸡蛋、吮吞（软的）鸡蛋或为之剥壳、切开一只眼睛、摘除眼睛或猥亵地玩耍、将奶碟与性器联想在一起和将光线与撒尿联想在一起、咬住公牛的睾丸就像咬住一只鸡蛋或将睾丸放到其体内。所有这些联想都既是相同的又是其他的。因为隐喻改变着这些联想，便在它们之间表现出一种有规律的区别，而负责交换它们的换喻随即尽力废除这种区别。世界变成<u>混乱</u>的了，各种属性不再被分离。流动、哭泣、撒尿、射精，构成一种<u>颤动</u>的意义，而整个一部《眼睛的故事》以一种总是产生着同一种声音（但是，是什么声音呢?）的震动方式在意味着。对价值的违反，是色情的公开原则，因此，与这种违反相对应的，是对言语活动形式的一种技巧违反——如果不是后者建立前者的话。因为换喻不是别的什么，只不过是一种强制性的组合体，是对意蕴空间的一种界限的破坏。换喻可以在话语的层次上允许有一种对对象、习惯、意义、空间和各种属性的<u>反分解</u>，这种反分解就是色情本身。因此，在《眼睛的故事》中，隐喻

---

[①] 我在此参照的是雅柯布逊在作为类似形象的隐喻与作为比邻形象的换喻之间建立的对立关系。

与换喻的关系最终允许违反的东西,便是性:当然,这并不是完全反过来升华它。

剩下要知道的,便是刚刚被描写过的修辞学是否可以使人阐述任何色情,或者修辞学是否属于巴塔耶自己的。例如,看一看萨德的色情,便可以大概地给出答案。确实,巴塔耶的叙事从萨德叙事中学习到了许多东西。但是,在萨德的色情主义具有基本上是组合关系性质的情况下,更可以说是萨德奠基了任何色情叙事。既然有着一定数量的色情场所,那么,萨德便从中推断出可以调动这些场所的所有形象(或人物结合)。首批的单位在数量上是确定的,因为没有任何东西比色情器具更有限了。不过,这些单位的数量足以适应一种表面上无限的结合情况(色情场所结合成姿态,姿态结合成场面),这些单位的大量结合构成萨德的整个叙事。在萨德身上,不存在向隐喻想象或换喻想象的任何求助,他的色情仅仅是结合而成的。但是,通过这一点,他的色情无疑具有与巴塔耶的色情不同的意义。巴塔耶通过换喻,在穷尽一种隐喻——无疑是双重的隐喻,但是其每一个链条都是很弱地得到了饱和。相反,萨德深刻地挖掘一种不带有任何结构制约的结合领域。他的色情主义是百科全书式的,属于曾经激励过牛顿和傅立叶的那种负责精神。对于萨德来说,这涉及统计一种色情结合情况,这种设想(从技术上)不包含对性的任何违反。对于巴塔耶来说,这涉及浏览某些对象的颤动情况(这是非常现代的概念,萨德当时并不知道),为的是从这些对象到另一些对象交换亵渎的功能和实质(软蛋的稠度、刚摘下的睾丸的带血的和珍珠色泽的颜色、眼睛的玻璃体)的功能。萨德的色情言语活动只具有他所在世纪的内涵,这便是一种写作。巴塔耶的色情言语活动被他自己的存在性所内涵化,这便是一种风格。在两者之间，出现了某种东西，它把所有的经验都转换成迷茫的（这里采用的还是超现实主义的一个术语）言语活动，而这种言语活动就是文学。

1963，《批评》

# 两种批评

在法国，当前有两种平行的批评：一种，我们为了简化而称之为<u>大学</u>批评，并且它主要使用从朗松①那里继承下来的一种实证主义方法。另一种，我们称之为解释性批评（critique d'interprétation），其代表人物相互之间差别很大，因为这涉及萨特、巴什拉尔②、戈德曼、布莱③、斯塔罗宾斯基④、威

---

① 朗松（Gustave Lanson，1857—1934）：法国大学教授和文艺批评家。——译者注
② 巴什拉尔（Gaston Bachelard，1884—1962）：法国哲学家。——译者注
③ 布莱（Georges Poulet，1902—1991）：用法语写作的比利时批评家。——译者注
④ 斯塔罗宾斯基（Jean Starobinski，1920—    ）：用法语写作的瑞士批评家。——译者注

伯（J.-p. weber）、吉拉尔①、里夏尔，其共同点是，他们对文学作品的探讨都或多或少但都以一种有意识的方式与当时的主要意识形态中的一种有联系，比如存在主义、马克思主义、精神分析学、现象学。为此，我们可以称这种批评为意识形态批评，以此对立于第一种批评——大学批评，它拒绝任何意识形态，并且只依仗一种客观的方法。这两种批评之间，当然有一些联系。一方面，意识形态批评在多数时间里是由大学教授们进行的，因为我们知道，在法国，由于传统和职业的原因，知识分子身份很容易与大学教授的身份相混淆；另一方面，又需要大学承认解释性批评，因为这种批评的某些作品就是博士论文（确实，这些论文似乎更容易被哲学评审团而不是被文学评审团所认可）。不过，在不谈论争议的情况下，这两种批评之间存在着真实的分离。为什么呢？

如果大学批评只不过就是其公开的纲领即严格地建立生平的或文学的事实的话，那么，说真的，我们不理解为什么这种批评与意识形态批评之间维持着最小的紧张情况。实证主义的成就甚至它的诸多要求是不可逆转的。今天，任何人，不管他所选择的哲学观点如何，都不会去想质疑博学的作用、历史阐述的益处、对文学"场合"做细致分析的优点。而且，由于大学批评非常看重起源问题，如果这一情况已经引入了有关文学作品的某种观念的话（我们在后面将回到这一点上），那么，在我们一旦决定提出这个问题的时候，就没有任何道理可以反对我们准确地处理它。因此，乍看起来，没有任何理由阻止这两种批评相互承认与合作共事。实证主义批评可

---

① 吉拉尔（René Girard, 1923— ）：法国哲学家和人类学家。——译者注

以建立和发现"事实"(因为它的要求就是这样的),并且它让另一种批评自由地对这些事实进行解释,或者更准确地讲,通过参照一种公开的意识形态系统"使其意味什么"。如果这种令人感到安慰的观点是乌托邦式的话,那是因为实际上,从大学批评到解释性批评,并没有研究工作上的分离,只不过是一种方法和一种哲学的不同。但这却是两种意识形态的真实竞争,就像马内姆(Mannheim)指出的那样,实证主义实际上也是像其他意识形态一样的一种意识形态(这一点根本不会妨碍它是有用的)。而当实证主义启迪文学批评的时候,它让人至少在两点上(只限于其基本点)非常清楚地看到了它的意识形态本质。

首先,在故意地将其研究工作局限于作品的"情况"(即便是涉及内在情况)的时候,实证主义批评对文学实行着一种完全不公正的观念。因为拒绝过问文学的存在,那便同时使人相信这样的观念,即这种存在是永恒的——或者如果愿意的话——是自然的,简言之,就是使人相信文学是<u>不言自明</u>的观念。然而,何谓文学呢?人们为什么要写作呢?拉辛难道与普鲁斯特是为了同样的理由而写作吗?不向自己提出这些问题,便是回答了这些问题,因为这是在采用有关常识的传统观念(这种观念不必是历史的观念),即作家写作仅仅是为了<u>自我表达</u>,即文学的存在就在于对感觉和激情的"翻译"。不幸的是,自从人们接触到人的意向性(不这么做,又如何谈论文学呢),实证主义的心理学就不够了。这不仅仅因为心理学还只是基础性的,而且因为它引入了一种特定时期的决定论哲学。反常的是,历史批评却在此拒绝历史。历史告诉我们,不存在文学的一种无时间性的本质,而是在文学名称(这一名称本身的历史也不长)之下存在着有关形式、功能、机制、理由、各种计划的一种变化，恰恰是历史学家需要向我们说出它们的相对性。由于没有这些，历史学家恰恰必定不能说明那些"事实"。在不告诉我们为什么拉辛写作（这是拉辛所处时代的人可能出现的情况）的情况下，批评又不去发现为什么拉辛在某一时刻（在《菲德尔》之后）不再写作。一切都是有联系的：哪怕是文学中的最小问题，即便是趣闻性的，但在一个时代的精神范围内也具有其重要性。而这个范围却不是我们的范围。批评应该接受这样的事实，甚至正是它的对象即作为最一般形式的文学在对抗它和逃避它，而不是作者生平的"秘密"。

其次，大学批评很清楚地让人看到了意识形态对它的介入，这便是我们可以称之为类比假设的东西。我们知道，这种批评的工作主要是由寻找"起因"来构成的。因此，它总是涉及使被研究的作品与某种其他的东西即文学的一种他处建立联系。这种他处可以是（先前的）另外一部作品，可以是一种生平情况，或者是作者真实体验过并且在其作品中（俄瑞斯忒斯，就是26岁的拉辛，正在热恋且充满嫉妒心等）"表露出"（即总在表达）的一种"激情"。这种联系的第二个时期，比起其本质来说并不那么重要，这种本质在整个客观批评中是一直存在的。这种联系总是类比性的；它包含着这样的信念，即写作，从来都只是重现、复制、获得灵感等。在模式与作品之间存在的区别（而且很难对其提出异议），总是归因于"天才"所致。面对"天才"这种观念，最固执的、最冒失的批评家会突然地放弃言语权利，而最挑剔的理性主义者则变成了轻信的心理学家——这种心理学家在类比性一旦恰恰不再可见的时候，便尊重创作的神秘的炼丹术。因此，作品的相像性，通过一种特殊的放弃，通过在其变幻方面的各种差异，属于最严格的实证主义。然而，这是一种颇具特征的假设。我们完全有权主张，文学作品恰恰开始于它歪曲其模式（或者更为慎重地说：它的出发点）的地方。巴什拉尔指出过，诗歌想象不在于<u>构成</u>形象，相反在于<u>歪曲</u>形象。在心理学上，由于它是类比阐释所看重的领域（被写出的激情，似乎应该一直是出自一种被体验过的激情），所以，我们现在知道，<u>否定</u>现象至少与<u>相符</u>现象（conformité）同样重要。一种欲望、一种激情、一种剥夺，可以很好地产生一些<u>恰恰</u>相反的表象。一种真实的动机可以在一种与之相悖的借口中<u>被颠倒</u>。一部作品可以是抵补负面生活的幻觉。俄瑞斯忒斯深爱着赫尔弥俄涅，这也许就是被拉迪帕尔克①从内心讨厌的拉辛：相似性根本不是创作与真实之间维持的特别重要的关系。模仿［根据马特·罗贝尔在其论著《旧与新》(*L'Ancien et le nouveau*)② 一书中刚刚赋予这个词的非常宽泛的意义］，它依随一些弯曲的途径。不管是根据黑格尔的术语来定义模仿，还是根据精神分析学的术语或是存在主义的术语来定义它，一种强有力的辩证法在不停地扭曲作品的模式，在不停地使这种模式服从属于诱惑、补偿、嘲笑、侵犯的一些力量。其<u>价值</u>［即<u>适用性</u>（*valant-pour*）］不应该依据模式本身来建立，而是<u>应该依据它们在作品的总体组织中所占据的位置来建立</u>。在这里，我们触及了大学批评诸多责任中最为重大的一种。这种责任集中在文学细节的一种发生学上，它几乎失去其功能意义即它的真实性。巧妙、

---

① 拉迪帕尔克（marquise Thérèse du Gorle, dite La Du Parc, 1633—1668）：法国女喜剧演员。她先加入莫里哀的剧团，后加入拉辛的剧团，出演过《安德罗玛克》（*Andromaque*）。她于1668年去世，不少人把其死因归于她的情夫拉辛。——译者注

② Grasset, 1963.

严格和顽强地探询俄瑞斯忒斯是否就是拉辛，或者德·沙吕斯（de Charlus）男爵是否是孟德斯鸠（Montesquiou）伯爵，这同时也是否认俄瑞斯忒斯和德·沙吕斯基本上是一个功能形象网上的两个词项，这个网在其状态之中只在作品的内部及其周围而不是在其根基部分才能得到理解。俄瑞斯忒斯的对应之人并不是拉辛，而是皮洛士①（根据一种显然是有区别的途径）。沙吕斯的对应之人，并不是孟德斯鸠，而——恰恰在叙述者不是普鲁斯特的情况下——是叙述者。总之，作品是其自己的模式。它的真实性并不需要在深度上去寻找，而是在广度上去寻找。而如果作者与其作品有某种关系的话（有谁否认它呢？作品并不从天而降：只有实证主义批评还在相信缪斯），这不是一种点彩式的关系（这种关系累加小范围的、不连续的和"深在的"相像性），恰恰相反，是整个作者与整部作品之间的一种关系，是关系中的关系，是对应的一致性，而不是类比的一致性。

在此，似乎接近了问题的核心。因为，如果我们现在转向大学批评所隐性地表现出的对另一种批评的拒绝的话，为了猜想原因，我们就会立即看到，这种拒绝根本不是对于新兴事物的那种庸俗的惧怕。大学批评既不是落后的，也不是过时的（也许有一点缓慢）：它很懂得适应。因此，尽管它在许多年里对正常人实施一种遵循惯例的心理学（从作为朗松同时代人的泰奥迪勒·里博②那里因袭而来），但它由于（通过一种特别受人欢迎的博士论文答辩方式）认

---

① 皮洛士（Pyrrhos，公元前319—前272）：古希腊伊庇鲁斯（Epire）的国王。——译者注

② 泰奥迪勒·里博（Théodule Ribot，1839—1916）：法国心理病理学的创始人。——译者注

可了莫龙①忠实于严格的弗洛伊德学说的批评，也就刚刚"承认"了精神分析学。但是，在这种认可之中，大学批评的抗争线公开出现了：因为精神分析学批评仍然是一种心理学，这种批评假设作品有一种他处（那便是作家的童年），即作者的一种秘密、一种需要破译的材料。这种他处仍然是人的灵魂，尽管是以一种新的词汇出现的：与其根本没有心理学，不如有一种关于作家的心理—病理学。精神分析学在将一部作品的细节与一种生活的细节建立关系的同时，继续进行完全建立在外在性关系基础之上的一种动机审美研究。正因为拉辛自身是个孤儿，所以在他的戏剧中便有着许多的父亲。传记中的超验性是健康的：现在需要，将来也还需要"搜寻"作家的生活。总之，大学批评准备接受（逐渐地，而且是在连续的抗争之后）的东西，反而是一种解释性批评的原则本身，或者如果愿意的话（尽管这个词仍在使人感到害怕），是一种意识形态批评的原则本身。但是，它所拒绝的东西，是这种解释和这种批评可能决定在一种纯粹内在于作品的领域里进行工作。简言之，被拒绝的东西，便是内在性分析。只要作品可以与它之外的其他东西建立关系，也就是说，与文学之外的东西建立关系，一切都可以接受：历史（即便它变成马克思主义的）、心理学（即便它变成精神分析学的），作品的这些他处都将逐渐地被接受。不可接受的东西，便是在作品之内进行的研究工作。这种研究工作，只在完全地于作品内部、于其功能之中，或者像我们今天说的那样，于其结构之中对作品进行了描写之后，才与社会建立关系。因此，被拒绝的东西，总

---

① 莫龙（Charles Mauron，1899—1966）：法国心理批评派批评家。——译者注

的说来就是现象学批评（这种批评阐释作品，而不是说明作品）、主题批评（这种批评重新建构作品的内在隐喻）和结构分析（这种批评把作品当作一种功能系统）。

为什么要拒绝内在性（其原则常常被不正确地理解）呢？现在，我们只能提供一些可能的答案。也许，这是由于顽固地服从于决定论主义的意识形态，而这种意识形态要求作品是一种"原因"的"产物"，并且那些外在原因是比其他方面都更是"原因"的东西。也许，这还因为从一种决定论批评过渡到一种功能和意指批评可能要涉及大学教授的知识即技巧和职业的各种规范的深刻转变。不应该忘记，研究仍然没有脱离教学，大学还在工作，但它同时也在颁发文凭。因此，它需要一种意识形态，该意识形态是根据一种非常困难的技巧来构成的，为的是成为一种筛选性工具。实证主义就为这种批评提供了一种宽泛的、难以把握的和需要耐心的懂得。至少在大学批评看来，内在批评似乎在作品面前只要求产生一种惊异的能力，而这种能力又是难于测定的：我们理解，这种批评不肯转变其各种要求。

1963，《现代语言注释》（*Modern Languages Notes*）

# 何谓批评？

根据意识形态的当前状况，总是可以规定出一些主要的批评原则，尤其是在理论模式具有很大诱惑力的法国。因为无疑，这些原则使实践者确信，他同时在参与一种战斗、一种历史和一种整体性。因此，大约15年以来，法国批评在四种主要的"哲学"内部得到了发展，硕果累累。首先是人们同意用一个非常有争议的术语来称谓的存在主义，这种哲学产生了萨特的批评著述：《波德莱尔》（*Baudelaire*）、《福楼拜》（*Flaubert*），还有一些比较短的论述普鲁斯特、莫里亚克[①]、吉罗杜和蓬日[②]的文章，

---

[①] 莫里亚克（François Mauriac，1885—1970）：法国作家。——译者注
[②] 蓬日（Francis Ponge，1899—1988）：法国诗人。——译者注

而尤其令人赞赏的是他的《热奈》(Genet) 一书。其次是马克思主义。我们知道（因为论战已经是从前的了），马克思主义的正统学说在批评上曾经是多么地乏力，它在于提出对作品的一种纯粹机械的说明或者发布一些口号，而不是一些价值标准。因此，我们可以说，正是在马克思主义的边缘（而不是在其公开的中心）上，我们看到了更富有成果的批评：戈德曼（关于拉辛、帕斯卡尔、新小说、先锋派戏剧、马尔罗①）的批评，显然更多地应该归功于卢卡奇②。他的批评是我们可以想象的自社会的和政治的历史以来最为灵活的批评之一。再次是精神分析学。存在着一种忠实于弗洛伊德学说的精神分析学批评，其在法国最好的代表目前是莫龙（关于拉辛和马拉美的论述）。但是，在此，"边缘性"精神分析学仍然是更富有成果的。巴什拉尔根据许多诗人形象的动力变形，从一种对实质（而不是作品）的分析出发，建立了一种真正的非常丰富的批评学说，以至于我们可以说，当前法国的批评在其最为成熟的形式之下，就是受巴什拉尔启迪而形成的（普莱、斯塔罗宾斯基、里夏尔）。最后是结构主义（或为了极其简单起见和以一种无疑是过分的方式来说：形式主义）：我们知道，自从列维-斯特劳斯为法国开启了社会科学和哲学思考以来，这种运动在法国非常重要，我们可以说它已是潮流。这方面还没有更多的作品出现。但是，这些作品正在孕育之中，我们无疑从中尤其重新看到了由索绪尔创立和被雅柯布逊（他本人最初也参与了一种文学批评运动，即俄国形式主

---

① 马尔罗 (André Malraux, 1901—1976)：法国作家、政治家。——译者注

② 卢卡奇 (Lukács György, 1885—1971)：匈牙利哲学家、政治家。——译者注

义）发展的语言学模式的影响：例如，似乎可以依据雅柯布逊建立的两种修辞学范畴——隐喻和换喻——来形成一种文学批评。

我们看到，法国批评既是"民族的"（它很少甚至一点都没有借助于盎格鲁-撒克逊的批评、施皮策主义、克罗齐主义），又是当前的，或者如果我们愿意说的话，又是"不忠实的"。这种批评完全地陷入了某种意识形态的现在时，它承认很难参与一种批评传统，即圣伯夫、丹纳或朗松的传统。不过，朗松的模式向当前的批评提出了一个特殊的问题。作为法国教授之典范的朗松本人的作品、方法、精神，50年以来，通过无数后继之人调整着整个大学批评。由于这种批评的原则至少公开地在建立事实的过程中就是严格的原则和客观性的原则，所以，我们可以相信，在朗松主义与意识形态批评之间没有什么不可共存性，尽管所有的意识形态批评都属于解释性批评。不过，尽管今天的大部分法国批评家［我们在此只谈论结构批评，而不谈论动势（lancée）批评］本身就都是教授，但在解释性批评与（大学的）实证主义批评之间还是有着某种张力。这是因为实际上，朗松主义本身就是一种意识形态。它不满足于要求使用任何科学研究的所有客观规则，而是以对人、历史、文学、作者与作品具有整体的信念为前提。例如朗松主义的心理学是完全过时的，它主要在于某种类比决定论，根据这种决定论，一部作品的细节应该与一种生活的细节<u>相像</u>，一个人物的心灵应该与作者的心灵<u>相像</u>等。这种意识形态是非常特殊的，因为恰恰是从那时开始，例如精神分析学已经开始想象一部作品与其作者之间相反的否定关系了。当然，实际上，哲学假设是不可避免的。因此，我们可以指责朗松主义的，并不是他的偏见，而是他使这些偏见沉默下来，是他用严格性和客观性的道德罩单将其掩盖起来的做法：在此，意识形态就像走私商品那样悄然地进入了科学主义的言语活动之中。

既然这些不同的意识形态原则可以<u>同时</u>（对于我来说，我以某种方式<u>同时</u>认定它们中的每一种）是可能的，那么，意识形态选择便无疑不构成批评的本质，并且，"真实性"也并非对它的确认。批评，不同于正确地以"真实"原则为名来说话。结论便是，批评的主要罪孽不是意识形态，而是人们用来覆盖批评的沉默。这种有罪的沉默有一个名称，那就是心安理得，或者如果我们愿意说的话，那就是自欺。实际上，如何相信作品是外在于思考作品的人的精神和其历史的一种<u>对象</u>，而面对这种对象批评家又只会有一种外在性的权利呢？大多数批评家都假设在作品与他们所研究的作者之间有着深在联系，在涉及他们自己的作品和他们自己所处时代的时候，借助于什么样的奇迹，这种联系会停止下来呢？有没有一些创作法则对于作家是有效的而对于批评家就是无效的呢？任何批评在其话语中（尽管是以最为间接和最为谨慎的方式）都应该包含关于自己的一种隐性话语。任何批评都是对作品的批评和对批评自身的批评。用克洛代尔的话来说，任何批评都是对另外事物的认识和自身与世界的共生。换句话说，批评并不是一种结果计算表或者是一堆判断，它主要是一种活动，也就是说，是一系列智力行为，这种行为深刻地介入到了实现即承担这些行为的那个人的历史与主观存在性之中了。一种活动可以是"真实的"吗？这种活动完全服从于其他的要求。

无论文学理论怎样迂回，任何小说家，任何诗人，都被认为是在谈论对象和谈论现象，尽管它们是想象的、外在于和先于言语活动的。世界存在着，而作家在谈论，这便是文学。批评的对象是非常不同的。它不是"世界",而是一种话语,是关于另一个的话语:批评是有关一种话语的话语。它是在第一种言语活动(即对象言语活动)上进行的二级的或元言语活动的言语活动(正像逻辑学家们所说的那样)。结论便是,批评活动应该与两种关系一起来计算:批评的言语活动之于被观察的作者的言语活动的关系和这种对象言语活动之于世界的关系。正是这两种言语活动的"摩擦"在确定批评,并且赋予它与另一种精神活动即逻辑学一种很大的相像性,这后一种活动同样是完全建立在对对象言语活动与元言语活动的区分基础上的。

因为,如果批评仅仅是一种元言语活动的话,那么,这就意味着它的任务根本不是发现"真实性",而仅仅是发现"有效性"。一种言语活动自身不是真的或假的,只能说它是有效的或不是有效的。有效的,也就是说能构成一种严密一致的符号系统。使文学言语活动得以固定的规则,并不关系到这种言语活动与真实的适应性(无论现实主义流派的意愿是什么),而仅仅关系到它对作者确定的符号系统的服从(当然,在此,应该赋予系统一词很强的意义)。批评不需要去说普鲁斯特是否在说"真话",沙吕斯男爵是否就是孟德斯鸠伯爵,弗朗索瓦兹是否就是塞莱斯特,或者甚至更一般地说,他所描写的社会是否准确地在19世纪末产生淘汰贵族的历史条件。他的角色仅仅是制定一种言语活动,而这种言语活动的严密一致性、逻辑性和笼统地讲系统性,可以汇总或更应该说是"包括"(按照该术语的数学意义)尽可能大的数量的普鲁斯特的言语活动。这完全像一种逻辑方程式检验一种推理的有效性,而不需要对这种推理所动员的证据的"真实性"做出判断。我们可以说,批评的任务(这是其普遍性的唯一保障)纯粹是形式的:它不是在被观察的作品或作者那里"发现"到这时可能还没有被看到的某种被掩藏的、"深刻的"、"秘密的"东西（这是多么令人不解呀！我们比我们的前辈更有洞察力吗?），而是像一位很好的细木工匠"精巧地"摸索着将一件复杂的家具的两个部件榫接起来那样，仅仅在于使其所处时代（存在主义、马克思主义、精神分析学）赋予他的言语活动适合于作者根据其所处时代而制定的言语活动，也就是说适合于逻辑制约的形式系统。一种批评的"证据"，不具备"真势的"[1]秩序（它并不属于真实性），因为批评话语——就像逻辑话语一样——从来就只是重言式的。它最终在于稍微迟缓一点地说话，但完全置身于这种迟缓之中，而这种迟缓在此却不是无意蕴的：拉辛是拉辛，普鲁斯特是普鲁斯特。如果存在着批评"证据"的话，那么这种证据则取决于一种态度，这种态度不需要发现被思考的作品，相反需要通过自己的言语活动尽可能完全地覆盖作品。

因此，这里再一次涉及一种基本上是形式的活动，不是在该术语的审美意义上，而是在其逻辑意义上。我们可以说，对于批评，避免我们在开始时说的"心安理得"或"自欺"的唯一方式，为了道德的目的，便是不去破译作品的意义，而是重新建构制定这种意

---

[1] "真势的"（aléthique），原为逻辑学用词，后移用于符号学的"真势模态"（modalité aléthique）结构，它出现在以"应该"为谓语的陈述上，以确定和主导状态陈述［以"être"（是、存在）为谓语］。真势模态在符号学矩阵上的表述为：

```
应该是      应该不是

不应该不是   不应该是
```

矩阵中的每一个项都可以连接一种名词性命名。——译者注

义的规则和制约。条件是，立即接受文学作品是一种非常特殊的语义系统，其目的是在世界上安排"意义"，但不是"一种意义"。作品，至少是通常进入批评目光的作品——也许在此正是"好的"文学的一种可能的定义，从来就不是完全无意蕴的（神秘的或"神启的"），也从来不是完全明确的。我们可以说，它具有着悬空的意义：它实际上提供给读者一种公开的意蕴系统，但又像有意蕴的对象那样躲避着读者。对于意义的这种不领受、不取用，一方面说明了文学作品有力量向世界提出问题（同时动摇着信仰、意识形态和常识似乎具有的稳定意义），不过却从来不回答这些问题（不存在"教理式的"伟大作品）；另一方面说明，作品交付给一种无限的破译，因为没有任何道理让人们哪一天结束谈论拉辛或莎士比亚（除非疏远他们，而疏远本身也是一种言语活动）。作为既是反复的意义命题又是坚持要逃逸的意义，文学恰恰只是一种言语活动，也就是一种符号系统：它的本质不在它的讯息之中，而在这种"系统"之中。也就在此，批评不需要重新建构作品的讯息，而仅仅需要重新建构它的系统，这完全像语言学家不需要破译一个句子的意义，而需要建立可以使这种意义被传递的形式结构。

实际上，正是在辨认作品本身只不过是一种言语活动（或者更准确地讲是一种元言语活动）的过程中，批评可以矛盾地但真正地既是客观的又是主观的，既是历史的又是存在主义的，既是整体性的又是自由的。因为，一方面，每一位批评家所选择说的言语活动并不是从天而降的，它是他的时代为其提供的一些言语活动中的一种，客观地讲，他的言语活动是知识、观念、智力激情的某种历史成熟状态的词语，它是一种必然。另一方面，这种必然的言语活动被每一位批评家依据某种存在性的组织需要所选择，就像实施一种专门属于他的智力功能，而在这种实施之中，他将他的整个"深度"即他的各种选择、他的快乐、他的抵制、他的困扰都放了进去。于是，在批评作品的内部便开始了两种故事和两种主观性的对话，即作者和批评者的对话，但是这种对话完全只向着现在时发展：批评并非向着过去时真实性或对"另一个"真实性的"致敬"，它是对我们时代的理解力的建构。

1963，《文学时报增刊》（*Times Literary Supplement*）

## 文学与意指[1]

　　1. 您一直对意指问题感兴趣，但似乎是最近您才赋予了这种兴趣一种受结构语言学启迪的系统探索的形式。对于这种探索，您继索绪尔之后与其他人一起将其称为符号学（sémiologie）。根据文学的一种"符号学的"观点，您从前给予戏剧的特殊注意，在您看来，今天是否似乎仍然是由戏剧性的典范地位来证明其合理性呢？特别是在您曾经"极力维护"的布莱希特的作品中、在大众戏剧

---

[1] 本文为对《原样》杂志开列的调查表的答复。——译者注

方面，1955年之后，也就是说在我刚才说的那种系统化之前，您的注意力是否仍然如故呢？

何谓戏剧？它类似于控制论机器。在待机的时候，这种机器就被隐藏在一面帷幕之后。但是，一旦有人发现它，它就开始向您的地址发送一定数量的讯息。这些讯息具有这样的特点，即它们是同时的，但节奏却不同。在演出的某一点上，您会同时接收到六七种信息（来自布景、服饰、灯光、演员的位置、他们的举动、他们的模仿、他们的言语）。但是，其中一些信息静止不动（这是布景的情况），而另一些则总在变化（言语、举动）。于是，我们便与一种真正信息的复调音乐有了关系，而这便是戏剧性：一定程度的符号（我在此讨论的仅相对于文学而言，而将电影问题放置一边）。这些按照对位法安排的符号（也就是说既厚实又扩展、既同时又相续的符号），它们之间有什么关系呢？它们（从定义上讲）甚至没有意指。但是，它们一直具有相同的所指吗？他们都求助于某种仅有的意义吗？通常在相当漫长的时间里，将它们在最后的意义上结合在一起的关系是什么呢？这种最后的意义，如果可以说的话，是一种追溯以往的意义，因为它并不存在于最后的对白中，只在剧本一旦结束的时候才明朗。另一方面，戏剧的能指是怎样构成的呢？它的诸多模式是什么呢？我们知道，语言符号并不是"类比性的"［单词"boeuf"（公牛）并不与一头公牛相像］，它是通过对一种数字编码的参照构成的。但是，那些其他的能指，比如简单地说，那些视觉能指，它们在舞台上起主导作用吗？任何演出都是一种极端密实的语义行为。编码与游戏的关系（也就是说语言与言语的关系），戏剧符号的（类比的、象征的或是约定的）本质，这些符号的意蕴变化、链接制约，讯息的外延（dénotation）与内涵，符号学的所有这些根本性问题都出现在戏剧之中。我们甚至可以说，戏剧构成一种被特别看重的符号学对象，因为它的系统相对（线形的）语言系统来说显然是怪异的（复调音乐的）。

布莱希特明确地说明和证明了戏剧的这种语义地位。首先，他理解，戏剧事实可以在认知方面而不是在情绪方面得到处理。他接受从智力上想象戏剧，同时废除创作与思考之间、自然与系统之间、自发与理性之间、"心"与"大脑"之间的（陈腐的但仍有活力的）神秘区别。他的戏剧既不是哀婉感人的，也不是智力思维的。这是一种<u>基础牢固</u>的戏剧。其次，他断言戏剧形式具有一种政治责任。聚光灯的位置、因穿插歌曲而停下的演出、增加一块布告牌、服饰的新旧程度、一位演员的语调，都<u>意味着</u>不是对于艺术、而是对于人和世界的某种预先确定的看法。简言之，演出的物质性不仅仅属于有关情绪的一种审美或一种心理学，而且还主要地属于意指的一种技巧。换句话说，一部戏剧作品的意义（这个乏味的概念通常与作者的"哲学"相混淆）并不取决于意愿与"新构思"的总和，而是取决于应该被称为能指的一种智力系统的东西。最后，布莱希特预感到了语义系统的多样性和相对性：戏剧符号<u>不是自然的</u>；我们称之为一位作者的<u>自然性</u>或一种游戏的<u>真实性</u>的东西，只不过是多种言语活动中的一种（一种言语活动完成着它的功能，这种功能便是通过它的有效性而不是通过它的真实性来传播），而这种言语活动隶属于某种精神秩序，也就是说隶属于某种故事，以至于<u>改换符号</u>（而不仅仅是改换它们所说的东西），便是赋予本性一种<u>新的分配</u>（这一事业恰恰在确定艺术），这种分配不是建立在"自然的"规律基础之上，而恰恰相反是建立在人所具有的使事物具有意蕴的自由基础之上的。

尤其在布莱希特将这种有关意指的戏剧与政治思想联系在一起的时刻，如果可以这样说的话，他肯定了意义，却不填补意义。确实，他的戏剧是意识形态的，而且比其他戏剧更为直接地是意识形态的：他过问自然、劳动、种族主义、法西斯主义、历史、战争、异化。不过，这是一种意识戏剧，而不是动作戏剧、问题戏剧、答案戏剧。像任何文学言语活动一样，这种戏剧服务于"表述"，而不服务于"去做"。布莱希特的所有剧目，都以演出的物质性应该引导观众进行破译为名，以向观众发出"请您寻找出路"来隐性地结束：<u>对于潜意识的意识</u>，即演出大厅应该具有的对于笼罩在舞台上的潜意识的意识，这便是布莱希特的戏剧。这无疑是说明这种戏剧非常有意蕴却很少是说教式的东西。在此，系统的作用，并不在于传递一种正面的讯息（它不是一种所指戏剧），而在于使人理解世界是一种应该被破译的对象（它是一种能指戏剧）。于是，布莱希特深入地研究任何文学的重言式地位，这种地位便是事物的意指的讯息，而不是其意义的讯息（我一直把意指理解为产生意义的过程，而不是这种意义本身）。这一点使得布莱希特的事业成为典范，因为这种事业比其他任何事业都更为冒险。布莱希特已经靠近了<u>某种意义的极限</u>（我们可以称之为马克思主义的意义），但是，在这种意义"成型"（即固结成正面的所指）的时刻，他将其作为问题悬挂了起来（我们在他于戏剧中再现的历史时刻并且是一种<u>尚未出现</u>的时刻的特殊品质中会重新看到这种悬念）。一种（充实的）意义与一种（悬空的）意指之间的这种非常精巧的摩擦，是一种事业，这种事业将先锋派认为对日常言语活动和戏剧惯例作纯粹的颠覆就可以实践的意义悬念，勇敢地、困难地，同时也是必要地远远地抛在了身后。一个模糊的问题（类似于一种"荒诞"哲学可以向世界提出的那些问题），远不如其答案已是非常接近却被停止下来的一个问题（就像布莱希特的问题）那样更为有力（即该问题不大引起撼动）。在文学（它是内涵的一种秩序）上，没有纯粹的问题：一个问题从来都只是它自己紊乱的、分散成片段的答案，而在这些片段之间，意义在融合，同时也在逃逸。

2. 您也曾指出过，从加缪—萨特时代的"介入"文学到今天的"抽象"文学，有一种过渡，对此，您给予其什么意义呢？对于文学的大规模的和惊人的非政治化过程，对于通常不是不问政治而一般又都是"左派"的作家，您有什么看法呢？您认为历史的这种"零度"是一种带有沉重意义的沉默吗？

我们总可以在一种文化事实与历史的某种"情况"之间建立关系。我们可以在一方面是作品目前的非政治化与另一方面是赫鲁晓夫主义或戴高乐主义之间，看到一种（或因果的，或类比的，或亲和的）关系，就好像作家任凭一种普遍的非参与性环境所左右那样（尽管还需要说明为什么斯大林主义或第四共和更加鼓励"介入"作品！）。但是，如果我们想以深刻的历史术语来处理文化现象的话，那就应该期待着历史被人在其深刻之中解读（还没有任何人对我们说过什么是戴高乐主义）。出现在以公开介入的文学名下和以表面上不介入的文学名下的东西，也许是共有的东西，这种东西只能到后来才可以被解读。历史意义，可能只有当人们能够将超现实主义、萨特、布莱希特、"荒诞"文学甚至结构主义当作一种观念的同样多的方式组织在一起的那一天才会出现。这些文学"终端"，只有当我们可以将其与更为宽泛的一些集合建立关系的时候，才具有意义。例如今天——或不管怎样在不久的将来，要想理解"启发性"文学（即寻找性文学）而不从功能上将其与大众文化建立关系，现在或将来都是不可能的事情，因为这种文学与大众文化将维持着（现在已经维持着）一些属于互补的抵制关系、颠覆关系、交换关系或共谋关系（是<u>文化适应</u>在主导着我们的时代，而且我们可以梦想在新小说与有关心灵的出版物之间建立一种平行的和理性的历史）。实际上，"介入"文学或"抽象"文学，我们自己在此只能感受到一种历时性，而不是一种历史。这两种文学（它们是微不足道的：与古典主义、浪漫主义或现实主义的扩张规模无任何可比之处）更应该说是一些<u>方式</u>（当然要去掉这个单词任何无关紧要的意义），而对于我来说，我可能想在它们的交替之中看到恰恰是确定时尚的各种可能性的完全属于形式方面的回转现象：一种言语枯竭了，便有向着相互对立的言语的过渡：在此，<u>区别</u>正是动力。但它不是历史的动力，而是历时性的动力。历史恰恰只在当这些微观节奏被打乱且各种形式的这种有差别的正统演化被一整套历史功能所特殊地中断的时候，才干预进来。应该得到阐释的，是正在延续的东西，而不是正在"转动"的东西。我们可以打譬喻地说，亚历山大体诗句的（不动的）历史，比起三节拍诗的（短暂的）时尚更说明问题：形式越是持久，它们就越是靠近历史的可理解性，而在我看来，这种历史的可理解性就是今天任何批评的对象。

3. 您［在《明朗》(Clarté) 杂志上］说过，文学"本质上是反动的"，您在别处（在《论据》中）还说过，"文学向世界提出了许多恰当的问题"，而且文学构成了一种丰富的询问。您如何来消除这种矛盾呢？您对其他艺术也这样说吗？或者您认为文学有一种特殊地位在使它比其他艺术更为反动或更为丰富吗？

文学的特殊地位在于，它是由言语活动构成的，也就是说，是由在文学占有它的时候已经有意蕴的一种材料构成的。文学应该逐渐地进入不属于它但不管怎样又与之具有相同目的的一种系统之中，即传播。结论便是，言语活动与文学的纠纷甚至在一定程度上构成了文学的存在。从结构上讲，文学只不过是言语活动的一种寄生对象。当您阅读一部小说的时候，您首先不是在消费"小说"这个所指。文学的观念（或其他取决于文学的主题）并不是您所收到的讯息。它是您另外即附带地接受的一个所指。您模模糊糊地感觉到这个所指漂浮在视觉外的一个区域。您所消费的东西，是一些单位、关系，简言之，是第一个系统（即法语）的单词和句法。不过，您所阅读的这个话语的存在（即其"真实"），正是文学，它所传递给您的，并不是趣闻。总之，在这里，寄生系统是主要的，因为它对于这个整体具有最后的理解力。换句话说，正是这种寄生系统是"真实"。功能的这种曲折的颠倒，说明了文学话语的为人所知的含混性。它是人们在不相信的情况下相信的一种话语，因为解读的行为是建立在两个系统之间不停的回转基础上的：请看我的词语，我就是言语活动；请看我的意义，我就是文学。

其他的"艺术"不认识这种构成性的含混性。确实，一个形象性的绘画（通过其"风格"、其文化参照）传递着比它再现的"场面"本身多得多的其他讯息，甚至就从绘画的观念本身开始。但是，它的"实质"（用语言学家的话来说）由自身并非是能指的线条、颜色、关系来构成（与从来只用于意味的语言实质相反）。如果您单独提出一部小说对话中的一个句子的话，没有任何东西可以先验地将它区别于普通言语活动的一个部分，也就是说区别于原则上为其充当模式的真实。但是，您将会徒劳地在最为现实主义的绘画中、最为写实主义的细节中进行选择，您将只会获得一个平平的和有涂料的表面，而不会得到被再现对象的材料：一种基本的距离存在于模式与其复制品之间。结果便是一种有趣的位置调换。在（形象性的）绘画中，符号（能指与所指）的各个成分之间有一种类比性，而对象的实质与其复制品的实质之间有一种差异。相反，在文学中，两种（总是属于言语活动的）实质之间有着一种偶合性①，但在真实与其文学表述之间有一种差异，因为这之间的联系在此不是通过类比的形式进行的，而是通过（音位层上二元的）数字编码即言语活动的编码进行的。于是，我们被重新带回到了文学的必然是非现实主义的地位，这种地位只能通过一种交替即言语活动来"提及"真实，因为这种交替本身与真实处于一种制度性关系之中，而不是处在一种自然的关系之中。（绘画的）艺术，不论文化的曲折和能力如何，它总是可以梦想自然（它甚至在其所谓的抽象形式中也这样做）。文学，只有言语活动是它的梦和直接的本质。

　　我认为，文学的这种"语言学"地位足以说明强烈影响其习惯的伦理矛盾。每当我们赋予真实以价值和使其神圣化（这一点直到现在仍是进步意识形态的主旨）的时候，我们就发现，文学只不过就是言语活动，而且是二级言语活动、寄生意义，以至于它只能使真实内涵化，而不是使之外延化。这样一来，理念（logos）便不可

---

① 请参阅"译者前言"的相关内容。——译者注

挽回地被<u>实践活动</u>所切割。文学无力完成言语活动，也就是说无力超越言语活动去转换真实。它失去了任何及物性，不得不在其想要赋予世界以意味的时刻不停地自我意味，这样一来，它正好是一种不动的对象，是与正在形成中的世界分离的对象。但是同样，每当我们不<u>结束</u>描写的时候，每当我们以足够含混的方式来写作以便让意义逃逸的时候，每当我们<u>像世界有所意味那样去做而又说不出什么</u>的时候，写作就会释放出一个问题，它就会动摇现存的东西，而从来不提前赋予尚不存在的东西以形式，它在给世界以喘息：总之，文学不让人走动，而是让人呼吸。这是一种狭窄的并且是被占据的地位——或者是被作者们非常分散地超出的地位。我们举左拉后期的一部小说为例［《四福音书》（*Quatre Evangiles*）中的一部］：毒害作品的东西，是左拉回答了他所提出的问题（他说、他宣讲、他命名社会财富），但是，为其留下喘息、梦想或震撼的东西，是小说的技巧本身，是赋予记录一种符号<u>姿态</u>的方式。

我认为，我们可以说，文学就是从地狱再次升起的俄耳甫斯。只要她超越自身而前行——<u>不过要知道她正在引导着某个人</u>，处在她后面而由她一点一点地从无命名之中提取的真实，就喘息、就行走、就生活、就向着一种意义的明朗化奔去。但是一旦她返回到她所喜欢的东西上来，她的手中就只剩下一种被命名的意义，也就是说，一种死亡的意义。

4. 您曾多次将文学定义为一种"令人失望的"意指系统，在这种系统中，意义"被提出来了，但同时却又是落空的"。这种定义是对任何文学都有效还是只对现代文学才有效呢？或者只是对赋予古代文本一种新的功能的现代读者才有效呢？或者，现代文学更为清晰地表现出一种直到现在仍然是潜在的地位吗？而在这种情况下，这种揭示又来自什么地方呢？

文学具有即便不是永恒的但至少也是超越历史的一种形式吗？为了认真严肃地回答这个问题，我们缺少一种基本的工具：一种文学观念史。人们不停地在写（至少从 19 世纪以来是这样，这已经很说明问题）作品的历史、流派的历史、运动的历史、作者的历史，但是，人们还从来没有写过文学存在的历史。何谓文学？

这个问题仍然异乎寻常地是一个哲学家的问题或批评家的问题，它还不是一个历史学家的问题。因此，我只能冒险地给出一个假设的而且是很一般的回答。

对意义的一种描写技巧意味着什么呢？它意味着，作家在尽力增加意指，而无须填充这些意指，也不需要关闭它们。它意味着，他在使用言语活动，为的是构成一个具有夸张性意蕴的而最终却从来什么都不意味的世界。那么，对于任何文学，是否都是这样呢？无疑是这样的，因为通过其意义的技巧来确定文学，便是为其提供一种相反的言语活动来作为唯一的界限，而这种言语活动只能是及物性的。这种及物性的言语活动，便是旨在直接地转换真实而不是超越真实的言语活动。例如与行为、技巧、品德有联系的"实践"言语，与习俗有关的祈灵式言语——因为习俗本身也被认为可以开启本性。但是，当一种言语活动不再与一种实践活动合一的时候，当这种言语活动开始讲述、开始背诵真实的时候，它由于变成了一种自为的言语活动，便会出现被重新注入的、瞬间的二级意义，最后则产生我们恰恰将其称为文学的某种东西，即便当我们谈论在这个单词尚不存在的一个时代所产生的一些作品的时候。因此，这样的一种定义只能将"非文学"转向我们尚不了解的一种史前状态之中，在这种状态中，言语活动还只是宗教性的或实践性的（最好说是实践活动性的）。因此，无疑有着一种重大的文学形式，该形式覆盖着我们在人的方面所知道的一切。当然，这种（人类学的）形式接受了一些内容、一些用法和一些依据历史和社会的不同而非常有别的辅助形式（"体裁"）。另一方面，在一种有限的历史例如我们西方的历史内部〔说真的，尽管从文学意义的技巧观点来看，在贺拉斯①的一首颂歌与普雷维尔②的一首诗之间，在希罗多德的一个章节与《巴黎竞赛》（Paris-Match）杂志上的一篇文章之间，没有任何区别〕，意义的建立与落空得以通过一些多样的二级技巧来实现。意指的各种成分可以从不同的方面得到强调，以便产生一些非常有差异的写作和一些或多或少被填充的意义。例如，我们可以像在古典写作中那样使文学能指非常条理化，或者相反，将文学能指提供给可以创立前所未闻的意义的偶然性，就像在某些现代的诗体之中。人们可以使它们变得无力、变得苍白，使它们接近外延的极端，或者相反激励它们、激怒它们（例如就像在雷翁·布鲁瓦③的一部作品中的写作那样）。简言之，能指的游戏可以是无限的，但是，文学符号则仍然是不动的。从荷马以来，到波利尼西亚人的

---

① 贺拉斯（Quintus Horatius Flaccus，公元前65—前8）：古罗马诗人。——译者注

② 普雷维尔（Jacques Prévert，1900—1977）：法国作家和超现实派诗人。——译者注

③ 雷翁·布鲁瓦（Léon Bloy，1846—1917）：法国小说家、天主教政论家。——译者注

叙事，没有任何人曾经违反过这种非及物性言语活动的既是有意蕴的又是令人失望的本性，因为它"超越"真实（而不与真实汇合），我们就称之为"文学"。也许恰恰就因为它是一种奢侈，所以，实施人们所具有的通过一种言语就可以产生多种意义的能力也就没有必要了。

不过，如果文学通过其技巧本身（这就是它的存在方式）在任何时代里都曾经是一种被提出的但却是落空的意义系统的话，如果这正是它的人类学本质的话，那么，就会产生这样的观点（不再是历史的观点），即意义充实的文学与意义悬空的文学之间的对立则重新体现为某种现实：这便是规范的观点。似乎，今天在文学研究不停地被带到意义的边界的情况下，我们将一种半美学的、半伦理学的优势给了那些直率地令人失望的系统。总之，文学地位的直率性变成了一种价值标准："坏的"文学，是实践那些充实意义的一种心安理得的文学；"好的"文学，相反是公开地与意义的意图作斗争的文学。

5. 在当前的批评中，似乎有两种截然不同的态度：一方面是"意指批评"，例如里夏尔、普莱、斯塔罗宾斯基、莫龙、戈德曼，尽管他们之间区别很大，但都倾向于"给出意义"甚至不停地赋予作品新的意义；另一方面是布朗绍，他倾向于从意义的世界中撤出作品，或者至少在意义产生的任何技巧之外和在其沉寂之中来过问作品。您自己则让人感到同时属于这两种态度。如果是这样，那么您如何看待它们之间可能的协调和超越呢？批评的任务就是使作品说话或是扩大它们的沉默吗？或者是这两者呢？它们之间的分配是怎样的呢？

在我看来，您所说的意指批评分为两个不同的组别；一方面，是为文学作品的所指提供非常充实的内容和非常确定的范围的一种批评，因为总之这种批评命名这种所指。在戈德曼的情况里，这种被命名的所指是某一社会集团的真实政治境遇（对于拉辛的作品和帕斯卡尔的作品来说，便是冉森派有产者的右翼）；在莫龙的情况里，便是作家童年时代的生平际遇〔孤儿时的拉辛，是被一位替代父亲即鲍尔-鲁瓦雅尔修道院（Port-Royal）抚养大的〕。对所指的这种强调或这种命名，并不如我们可能想象的那样在展开作品的意蕴特征。但是，如果我们想到一个符号（或更准确地讲，一种符号系统）的力量并不取决于其完整的特征（一个能指与一个所指的完善出现），或者并不取决于人们可以称之为其根源的东西，而更取决于符号与其（真实的或潜在的）近邻维持的、我们可以称之为其周围关系的东西话，那么，反常只不过是表面的。换句话说，是对于能指的组织情况的注意力在奠定一种真正的意指批评，而远不是对于所指和将所指与能指结合在一起的关系的发现。这一点说明了，由于一个强有力的所指的缘故，戈德曼的批评和莫龙的批评不停地被两种通常与意指非常对立的幽灵所威胁。在戈德曼的情况里，能指（作品，或更准确地讲，就是戈德曼准确地引入，并且即是世界观的替代物的东西）几乎总像是社会环境的产物那样出现，因为实际上，意指服务于掩盖旧的决定论图示。而在莫龙的情况里，这同一个能指难以从旧心理学所看重的表达中分离出来（无疑就是出于这种原因，索邦大学刚刚很容易地以有关莫龙的博士论文为名接受了文学的精神分析学）。

我们可以简捷地称之为主题批评（critique thématiques）的一组批评家（普莱、斯塔罗宾斯基、里夏尔），也还是在进行意指批评，但却不是在同一个方面。实际上，这种批评可以通过其对作品"切分"的强调和其组织成宽泛意蕴性的网系来得到确定。当然，这种批评在作品中辨认出了一种隐性所指，从大的方面来讲，这种所指便是作者的存在性设想，而在这一点上，就像在第一个组别中那样，符号受到了产物或表达的威胁，也像在此那样，它很难从标示（indice）中脱离出来。但一方面，这个所指没有得到命名，批评家使它扩展到了他所分析的所有形式上。这个所指只在对这些形式进行切分时才出现，它不外在于作品，而且这种批评仍然是一种内在性批评（无疑，这就是索邦大学似乎很少抵制这种批评的原因所在）。另一方面，在使人将其整个的研究工作（即其整个的活动）集中在作品的某种网状组织的情况下，这种批评主要自我构成对能指的批评，而不是对所指的批评。

我们看到，即便是在意指批评中，所指也在逐渐地消失，它似乎正是整个这种批评论战的赌注。不过，能指总是出现，这种出现在此被所指的"现实"所证实，而在彼则被依据不再属于审美而属于结构的一种相关性来对作品进行的"切分"所证实。正是在这一点上，我们可以像您正在做的那样将整个这种批评与布朗绍的话语对立起来。他的话语更是一种言语活动而不大是元言语活动，这就使他处在了批评与文学之间一种不明确的位置上。不过，在拒绝作品具有任何语义"牢靠性"的同时，布朗绍只是描绘了意义的空穴（creux），而这正是一项事业其困难程度甚至关系到（也许越来越关系到）意指批评。不应该忘记，"非意义"只不过是一种倾向性对象，即某种哲学的基石，也许还是理解力的一处（失去的或无法靠近的）天堂。制造意义是很容易的，整个大众文化整天都在制造意义。使意义悬空已经是一项更为无限复杂的事业，如果我们愿意这样说的话，这是一种"艺术"。但是，使意义"虚无化"，随着其不可能性的确定，成了一种无望的设想。为什么呢？因为"外在意义"不可避免地（于作品唯一有能力延迟的某一时刻）被吸收在非意义之中了，而这种非意义（在荒诞之名下）完全是一种意义：从加缪到尤内斯库，还有比有关意义或意义的颠覆更有"意蕴"的东西吗？说真的，意义只认识其相反的东西，这种东西不是不出现，而是反向出现（contre-pied），以至于严格地讲，任何"非意义"从来都只是一种"反向出现"：不存在（除非是以设想的名义，也就是说以非常脆弱的缓期的名义）意义的"零度"。因此，布朗绍的（批评的或小说的）作品以其特殊的方式（但我认为这种方式会在绘画和音乐方面找到担保人），代表着某种意义的史诗，我们可以说这种史诗是亚当式的，因为它是先于意义的第一个人的史诗。

6. 您注意到［在《论拉辛》（*Sur Racine*）中］，拉辛是向现代的所有批评言语活动开放的，而且您似乎希望，他还向其他方面开放。同时，您似乎毫不犹豫地对拉辛采用了精神分析学的批评言语活动，就像您此前对米什莱采用过的对实质的精神分析那样。因此，在您看来，似乎这样的作者自发地就求助于这样的言语活动。在您看来，另辟蹊径的研究原则上也是完全合法的。那么，这种事实揭示了作品与您自己之间的某种关系吗？或者您认为在作者与这样的批评言语活动之间客观地有一种适宜性吗？

怎么能否认一位批评家（或者在其生命的这一时刻）与他的言语活动之间的关系呢？但是，这恰恰是意指批评建议超越的一种决心：我们不选择一种言语活动，因为我们认为这是必要的，但是我们却使我们所选择的言语活动成为必要的。面对对象，批评家具有一种绝对的自由。剩下要知道的，就是世界使对象做什么。

实际上，如果批评是一种言语活动的话——或者更准确地讲是一种元言语活动的话，那么，它所确认的，并不是真实性，而是自己的有效性，并且，无论什么样的批评都可以把握无论什么样的对象。不过，这种原则上的自由服从于两个条件，而这些条件，尽管它们是内在的，但恰恰是使批评家与自己历史的理解力汇合的条件。这是因为，一方面，人们选择的批评言语活动是同质的，在结构上是严密一致的；另一方面，这种言语活动能满足它所谈论的整个对象。换句话说，开始时，在批评上没有任何禁止，而只有一些要求和随后的抵制。这些抵制有一种意义，我们不可待之以漠不关心和不负责任。一方面，应该尽力攻克它们（如果我们想"发现"作品的话）；另一方面，也应该理解，在它们很强大的地方，它们显露了一个新的问题，于是迫使人们改变批评言语活动。

关于第一点，不应该忘记，批评是一种活动，即一种"操纵"，因此，寻找最为困难的问题和最为出色的安排（按照该词在数学上可能有的意义）是合理的。非常多见的是，批评在其对象中寻找相关性，这种相关性可以使其最好地完成它既是严密的又是整体的言语活动之本质，也就是说（对于自己的历史）成为有意蕴的。使米什莱服从于一种意识形态批评——因为他的意识形态是非常明显的，有什么用处呢？引起阅读的东西，是米什莱的言语活动使19世纪小资产阶级的信条所承受的那些<u>变形</u>（déformation），是这种意识形态在一种实质诗学中的折射，而那些实质都根据有关政治的某种善与恶的观念被道德化了。正是在这一点上，基本的精神分析学（在米什莱的情况里）才有某种运气成为完整的。这种精神分析可以弥补意识形态，而意识形态政治面对事物则不能对米什莱的意识形态做任何的弥补。这样一来，便总是需要选择最重要的批评，即在数量上包含着尽可能多的对象的批评。例如戈德曼的批评，在初看起来没有任何东西预先使拉辛（表面上不介入的作者）习惯于一种意识形态解读的情况下，被证明是正确的。里夏尔对司汤达的批评属于相同的典范方式，因为"大脑"比起"心情"来说更难以进行精神分析。当然，问题不在于看重新颖性（尽管批评也像任何传播艺术那样需要服从于一些信息的价值），而是在于去评价批评性言语活动为了与对象实现一致所应该走过的距离。

不过，这种距离不能是无限的；因为如果批评像是一种游戏，那么，在此，正是在其机制意义中应该采用这一术语（批评力求揭示某种机制的运转情况，同时考验其各个部分的结合情况，但同时也使其发挥作用），而不是在其游戏的意义之中。批评是自由的，但它的自由性最终受制于它所选择的对象的某些限制。因此，我在研究拉辛的时候，首先就有了一种基本精神分析学（是由斯塔罗宾斯基指出过的精神分析学）。但是，这种批评，至少像我所认为的那样，遇到了太多的抵制，于是我便偏向了一种既是更为古典的精神分析（既然它非常重视父亲）又是更为结构化的精神分析（既然它使拉辛的戏剧变成了具有纯粹关系的形象游戏）。不过，这种难以克服的抵制并非是没有意蕴的：因为，之所以在实质上很难对拉辛进行精神分析，那是因为拉辛的大部分形象都属于一种时代民俗，或者如果我们愿意说的话，属于一种总体的编码。那便是整个社会的修辞学语言,因为拉辛的想象物只不过是源于这种语言的一种言语。这种想象物的集体特征丝毫不能使他摆脱一种基本精神分析学,这种特征只是迫使人们大大地扩展研究,并试图进行一种对时代的精神分析,而不是一种对作者的精神分析:例如波米耶(J. Pommier)已经要求在古典文学中研究形态变化(métamorphose)这一主题了。这样的一种对时代(或社会)的精神分析,可以说是一种完全新型的事业(至少在文学上是这样的):尽管还需要手段。

这些决定因素可以表现为经验性的,而且它们在很大程度上就是这样的。但是,经验论本身,在其由人们选定面对、绕过或转移的诸多困难来构成的情况下,也是有意蕴的。我常梦想出现各种批评性言语活动之间的一种和平共处状况,或者如果我们愿意的话,梦想有一种"参数"批评(critique paramétrique)。这种批评会根据提供给它的作品来变动其言语活动,当然不是确信这些言语活动加在一起最终就能永恒地穷尽作品的真实,而是希望从这些多样(但不是无限的,因为它们服从于某些确认)的言语活动中,出现一种总体的形式,该形式甚至就是我们的时代赋予事物的理解力,并且希望批评活动辩证地既帮助破译又帮助构成。总之,正因为从现在起可能存在着有关诸多分析的一种总体形式、有关诸多类别的一种划分、有关诸多批评的一种批评,所以,批评性言语活动同时出现多元性也就可以被证明是合理的。

7. 一方面,人文科学,也许还有其他科学,都越来越倾向于把言语活动看成任何科学对象的模式和把语言学看成一种典范的科学。另一方面,有许多作家(凯诺、尤内斯库，等等）或随笔作家（帕兰①）却在指责言语活动，并将他们的著述建立在对言语活动的讥讽基础之上。那么，由言语活动带来的一种科学"时尚"与一种文学"危机"之间的这种巧合意味着什么呢？

　　似乎，人们对于言语活动的兴趣一直就是含混的，而且，这种含混性为使言语活动成为"事物之最好与最坏"的神话本身而被承认和神圣化（也许是因为言语活动与神经官能症之间联系密切的缘故）。特别是在文学上，言语活动的任何颠覆，都矛盾地与对言语活动的一种赞扬相混淆，因为借助言语活动本身而反对言语活动，从来就只是打算解放一种"二级"言语活动，而这种"二级"言语活动则是言语深在的、"反常的"（躲避了规范的）能量。因此，对言语活动的所有破坏总像是某种奢望。至于对言语活动的"讥讽"，它们从来都只是非常局部的。我只了解到一种真正达到目的的讥讽，也就是说，让人感觉到一种失调的系统所带来的魅力：贝克特的《等待戈多》（Godot）中的奴隶鲁克齐（Lucky）的自白。尤内斯库进行的讥讽涉及的是陈词滥调、守门人智力的或政治的言语活动，简言之，涉及的是文字，而不是言语活动（证据便是，这种讥讽是喜剧性的，丝毫不是可怕的：像是莫里哀在嘲讽那些风雅才女和医生）。而对于凯诺来说，无疑完全是另一种事情。我不认为在凯诺的相当曲折的作品中有着对于言语活动的任何"否定性"，而是更有着依靠对这些问题的智力认识所进行的一种极为有信心的发掘。如果我们看一下年轻的一代，例如新小说或《原样》杂志的那

---

　　① 帕兰（Brice Parain，1897—1971）：法国作家、哲学家。——译者注

一代，我们就会发现，过去对言语活动的所有颠覆似乎都已完全被消化或超越。凯洛尔、罗伯-格里耶、西蒙、比托尔、索莱尔斯①，都不去挂虑破坏动词系统的那些首要的制约（更可能在写作上会产生某种修辞学的复活、某种诗学的复活或某种"空白"的复活），其研究工作在此则涉及文学系统的所有意义，而不涉及语言学系统的那些意义。在技巧术语上，我们似乎可以说，上一代人与超现实主义及其追随者一起确实引起过外延的某种危机（在谋求解决系统的基本规范的时候），但是，我们也可以说，现在的一代尤其对投入到文学言语活动中的二级传播感兴趣：今天的问题，并不是外延，而是内涵。这一切都说明，在这个言语活动的问题上，在"正面"与"负面"之间无疑没有真正的对立。

剩下的真实的东西（但这是显然的），是言语活动既变成了一个问题，又变成了一种模式，而且现在也许接近了两种"角色"马上可以沟通的时刻。一方面，在文学似乎超越了外指性言语活动的基本破坏情况的同时，它应该可以更为自由地发掘言语活动的那些真正的界限，而这些界限并非是"单词"或"语法"的界限，而是内涵意义的界限，或者，如果愿意的话，是"修辞学"的界限。另一方面，语言学本身（我们通过雅柯布逊的某些说明已经看到这一点）也许在准备使内涵现象系统化，也许在准备最后提供一种"风格"理论和阐明文学的创作（也许甚至激活文学的创作），同时揭示意义的真正分界线。这种结合指明了一种具有分类性质的共同活动，我们可以称之为：结构主义。

---

① 索莱尔斯（Philippe Joyaux, dit Philippe Sollers, 1936— ）：法国作家，《原样》杂志创始人。——译者注

8. 您（在《结构主义活动》一文中）说，在像普洛普或迪梅齐那样的结构主义学者的活动与像布莱兹或蒙德里昂那样的艺术家的活动之间没有技巧上的区别。这种类似是纯粹技巧性的，还是更为深在的？而在后一种假设里，您认为在科学与艺术之间会有一种初步的综合吗？

我们可以说，结构主义的单位在作品的最初时刻与最后时刻得到了建立。当学者与艺术家致力于建构或重新建构他们的同一种历史理解力的时候，他们具有相同的活动。而这些被结束的或被消费的过程都指向同一种历史理解力，他们的集体形象属于同一种分类形式。总之，一种宽泛的同一性把握着活动与形象。但是，在这两者之间，还有（社会的）"角色"，而艺术家和学者的角色仍然是有区别的。这关系到一种对立关系，神话力量就根据这种关系建立在我们社会的至关重要的经济基础上，艺术家的功能在于驱赶非理性魔力，同时将其固定在一种被承认的和被包含的制度的界限范围内（"艺术"）。在形式上，艺术家——如果我们可以这样说的话——是其分离状态与分离名义完全同一的被分离之人，而学者（他在我们的历史过程中得以具有被承认的排他性的模糊地位：例如炼丹人）在今天则是一种完全进步的形象。不过，历史极有可能在解放或发明我们时代不可能对其有所设想的一些新的计划、一些未知的选择、一些角色。即使不在艺术家与学者之间，但至少在知识分子与艺术家之间已经有了界限。这是因为两种神话——不过它们是盘连在一起的，即使不是正在流逝，至少也是正在移动。一方面，某些作家、电影编剧、作曲家、画家都在使自己理性化，知识不再受审美禁条的影响；另一方面（但这一点是互补的），人文科学正在失去实证主义的顽固性。结构主义、弗洛伊德主义甚至马克思主义，更通过它们系统的严密一致性来坚持，而不是通过其细节上的"证据"。人们正致力于建立其自身就包含在其对象中的一种科学，而正是这种无限的"自省性"恰恰构成艺术。科学与艺术共同承认对象与目光的一种前所未闻的相对性。一种带有无可猜疑命运的新的人类学也许正在诞生。人们在重新制定人的作为地图，而这种巨大的改动（当然不是其内容）不会不使人想到文艺复兴。

9. 您（在第 6 期《论据》中）说："任何作品都是教理式的"，您在别处（第 20 期《论据》）还说："作家是教理主义者的反面。"您能否说明一下这种矛盾呢？

作品总是教理式的，因为言语活动总是我行我素的，即便而尤其是当它被一种婉转措辞所包围的时候。一部作品不能对其作者的"真诚"做任何的保留：他的沉寂、他的遗憾、他的天真、他的谨慎、他的惧怕、一切使作品变得亲切的东西，这些无一可以进入被写的对象之中。因为如果作者开始这么说，他就只是表明他希望人们相信他说的东西，他不离开一种戏剧系统，而该系统总是威胁性的。因此，不曾有过任何宽宏大度的言语活动（宽宏大度是一种品行，而不是一种言语），因为一种宽宏大度的言语活动从来就只不过是带有宽宏大度之符号的一种言语活动。作家是在其身上拒绝"真实性"的人。一种风格的文雅、辛辣、人情味甚至诙谐，都不能战胜言语活动的绝对是恐怖主义的特征（再说一遍，这种特征来自言语活动的系统本性，因为言语活动为了得以实现只需要是有效的，而不需要是真实的）。

但同时，写作（在该词少有的不及物动词的意义上）是超越作品的一种行为。写作恰恰接受这样的情况，即看着世界将一种言语转换成教理式的话语。不过，这种言语，却是人们希望它占有（如果是作家的话）一种所提供的意义的言语。写作，是交由他人来关闭您自己的言语，而写出的文字则只不过是人们从来不会了解其答案的一种命题。人们写作是为了得到爱，被人阅读却可以不被爱，大概就是这种距离在构成作家。

1963，《原样》

# 术语对照表[①]

Actuel 现时的
Agencement 安排
Aléthique 真势的
Alibi 不在现场
Analyse 分析
　～ structurale 结构分析
Antithèse 反衬法
Artificialité 人为性

Cénésthésie 机体感
Clausule 句末重音

---

[①] 本表为译者整理。——译者注

Code　编码

Coexistence　共存性

Complémentarité　互补性

Composition　拼合

Compossibilité　相容性

Connotation　内涵

Conscience　意识

　　Bonne ～　心安理得、无可指责

　　Mauvaise ～　自咎

Couple　配对

Critique　批评

　　～ d'interprétation　解释性批评

　　～ paramétrique　参数批评

　　～ thématique　主题批评

　　～ universitaire　大学批评

　　～ cosmétique　美容性批评


Découpage　切分

Déformation　变形

Dénotation　外延

Description　描写

Développement　延展

Diachronie　历时性

Diachronique　历时的

Diction　语调

Différence  区分、区别
Discours  话语
Distance  间离
Doctrine  学说

Ecole  流派
Ecriture  写作
Ecrivain  作家
Ecrivant  写家
Etre  存在、是
Empoissement  粘贴
Expression  表达

Faire  作为
Fait divers  杂闻
Foi  信仰，信义
　　Bonne ～　真诚
　　Mauvaise ～　自欺
Fragment  片段

Gongorisme  贡戈拉文体

Homéostat  同态调节器
Homologie  同系关系

Identité 同一性
Idéologie 意识形态
Immagination 想象
Indice 标示
Indiciel 标示的
Indirect，e 间接的
Inférence 推理结果
Information 信息
Ironie 反语
Isomorphe 同形的

Koïnè 共同语言

Langage 言语活动
Langue 语言
Littérarité 文学性
Littérature 文学

Mana 神力
Message 讯息
Méta-langage 元言语活动
Métaphore 隐喻
Métamorphose 形态变化
Métonymie 换喻
Modalité 模态

Modulation de coexistence　共存性变化

Mondanité　世俗趋势

Nature　自然、本性、本质

Naturel　自然性、自然的

Négatif　负极

Objet　对象、物品

Objectif　对象的

Oeuvre　作品

Originalité　新颖性

Paradigme　聚合体

Paradigmatique　聚合关系的

Paramétrique　参数的

Parole　言语

　～ directe　直接言语

　～ indirecte　间接言语

Poétique　诗学、诗学的

Pouvoir　能够、能力

Praxis　实践活动

Procès　过程

Pseudo-physis　伪自然

Rationalité　合理性

Fausse ～　伪合理性
Récit　叙事
Relation　关系
　～ syntagmatique　组合关系
　～ paradigmatique　聚合关系
Réflexivité　自省性
Représentation　再现、表象

Savoir　懂得、认知、知识
Sémanalyse　语义分析
Sémantique　语义
Sémiologie　符号学
Shifter　变指成分
Signe　符号
Signifiant　能指
Signifié　所指
Signification　意指
Snobisme　赶时髦
Stémmatique　结构系统化的
Structuralisme　结构主义
Structure　结构
Symbole　象征
Symbole indiciel　标示性象征
Synchronie　共时性
Synchronique　共时的

Système　系统

Tel Quel　《原样》杂志
Tel-quelisme　原样主义
Texte　文本
Thématique　主题学、主题的
Tolérance　容限
Translateur　转换器

Vouloir　想要

# 附 论

## 罗兰·巴尔特：
## 当代西方文学思想的一面镜子

李幼蒸

对于告别了神学和形而上学的"后尼采主义"西方思想界而言，如果用"虚无主义"表示其人生观倾向，则可用"怀疑主义"表示其认识论倾向。传统上，怀疑主义是西方哲学史上的一个主要流派，现代以来成为文学理论的主要思想倾向之一。罗兰·巴尔特则可称为 20 世纪文学理论世界中最主要的怀疑主义代表，足以反映二战后西方文学思想的主要趋向。以下从几个不同层面对此加以阐释。

### 1. 伦理和选择

罗兰·巴尔特和保罗·萨特两人可以代表二战后法国两大"文学理论思潮"形态：文学哲学和文学符号学。这两种相反的"文学认识论"，均相关于近现代以至当代的两大西方文学和美学潮流：存在主义的道德文学观和结构主义的唯美文学观。一方面，巴尔特缩小了文学的范围，将通俗文学排除于文学"主体"之外；另一方面，他又扩大了"文学"外延，把批评和理论一同归入文学范畴，以强调"文学性"并不只体现于"故事文本"和"抒情文本"之中。巴尔特曾将近代西方文学视为无所不包的思想活动，申言"从中可获取一切知识"。1975年的一次访谈中，在被问及"30年来，文学是否似乎已从世界上消失了"时，他回答说，因为"文学不再能掌握历史现实，文学从再现系统转变为象征游戏系统。历史上第一次我们看到：文学已为世界所淹没"。他在此所指的"文学"，主要是以19世纪现实主义小说为代表的文学传统，其内容和形式相互贴合而可成为人类思想的重要表达形态。但是19世纪小说形态，自20世纪以来，一方面已为表达范围迅速缩小的主观主义小说所取代，另一方面则蜕化为不再属于"文学"主体而归入了作为大众文化消费商品的通俗小说（包括其现代媒体变形：电影电视）。然而在二战结束后被解放的法国，和英美"高级文学"的校园生存形态不同，其文学，特别是小说文学，一度重新成为社会文化活动的主流，并提出了有关"文学是什么"这类社会性大主题。主要由萨特和加缪发起的这场有关文学使命的争论，无疑是由二战期间法国知识分子所遭受的特殊刺激所引发，因此容易赢得受屈辱一代法国知识分子的共鸣。在疗养院读书6年后返回巴黎社会的巴尔特，也开始卷入"抵抗运动"文学家之间的理论论战中去。文学或小说文学，应该"干预"社会和政治问题吗？这个问题的提出也有一般性和特殊性两个方面：客观上，20世纪小说和小说家已经没有知识条件来面对社会政治问题的解决了；主观上，已经受现代派文艺一百年洗礼的文学家个人又有什么伦理学的理由来"参与"社会政治问题的解决呢?另外一个超越二战历史情境的现代文艺思想的"内部张力"则是,东西欧洲现代派文艺一直具有一种双重混合性:社会政治方向和反社会的个人主观方向的共在。于是,二战的外在历史遭遇和现代文学思想史的内在张力,共同成为萨特和巴尔特文学思想分歧的共同背景。简言之,关于文学和道德之间关系的争论,一方面涉及作家选择道德实践的理由,另一方面也牵扯到作家道德实践能力的问题。

在结构主义论述中,尽管同样充斥着意识形态因素,但其主要实践方式——文本意义分析——内在地相关于人类一切文本遗产解读中的共同认识论和方法论问题,也相关于人文社会科学的整体情境,从而蕴涵着较普遍的学术思想意义。此处所说的过去和未来,不是指其现实社会文化影响力,而是指其内在的精神性和知识性激发力。作为结构主义文学理论主要代表的巴尔特,一方面揭示文学家"社会参与"决定的内在逻辑矛盾,另一方面提出了一种脱离社会实践的文学伦理观:所谓"对语言形式之责任"。后者也是与20世纪西方文艺形式主义的一般倾向一致的。

我们可以说,二战政治经历和存在主义思想,二者共同形成了战后法国左翼知识分子的充满矛盾的道德观:放弃(神学的和逻辑的)超越性"绝对命令"之后,人们企图在"存在论的虚无主义"和"介入论的道德承诺"之间探索一种"合理的"个人信仰基础。萨特和加缪于是成为战后法国文化政治运动的领袖。在疗养院读书期间受到两人思想影响的巴尔特一开始也把此张力关系作为个人思考社会和文学实践方向的框架。加缪的荒谬人生观比萨特的存在主义更能符合巴尔特的认识论虚无主义。所不同的是,巴尔特不是把虚无和荒谬作为思考的对象,而是将其作为思考的边界。结果,巴尔特虽然同情和接受萨特和加缪有关"生存荒谬情境"的观点,却本能地拒绝任何相关的具体实践选择(政治)。这种二元分离的伦理学选择态度和策略,贯穿着巴尔特一生,其中亦充满着另一种矛盾生活态度:自言厕身于左派自由主义阵营(其特点是批评社会现状),却从不介入后者的具体政治实践(所批评的对象日益趋于抽象)。晚年(1977)在一次访谈中,巴尔特说,他与一些左翼文人的立场"非常接近",但"我必须与他们保持审慎的距离。我想这是由于风格的缘故。不是指写作的风格,而是指一般风格"。用风格作为区分个人实践方向的理由,与其说是一种解释,不如说是一种回避,但却可反映巴尔特内心深处的一种当代信奉尼采者所共同具有的伦理学虚无主义。不过由于此虚无主义是以理性语言表现的,其理论话语遂对读者提供了一种较高的"可理解性"价值。

### 2. 意义和批评

巴尔特被公认为一名杰出的文学理论家,他也自视为一名"理论性批评家",但其文学理论思维的特点是"非哲学基础性的",也就是"符号学式的"。他曾说,如果"理论的"应当即是哲学的,他的理论实践不妨也称作是"准(para-)理论性的"。这是他愿意自称为符号学家的理由之一。在他看来,符号学是不同于哲学的一种新型理论思维形态。在1978年的一次访谈中,他说,自己从未受过哲学训练,但其思维仍然具有某种"哲学化"的特点,即属于理论化一类;他进一步阐明,他的思想方式,"与其说是形而上学的不如说是伦理学的"。我们可以看到,巴尔特将历史理论和伦理学,与历史哲学和道德哲学作出的区隔,具有重要的认识论意义(巴尔特少谈各种哲学名词,其深意在此)。

巴尔特在20世纪50年代从事媒体文化评论的前符号学时期，以其对消费社会和大众文化中的象征和记号现象进行"去神秘化"的文本意义解析而引人注目，其目的在于揭示出"资产阶级"和"小资产阶级"文化意识形态现象的深层意义或二级意义。文化意识形态作品（电影、戏剧、时装、广告、运动、娱乐等等）被其形容为"神话"，即视为消费社会中具有"欺骗性"、"误导性"的文化操纵之产物和效果。早期巴尔特的符号学实践大量针对文化意识形态意义层次的揭露，岂非也显示了另一种社会"介入观"实践？此时谁能够说巴尔特不关心社会公义和理想呢？但是巴尔特的意识形态符号学实践止于此"神话揭示"活动，并只将其视为一般文化意义分析工作的实验场（巴尔特往往喜欢用"历险"一词，以强调"思想实验"的不可预测性），而绝不进而转入其他社会性行动领域。无论对其伦理学立场的考察，还是对其文化批判立场的考察来说，我们正可从此似是而非之自白，体察其思想内部之矛盾和张力。

巴尔特的"文学思想实践"主要停留在"文本"意义构成的分析层次上（兼及具体文本解读和一般文本分析原则）。其最初的动机是批评和揭示所批评的论说之内在矛盾，结果在此层次上的纯属理智性活动，却强调着一种"中性"性质（巴尔特用"中性"代表他的非社会介入观，我们则不妨也用其指其推理方式本身的"不介入"性质）。虽然巴尔特自己绝非可以免除意识形态偏见，但他的不少分析、批评、主张都在相当程度上"体现着"一种准科学性的分析方法，从而使其最终成为一名符号学家。这也是巴尔特思想对我们的最大价值所在：他以其天才创造力为我们提供了大量分析和解读典籍文本的分析经验，这对于我们有关传统典籍现代化研究目标来说，比任何西方哲学方法都更直接、更有效。因此，在我们说巴尔特是当代西方思想的一面镜子时，首先即指他的分析方法"反映着"一种战后新理论分析方向，这是一种跨学科思想方式，它来自语言学、社会学、历史学、哲学、精神分析学等众多领域。而另一方面，不可讳言，他往往只是从不同学术思想来源凭直观和记忆随意摘取相关理论工具，而此思考方式的创造性价值在于：他可恰到好处地针对特定课题对象，自行配置一套相应理论手段，以完成具体课题的意义分析工作。

## 3. 小说和思想

巴尔特作为"文学思想家"，其含义有广狭两方面。首先，他是专门意义上的文学家，即文学研究者和散文作家；其次，由于他从事有关文学的一般形式和条件的理论探索，所以其工作涉及人类普遍文学实践的结构和功能问题。巴尔特对小说形式，特别是19世纪小说形式有着特殊兴趣，其中含有一种超越文学而涉及一般思想方式的方面。19世纪"小说"是现代综合思想形态的原型，其中涉及在常识的水平上对诸现代学科知识的综合运用（跨学科）和模仿生活的叙事话语的编织。当20世纪以来小说不再能履行此职能之后，如何在文学中继续进行综合性知识运用，就成为现代文学理论的课题之一。巴尔特于是把此"跨学科"知识吸取方式也贯彻到文学理论分析（包括小说分析）实践之中。就思想综合性推进的必要来说，古典小说和现代文学理论遂有着一脉相承的关联，巴尔特正是因此之故才同时维持着两种精神活动：古典小说赏析和现代理论分析。巴尔特对当代法国实验派的"反故事"小说的推崇，实乃对传统小说形式之未来价值的否定。在他看来，文学必须"干预"社会生活的理由欠缺伦理学上的正当性，而且文学干预社会的方法多可证明其无效，结果今日现实主义小说往往事与愿违，达不到有效解说的目的（至于小说作品作为文学外的鼓动工具现象，则与文学本身无关）。巴尔特往往从后者入手批评"介入文学"，以显示社会派小说的理路似是而非。小说的抱负和其社会声名往往外在于小说家的主观意图。另一方面，在现代社会和学术发展的条件下，严肃小说的确难以再成为社会性道德实践的有效工具；文学的观察分析能力和时代知识的要求全不相称。这一历史客观事实却成为巴尔特构想另一类文学秉性的借口或渠道。巴尔特表现其文学怀疑主义和唯美主义的新文学实践形式，仍然是文本批评分析。巴尔特屡次谈到文学的"死亡"，即传统小说的死亡。因为现代以来很少有严肃知识分子会再重视小说故事情节了。他自己就承认极难亲自构拟人物和情节。巴尔特说："我知道小说已经死亡，但我喜爱小说性话语。""小说性"被看做一种话语形式。他关心的是小说式话语、小说式经验本身，也就是人类叙事话语本身，而非用小说所表达的思想内容本身。巴尔特的"小说哲学"（有关现实主义小说的消亡和新小说的未来等）暗示着文学世界本身的消亡。他在各种先锋派作品表面之间游荡却难以实际投入；他的文学理论批评实践，也间接地反映着文学世界本身的萎缩状态。最后，小说这种对他来说既重要又可疑的文学形式，竟然成为他进入法兰西学院后的主要"解析"对象。实际上，巴尔特在法兰西学院的小说讲题系列，成为他的文学乌托邦和社会逃避主义的最后实验场。

### 4. 权势和压制

巴尔特和萨特的文学实践立场虽然表面上相反，但两人都是资本拜金主义和等级权势制度的强烈批判者。萨特所批判的是社会制度本身并提出某种政治改良方案,巴尔特的批判针对着西方文化、文学和学术性权势制度及由其决定的文学表达方式。如前所述,萨特的社会政治介入观不免导致后来易于察觉的判断失误,巴尔特的文化语言性批判反因其对象的抽象性和稳定性而获得了学术上的普遍性价值。巴尔特的文学"伦理学"在社会实践方面的逃避主义(不是指其实践学的怯懦,而是指其人生观和社会观的游移不定),使其权势批判只停留在抽象层次上。这种一个世纪以来对"资产阶级文化意识形态"普遍存在的批判态度,实际上反映着西方现代主义和先锋派文艺对唯物质主义工商社会及其唯娱乐文化方向的普遍反感。不过西方左翼知识分子的共同秉性均表现为观念的理想主义和实践的浪漫主义之混合存在,人生理想的高远和社会改进的无方,遂成为其通病。西方左翼知识分子亦为当代西方各种社会文化理论的主要创造者之一,而其共同倾向是反对不当权势之压制并憧憬正义理想。但是由于其"理论知识"普遍忽略了"现实构造"的多元化、多层化特点,以至于往往在权势的"当"与"不当"之间没有适当的判断标准,反而因此导致他们社会性理论论述易于发生某种"现实失焦症":在理论和实践两方面脱离客观现实。而其正面效果则是:为理论性思考标志出难点和有效边界。结果,巴尔特在抽象层次上的反权势、反教条、反制度的意义分析活动,却可为世人提供一种具有普遍性的认知对象:有关权势压制制度和其对文化思想操纵方式之间的意义关系分析。

巴尔特的大量符号学的、去神秘化的文本分析实践,都在于揭示此种被操纵的意识形态文本的意义构造和功能。实际上,巴尔特对资本拜金主义的批判态度,根本上源于一种反权势立场,这是他对马克思主义产生同情的根源之一。但他从未有兴趣从社会学和政治学角度对此进一步探索。虽然和其他结构主义者一样,他也是有关各种学术机构化、制度化的权势现象批评者,包括所谓学院派的文学批评(拉辛论战)的批评者。作为符号学家,其更根本的反思对象则是制约思想方式的文学和学术语言结构本身。巴尔特从事有关语言学、语义学、修辞学、风格学等各种类型的结构主义实践,其中都包含着对制约思想方式的文本内在意义机制的批评。这一态度是和心理、意识、思想等内容面的传统型解释说明方式相对立的。而由于其怀疑主义实践论,巴尔特对"权威"的批评也就日益从社会性层面转移到语言学层面和学术性层面。其批评之目的,实为摆脱传统权威对作家和学者思维形式创新所加予的拘束和限制。从政治性权威向学术性权威的转移,是和他从社会性意识形态关切向理论性意识形态关切之转变一致的。结果,唯美主义也成为反权威的一种方式,如其晚年着重宣扬的"文本欢娱"观等。这个和写作常常并称的难免空洞的概念,最后成为巴尔特现实逃避主义的最后媒介。文学为了写作本身,写作为了欢娱本身!所谓享乐主义不过是巴尔特用此身体感官性传统名词象征地表示的一种口实,用以避免对思想之实质进行更为透彻的分析。这样他就企图将文学实践还原为文学的物质性过程(写作)及其感官性效果(快乐)了,用传统上作为贬义词的感官主义暗示着对正统思维的一种"反抗",以至于进而从感官享受过渡到更极端的"身体性目标":如晚年提出了所谓"慵懒观"的正当性。身体的放纵和身体的慵懒,都是避免积极生存方向选择的借口。这只不过是巴尔特表面上回归享乐主义的灰暗心理之反映。

## 5. 理论和科学

巴尔特将他人的理论和方法视作自己分析的工具之零件，其独创性表现在如何拆解和搭配这些现成理论工具，以使其创造性地应用于各种不同研究课题。巴尔特被称作理论家，是指他的注重理论分析的态度和进行理论分析的实践，而非指其重视独立的理论体系建设。巴尔特在不同时期对采纳不同理论资源时表现的某种随意性，有时不免遭受专家诟病，但批评者有时忽略了他在一次分析工作中维持理论运作统一性的创造性表现。至于在不同课题和不同阶段内理论主题偏好的变动性，并未妨碍他在具体课题中完成文本意义分析的目的。一方面，文本意义分析成为人文科学话语现代化重整的必要步骤，另一方面，意义分析工作要求着人文科学各学科朝向跨学科乃至跨文化方向的继续发展。巴尔特的理论实践经验进一步反映着人类知识特别是伦理学知识的根本性变革的必要。在此意义上，无论是尼采的怀疑主义还是结构主义的怀疑主义都应该看做是朝向人类理性主义思考方向的重要精神推动力量。因为真理的动因之一即怀疑主义。

在巴尔特的"理论工具库"中，符号学当然是最主要的部分。巴尔特是所谓法国"最早一位"符号学家、最早一部《符号学原理》的作者以及高级学术机构内一位"文学符号学"讲座教授。作为现代意义学的基本学科，符号学当然是他文学理论研究中最直接相关的一种。他对任何现成符号学活动中的体制化、教条化（符号学作为元科学）的反对，反映了他绝非有兴趣在学术界追求某种所谓新兴学科符号学的创建。巴尔特企图超越学院派的"科学批评"而朝向自己的所谓"解释性批评"，不过，后者的批评"可靠性"却是以其文学分析论域的缩小为代价的。

## 6. 古典和前卫

巴尔特是文学唯美实验主义的倡导者,兼及创作和理论两个层面,其实践方式本身则成为西方先锋派、现代主义、后现代主义诸不同现代美学倾向的汇聚场,从而反映着西方文艺从古典时代向现代、向未来变迁过程中的面面观。巴尔特是将西方理性怀疑主义和反理性唯美主义并存于心并使之交互作用的文学思想家。由于其唯美主义是通过文本分析方式表达的,所涉及的唯美主义一般情境,表现出更深刻、更内在的理论认知价值。因此,巴尔特的理智性文学文本分析,是我们体察和了解现代西方非理性主义文艺作品特色的一面镜子。无论是其理论性分析还是其美学性品鉴,都表现出一种作品"内在主义"的思考倾向,这种思想方式的内在一致性,使其学术价值超出许多当代西方理论修养更为深厚的哲学美学家。受过古典语言和古典文学正规训练的巴尔特,首先是一位希腊罗马古典文学的专家,其次也是法国近代古典文学的研究者,最后更是法国民族文学思想的特殊爱好者(正是这一点使他不至于成为德国形而上学的俘虏:萨特和德里达的黑格尔主义和海德格尔主义、利科的康德主义和胡塞尔主义。但巴尔特也因此并不很熟悉英美现代派文学作品)。

我们应该注意另一种矛盾现象:巴尔特理智上对先锋派作品和东方哲理诗的推崇与他在感情上对法国古典文学的真正"喜爱"(米什莱和福楼拜)之间的对比。先锋派或现代派都是相对于传统和历史的"革命性"或"革新性"尝试,其"新颖性"主要体现于形式方面的变革。先锋派批评家在其中支持的主要是其摆脱传统的力度和方向;新的形式成为求新者(不满现状者)的一种精神"寄托"。先锋派作品的无内容性、"空的能指",即巴尔特所说的不朝向所指的"能指的运作艺术"。巴尔特毕生在现代派文艺和古典文学之间的同时性交叉体验和实验,"客观上"反映了先锋派文艺的"否定性价值",实际上超过了其"肯定性价值",也就是说,"先锋派"之所以是一种实验艺术,主要代表着文艺家对"现状"的不满、逃避和解脱的努力。作家和理论家遂生存于已完成的传统历史之稳定性和待完成的未来历史之尝试性的张力之中。20世纪各种现代派文艺作品所包含的否定性方面远超过其肯定性方面,这就是何以其形式如此变动不居的原因之一。

### 7. 欲望和写作

巴尔特说,今日"不再有诗人,也不再有小说家,留下的只是写作"(《批评与真实》)。"写作"后来成为巴尔特最喜爱的一个文学理论"范畴",不过它也是一个最空洞的范畴(以至于激怒许多批评其偏爱"术语"的学人)。按其写作论,写作者不能按其思想的社会性价值或作用来规定,而只应按其对写作"话语"的意识来规定。他说,传统的小资产阶级将话语作为"工具",新批评则将其视为"记号或真理本身"。这一论证方式从空到空,难怪使大学教授(皮卡尔)不快。巴尔特执意强调的是文学话语不通向所象征的外在世界,而是通过符号学方式朝向语言本身。作为理论分析的对象,"写作"范畴也许是明确的,而作为文学实践的目标,"写作"却绝非明确的。巴尔特不强调写作内容的"正当性",而强调其"形式"的正当性。那么这种作为新文学观念的"文学形式之伦理学"究竟是什么意思呢?中性、零度、白色、不介入等脱离社会内容的写作方式,固然与各种现代派文艺理念相合,但为什么这就是正当的呢?巴尔特人生观的这一自我主义特点,导致他自始至终采取"中性"或"零度"的反文学介入观,而他在其一生中三次社会冲突尖锐时期(法西斯占领时期、战后反资本主义运动时期,和1968年社会大动荡时期)采取的脱离具体社会实践而最终将压制自由的根源说成是(资产阶级)语言结构本身的结论,无疑是一种伦理学逃避主义的表现。不妨说,相对于文学政治道德学,巴尔特试图为自己建立一种"文学(写作)的(反)伦理学"。

实际上,由于现代历史和社会的根本改变,巴尔特和其同时代人,获得了外在于历史的理由和条件,可不必参与各种人为的社会性实践(它们为各种隐蔽的意识形态力量所推动和操纵),而得以逻辑上合理地"实验"其"中性"而"快乐"的生存方式:所谓实践一种"写作伦理学"。而巴尔特说,他心目中想写的东西,其实常常是一些老旧的东西和古老的故事,并不一定是先锋派作品(他的枕边书永远只是古典类书籍)。所谓"写作"范畴因此不是相关于内容的,而是相关于形式的。他说:"写作是提问题的艺术,而不是回答或解决问题的艺术。"巴尔特在法兰西学院四年中的最后阶段,本其"文本欢娱"哲学而陷入了一种极端唯美主义实践。他不仅在其最后一部作品中返回到最初一部作品中的写作主题,而且在其中返回自己最初曾热衷的"纪德自我主义"。这种伦理学的自我主义,结果以消除伦理选择主体的存在为目的,此主体的剩余部分遂成为被动的"美感享乐主义者"。伊壁鸠鲁主义式的享乐主义,遂成为躲避道德问题的借口。1977年在回答访问者的"你有一种道德观否"的问题时,他刻意加以回避问题本身而答称:这是"一种感情关系的道德,但我不能进一步说明,因为我有许多别的东西要说"。因此,巴尔特和众多当代西方的反主体论者,实质上是在进行着一种放弃伦理选择权的"选择"。巴尔特类型的反主体观,结果反而从反面使伦理主体的作用更加凸显。而巴尔特的文学理论思想之所以比大多数纯学者或哲学理论家的论述更重要，正因为他是能够从文学的理论和实践这两方面来思考和表现此一伦理危机情境的。此外，巴尔特理论话语的时代适切性，还表现在他的超越（18世纪）启蒙主义和超越（19世纪）现实主义的潜在思想前提上，因为这使他不必把启蒙时代不可回避的宗教问题和政治问题纳入自己的理论思辨构架之内，从而使自己的伦理学情境较为单纯。对于我们来说，巴尔特伦理思想中的虚无主义之本质，因轮廓更为清晰也就更具有普遍意义。

巴尔特对启蒙主义时代的负面评价，凸显了他和相当多当代西方知识分子对历史、政治、社会、文化错综复杂关系认知的简单化态度。一方面正是这种态度为其反介入伦理观提供了运作上合理的边界，另一方面也客观地反映了他这位对"历史形式"进行分析的思想家本人，未曾有机会亲历和深入较复杂的"历史内容"过程。当他挪揄伏尔泰积极进取的道德"快乐感"是来自君主专制时代历史之偶然时，这只不过反映着处于民主时代的西方知识分子伦理经验的单薄和肤浅；而主体意识本来是深植于人类伦理学情境本身的。在启蒙时代和19世纪，西方知识分子生存于丰满真实的历史社会张力场内而必须面对个人的伦理学选择；20世纪社会和知识条件的革命性演变使得知识分子脱离了此社会性选择张力场。其结果是，一者进行不适切的社会性反应；另一者拒绝进行社会性反应。理论知识和实践知识，遂陷入持久而普遍的结构性分裂之中。

时代思想的混乱和丧母之痛使得巴尔特陷入空前忧郁心境，但终于在辞世前完成了自己向学院和读者应许的一部"小说"作品，实为一部关于小说和文学的论述。巴尔特为文学赏鉴和文学分析而生，而非为故事编织而生；毕生以各种叙事文本为研究对象，却从不曾自行制作（文学的或历史的）叙事。小说是他的分析对象，一如电影是麦茨的分析对象，他们不是也不需是故事编写者。但重要的是：巴尔特确曾把自己"写小说"之意愿，当作一种计划加以期待、准备甚至宣布，并把最后一部作品定名为意义含混的"小说的准备"。是就一般小说理论而言，还是针对自己的小说写作意愿而言？巴尔特对听众抱歉道，即使期待中的小说不是由自己直接完成的，所勾勒的理念轮廓也可供其他作家参照。1977年曾经主持Cerisy巴尔特研讨会并与作者熟识的研究专家安托万·孔帕尼翁（Antoine Compagnon）在不久前回顾说，在《小说的准备》原稿手迹上，他吃惊地看出巴尔特写稿时流露出来的深刻的忧郁和不安，这部作品似乎像是作者对自身死亡准备的一部分。巴尔特对此死亡意象的演示，表现出一个现代"无永生之念者"与其死亡预期的关系，从而凸显了反人本主义伦理学的内在困境。因此，巴尔特远不只是学者理论家，其内心蕴涵着（不合时宜的）诗学怀乡病，而其表面的主张不过是另一种生存愿望的变相表白。这种向往文学乌托邦境界的分析性表达，遂可成为我们再次反思人类一般伦理学情境和文学伦理学情境的一面镜子。巴尔特在《小说的准备》中援引但丁、渴望"新生"，实则正在积极地奔向自身的死亡，以使其最终达成一种美学虚无主义实践。

## 8. 文学和理性

德里达在其《论书写学》中说："理性这个词应当抛弃"。但是我们应该注意到有关现代西方"理性"的多元表达。作为理论家的巴尔特，正是以其推理的精细而成为现代人文科学意义论中不可多得的思想家的；对象的非理性性格和方法的理性性格应当加以区别。另外当然也有一个作为唯美主义"非理性"作家的巴尔特，此时他可跻身于福楼拜和马拉美以来的前卫作家行列。重要的是，在将理性的"巴尔特分析"对比于非理性的"巴尔特美感"时，二者的交互作用所产生的一种特殊的"可理解性"，遂成为特别具有解释学潜力的一种独特智慧。巴尔特自身文学唯美主义追求（古典诗人原型）和怀疑主义理性思辨（古典哲学家原型）的二重身份，使其文学思想具有一种特殊价值。巴尔特的文学探索相当于美学认识论问题的提出，而并非其解决。换言之，巴尔特是以对先锋派文艺的"肯定句式"来提出一种实质上是"疑问的"句式。因此，读赏古典和探索前卫，虽然存于一心，却属于两类精神过程。在此意义上，一个世纪以来的现代派、先锋派、前卫派文艺，代表着现代西方文化精神的动荡不安，其严重性和难以解脱性，也源于两种内外不同的冲力：唯物质主义的科技工商社会之永恒精神压力和传统价值信仰基础在理性面前的解体。对于20世纪人类历史的这一全新局势而言，巴尔特的这面文学怀疑主义之镜，对其作出了最深刻的"反映"。

Essais critiques by Roland Barthes

Copyright © Éditions du Seuil, 1964

All rights reserved.

Simplified Chinese version © 2008 by China Renmin University Press.

图书在版编目（CIP）数据

文艺批评文集/（法）巴尔特著；怀宇译．
北京：中国人民大学出版社，2010
（罗兰·巴尔特文集）
ISBN 978-7-300-11876-5

Ⅰ．①文…
Ⅱ．①巴…②怀…
Ⅲ．①文艺批评-文集
Ⅳ．①I06-53

中国版本图书馆 CIP 数据核字（2010）第 046881 号

罗兰·巴尔特文集
文艺批评文集
[法] 罗兰·巴尔特　著
怀宇　译
Wenyi Piping Wenji

| 出版发行 | 中国人民大学出版社 | | |
|---|---|---|---|
| 社　　址 | 北京中关村大街 31 号 | 邮政编码 | 100080 |
| 电　　话 | 010-62511242（总编室） | 010-62511770（质管部） | |
| | 010-82501766（邮购部） | 010-62514148（门市部） | |
| | 010-62515195（发行公司） | 010-62515275（盗版举报） | |
| 网　　址 | http://www.crup.com.cn | | |
| 经　　销 | 新华书店 | | |
| 印　　刷 | 北京玺诚印务有限公司 | | |
| 规　　格 | 148 mm×210 mm　32 开本 | 版　　次 | 2010 年 4 月第 1 版 |
| 印　　张 | 12.875 插页 3 | 印　　次 | 2019 年 6 月第 2 次印刷 |
| 字　　数 | 290 000 | 定　　价 | 45.00 元 |

版权所有　　侵权必究　　印装差错　　负责调换